Regine Kölpin

Der Milchhof

Das Flüstern der Gezeiten

Roman

PIPER

Mehr über unsere Autorinnen, Autoren und Bücher:
www.piper.de

Wenn Ihnen dieser Roman gefallen hat, schreiben Sie uns unter Nennung des Titels »Der Milchhof – Das Flüstern der Gezeiten (Milchhof-Saga 2)« an *empfehlungen@piper.de*, und wir empfehlen Ihnen gerne vergleichbare Bücher.

Auf S. 416 finden Sie eine Liste aller Romane von Regine Kölpin, die im Piper Verlag erschienen sind.

Das Projekt wurde gefördert mit dem Stipendium Neustart Kultur.

VG WORT

NEU START KULTUR

Die Beauftragte der Bundesregierung für Kultur und Medien

Unser Versprechen für mehr Nachhaltigkeit
- Klimaneutrales Produkt
- FSC®-zertifiziertes Papier
- Hergestellt in Europa

FSC www.fsc.org MIX Papier | Fördert gute Waldnutzung FSC® C083411

Originalausgabe
ISBN 978-3-492-31882-2
1. Auflage Dezember 2023
2. Auflage Januar 2024

Dieser Roman wurde vermittelt durch die Literaturagentur Lesen & Hören, Anna Mechler.
Lektorat: Christine Neumann
Umschlaggestaltung: t. mutzenbach design, München
Umschlagabbildung: Arcangel / Rekha Arcangel und Shutterstock.com
Satz: Uhl + Massopust, Aalen
Gesetzt aus der Stempel Garamond
Druck und Bindung: CPI books GmbH, Leck
Printed in the EU

Verzeichnis der wichtigsten Personen

Familie Bleeker

Lina de Vries, verw. Bleeker, geb. Harms – Leiterin der Molkerei Bleeker

Wilhelm de Vries – Linas zweiter Ehemann

Wilko Bleeker – erstgeborener Sohn von Lina und Thees

Ludger Bleeker – zweiter Sohn von Lina und Thees

Alea Bleeker – Tochter von Lina und Thees

Tammo Neunaber – Aleas späterer Ehemann

Enna Neunaber – Aleas und Tammos Tochter

Mitarbeiter und andere

Derk Voigt – Obermeier auf dem Milchhof

Talke Voigt – Derks Ehefrau

Antke Bleeker, geb. Voigt – Talkes und Derks Tochter

Karl Doden – Linas Widersacher

Mathilde – ehemalige große Magd, lebt jetzt in den USA

Otto von Webersbach – Derks heimlicher Sohn

Adelheid Blankenburg – Mädchen aus dem Ruhrgebiet, das Lina aufgenommen hat

Teil 1

1920 – 1924

P. K. gelesen!
H. D.

Kapitel 1

Januar 1920

Winzige Eiskristalle zierten das Schilfgras am Wegrand, das sich aber nur verhalten im seichten Wind wiegte, als fürchtete es, abzuknicken. Lina Bleeker kam es vor, als würde sich selbst die Natur noch vorsichtig zeigen, weil sie dem Frieden, der seit zwei Jahren wieder in Europa herrschte, nicht traute. Denn es war kein wirklicher Frieden. Eher ein Konstrukt, das auf maroden Pfählen gebaut war und bei der kleinsten Erschütterung zusammenzubrechen drohte.

Immerhin hatten sie hier in der Friesischen Wehde diesen schlimmen Krieg einigermaßen schadlos überstanden. Jedenfalls, was die Gebäude anging. Viele Familien jedoch waren auseinandergerissen worden, hatten Väter und Söhne verloren, und diese Lücken konnten durch nichts gefüllt werden.

Es würde Zeit brauchen, bis sich die Wunden verschlossen, auch wenn Narben blieben, die vermutlich noch oft aufplatzten und erneut bluteten.

Wie lange würde es dauern, bis die Menschen wieder Vertrauen zum Leben bekamen?

Lina seufzte. Sie hoffte trotz allem auf Besserung. Gleichgültig, welche Verträge die anderen Staaten mit dem verhassten Deutschland machten und wie sehr sie das Land nach Kriegsende knebelten. Es musste doch wieder bergauf gehen! Gestern, am 10. Januar, war der Versailler Vertrag mit allen Konsequenzen in Kraft getreten. Was auf sie zukam, hatten sie schon gewusst, weil die Absegnung lange zuvor erfolgt war. Doch nun war es beschlossen, und sie mussten damit zurechtkommen.

Die meisten Deutschen lehnten den Vertrag ab, denn die Bevölkerung durfte nun zusehen, wie sie mit all den Knebeln und Bestimmungen zurechtkam. Das betraf auch den Milchhof Bleeker.

Hinzu kam die Schmach, die viele Deutsche angesichts der Forderungen empfanden, selbst liberale Politiker hießen das nicht gut. Die extremeren aber nutzten alles für sich und waren sich einig, dass die Kommunisten und Staatsfeinde sowie die Juden ihre Finger im Spiel gehabt hatten – einzig, um Deutschland zu schaden. Diese Dolchstoßlegende, von der Obersten Heeresleitung in die Welt gesetzt, machte immer schneller die Runde, und sie wurde immer stärker ausgeschmückt, sodass viele Menschen daran glaubten.

Lina sah das alles skeptisch, mochte so nicht urteilen, und eigentlich interessierte sie auch nur, welche Konsequenzen auf den Milchhof zukamen.

»Wir schaffen auch das und lassen uns nicht unterkriegen«, flüsterte sie. »Ich habe noch nie aufgegeben. Noch nie!« Lina wickelte sich den Schal fester um den Kopf, denn die Luft war zum Schneiden kalt. Aber sie hatte rausgemusst, um nachzudenken und den Kopf frei zu bekommen. Frische Luft und tief durchatmen halfen immer.

Die Marsch erstreckte sich vor Lina, sie konnte allerdings den Geestrücken der Friesischen Wehde schon gut erkennen. So weit würde sie nicht laufen, das kurze Stück reichte, damit sie wieder klar denken konnte. Es waren ja nicht nur die Sorgen um den Betrieb, die Lina zusetzten.

Auch ihre Söhne Wilko und Ludger machten ihr großen Kummer. Wilko, inzwischen sechsundzwanzig Jahre alt, war in den letzten Kriegstagen nach Hause gekommen – und hatte sein rechtes Bein verloren. Sein bester Freund war tot, direkt neben ihm von einem Geschoss zerfetzt. Mehr wusste Lina nicht. Nur dass Wilko Nacht für Nacht von seinen Erinnerungen aufgefressen wurde. Wilde Tiere, die als Gedanken getarnt über ihn herfielen und ihn quälten.

Und Ludger? Ihr kleiner Ludger, der doch eigentlich Bankier hatte werden wollen, bevor ihm der Kriegswahnsinn das Gehirn vollkommen vernebelt und schließlich verschluckt hatte? Ludger lebte seit der Rückkehr von der Westfront in seiner eigenen Welt. Er lieferte sich nachts einen choralen Wettstreit im Gebrüll mit dem älteren Bruder. Äußerlich unverletzt, aber die Seele offenbar mehrfach durchlöchert. Und sie als Mutter konnte sich das nur hilflos mit ansehen. Dieser Krieg hatte nicht nur viele Menschenleben gekostet, auch die eigentlich Unversehrten waren zerstört.

Wäre Derk Voigt, ihr alter Freund und Obermeier auf dem Milchhof Bleeker, nicht wie eh und je ein Fels in der Brandung und stets an ihrer Seite, zurück nach Ellenserdammersiel gekommen, wäre Lina inzwischen vollkommen verzweifelt. Seine Ruhe und sein unerschütterlicher Glauben an sie und den Milchhof gaben ihr Kraft.

Lina ließ ihre Fingerspitzen über einen der Halme streifen. Die Ähre war braun, der Stängel vergilbt. Doch sie hatten den Winter fast überstanden.

Vorsichtig strich Lina die Eiskristalle von der Spitze ab. Erst war es kalt, doch dann schmolz der Reif, und sie spürte die Nässe auf ihrer Haut.

Lina huschte unwillkürlich ein Lächeln übers Gesicht. Auch ihre Probleme würden verschwinden. Genau wie das Eis zu Wasser wurde, wenn nur die Sonne länger darauf schien.

»Jetzt kann ich wieder zur Molkerei zurückgehen«, sagte Lina zu sich. »Jetzt habe ich wieder Kraft und Mut. Was doch das Schmelzen eines einzigen Kristalls vermag.«

Sie wandte sich um und lief zum Milchhof, wo sie von den vertrauten Geräuschen und Gerüchen empfangen wurde, die sie so sehr liebte.

Es war das Scheppern der Milchkannen, das Klirren der Glasflaschen, das beruhigende Geräusch der Käseharfe und das ewige Brummen der Dampfmaschine, von der sie sich trotz der Elektrizität nicht hatte trennen mögen. Diese Maschine gab ihr die nötige Sicherheit. Gleichgültig, wie sich die Versorgungslage auch darstellen mochte: Sie hatten Strom. Sämtliche Geräusche wurden umhüllt vom süßlichen Duft der Milch, den Lina von Kindesbeinen an so sehr genoss. Allein wenn sie sich vorstellte, wie sich das sämige Weiß drehte, wenn sie zu rühren begann. Welche Köstlichkeiten sie aus der Milch herstellen konnte.

Aus der Käsefertigung kam Lina ihre Tochter Alea entgegen.

»Moin!« Sie war stets früh auf den Beinen, und beide hatten sich heute noch nicht gesehen.

»Moin, min Söten«, begrüßte Lina ihr Kind. »Gibt es Neuigkeiten?«

Alea nickte. »Erzähl ich dir gleich.« Sie wandte den

Kopf und entdeckte eine der Molkereigehilfinnen, die mit den Klotschen aus der Fertigungshalle über den Hof lief. »Ich muss nur kurz …« Alea rannte auf das Mädchen zu und maßregelte sie. Hygiene war in einer Molkerei das höchste Gebot! Darauf mussten sie achten, auch wenn immer wieder versucht wurde, nachlässig damit umzugehen, weil Sauberkeit unbequem war und Mehrarbeit bedeutete.

Linas Tochter zählte inzwischen dreiundzwanzig Lenze und war ihrer Mutter zu einer echten Unterstützung im Betrieb geworden. Ohne Alea wären die Kriegsjahre für Lina zu einer noch schlimmeren Belastungsprobe geworden, zumal ihr Derks Frau Talke und ihr Mitstreiter gegen den Milchhof, der Sozialist Karl Doden, das Leben unendlich schwer gemacht hatten. Das war nun hoffentlich vorbei, denn Karl war gleich nach dem Krieg ohne Abschied bei Nacht und Nebel verschwunden. Lina müsste lügen, wenn sie nicht froh darüber wäre, und sie hoffte, dass er nie wiederauftauchte.

Und Talke?

Talke hatte in all den Jahren eine Wendung gemacht, die Lina lange nicht durchschaut hatte. Geheiratet hatte Derk eine graue Maus, bei der er Zuflucht und Ruhe hatte finden wollen. Aber das Schicksal konnte grausam sein. Erst war ihr Sohn Onno bei der Geburt gestorben, weil die Hebamme nicht ihr, sondern Linda bei deren schwerer Geburt beigestanden hatte. Und dann musste Talke feststellen, dass sie es nie schaffen würde, das Herz ihres Mannes wirklich zu gewinnen, denn es war an sie, Lina Bleeker, vergeben.

Sie fand es erschreckend, zu welchen Taten der Hass einen Menschen treiben konnte. Erst waren es nur kleine

Intrigen gegen Lina und die Molkerei gewesen, zu denen Talke auch noch von Linas verstorbenem Mann Thees verleitet worden war. Doch als das nichts fruchtete und ihr deutlich wurde, dass sie auf ganzer Linie verloren hatte, war sie zu einer Frau geworden, die nur noch ihre Vorteile sah und ihre Zufriedenheit daran ausmachte, dass es Lina schlecht ging. Dafür tat Talke alles und scheute vor nichts zurück. Nicht einmal vor der eigenen Erniedrigung.

So manches Mal hatte Lina deshalb ein schlechtes Gewissen. Sie trug an dieser Verwandlung große Mitschuld, weil sie und Derk …

Aber ändern konnte sie auch nichts mehr an der Situation. Gegen große Gefühle herrschte eben große Machtlosigkeit.

»Bitte achte zukünftig darauf, sonst wird es zu Problemen mit uns kommen«, durchdrang nun Aleas Stimme Linas finstere Gedanken und holte sie in die Wirklichkeit zurück.

Lina beobachtete ihre Tochter, wie sie dem Mädchen zwar umsichtig, aber zugleich mit der nötigen Strenge erklärte, warum sie die Klotschen draußen nicht tragen durfte und sie aus Hygienegründen in der Fertigung zu bleiben hatten.

Lina lächelte. Alea war zu einer hübschen jungen Frau herangereift, sicher würden sich bald viele Verehrer einfinden, die um sie freiten. Es gab nach den schlimmen Verlusten im Krieg einen Frauenüberschuss, aber keiner der Männer wäre so blind, als dass Alea keinen bleibenden Eindruck hinterließ.

Ihre Gesichtszüge waren ebenmäßig, und sie trug stets ein freundliches Lächeln auf ihren vollen Lippen. Das lange blonde Haar war zwar immer zu einem Knoten oder zu Schnecken gefasst, aber wenn die Sonne es streichelte, glänzte es so golden wie deren Strahlen. Alea lief auch nicht, sie bewegte sich geschmeidig wie eine Katze, ihre Bewegungen waren weich und von großer Anmut und Ruhe geprägt.

Nein, kein Mann würde das übersehen. Lina war zuversichtlich, dass ihre Tochter das große Glück finden würde, auch wenn noch kein Galan in Sicht war, den Alea auch nur annähernd ins Auge gefasst hätte.

Die junge Molkereigehilfin ließ die Predigt über sich ergehen, nickte mit gesenktem Kopf und verschwand wieder in der Käsefertigungshalle. Erst danach kam Alea zu Lina zurück.

»Diese jungen Deerns müssen wirklich alles von der Pike auf beigebracht bekommen. Auch Dinge, die eigentlich klar sein sollten!« Sie seufzte.

Lina strich ihrer Tochter über den Arm. »Sie werden es schon lernen, genau wie wir früher.«

»Ja, das werden sie, und der Milchhof Bleeker wird als Molkerei weiter ganz oben mitspielen. Dafür sorgen wir! Egal, was in der Politik geschieht, wir halten hoffentlich dagegen, auch wenn es sicher schwer wird.«

Alea wischte sich mit dem Handrücken eine unter dem Tuch herausgerutschte Haarsträhne aus der Stirn.

Lina war stolz auf sie. Für ihre Tochter gab es momentan nur den Milchhof Bleeker. Sie wusste, welche Verantwortung sie zusammen mit ihrer Mutter trug, und sie würde alles tun, um dem gerecht zu werden.

»So, nun erzähl mir, was es an Neuigkeiten gibt!«, forderte Lina sie auf.

»Es geht voran, Mutter. Richtig gut voran.« Alea

strahlte regelrecht. »Wir haben die ersten größeren Bestellungen für den Käse bekommen – und Derk sagt, die Milchanlieferungsquoten steigen wieder an! Das ist doch beeindruckend!«

Lina nickte verhalten. Das klang grundsätzlich zwar gut, aber sie durften die von außen auf sie einwirkenden Tatsachen nicht aus den Augen verlieren. Alea war stets leicht zu begeistern und verdrängte Unangenehmes gern.

»Du weißt aber, dass die Probleme dadurch nicht kleiner werden«, begann Lina vorsichtig. »Was nützen die höheren Milchanlieferungen, wenn wir keine Absatzmärkte haben. Die Holländer und Dänen drängen nach Abschluss des Vertrages ganz sicher mit ihrer Markenbutter auf den deutschen Markt. Bei deren niedrigen Preisen können wir aber nur schwer mithalten.«

Der Versailler Vertrag machte zur Bedingung, dass der deutsche Markt für ausländische Produkte geöffnet werden musste. Das führte zu mächtigen Schwierigkeiten auf dem Binnenmarkt.

»Kommt Zeit, kommt Rat«, antwortete Alea mit ihrem unerschütterlichen Optimismus. »Immerhin haben wir noch meinen Käse, *Bleekers Kräuterglück*, und der verkauft sich nach wie vor gut. Derk hat auch schon überlegt, was wir modernisieren können, damit wir wettbewerbsfähig bleiben.« Aleas Blick schweifte schon wieder über den Hof, und dabei entdeckte sie, dass eine Kuh dort frei herumlief.

»Dammich«, fluchte sie. »Mutter, geh doch zu Derk, der kann es dir selbst erzählen. Ich kümmere mich derweil um das Vieh!«

Alea rannte los und fing die Kuh ein. Kurz darauf kam ein junger Knecht mit hochroten Ohren, die wie kleine

Segel unter der Schirmmütze hervorlugten, gemächlich aus dem Stall. Er hatte das Tier wohl schon vermisst.

»Da bist du ja«, sagte er mit ruhiger Stimme und tätschelte der Gefleckten den Hals. »Danke, Fräulein Bleeker. Kommt nicht wieder vor.«

Alea drückte ihm den Strick in die Hand, schob aber noch ein paar mahnende Worte nach.

Ihr freundliches, aber zugleich bestimmtes Wesen trug dazu bei, dass sich keine der Arbeiterinnen und kein Gehilfe kleingemacht fühlten, und dennoch zollten sie Linas jüngster Tochter höchsten Respekt, denn jeder wusste um ihre Fachkenntnis und ihren Gerechtigkeitssinn. Das alles war keineswegs selbstverständlich, denn Frauen hatten in der Regel keinen guten Stand – und ernst genommen wurden sie schon gar nicht. Da gab es noch eine Menge zu tun.

Lina lächelte. Ihre Tochter aber hatte es geschafft. Sie stand durchsetzungsfreudig und mit beiden Beinen im Leben. Wie sie es einst selbst gewesen war – ehe sie Thees Bleeker geheiratet hatte und damit in eine unglückliche Ehe geschlittert war, die sie eine Zeit lang entmündigt hatte. Seit so vielen Jahren war sie nun schon Witwe. Lina wischte die Erinnerungen beiseite.

Sie wurde höchst ungern an ihren verstorbenen Ehemann erinnert. Schlimm genug, dass es diesen Gedenkstein mitten auf dem Hof gab, der ihm zu Ehren aufgestellt worden war. Ein Ehrenmal für einen Mann, der rücksichtslos agierte, moralisch zwei Menschen auf dem Gewissen hatte und dem die Familie völlig gleichgültig war.

Lina gab sich einen Ruck.

»Alea hat recht«, murmelte sie. »Ich spreche mit Derk,

was wir gegen diese wirtschaftliche Übermacht aus den Niederlanden und Dänemark tun können.«

Wie immer, wenn sie an Derk dachte, beschleunigte sich ihr Herzschlag. Sie liebten sich schon so lange, aber da er mit Talke verheiratet war, gingen sie sich privat aus dem Weg, damit sie sich nicht in noch größere Schwierigkeiten brachten, als sie es zuvor schon getan hatten. Auch darüber mochte Lina jetzt nicht nachdenken.

Im Kontor war es gewohnt stickig. Durch die kleinen Fenster fiel nur wenig Licht, die dunklen Möbel trugen ebenfalls nicht dazu bei, dass der Raum freundlich wirkte.

Im Licht der einfallenden Sonne tanzten kleine Staubkörner, es roch stets nach Papier und Tinte.

Derk brütete hoch konzentriert über den Zahlen, und seine Zunge wanderte von einem Mundwinkel zum anderen. Der Bart war wie immer ausgedünnt, so als hätte er kein Interesse daran, das gut aussehende Gesicht zu verdecken. Lediglich den Schnäuzer konnte man als Bartwuchs bezeichnen.

Derk trug heute ein weißes Hemd, die Ärmel waren bis kurz über den Ellenbogen hochgekrempelt. Darüber hatte er eine braun karierte Weste gezogen, und die Beine steckten in den von ihm so geliebten Knickerbockern, die jetzt modern waren. Seine Schirmmütze lag achtlos neben ihm auf dem Tisch.

Lina blieb kurz stehen, weil sie es liebte, diesen Mann, der ihr so nah und zugleich so fern war, anzuschauen.

Es dauerte einen Moment, ehe Derk sie bemerkte. Sofort legte er den Stift beiseite und lächelte Lina warmherzig an. »Moin. Sicher hat dir Alea schon erzählt, dass wir von den Bauern jetzt mehr Milch bekommen.«

»Das hat sie«, antwortete Lina. »Aber nützt es uns etwas?«

Sofort wurde Derks Gesicht ernst. »Das kann ich nicht abschließend beurteilen«, wich er aus. »Das große Problem ist der Versailler Vertrag, wie du weißt. Das drückt die Preise. So billig wie Holland und Dänemark können wir nicht produzieren.« Derk nahm den Stift wieder in die Hand und trommelte damit auf dem Papier herum.

»Was wäre die Lösung?«, fragte Lina. Bloß nicht den Kopf in den Sand stecken. Nie aufgeben, sondern immer gleich neue Pläne schmieden.

»Investieren, wie immer«, schlug Derk vor. »Gib mir ein paar Tage! Ich bin gerade dabei, eine Aufstellung zu machen, was sinnvoll ist und wir uns leisten können. Außerdem muss es zu bekommen sein. Noch sind nicht alle Lieferketten wieder intakt.«

Derk schaute Lina mit seinem durchdringenden Blick an, und sie hielt dem stand. Weil es so wunderbar war, wenn sie sich so ansahen, denn es zeigte ihnen die Seele des anderen. Sie mussten nichts sagen, sie verstanden sich ohne Worte.

Im Augenblick schien es, als würde es zwischen ihnen beiden immer wärmer, weil sie es eine lange Zeit nicht zugelassen hatten und schon vor dem Krieg auf Abstand gegangen waren. Nach Derks Rückkehr kam das Wiederankommen und Sichneuzurechtfinden in einer Welt, die so anders war als zuvor.

Nun aber trennte sie nichts mehr, außer der Tatsache, dass er mit Talke verheiratet war.

Doch dieser Augenblick schenkte ihnen tiefes Verstehen.

Keiner sagte ein Wort, und doch sagten sie sich so viel,

dass es Wochen gefüllt hätte, wären die Sätze ausgesprochen worden. Jeder aneinandergereihte Buchstabe klang wie eine perfekte Komposition in ihren Ohren, weil sie sich ausmalen konnten, was der andere dachte und mitteilen wollte.

Dennoch war es still im Kontor. Nur leise schallten die Stimmen der anderen Büromitarbeiter zu ihnen herüber, durchbrochen vom Klappern der Schreibmaschine. Die Tür aber war geschlossen, und ohne anzuklopfen wagte es keiner der Angestellten, den Raum der Betriebsleitung zu betreten.

Lina und Derk waren allein. Das war immer gefährlich, aber auf dem Milchhof waren sie vorsichtig. Nicht wie in Dresden, als sie sich geliebt hatten, weil sie wussten, dass es niemand erfahren würde. Es war bei dem einzigen Mal geblieben, denn Ellenserdammersiel war nicht Dresden. Ellenserdammersiel war die Wirklichkeit.

Doch jetzt, inmitten dieser Akten und Verträge, inmitten ihrer Molkereiwelt waren sie sich plötzlich so nah wie damals, und es gelang ihnen, die Realität auszublenden.

Es gab nur Lina und Derk. Derk und Lina.

Um sie herum existierten weder die Geräusche aus dem Nebenraum noch die Spinne, die sich gerade hinter Derk am Fenster abseilte. Talke und Linas Kinder waren ganz weit fort.

Lina näherte sich Derk mit einem kleinen Schritt.

Der stand ebenfalls auf, und wie von Marionettenfäden gezogen, bewegten sie sich langsam aufeinander zu. Ihre Hände umschlossen sich wie von selbst, und Linas Kopf fand sich von allein an Derks Kinn wieder. Dass ihre Lippen sich gleich darauf berührten, war unausweichlich.

Linas Knie wurden weich, und als ihre Zungen miteinander spielten, fühlte es sich richtig an. Weil sie zusammengehörten. Gleichgültig, ob die Umstände etwas anderes sagten.

*

Talke wollte Butter vom Milchhof holen. Außerdem hatte sie gern ein Auge auf ihren Mann Derk, der nach wie vor Seite an Seite mit Lina arbeitete.

Als sie die Butterei mit ihren Päckchen verließ, sah sie durch das Fenster des Kontors eine Bewegung. Derk saß dort gewiss am Schreibtisch, aber Talke war sicher, dass sie eben Linas blondes Haar gesehen hatte. Sie befand sich also mal wieder bei ihrem Mann im Büro. Was auch immer sie ständig zu besprechen hatten. Wie immer kochte in Talke großer Zorn hoch, wenn ihr die Nähe zwischen Lina und Derk bewusst wurde.

Talke hatte mit all ihren Intrigen in den Jahren kein bisschen Boden gutmachen können. Nicht einmal der Krieg hatte ihr genützt. Lina war immer die Stärkere geblieben. Wen wunderte es, hatte sie doch von Kindesbeinen an immer auf der sonnigen Seite gestanden. Sah man mal vom frühen Tod der Mutter ab, war es Lina Harms, später Bleeker, immer gut gegangen.

Talke konnte ihre Wut auf Lina schon wieder kaum zügeln. Zu dumm, dass Karl Doden eine furchtbare Enttäuschung gewesen war. Wollte er zunächst großmäulig die Bleekers kleinkriegen, hatte er sich in Talkes Augen als Schwächling erwiesen. Nachdem er Thees Bleeker getötet hatte und nie dafür belangt worden war, hatte sie ihn davon überzeugen können, dass er auch Lina schaden musste, damit die Bleekers ein für alle Mal in die Knie gezwungen wurden.

Aber Karl hatte sich zunehmend in der Politik und im Untergrund engagiert. Auf welcher Seite er stand, hatte Talke nicht immer verstanden – wichtig war für Karl immer nur gewesen, seine eigene Haut zu retten. Er hatte es dank ihrer Unterstützung immerhin vermeiden können, als Fahnenflüchtiger erwischt zu werden.

Karl war ein Getriebener ohne Ziel.

Kurzum: Als Liebhaber hatte er seinen Mann gestanden, als Rachewerkzeug gegen den Milchhof Bleeker war er unbrauchbar. Schließlich hatte Talke Karl gleich nach Kriegsende vom Hof gejagt.

Er war inzwischen ein begeisterter Anhänger der neuen, noch sehr kleinen Bewegung, die sich Nationalsozialisten nannte und offenbar sogar eine Parteigründung im nächsten Monat plante.

Talke feixte. Was war sie früher ein Schaf gewesen, das sich nicht für solche Dinge interessierte. Aber seit dem Krieg hatte sie sich angewöhnt, die Zeitung regelmäßig zu lesen und sich zu informieren. Sie verstand längst nicht alles, aber das machte nichts. Das Wesentliche reichte. Und was die Grundfeste dieser neuen Bewegung anging – das gefiel ihr.

Dennoch war Karl Doden schuld daran, dass Lina ihre gerechte Strafe noch nicht erhalten hatte.

»Karl ist een Swienegel«, murmelte sie. »Mit Lina Bleeker werde ich auch allein fertig.«

Talke schlich sich ans Fenster, aber es war zu hoch, als dass sie ins Kontor blicken und wirklich etwas erkennen konnte. Nervös schaute sie sich um. Sie könnte doch …

Kaum hatte sie diesen Gedanken zu Ende gedacht, stand sie schon vor der Tür zum Bürogebäude.

Vorsichtig drückte Talke die Klinke herunter. Sie war froh, dass die weder ein Knarzen noch ein Ächzen von sich gab, sondern sich fast wie von selbst öffnete.

Es war still im Raum der Betriebsleitung und wie immer etwas dämmrig. Doch das Licht reichte, um Talke genau jenes Bild zu präsentieren, das sie sich in ihren schlimmsten Träumen ausgemalt hatte. Lina und ihr Mann standen eng umschlungen am Schreibtisch und küssten sich, als gäbe es die Welt um sie herum nicht mehr.

Talke schluckte. Am liebsten wäre sie wie eine Furie dazwischengegangen und hätte auf die beiden eingeprügelt.

Aber dann entschied sie sich anders. Das Fass war übergelaufen, dieses Mal würde sie nicht einknicken. Sie war lange töricht genug gewesen und hatte sich wie ein Tanzbär an der Nase herumführen lassen.

Das würde Lina ihr büßen. Und wie!

*

Derk genoss den Kuss und ignorierte den feinen Zug, der plötzlich seine Beine umstrich. Er wollte nicht, dass es aufhörte, sondern nur eines: Linas weichen und hingebungsvollen Lippen nachspüren. Er mochte es, wie anschmiegsam sie sein konnte, wenn sie die harte Schale der Molkereileiterin ablegte und ganz die Frau war, die er begehrte.

Derk liebte Lina schon so lange. Und so hörte er nicht auf, sie zu liebkosen, genoss Minute um Minute.

Er fuhr zusammen, als er einen neuerlichen Luftzug spürte. Mit klopfendem Herzen schob er Lina ein Stückchen weg. »Hast du das auch gefühlt?«

Seine Geliebte hatte hochrote Wangen, und ihre Augen glänzten sehnsüchtig. »Nein, was denn?«

Verlegen ordnete sie ihr Haar, das ein wenig gelitten hatte.

Derk ließ den Blick zum Eingang schweifen. Doch er war geschlossen.

»Ich habe gedacht, da ist jemand«, entschuldigte sich Derk, weil er die innige Atmosphäre so abrupt gestört hatte. Er räusperte sich. »Da habe ich mich wohl geirrt. Trotzdem sollten wir vorsichtiger sein.«

Lina seufzte. »Du hast wohl recht. Das hätte uns nicht passieren dürfen. Stell dir vor, es wäre wirklich jemand reingekommen.« Sie kicherte wie ein junges Mädchen. »Dann wäre uns der Dorftratsch gewiss.«

Lina wurde schnell wieder ernst. Sie wusste genau wie Derk, welche Katastrophe das in seinem Leben auslösen würde. Er tätschelte ihre Hand und konnte seine Nervosität nicht verbergen, denn er war nach wie vor besorgt.

»Es ist besser, wenn du jetzt gehst. Wir müssen weiterhin Distanz wahren, sonst wird es immer wieder so enden wie jetzt.« Derk brach die Stimme. »Uns hätte hier jeder ertappen können.«

Ein Blick zur Uhr sagte ihm außerdem, dass er losmusste.

»Es ist gleich Mittag. Talke wartet mit dem Essen.«

»Du musst nichts erklären, Liebster«, flüsterte Lina. »Ich verschwinde schon.«

Ihr Lächeln wirkte dennoch verletzt, aber ihr war

ebenso klar wie ihm, dass sie sich fortan zusammenreißen mussten. Lina winkte kurz und verließ das Kontor.

Derk sah ihr eine Weile hinterher, auch als die Tür längst geschlossen war.

Sie waren so lange standhaft geblieben. Warum es gerade heute derart aus dem Ruder gelaufen war, war für Derk nicht fassbar. Da war plötzlich diese Magie gewesen. Die kleinen Wellen, die sie aufeinander zugespült hatten und deren Strömung es verhinderte, dass sie auseinanderdrifteten.

Er atmete tief durch. Talkes Warnung galt immer noch. Wenn er sich nicht privat von Lina fernhielt, würde sie ihrer Tochter Antke sagen, dass er in Dresden mit einer fremden Frau einen Sohn hatte, und auch, dass sogar Lina von ihm schwanger gewesen war. Beides kein Ruhmesblatt, weiß Gott nicht. Aber es war geschehen, weil sein Leben an Talkes Seite unerträglich geworden war, nachdem sie ihr Kind verloren hatten und der Hass auf Lina, die Molkerei und ihn so groß geworden war, dass der alles wie bei einem Flächenbrand vernichtet hatte. Talke war ihm im Laufe der Jahre fremd geworden, wobei er zugeben musste, dass er sie wohl nie wirklich gekannt hatte.

Aber Antke würde ihm seinen Verrat nicht verzeihen, egal, welche Beweggründe ihn derart an den moralischen Abgrund geführt hatten. Derk würde seine Tochter verlieren. Das war das Schlimmste, was er sich vorstellen konnte. Schlimmer noch, als auf Lina zu verzichten.

Er hatte einen riesigen Fehler in seinem Leben gemacht, und das war, Talke zu heiraten. Aber er musste zu seinen Entscheidungen stehen. Das war er sowohl seiner Frau als auch der Tochter schuldig.

Plötzlich war Derk kalt. Das Kontor war mit dem neuen Kohleofen gut geheizt, aber es erschien ihm, als zöge es von überall unangenehm durch die Ritzen.

Ich muss nach Hause, so schnell es geht, schoss es durch seinen Kopf. Eine Ahnung sagte ihm, dass er sich vorhin keineswegs getäuscht hatte und wirklich jemand kurz im Kontor gewesen war.

Derk riss den Wollmantel vom Haken, knöpfte ihn noch im Laufen zu und rannte quer über den Milchhof Richtung Ellenserdammersiel, wo er mit Talke und der zwanzigjährigen Antke in einer Kate in Bahnhofsnähe wohnte.

Aus dem Schornstein kringelte sich der Rauch, es roch nach verbranntem Torf und nach Kohlsuppe.

Antke stand am Herd und rührte den Eintopf, als Derk reingestürmt kam.

»Moin, Vader! Du bist früh, eigentlich wollten wir erst um ein Uhr speisen, aber ich habe schon alles fertig«, begrüßte ihn seine Tochter und hielt Derk die Wange hin. Sie roch nach Kernseife und einem Gemisch aus dem zubereiteten Eintopf. »Moder kommt bestimmt gleich, sie wollte noch rasch zum Milchhof und etwas Butter besorgen. Hast du sie gar nicht angetroffen?«

Derk fuhr erschrocken zusammen. »Talke war in der Molkerei?«

»Jo, mich wundert, dass ihr euch nicht in die Arme gelaufen seid.«

Antke kostete die Suppe und gab etwas Salz dazu. »Nun ist sie richtig wohlschmeckend. Wenn Moder kommt, können wir essen.«

Derk setzte sich an den Tisch und trommelte mit den Fingern auf der Tischplatte herum.

»Was ist los mit dir, Vader?«, fragte Antke. Sie hatte die gleichen blauen Augen wie er und sah ihm auch sonst sehr ähnlich. »Du wirkst unruhig. Ist was in der Molkerei schiefgelaufen?«

»Nein, es ist alles in Ordnung«, antwortete Derk fahrig. »Ich frage mich nur, wo deine Mutter bleibt.«

Antke stellte ihm ein Glas Wasser hin. »Trink schon mal, das verkürzt die Wartezeit ein wenig.«

Dankbar nahm Derk einen Schluck. Er war wirklich aufgewühlt, denn wenn Talke auf dem Milchhof gewesen war, konnte das bedeuten, dass sie ihn und Lina womöglich gesehen hatte. Er wäre froh, wenn seine Frau gleich käme und sich die Zweifel zerstreuten. Er machte sich vermutlich nur selbst verrückt. Warum sollte Talke ausgerechnet dann ins Kontor gekommen sein, als er sich für einen Moment vergessen hatte?

»Weil die Tür kurz aufgegangen ist«, beantwortete ihm eine innere Stimme die Frage.

Derk fuhr sich mit der Zunge über die Lippen, die noch immer von Linas Kuss zu brennen schienen und das Gefühl hinterlassen hatten, es könnte ein Versprechen auf mehr sein. Er dachte an jene Nacht in Dresden zurück. Es waren die schönsten Stunden in seinem Leben gewesen.

Lina und er, sie gehörten zusammen – und würden dennoch immer vom Strom des Lebens getrennt sein. Er sollte endlich zu träumen aufhören.

Es klackte, und Talke trat ein. Sie brachte einen Schwall der frostigen Winternordseeluft mit, und sofort wurde es kalt in der Kate. Das änderte sich auch nicht so schnell, als sie die Tür wieder schloss und Antke rasch ein Stück Torf in den Ofen schob.

Talke hängte den Wollmantel in der schmalen Diele an die Garderobe, die aber nur aus drei einfachen Haken bestand. Einen für sie, einen für Derk, einen für Antke. Die restliche Kleidung war in Truhen und Kommoden in den jeweiligen Räumen untergebracht.

Talke schaute kurz ihren Mann und ihre Tochter an.

»Da bin ich. Es ist verdammt kalt draußen.« Sie wandte sich an Antke. »Gib uns bitte schon mal die Suppe in die Teller.« Derk bedachte sie weder mit einem Gruß noch mit einem Blick.

Ihm wurde immer unbehaglicher. Vor allem, als sich seine Frau mit einem aufgesetzten Lächeln am Tisch niederließ, zum Löffel griff und begann, die Suppe zu löffeln.

Derk und Antke taten es ihr gleich, sodass eine Weile nur das Klappern des Geschirrs zu hören war.

Derk spürte, dass die Luft in der Küche brannte – und die vernichtende Glut ging von Talke aus. Ihm blieb jedoch nichts anderes übrig, als abzuwarten.

»Läuft es in der Molkerei?«, fragte seine Frau mit einem Seitenblick zu ihrem Mann, als der Teller geleert war.

»Ja, danke der Nachfrage. Die Milchanlieferungsmengen steigen, aber wir müssen noch weiter in neue Maschinen investieren«, gab er Auskunft. Aber ihm war schon klar, dass Talke ihm diese Frage nicht wegen der zu erwartenden Neuinvestitionen gestellt hatte. O nein! Es steckte viel mehr dahinter! So gut kannte er seine Frau dann doch.

Ihm wurde abwechselnd heiß und kalt.

Es half nichts, Derk musste wissen, ob Talke etwas gesehen hatte. Er trat die Flucht nach vorn an.

»Deshalb war Lina vorhin kurz bei mir im Kontor. Ich erstelle jetzt eine Liste, was für den Milchhof wichtig ist. Der Versailler Vertrag wird auch uns arg zusetzen.«

Talke schob den Löffel neben dem Teller hin und her.

»Sie war also zur Besprechung bei dir im Kontor?«

Dabei blickte sie ihrem Mann fest in die Augen und hob die Brauen.

Die darauffolgende Stille war fast unerträglich. Derk wusste jetzt, dass er in der Falle saß.

Seine Frau lächelte, doch es sah aus, als ob der Hofhund die Zähne bleckte.

»Hast du mir und Antke nicht was zu sagen? Es gibt da schließlich eine Abmachung, wie du weißt!«, sagte sie ganz ruhig. So, als würde sie übers Wetter reden.

Derk setzte sich gerade hin. Es galt, Ruhe zu bewahren.

Sie hatte kein Recht darauf, ihm Vorwürfe zu machen. Nicht nach dem, was Talke ihm im Gegenzug mit ihrem Marinesoldaten und später mit Karl Doden angetan hatte. Eheliche Treue sah anders aus.

»Wir hatten eine Abmachung. Ich mit dir und du mit mir. Wir haben uns beide nicht daran gehalten, wie du dich sicher erinnern kannst«, stellte er klar.

Talke blitzte Derk zornig an. »Der werte Herr wagt es, mir etwas vorzuhalten, was er selbst zuvor getan hat?«

Antke war kreidebleich geworden. »Moder! Vader! Wovon sprecht ihr?«

»Dass dein Vater ein Kind mit einer anderen hat und nicht einmal davor zurückgeschreckt ist, Lina Bleeker zu schwängern. Allerdings hat sie das Balg genauso verloren wie ich meinen Onno.«

Derk umfasste Talkes Handgelenk. Er konnte jetzt auf

Antke keine Rücksicht nehmen und würde später mit ihr sprechen. In Ruhe, wenn sich die Wogen etwas geglättet hatten. Jetzt musste er sich erst gegen Talkes Anschuldigungen wehren.

»Und du? Du hast dich zur Hure eines Matrosen gemacht. Und zu der eines Mörders, dem wir nur seine Tat nicht nachweisen können. Oder meinst du wirklich, dass Lina und ich nicht wissen, was Karl Doden ihrem Mann angetan hat? Abgeschlachtet hat er ihn und dann in die Hunte geworfen!«

Talke sprang auf, dabei stieß sie gegen das Tischbein, und die Teller klirrten. »Aber nur, weil Thees Bleeker, der saubere Gemahl von Lina, die Magd Suntje in guter Hoffnung hat sitzen lassen, sodass ihr nur der Weg ins Wasser blieb. Ganz zu schweigen von Hero, den er mit Fieber aufs Dach gejagt hat, sodass er abgestürzt ist. Auf dem Milchhof Bleeker herrscht Sodom und Gomorrha, und alle tun dort so scheinheilig, dass mir die Galle hochkommt, wenn ich nur den Namen höre!« Talke spuckte vor Derk auf den Tisch. »Ihr seid doch alle verdorben.«

Sie wandte sich an ihre Tochter, die dem Streit kreidebleich gefolgt war und offenbar nicht wusste, was sie davon halten sollte. »Antke. Nun weißt du, was du für einen Vater hast!« Talke riss sich los und stürzte aus der Küche. Kurz darauf fiel die Haustür hinter ihr zu.

Kapitel 2

Moin, Frau Bleeker. Ich möchte Ihnen gern meine Aufwartung machen!« Wilhelm de Vries hob kurz den Hut, als er sich vor Lina verneigte. Der Bankier und Großgrundbesitzer trug einen dunklen Lodenmantel über dem Tweedanzug und sah überaus geschniegelt aus.

Wie immer war der Bart akkurat gestutzt, wie immer lag ein unergründliches Lächeln auf seinem Gesicht.

Der Mann hatte Lina gerade noch gefehlt. Ein paar Minuten zuvor hatte sie in Derks Armen gelegen, sich gestohlen, was ihr nicht zustand, und war noch vollkommen verwirrt davon. Ausgerechnet jetzt stand der nächste Verehrer vor ihr. Es war nicht so, dass sie den gut aussehenden Wilhelm unsympathisch fand oder ihr sein Werben nicht schmeichelte. Aber heute, wo ihre Gefühle Purzelbäume schlugen, ja, regelrechte Kapriolen in ihrem Kopf veranstalteten, war es ihr zu viel. Nur blieb Lina keine Wahl, als die Contenance zu wahren, allein, um dem Milchhof nicht zu schaden.

Lina konnte Herrn de Vries gegenüber nicht unhöflich sein und ihn kühl behandeln. Immerhin hatte er den Daumen auf jeglicher Finanzierung der Molkerei, und von seinen Kühen kam ein Großteil der Milch.

»Was führt Sie denn zu mir?«, fragte Lina deshalb. »Gibt es etwas Geschäftliches zu besprechen?«

Wilhelm de Vries schüttelte den Kopf, und ein gewinnendes Schmunzeln zeichnete sich ab. »Das nicht. Ich war gerade in der Nähe, und mit dem Automobil geht es ja schnell, einen kurzen Abstecher zum Milchhof zu machen. Mich hat die Sehnsucht getrieben, mit Ihnen zu klönen. Der Grund sind folglich Sie allein, werte Frau Bleeker. Sie allein«, gab er formvollendet zurück. Lina ahnte, dass er sich ausrechnete, eines Tages um ihre Hand anzuhalten. Aber noch kam sie ganz gut ohne Mann zurecht. Derk mal ausgenommen, doch ihn durfte sie nicht haben.

Lina setzte ihr gewohnt unverbindliches Lächeln auf, das sie auch dann an den Tag legte, wenn sie mit Kunden zu tun hatte, die es zu beschwichtigen galt. Abweisen konnte sie Wilhelm de Vries nicht. Ihn zum Tee einzuladen war jedoch nicht verpflichtend und würde ihrer harmonischen Beziehung schmeicheln.

»Das ist sehr freundlich. Wollen Sie mir bitte ins Haus folgen? Gleich ist ohnehin Elführtje, und der Tee ist fertig. Ich sag dem Mädchen Bescheid, dass wir einen Gast haben.«

»Das wäre an einem solch kalten Tag ein Segen, Frau Bleeker. Wie Sie wissen, jährt sich der Todestag meiner Gemahlin – Gott hab sie selig –, und ich komme nicht allzu oft in den Genuss, Tee in Begleitung zu trinken. Und dann noch, wenn sie so charmant ist, wie Sie es sind.«

Lina war das ein wenig zu dick aufgetragen, und nach ihrer Begegnung mit Derk verspürte sie nur wenig Lust, mit Herrn de Vries Teetied zu machen. Noch immer glaubte sie ein Brennen auf den Lippen zu spüren, noch immer fühlte sie die Hände des Geliebten an ihrem Körper.

Sie musste aufhören, daran zu denken!

»Ich freue mich über Ihre Gesellschaft«, hörte sich Lina sagen und hätte sich wegen dieser Lüge am liebsten auf die Zunge gebissen. Aber ihr blieb keine Wahl, wenn sie Wilhelm de Vries nicht vergrellen wollte. Denn von seinem Gutdünken hing finanziell eine Menge für den Milchhof ab.

»Wollen Sie mir bitte folgen?« Lina machte einen Schritt auf die Haustür zu.

In diesem Augenblick kam ihr Ludger entgegen.

»Einen Moment bitte«, sagte sie entschuldigend zu dem Bankier und wandte sich an ihren Sohn. »Wohin möchtest du?«

Ludger war dick eingemummelt und hatte sich die Mütze tief ins Gesicht gezogen.

»Aufs Meer«, gab er knapp zurück. Er sprach seit der Rückkehr aus dem Krieg kaum noch und verkroch sich zunehmend in seiner eigenen Welt.

»Es ist zu kalt, und wir wollen in einer Stunde essen. Tjelda hat heute Gulasch gekocht, das magst du doch so gern.«

Lina warf einen Blick zu Herrn de Vries, der seinen Hut zwischen den Händen drehte.

»Ich komme gleich«, entschuldigte Lina sich erneut. Aber sie konnte Ludger nicht einfach so gehen lassen.

»Ich habe eben eine Scheibe Brot zu mir genommen, mir ist nicht nach Fleisch. Es ekelt mich«, erklärte der.

Lina zog die Brauen hoch. Das waren ganz neue Töne. »Seit wann das?«

»Seit gestern. Wenn ich Fleisch sehe, denke ich an …« Er brach ab und verzog schmerzhaft das Gesicht.

Lina ahnte, was er meinte. Ludger sah seine Kameraden vor sich auf dem Feld. Tot, zerschossen.

Sein Kinn zitterte.

»Ist gut, min Jung. Dann geh. Aber fahr nicht zu weit raus, es ist wirklich sehr kalt.«

»Kälter, als ich es innen drin bin, bestimmt nicht!«, gab er zurück.

Lina wusste seine Offenheit zu schätzen. Dass er das überhaupt zugab, war schon viel.

Sie sah Ludger nach, wie er vom Hof der Molkerei trottete. Den Blick gesenkt, jeden Tritt sorgsam gesetzt. Das war nicht mehr ihr Kind, nicht mehr der kleine, fröhliche Junge, der so gern die Pfennige gezählt und »Bank« gespielt hatte. Der Mann, der sich jetzt vom Milchhof entfernte, war ein Schatten seiner selbst. Eine gebrochene Persönlichkeit, der das Leben zu groß geworden war wie ein Paar Schuhe, in der die Zehen so viel Spielraum hatten, dass er ständig stolperte, aber nicht einmal wusste, wie und wo er sich auffangen konnte.

Ludger, ihr kleiner Ludger. Verschluckt vom Krieg und zerstört wieder ausgespuckt, in der Hoffnung, er würde fortan ohne Ausfälle funktionieren.

Wäre ihr Sohn eine Maschine wie ihr Separator oder die Flaschenabfüllmaschine, könnte sie ihn reparieren, aber es gab keinen Schlüssel, mit dem sie ihn aufschrauben und die defekten Teile ersetzen konnte, damit er wieder funktionierte. Damit alles gut wurde.

Ludger blieben als Balsam für die Seele nur sein Ruderboot und das Meer. Dort war er eins mit sich, dort konnte er das Leben ertragen.

Lina musste das tolerieren, ihr blieb schließlich nichts anderes übrig.

Sie lächelte verkrampft und ging zurück zu Herrn de Vries. »Es tut mir leid, aber ich wollte nur klären, wohin mein Sohn unterwegs sein wird.«

Warum war jetzt Derk nicht an ihrer Seite? Konnte sie trösten oder mit seiner ruhigen Art einfach ein anderes Licht auf die Situation werfen.

»Sie müssen sich doch nicht entschuldigen«, sagte Wilhelm de Vries und hielt ihr galant den Arm hin. »Kinder machen eben immer, was sie wollen, nicht wahr. Auch wenn sie schon erwachsen sind, nehmen sie nur selten Rücksicht auf die Gefühle ihrer Mutter.«

Lina seufzte innerlich. Eine solche Plattitüde konnte sie nun gar nicht brauchen, denn sie war wegen Ludgers Verhalten zutiefst besorgt. Derk hätte …

Lina biss sich auf die Unterlippe. »Ja, so ist es«, entfuhr es ihr dann. Es war besser, dieses Thema jetzt nicht vor Wilhelm de Vries zu vertiefen.

»Nun lassen Sie uns den Tee einnehmen!«, meinte er.

Es widerstrebte Lina, dass der Bankier dermaßen den Ton angab, aber sie schwieg.

Auf dem Weg zum Salon wies sie die Kleine Magd an, ihnen Tee und Kekse zu servieren und Herrn de Vries den Mantel abzunehmen.

»Bitte nehmen Sie Platz. Wir müssen mit dem kleinen Tisch vorliebnehmen. Wie Ihnen nicht entgangen sein dürfte, duftet es bereits verführerisch nach Gulasch, das um ein Uhr auf den Tisch kommt. Deshalb können wir nicht im Speisezimmer sitzen.«

Herr de Vries ließ sich auf den Stuhl fallen und zog die Weste über den feisten Bauch, der seiner Attraktivität aber nicht schadete. Er war nicht nur gut gekleidet, sondern auch ein überaus stattlicher Mann.

»Nichts für ungut, Werteste«, sagte er. »Ich möchte Sie auch gar nicht lange aufhalten.«

»Das tun Sie nicht«, beeilte sich Lina zu versichern, auch wenn sie sich nichts sehnlicher wünschte, als dass er gleich wieder verschwände und sie ihren Gedanken um Derk und Ludger nachhängen könnte. Es gab so viel zu rekapitulieren und zu überlegen. Doch jetzt verlangte der Bankier nach ihrer ganzen Aufmerksamkeit.

»Es ist Ihnen sicher nicht entgangen, liebe Frau Bleeker, dass wir jetzt, nach dem verlorenen Krieg, auf schwere Zeiten zusteuern, die auch Ihren Betrieb treffen werden.«

»Die Milchanlieferung steigt aber gerade wieder«, warf Lina ein.

»Die Teuerung auch. Und sie wird weitergehen, weil wir als Land sehr geknechtet werden. Die Würfel sind nach der Zustimmung zum Versailler Vertrag im Juli letzten Jahres gefallen, und jetzt, wo diese ganze Schweinerei auch noch in Kraft tritt, werden es nicht nur die Betriebe merken, sondern auch der kleine Mann. Es ist wohl müßig, Ihnen die Hintergründe als Frau weiter zu erläutern, denn die Angelegenheit ist doch sehr komplex.«

Lina schluckte ihren Ärger über diese anmaßende Bemerkung hinunter. Dennoch wollte sie das auf keinen Fall auf sich sitzen lassen.

»Ich leite diese Molkerei, ich weiß, worin die Ursachen liegen und wohin das alles führen kann. Wirtschaftliche Zusammenhänge begreife ich durchaus, Herr de Vries«, gab sie zurück, behielt aber ihr Lächeln bei.

Sie wurden unterbrochen, weil Sophie den Tee servierte. »Danke. Sag in der Küche bitte Bescheid, dass wir pünktlich um eins essen, ich habe später noch einen Termin.«

Mit dieser Bemerkung war gewährleistet, dass sich der Bankier nicht übermäßig lange auf dem Milchhof aufhielt.

Der vorgeschobene Termin war ohnehin eine glatte Lüge, aber Linas Interesse daran, dass Herr de Vries sich festsetzte, war gering.

»Nun, meine Teuerste«, fuhr er fort, nachdem er sich von Sophie hatte einschenken lassen und sie mit dem Tablett den Salon wieder verlassen hatte. Er nahm einen Schluck und spreizte dabei seinen kleinen Finger ab.

Lina nahm das mit Befremden zur Kenntnis. Es war albern, wenn ein Mann sich so geziert benahm.

Lina wunderte sich, warum sie Wilhelm de Vries heute so ablehnend gegenüberstand. Das war doch sonst nicht so. Sie hatten auch oft zusammen lachen können und durchaus angenehme Gespräche gehabt.

Wilhelm de Vries schien ihre heutige Zurückhaltung gar nicht wahrzunehmen, oder er tat so, als bemerke er es nicht. Er redete einfach weiter, als wäre alles in Ordnung.

»Wenn Sie mit dem Milchhof Bleeker wegen der, sagen wir mal, doch prekären politischen Situation in Schwierigkeiten geraten sollten, möchte ich Ihnen versichern, dass ich für Sie da sein werde.« Diese Bemerkung war mehr als doppeldeutig, und Lina hatte den tieferen Sinn durchaus verstanden.

»Das ist sehr freundlich«, gab sie unverbindlich zurück, »und ich weiß das zu schätzen.«

»Das ist mir sehr wichtig. Bitte greifen Sie auf mein Angebot zurück, sollte es nötig sein.« Wieder nippte

Wilhelm de Vries mit gespreiztem Finger am Tee. »Auch wenn ich mich wiederhole, meine Teuerste: Ich möchte für Sie da sein. Sie wissen als Witwe ja selbst, wie einsam eine Seele sein kann.«

Lina knabberte an einem Keks, sagte dazu aber nichts. Sie wollte Herrn de Vries nicht vor den Kopf stoßen. Wilhelm de Vries war ein gut aussehender und heiß umschwärmter Mann mit großem Charme, Bildung, Geld und Ländereien. Aber er war eben nicht Derk.

Lina war froh, als er sich nach einer halben Stunde erhob und sich formvollendet mit einem Handkuss verabschiedete.

Sie musste nämlich noch in die Käserei und in der Lagerhalle nach dem Rechten sehen. Vorhin war es ihr so erschienen, als hätte die neue Mitarbeiterin die eine Reihe der Käselaibe nicht fristgerecht gewendet.

*

Die Glocke läutete. Mit diesem Zeichen rief Tjelda zum Essen. Linas Magen knurrte, sie hatte, außer dem Tee eben, am Morgen nur einen trockenen Zwieback und den einen Keks geknabbert. Es wunderte sie, dass sie überhaupt ein Hungergefühl verspürte, schlugen ihr die Ereignisse des Vormittags doch arg aufs Gemüt und durchwühlten ihre Gedärme.

Schon in der Diele empfing Lina der würzige Geruch des Gulaschs. Wilko im Esszimmer saß bereits am Tisch, er nahm immer an der Stirnseite Platz, weil er dort mit dem Rollstuhl besser hinpasste. Er hatte nicht auf Lina gewartet, sondern schaufelte sich schon das Essen auf den Teller.

»Du bist spät«, knurrte er.

»Ich muss arbeiten, wie du weißt«, gab Lina zurück. »Und wenn ich am anderen Ende der Molkerei beschäftigt bin, dann dauert es eben. Ich denke nicht, dass ich mich dafür entschuldigen muss.«

Warum sie nun so auf ihren Sohn losging, wusste Lina auch nicht. Es war einfach alles zu viel.

Wilko aber blieb völlig gelassen.

»Ach ja, die Besprechungen mit Derk. Talke sprach davon.« Wilkos Stimme klang betont unbeteiligt, er schaute seine Mutter nicht einmal an, sondern griff zu Messer und Gabel.

»Genau, aber ich hatte auch noch Besuch vom Bankhaus de Vries und musste hernach in die Lagerhalle. Als Betriebsleiterin ist es eben auch notwendig, mit dem Obermeier eine Menge durchzugehen. Aber nun wollen wir essen.«

»Auf Alea und meinen werten Herrn Bruder müssen wir ja wohl nicht warten«, murrte Wilko.

»Eigentlich gehört es sich wohl so, nicht wahr?«

»Ich für meinen Teil habe jetzt Hunger«, gab ihr Ältester ungerührt zurück.

»Trotzdem.«

Wilko legte das Besteck auf den Tellerrand. »Mutter, bei Alea weiß man schließlich nie, ob und wann sie geruht zu erscheinen«, brummte er. »Meine Blaustrumpfschwester ist dermaßen in die Molkerei vernarrt, dass sie darüber alles andere vergisst. Und Ludger erscheint ohnehin nur dann, wenn es ihm beliebt. Ich finde, dass dieses wunderbare Essen nun besser nicht kalt werden sollte. Guten Appetit.«

Lina wartete dennoch fünf Minuten, aber da ihre Tochter wirklich nicht kam, nahm sie sich schließlich ebenfalls von den Kartoffeln, dem Rosenkohl und dem Gulasch.

»Ludger ist mit dem Boot raus«, versuchte sie ein Gespräch in Gang zu bringen, weil es sie wahnsinnig machte, dass Wilko überhaupt nichts sagte.

»Der Kerl ist völlig irre«, sagte er schmatzend. »Bring ihn besser in die Anstalt, sonst bleibt er eines Tages auf See. Das sagen alle im Dorf, und weißt du was? Sie haben recht!« Wilko war fertig mit dem Essen und wischte sich den Mund mit der weißen Stoffserviette ab. Dann legte er sie beiseite und entschied sich doch noch für einen Nachschlag.

Lina beobachtete das mit wachsendem Befremden. Wilko aß nicht, er schaufelte. Er schluckte nicht, er schlang. Das bereitete ihr große Sorge.

Während Ludger immer weniger wurde, war ihr Ältester körperlich sehr auseinandergegangen. Der Rollstuhl wurde schon etwas eng. Er bewegte sich einfach zu wenig, weil er es hasste, mit den Krücken herumzulaufen. Damit glaubte er sich noch verletzlicher als mit dem Gefährt, weil er so wenigstens nicht stürzen konnte.

»Du schweigst«, sagte er, als auch der Nachschlag verputzt war und er sich genüsslich zurücklehnte. »Gib zu, dass es fürwahr eine sinnvolle Entscheidung ist, Ludger diese Hilfsmaßnahme nicht zu verweigern.«

»Es wäre keine Hilfe«, entfuhr es Lina. »Es wäre, als würde ich mein Kind abschieben. Er ist hier bestens versorgt, er braucht nur Zeit. So wie alle Kriegsheimkehrer. Auch du!«

Wilko lachte auf und griff nach der Schüssel mit dem Schokoladenpudding. »Ich brauche keine Hilfe, weil mein Kopf noch richtig tickt. Im Gegensatz zu Ludgers.«

»Du schreist nachts, genau wie dein Bruder«, erwiderte Lina.

»Weil dieser verdammte Stumpf schmerzt. Manchmal glaube ich nämlich, der Unterschenkel samt Fuß sind noch dran.« Wilko schob sich einen Löffel voll Pudding in den Mund. Erst als er ihn hinuntergeschluckt hatte, redete er weiter. »Bei Ludger ist das anders, Mutter, das weißt du. Er schreit nicht vor Schmerzen, er schreit, weil er wahnsinnig geworden ist.«

Lina schluckte bei diesen harten Worten schwer. »Wilko, du sprichst von deinem Bruder.«

»Der sich nicht helfen lassen will. Ich schon.«

»Wie meinst du das?«, hakte Lina argwöhnisch nach.

»Ich werde mir ein neues Bein machen lassen.«

Lina sah Wilko erstaunt an. Dafür zollte sie ihm Respekt.

Aber er sollte seinen Bruder in Frieden lassen.

»Das ist eine gute Entscheidung, min Jung. Aber ihr könnt alle sagen, was ihr wollt: Ludger bleibt! Wir bekommen das mit ihm hin.«

»Plötzlich Glucke?« Wilko schaute Lina fragend an. »Früher hast du doch auch immer Leute gehabt, die sich um uns Kinder gekümmert haben, während du dich mit Derk in Dresden herumgetrieben hast.«

Bei dieser Anschuldigung blieb Lina der Bissen im Hals stecken. Wie ungerecht das war und weit unter der Gürtellinie!

»Ich war nur ein einziges Mal für eine Woche in Dresden und immer nur am Vormittag in der Molkerei«, entgegnete Lina hustend. »Ansonsten habe ich mich um euch und den Hof gekümmert!«

Wilko schwieg und nahm sich noch mehr Pudding.

Lina war der Appetit vergangen. Sie schob das Essen zum Rand und legte das Besteck ab. Sie war froh, als Alea kam und mit ihrem freundlichen Wesen die Spannung ein wenig abmilderte.

*

Antke schaute Derk fassungslos an. »Stimmt das, Vader?«

Er nickte stumm. »Alles stimmt, auch das, was ich über deine Mutter gesagt habe. Wir haben nie eine gute Ehe geführt – und doch hätten wir es beide gern anders gehabt.«

Antke blickte zu Talke, die mit starrem Gesichtsausdruck über den Tisch schaute und sich nicht regte.

Derks Hand wanderte zu der seiner Tochter, aber sie wollte offenbar nicht von ihm berührt werden. Nicht von der Hand, die auch andere Frauen als ihre Mutter gestreichelt hatte.

»Wir sind aber zusammengeblieben. Deinetwegen«, sagte Derk.

Antke hieb mit der Faust auf den Tisch. »Ihr seid beide unvorstellbare Lügner! So unvorstellbar verlogene Menschen.«

Dann stand sie auf. Langsam, als würde sie straucheln, wenn ihre Bewegungen zu schnell würden. Ihr Kinn zitterte, sie umklammerte die Tischkante, wobei das Weiß ihrer Finger sichtbar wurde. Derk wollte aufspringen, sein Kind halten, wie er es früher immer getan hatte, wenn sie Hilfe brauchte. Aber heute war ihr Blick abweisend, und ihm war klar, dass Antke jede Berührung ablehnen würde. Also blieb er sitzen und wartete.

Talke hatte sich noch immer nicht vom Fleck gerührt,

ihr Blick war genauso starr wie zuvor. Es schien, als hätte sie überhaupt nicht bemerkt, dass ihre Tochter diese schreckliche Situation nicht mehr aushielt.

Die drei wirkten wie eingefroren. Es war still, obwohl der Wasserhahn tropfte und der Torf im Ofen knisterte.

Derk ertrug das alles nicht länger und durchbrach das Schweigen. »Was willst du tun, Antke?«

Seine Tochter schaute erst zu ihm, dann wieder zu ihrer Mutter. »Ich werde fortgehen.«

Nun erwachte Talke doch aus ihrer Lethargie. »Du willst was?«

»Ellenserdammersiel verlassen. Schon immer hatte ich einen Traum, den ich aber weit weggeschoben habe, weil ich euch nicht alleinlassen wollte. Diese Rücksichtnahme ist von nun an vorbei. Das versteht ihr sicher.«

»Ein Traum? In Zeiten wie diesen hast du als junge Frau einen Traum? Wie töricht ist das?«

Antke ließ sich nicht beirren. Ihre Finger lösten sich von der Tischkante, ihre Haltung schraubte sich gerade, und sie atmete tief durch. »Ja, Moder. Wir jungen Deerns dürfen träumen, und wir sollten tunlichst versuchen, diese Ideen auch umzusetzen. Machen wir das nicht, sehe ich ja, was dabei herauskommt. Nichts als Unglück. Ich glaube doch, dass deine Träume auch andere waren als das, was du jetzt lebst. So weit werde ich es nicht kommen lassen. Das ist mir in den letzten Stunden deutlich geworden.«

»Du bist unverschämt!« Talkes Stimme klang scharf.

Derk hob beschwichtigend die Hand. »Bitte, Talke! Lass doch Antke kurz sagen, was sie genau vorhat. Vielleicht ist es ein guter Weg.«

Antke schaute Derk überrascht an.

»Danke, Vader. Meine Pläne werden dir dennoch nicht gefallen, das weiß ich schon jetzt.«

»Raus mit der Sprache!«, forderte Derk sie auf.

Antke gab sich sichtlich einen Ruck. »Nach allem, was ich eben gehört habe, ist diese Kate in Ellenserdammersiel nicht mehr mein Zuhause. Ich könnte es auf Dauer nicht ertragen, euch jeden Tag ins Gesicht zu sehen und zu wissen, was ihr getan habt.«

Derk schluckte und wollte etwas sagen, doch es kam ihm nichts über die Lippen. Das schien Antke Oberwasser zu geben, denn sie sprach schnell weiter.

»Ich habe schon immer gespürt, dass in unserem Haus etwas faul ist, aber bislang war es nicht greifbar. Nun aber kenne ich die marode Stelle, und ich weiß: Sie ist nicht zu flicken, gleichgültig, was auch immer ich anstellen werde. Die Bilder sind präsent, die Lügen tanzen im Kreis um uns herum, foppen uns mal hier, mal da. Das alles wird uns keine Ruhe geben, und ich ertrage es nicht mehr.«

Antkes Worte schwebten wie ein schmutziges Spinnennetz über ihren Köpfen. Keiner wollte, dass es herabfiel und sie mit den klebrigen Fäden erfasste.

»Wohin willst du überhaupt gehen?«, rang Derk sich schließlich ab.

»Sie geht überhaupt nicht«, fuhr Talke dazwischen. »So weit kommt das noch, dass sich das Fräulein einfach so aus dem Staub macht und die Eltern allein zurücklässt! Die Deern bleibt. Sie ist noch keine einundzwanzig und kann deshalb nicht einfach tun und lassen, was ihr beliebt. Das wäre ja noch schöner!«

Antke hob das Kinn leicht an und fixierte ihre Mutter. »Es gibt ohnehin noch viel vorzubereiten. Und wie du eben richtig festgestellt hast, bin ich zwar jetzt noch nicht volljährig, aber im nächsten Jahr. Und dann kann ich tun und lassen, was ich möchte. Bis dahin werde ich alles organisiert haben. Ob es euch gefällt oder nicht.«

»Du hast doch gar kein Geld!«, fuhr Talke sie an.

»Das lass mal meine Sorge sein«, sagte Antke. »Ich werde fortgehen und mir ein neues Leben aufbauen. Wohin, erfahrt ihr noch früh genug.« Sie lächelte befreit. »Und jetzt muss ich allein sein. Ich gehe zum Deich.«

*

Karl Doden saß in Oldenburg in einem Café an der Lambertikirche und trank seinen Mokka. Er war eben von einer Veranstaltung einer rechten Gruppierung gekommen und musste alles erst einmal sacken lassen. Karl hatte sich ausgesprochen wohl in dieser Runde gefühlt. Hier herrschte Zusammenhalt. Eine gerade Linie, an der man sich orientieren konnte. Welch eine Wohltat in einem gespaltenen Land, das sich von außen knechten und demütigen ließ. Wo war der Nationalstolz geblieben? Sie hätten doch bestimmt noch gewinnen können, stattdessen hatten diese »Novemberverbrecher«, diese Anhänger der Republik dafür gesorgt, dass das eigentlich unbesiegbare Deutsche Heer aufgeben musste.

»Von hinten erdolcht«, wiederholte er die Worte von Paul von Hindenburg, die der im letzten November auf der Nationalversammlung von sich gegeben hatte: »Ein englischer General sagte mit Recht: ›Die deutsche Armee ist von hinten erdolcht worden.‹«

Karl hatte sich diese Worte gut gemerkt, denn sie hatten auf ihn ein solches Faszinosum ausgeübt, dass er fortan genau wusste, wohin er gehören wollte.

Wenn Heer und Heimat zusammengestanden hätten, wäre Deutschland nach Karls Meinung unbesiegbar gewesen, und er war nun zutiefst betrübt darüber, dass er sich feige vor dem Kampfeinsatz gedrückt und die anderen Kameraden nicht unterstützt hatte.

Die Linken waren Karl inzwischen zu unkoordiniert und boten ihm keine Heimat mehr. Dass Rosa Luxemburg und Karl Liebknecht vor einem Jahr nach dem Spartakusaufstand ermordet worden waren, passte für ihn zusammen.

Aber hier, in der neuen Gruppe, die dem Deutschvölkischen Trutzbund nahestand, war er wer. Sie hörten ihm zu und nahmen ihn ernst. Hier war er endlich auf der richtigen Seite, denn es gehörten nicht nur sein neuer Freund und Wegbegleiter Wilhelm de Vries dazu, sondern auch andere Intellektuelle wie Anwälte, Lehrer, Schriftsteller und Offiziere.

Es stimmte Karl froh, dass in München sogar von einer Parteigründung die Rede gewesen war und man trotz der großen Gegenwehr der politischen Gegner die Ziele entschlossen anging. Seine neue Gruppe in Oldenburg hatte seit der letzten Woche sogar einen Namen. Sie nannte sich die Nationalen Stürmer. Es gab keine leeren Versprechungen, keine großen Reden, denen keine Taten folgten. Sie wollten handeln.

Er war gespannt, wie sich die Nationalsozialisten und Völkischen Bünde weiterentwickelten, und ob sich ihre Gruppe später in die neue Partei integrieren würde, was er wünschenswert fand.

Wenn er es geschafft hatte und dort zu Rang und Namen gekommen wäre, würde er zu Talke zurückgehen und ihr deutlich machen, wen sie verstoßen hatte. Sie würde seinen neuen Weg bestimmt begrüßen, denn sie hatte den Kaiser immer sehr verehrt und konnte mit seiner damaligen linken Gesinnung nur wenig anfangen. Er war nur ihr Werkzeug gegen Lina Bleeker gewesen und hatte als solches in ihren Augen schändlich versagt, weil seine Schneide zu schnell abgenutzt gewesen war.

Ja, er hätte Lina Bleeker stärker unter Druck setzen können, und er würde auch Mittel und Wege finden, um das endlich zu tun, denn er hatte schließlich noch eine Rechnung offen. Suntjes Tod war keineswegs gesühnt, weiterhin rief sie ihm Nacht für Nacht zu, dass er sie endlich rächen möge, damit sie ihren Frieden fand.

Ja, Talke hatte recht: Er hätte mehr tun müssen, um der Molkerei so zu schaden, dass sie den Krieg nicht überstand. Nur hatte sich keine Möglichkeit geboten, war er doch selbst ständig in Gefahr gewesen, aufzufliegen. Jetzt aber war Karl frei. Damit konnte er zu seiner alten Stärke zurückkehren – und endlich zuschlagen.

Karl nippte an seinem Mokka, der inzwischen schon fast zu kalt war, um aromatisch zu schmecken. Er kippte ihn mit einem großen Schluck hinunter und bestellte einen zweiten, weil er die Bitterkeit in seinem Mund so liebte, entschied sich aber auch noch für ein Stück Haselnuss-Buttertorte.

Erneut ließ er die Versammlung Revue passieren. Ihr Vorsitzender war Wilhelm de Vries. Und der machte sich bei den Nationalen Stürmern immer unentbehrlicher.

Karl wusste, dass er um Lina Bleeker warb.

Die Zeit arbeitete für den Bankier und Großgrundbesitzer, denn ein Geschäft zu führen würde zukünftig nicht leichter werden – und für eine Frau schon gar nicht.

Eines Tages musste Lina Bleeker de Vries erhören,

und dann würde er – Karl Doden – in dessen Fahrwasser ganz einfach als Freund des Hauses wieder in der Molkerei einlaufen und ankern. Die Zeichen standen gut, denn die Inflation und der vermaledeite Vertrag würden auch dem Milchhof Bleeker zu schaffen machen.

An seinem Tisch stolzierte ein junges Fräulein vorbei, das ihn an Alea Bleeker erinnerte, und mit einem Mal schoss ihm eine wunderbare Idee durch den Kopf. Dass er darauf noch nicht eher gekommen war!

Karl leckte die Lippen. Alea war ein hübsches und mit Männern unerfahrenes Ding. Bei ihr würde er ein leichtes Spiel haben und sie schnell um den kleinen Finger wickeln können. Er würde sie verführen und entehren, denn natürlich plante er auf keinen Fall, eine Bleeker zu heiraten.

Kaum hatte er diese Mission erfüllt, würde er verschwinden. Es gab nichts mehr, was ihn hielt. Auf dem Land würde seine Liaison mit der Molkereitochter durchaus noch zu einem Skandal führen, und Linas Tochter stünde im Fokus des Geredes.

Nur eine kleine Rache, aber sehr effektiv. Und schön für ihn, denn er mochte junges Fleisch und unerfahrene Frauen.

Talke wollte ihn ohnehin nicht mehr und blieb lieber bei der Flachpfeife, die ihr Gemahl darstellte. Ein Beau, ein Obermeier, der nur Augen für Lina Bleeker hatte und vollkommen übersah, welch Kleinod an seiner Seite war.

Das war dann ihr Schicksal. Er aber würde Suntje rächen, dabei sogar noch Spaß haben und sich zudem am Entsetzen Talkes weiden. Denn dass sie ihm deshalb gram sein würde, stand außer Frage.

Karl nahm den zweiten Mokka und die Torte dankend

entgegen. Er gab etwas Zucker in das dunkle Getränk und rührte um.

Mit Wonne stach er die Gabel in den fluffigen Biskuit und die buttrige Creme und genoss es, wie leicht es sich mit den Zinken teilen ließ.

*

Wilko ließ den Rappen einspannen. Er wartete, bis alles fertig war und er den Kutschbock besteigen konnte. Frische Luft würde ihm guttun, und er plante, ans Wasser zu fahren. Es war besser, wenn er ein Auge auf Ludger hatte. Er sorgte sich um seinen kleinen Bruder, auch wenn er der Mutter gegenüber beim Mittagessen etwas hart gewesen war. Nur kapierte sie die Dramatik sonst nicht.

Während Wilko sein rechtes Bein verloren hatte und zum Krüppel geworden war, erschien Ludger unversehrt, und doch war er kränker als er. Zwar quälten auch Wilko schlimme Albträume, da hatte er seine Mutter angelogen, nicht, dass sie ihn plötzlich auch einweisen wollte, doch sie wurden weniger, weshalb es dazu keinen Anlass gab. Vielleicht war er auf dem Weg der Besserung, weil seine Verletzung zu sehen und damit greifbarer war als die seelische Dunkelheit, die Ludger in sich trug. Es war, als hätte man dessen Licht ausgeknipst.

Endlich war der Einspänner fertig.

Wilko kletterte auf den Kutschbock, legte die Krücken zu seinen Füßen und nahm die Zügel in die Hand.

Oje, da kam seine Mutter über den Molkereihof gelaufen. Sie griff nach dem Rock und beschleunigte den Schritt.

»Wohin willst du?«

Wilko schaute vom Kutschbock auf sie hinab. »Ludger suchen. Ich mache mir Sorgen um ihn. Mal schauen, ob ich ihn mit dem Boot entdecke. Ich habe eben nicht das gesagt, was du gern hören möchtest, aber auch ich mache mir Gedanken über seinen Zustand.«

»Das weiß ich doch. Danke, dass du nach deinem Bruder schaust.« Seine Mutter lächelte ihm liebevoll zu, und Wilkos Zorn verrauchte etwas.

»Da nich für! Holl di munter, Moder! Bis später.«

Wilko ließ das Pferd antraben und verließ den Hof. Der Wind pfiff schärfer aus Nordost, als er es auf dem Hof vermutet hatte. Fröstelnd zog er die Schultern hoch. Egal, er musste Ludger suchen. Gerade weil es so eisig kalt war. Gerade weil dessen Verhalten abnormal war und sie es nicht länger als gegeben hinnehmen durften.

Wilko passierte Ellenserdammersiel.

Kurz nach dem Dorfausgang fiel ihm eine Frau auf, die mit gesenktem Kopf in Richtung Deich lief, sich das Kopftuch tief in die Stirn gezogen hatte und gegen den Wind ankämpfte. Als er sie erreicht hatte, hielt Wilko den Wagen an. Bei der Kälte wollte er ihr seine Hilfe anbieten.

»Moin, kann ich Sie ein Stück mitnehmen?«

Die Frau wandte ihm das gerötete Gesicht zu, und Wilko erkannte Antke.

»Du bist das!«, entfuhr es ihm. Sein Herz klopfte unwillkürlich schneller. Hätte er noch sein Bein, wäre er längst so mutig gewesen, der schmucken Deern den Hof zu machen. Wilkos Stimme wurde augenblicklich weicher. »Ist ja bannig kalt heute und zu Fuß weiß Gott kein Zuckerschlecken.« Erst jetzt bemerkte er, wie gerötet auch die Augen waren und dass über Antkes Gesicht Tränen liefen.

Sie wischte sie mit dem Handrücken fort, als schäme sie sich, dass er sie so gesehen hatte. Dennoch wies sie Wilko nicht gleich ab, was ihm Mut machte.

»Wohin willst du denn?«, fragte sie.

»Zum Wasser. Einfach so. Ein bisschen die salzige Meeresluft atmen.«

»Und Ludger suchen«, vervollständigte Antke Wilkos Pläne. Dass sein Bruder Probleme hatte und ständig auf See war, wusste jeder in Ellenserdammersiel. Und die Voigts natürlich auch, zumal Antkes Vater auf dem Milchhof Bleeker arbeitete. Warum also leugnen?

»Jo, so sieht dat aus. Wat mutt, dat mutt.«

Wenn Wilko nervös war, verfiel er leicht ins Plattdeutsche, was ihm jetzt peinlich war. Er verehrte Antke und redete mit ihr in der Sprache der einfachen Leute. Dabei war er doch der Sohn der größten Molkerei in der Gegend und könnte Antke durchaus etwas bieten. – Wäre sein Bein nicht irgendwo in der französischen Pampa verschollen.

Ihn würde die Tochter des Obermeiers sicher nicht wollen, welche Frau hängte ihr Herz schon an einen Krüppel? Selbst wenn sie in einer kleinen Kate lebte.

»Also ist dein Bruder schon wieder mit seinem Boot auf dem Jadebusen unterwegs?« Antke zupfte an ihrem Tuch und zog es fester um den Hals, weil sie von einer eisigen Böe gestreift wurde.

Wilko nickte mit zusammengepressten Lippen. »Ja, leider. Er verschwindet immer länger und immer öfter. Meiner Ansicht nach müsste er weg vom Milchhof. Dahin, wo man ihm helfen kann. Es kann schließlich keine Lösung sein, dass er jeden Tag bei Wind und Wetter auf See ist! Das hilft ihm kein bisschen weiter.«

»Er bräuchte eine Aufgabe«, sagte Antke. »Das würde ihn ablenken und bestimmt helfen. Müßiggang ist schädlich.«

Wilko wurde plötzlich bewusst, dass auch er selbst nicht anderes tat, als zu essen oder herumzusitzen und auf die nächste Mahlzeit zu warten. Die Molkerei interessierte ihn nicht. Er war ein begeisterter Soldat gewesen, hatte den Kaiser verehrt, und von einem Tag auf den anderen war sein Weltbild zusammengebrochen. Plötzlich wehte ein anderer Wind. Sämtliche Werte waren in alle möglichen Richtungen verstreut und nicht wirklich durch andere ersetzt worden. Noch konnte er aber nicht alles begreifen oder richtig einordnen. Wilko fiel es schwer, sich in der Nachkriegswelt zurechtzufinden. War Deutschland zuvor eine echte Größe gewesen, so galten sie nun als Opfer und Täter, waren schuldig und mussten bluten für ihre Taten, die ihnen damals so richtig erschienen waren und von denen er nun so nach und nach erfasste, wie schändlich ihr Land gehandelt hatte.

Das alles aber kam nur langsam bei ihm an, und manchmal wollte Wilko das auch nicht verstehen, denn dann wäre es doch vollkommen sinnlos gewesen, sich zum Krüppel schießen zu lassen.

Warum also machte er Ludger Vorwürfe? Weil sein Bruder mehr nachempfand als er und damit nicht leben konnte und wollte? Weil ihm nur das Meer mit dem leisen Wellenklatschen Antworten versprach, die seiner Seele zumindest erlaubten, kurz zu heilen, bevor die Wunden an Land erneut aufbrachen, bluteten und eiterten?

Wilko wusste es nicht. Ihm war nur klar, dass er dieses Land, in dem er lebte, nicht mehr mochte. Es fehlte ihm an allem. Keine Beständigkeit. Ewig dieses Auf und Ab. Und er hatte sich dafür zerstören lassen.

Er fuhr zusammen, als der Rappe unruhig mit dem Kopf schlug und zugleich mit den Hufen auf dem Pflaster scharrte.

Antke stand noch immer vor der Kutsche und schaute ihn schweigend an. Wilko schluckte. Wie lange hatte er jetzt seinen Gedanken nachgehangen und nichts mehr zu Antke gesagt? Er war wirklich ein unhöflicher Töffel.

»Möchtest du denn jetzt mitfahren, Antke?«, fragte er schnell. »Ist ein wenig eng auf dem Kutschbock, aber du bist ja schlank, da passt es schon.«

Endlich glitt Antke jenes hinreißende Lächeln übers Gesicht, das ihn schon immer an ihr fasziniert hatte. Das, was ihr so schöne Grübchen in die Wangen zauberte und ihre blauen Augen strahlen ließ. Das, was ihre ebenmäßigen Zähne zeigte, ihre Stupsnase ein klein wenig krauste und die vielen süßen Sommersprossen tanzen ließ.

»Ja, Wilko, ich würde gern mitfahren. Eigentlich hatte ich gar kein Ziel, aber das Meer klingt wunderbar. Zu Fuß ist der Weg bei dem unangenehmen Wind doch arg beschwerlich.«

Antke erklomm den Kutschbock und zwängte sich neben Wilko.

Er nahm die Wolldecke und breitete sie auch über ihren Beinen aus.

»Es ist so kalt, und ich möchte nicht, dass du frierst«, erklärte er.

Allein ihr dankbarer Blick war diese Geste wert gewesen. Er ging ihm durch und durch. Ja, Wilko genoss diese Nähe. Sie hatten noch nie so engen Körperkontakt gehabt, und jetzt ließ es sich nicht vermeiden, dass sich ihre Knie unter der Decke berührten.

Wilkos Mund wurde trocken, denn diese Nähe zu einer Frau war ihm fremd. Er befürchtete kurz, vor lauter Aufregung gar nicht mehr in der Lage zu sein, das Pferd richtig zu lenken, obgleich er von Kindesbeinen an nichts anderes getan hatte.

Wilko schnalzte leise.

Der Rappe war sichtlich froh, dass es endlich weiterging, und er schlug sofort einen forschen Schritt an.

Noch wölbte sich der Himmel in einem wunderschönen Blau über ihnen, aber Wilko spürte in seinem Stumpf, dass das Wetter bald umschlagen würde. Die weißen Wölkchen wirkten wie aus Watte gezupft, und es machte Wilko immer wieder Spaß, Figuren oder Gebilde daraus zu erkennen. Nur durfte er das auf keinen Fall Antke gegenüber erwähnen. Sie würde ihn für einen Kindskopp oder gar einen Sabbelmors halten.

Wilko schaute zu Antke.

Sie strahlte ihn an, deutete zu einem kleinen Wölkchen und sagte: »Ich finde, das sieht aus wie ein bellender Hund.«

»Du schaust dir Wolkenbilder an und überlegst, was es sein könnte?«, hakte er erstaunt nach.

»Ja, warum?« Sie stupste ihn an. »Gib es zu, das machst du auch?«

»Joo«, antwortete er gedehnt. »Das lenkt ab von dem, was hier auf Erden passiert.«

»Wohl wahr«, antwortete Antke. »Im Augenblick würde ich mich am liebsten da oben tummeln und den ganzen Schiet hier unten lieber von dort betrachten.«

»Dir geht es nicht gut«, sagte Wilko.

»Das stimmt«, bestätigte Antke, blieb mit ihrer Antwort aber vage. »Es gab Ärger zu Hause.«

»Schlimm?« Wilko schnalzte, und der Rappe trabte an. Dabei ruckelte der Einspänner kurz, weil sie durch ein Schlagloch fuhren. Antke fiel gegen Wilkos Schulter. Sie lachte kurz auf, wurde aber gleich wieder ernst.

»Es ist so schlimm, dass ich fortgehen werde.«

Wilko blieb fast die Luft weg. Er zügelte den Rappen sofort, weil er sich auf Antke konzentrieren wollte. Er starrte sie entgeistert an und war kurz versucht, die Kutsche ganz zum Stehen zu bringen. »Du wirst Ellenserdammersiel verlassen? Ja, wohin denn?«

Antke wandte ihm den Kopf zu. Mit einem Mal wirkte sie gar nicht mehr traurig, sondern regelrecht entschlossen. »Ich gehe nach Amerika«, sagte sie. »Da ist Freiheit. Fast so, als würde ich auf einer Wolke sitzen. Wenn ich erst da drüben bin, dann kann es mir so egal sein, was in diesem Dorf oder mit meinen Eltern passiert.«

Wilko hatte Mühe, das Gesagte zu verdauen, und der Stich, der ihn dabei durchfahren hatte, bohrte sich immer tiefer in seine Eingeweide. Antke wollte tatsächlich fort aus Ellenserdammersiel. Das wollte er aber nicht. Er wünschte sie in seiner Nähe, selbst wenn er sich damit zufriedengeben musste, dass sie nur neben ihm auf dem engen Kutschbock saß und mit ihm klönte.

»Nach Amerika? Das ist weit«, sagte er lapidar, weil ihm nichts Besseres einfiel.

»Es kann gar nicht weit genug weg von der Friesischen Wehde sein«, gab Antke zurück. »Ich habe nämlich keine Familie mehr.«

Nun hielt Wilko den Einspänner doch an und legte die

Zügel ab. Am liebsten würde er Antke in den Arm nehmen und drücken. Sie liebte ihren Vater Derk und hatte auch immer zu Talke gestanden. Was war nur geschehen, das sie zu einer solch furchtbaren Aussage verleitete und sie aus der Heimat forttrieb?

»Was genau ist passiert?«, entfuhr es ihm dann. »Was?«

Weil Antke den Kopf schüttelte und ihm andeutete, dass er bitte weiterfahren sollte, purzelten in Wilkos Kopf sämtliche Gedanken durcheinander, und er hatte Mühe, sie zu sortieren und zu einem logischen Gebilde zusammenzusetzen.

Derk war ein umsichtiger Mann. Sowohl seine Mutter als auch Alea hielten große Stücke auf ihn. Und Talke...

Ihretwegen war Wilko begeistert in den Krieg gestürmt. Sie hatte seiner Mutter gegenüber stets zickig reagiert, aber für die Kinder war sie etwas Besonderes gewesen. Talke verstand es, zu vermitteln, dass sie immer Zeit und ein offenes Ohr hatte. Es war gemütlich bei ihr gewesen. Immer schmorte etwas auf dem Herd oder buk im Ofen, das Feuer knackte, und es gab Tee. Zwar hatte seine Mutter mal fallen lassen, dass Talke sich eine Zeit lang hatte gehen lassen, aber Wilko kannte sie nur als Frau, die ihm nahestand und feurige Reden schwang. Sie war wie eine liebevolle Tante gewesen, der sie damals als junge Menschen fast mehr vertraut hatten als der eigenen Mutter.

Er ließ den Rappen wieder antraben, es war wohl wirklich besser, das Tier nicht auskühlen zu lassen.

Wenn Antke nicht darüber reden wollte, konnte er das nicht ändern.

Und so rumpelten sie weiter den Feldweg entlang, bis sie am Siel von Petershörn angekommen waren.

Wilko ließ den Rappen nun im Schritt weitergehen, denn er musste sich entscheiden, in welche Richtung er wollte. Geradeaus nach Dangast oder linksherum, Richtung Wilhelmshaven.

Die Sorge um Ludger war plötzlich meilenweit weg. Es interessierte ihn nur noch, warum ausgerechnet Antke Ellenserdammersiel verlassen wollte. Ausgerechnet sie, für die sein Herz schlug.

»Es sind Dinge geschehen, die möchtest du gar nicht wissen«, sagte Antke plötzlich. »Ich werde auch nicht darüber sprechen. Wollen wir auf den Deich? Ich brauche freie Sicht übers Meer, wenngleich ich mein Amerika von dort aus gar nicht sehen kann. So wunderbar weit weg ist es. So weit!«

»Ich hätte Lust, nach Dangast zu fahren«, schlug Wilko vor. »Dort ist der Kurhausstrand schön und der Himmel nirgendwo blauer.« Er wollte einfach mit Antke Voigt Zeit verbringen. Solange es noch ging.

Nervös wartete er ihre Antwort ab.

Die kam recht schnell und spontan. »Aber gern, Herr Bleeker.« Sie alberte nun herum, indem sie ihn förmlich ansprach. »Es schickt sich keineswegs, wenn ich Sie allein auf dieser Ausfahrt begleite, aber gerade deshalb finde ich das gut.«

Überrascht sah Wilko sie an.

Antke kicherte. »Wenn du wüsstest, wie hoch die Moral nach außen hin gehalten und wie wenig sie gelebt wird, würdest du auch nur noch milde über alle Konventionen lachen, glaub es mir!«

»Wirst du mir doch mehr erzählen?«

»Vielleicht.« Antke zwinkerte ihm zu, wurde aber sofort wieder ernst. »Aber nicht jetzt. Jetzt genieße ich diesen Ausflug. Mit allen Sinnen! Gleichgültig, wie kalt es ist.«

»Dann machen wir das!«

Wilko trieb den Rappen wieder an, und sie hingen beide ihren Gedanken nach. Es war ein enger Feldweg, der nach Dangast führte, und Wilko musste aufpassen, nicht auf die Grasnarbe zu kommen, weil er befürchtete, sie könnten sich dort festfahren.

Da der Wind an Schärfe zunahm und es dadurch immer kälter wurde, rückten sie noch näher zusammen. Antke schaute nur kurz auf die Krücken zu ihren Füßen, erwähnte sie aber mit keinem Wort. Sie beobachtete die Gänse, die in großen Schwärmen über den Himmel kreisten. Sie schauten dem Bussard zu, wie er auf einem Pfeiler saß und nach Beute spähte, und sie lachten über eine Katze, die hinter einer Maus herjagte, sich aber an der Böschung zum Schlot überschlug, damit sie nicht ins Wasser purzelte.

Schon bald erreichten sie den Ortsrand von Dangast. Wilko drosselte das Tempo und steuerte die Strandpromenade an.

»Hast du dir schon überlegt, wie du das mit Amerika anstellen willst? Du bist noch nicht volljährig und darfst nicht allein reisen«, sagte er, als sie dort angekommen waren und er sich nach einem Burschen umsah, dem er den Einspänner anvertrauen konnte.

Antke lächelte. »Im nächsten Jahr bin ich einundzwanzig, und nenne mir einen Grund, weshalb ich dann nicht tun und lassen sollte, was ich möchte.«

»Eine solche Reise kostet viel Geld«, gab Wilko zu bedenken. Er winkte einem Jungen mit Schiebermütze zu, der sich diensteifrig näherte, wohl in der Hoffnung, ein paar Pfennige verdienen zu können. Der Knirps lächelte, dabei zeigte sich eine Zahnlücke.

»Wir brauchen dich eine Stunde«, sagte Wilko. »Ich gebe dir die Hälfte von deinem Lohn im Voraus, den Rest, wenn du deine Sache gut gemacht hast.«

»Dem Herrn sei gedankt«, erwiderte der Junge, verneigte sich und hielt die Hand auf. Wilko legte ihm die Hälfte seiner Bezahlung hinein.

»Der Heusack liegt dort, den kannst du dem Pferd gleich umhängen.«

Während der Bursche sich an die Arbeit machte, kletterte Wilko vom Einspänner und angelte nach den Krücken. Es ärgerte ihn, dass er Antke die Hand nicht reichen konnte.

Sie jedoch schien das nicht zu stören, und sie hüpfte munter vom Kutschbock. »Herrlich hier. Ein kleines bisschen werde ich die Nordsee durchaus vermissen.«

»Das kann ich mir vorstellen«, bestätigte Wilko. »Einfach wird es nicht.«

Es gab viele Menschen, die vorgehabt hatten auszuwandern und auch losgezogen waren. Doch viele waren unverrichteter Dinge zurückgekehrt, weil ihre Ersparnisse durch lange Wartezeiten in den Häfen und andere Umstände schon vor der Abreise aufgebraucht waren.

Antke aber blieb unerschüttert. »Bis es losgeht, werde ich mir das Geld verdienen. Ich fahre in der untersten Klasse, das werde ich mir auf jeden Fall leisten können, wenn ich von jetzt an alles zurücklege. Die paar Wochen an Deck unter widrigen Bedingungen werde ich schon gut überstehen.«

Wilko bewunderte Antke für ihren Mut, und je länger er darüber nachdachte, desto attraktiver fand er die

Vorstellung, selbst fortzugehen und das vorbestimmte Dasein in ihrem Molkereibetrieb zu verlassen. War es in Amerika womöglich einfacher, mit einem Holzbein zu leben und sich ein unbelastetes Dasein aufzubauen?

In Ellenserdammersiel hatte er eine glasklare Zukunft, die seiner Mutter, aber nicht ihm gefiel. Er würde in der Molkerei mitarbeiten, sich über Milch, Käse, Butter und neue Absatzmärkte sowie Maschinen austauschen und darüber immer dicker werden, weil es ihn nicht erfüllte, und nur das Essen tröstete.

Er würde sich an Mutters Seite um Ludger kümmern und jeden Tag ein bisschen mehr feststellen, wie wenig er es vermochte, weil ihm sein Bruder schon lange entglitten und unerreichbar geworden war. Ludger lebte in seiner eigenen Welt und hatte kein Interesse daran, auch nur irgendwem Zutritt zu gewähren. Denn dann würde er sich eines Tages öffnen und über das reden müssen, was ihn quälte. War es das Leid des Krieges, oder war er selbst zu einem Berserker geworden und konnte mit der eigenen Schuld nicht umgehen?

Nein, für Wilko gab es auf dem Milchhof Bleeker, ja, in ganz Deutschland, keine Zukunft. Auch er schwebte längst in anderen Gefilden, und die Idee, es Antke gleichzutun, legte sich ihm wie die offene Seite eines Buches zu Füßen und forderte Wilko förmlich dazu auf, sie mit seinen eigenen Worten neu zu schreiben.

»Ich glaube, das wäre auch etwas für mich«, entfuhr es ihm, und er wunderte sich selbst, wie richtig es sich anhörte, als er es einfach aussprach.

»Ehrlich?« Antke sah ihn erstaunt an. »Ich dachte, du bist ein echter Bleeker, der morgens mit dem Duft der Milch aufwacht und abends damit einschläft.«

Wilko lachte leise auf. »Sehe ich so langweilig aus?«

Antke schaute ihn lange mit schief gelegtem Kopf an. »Nein, weiß Gott nicht, Wilko Bleeker. Weiß Gott nicht! Du bist etwas … Besonderes.«

Wilko spürte, dass er feuerrot anlief. Da war er auf dem Bock des Einspänners dicht an dicht mit Antke gefahren, und sie störte sich nicht daran, dass ihm ein Bein fehlte, indem sie ihn einfach so behandelte, als gäbe es das Problem gar nicht. Und sie machte ihm sogar ganz unschicklich ein Kompliment.

Ihm schlug das Herz höher. Er wusste gar nicht mehr so genau, was er sagen oder tun sollte.

»Wollen wir an den Strand gehen oder wenigstens ein wenig promenieren?«, schlug er dann vor. »Ein Stück kann ich auch mit den Krücken laufen.« Er stellte es lieber gleich klar, bevor Antke ihn das fragen musste und den Zauber von eben damit zerstörte.

»Gern, Wilko.«

Er ärgerte sich, dass er Antke wieder nicht den Arm reichen konnte, weil er auf die Gehhilfen angewiesen war. Nur war es nicht zu ändern.

Antke wirkte derweil wie befreit und freute sich darüber, über den Jadebusen schauen zu können. Mal deutete sie auf eine keckernde Möwe, mal auf ein Kind, das mit seinem Ring trudelte und ihn ständig verlor. Ihre Trübsal von vorhin schien wie weggeblasen.

Eigentlich von dem Augenblick an, als sie mir gesagt hat, dass sie gehen will, dachte Wilko und ertappte sich dabei, dass es ihm ähnlich ging. Jetzt, wo er wusste, dass er kein Meier oder Betriebsleiter sein wollte, sondern die Welt neu für sich zu entdecken plante, konnte er viel freier atmen. Er verspürte nicht einmal Lust auf einen deftigen Braten oder ein Stück Torte. Er wollte nur an Antkes Seite sein, die frische Nordseeluft inhalieren und dabei von der Zukunft in diesem fernen Land mit dem wohlklingenden Namen träumen.

Sie kamen zwar nur langsam voran, aber es brauchte keiner viele Worte, wie wohl sie sich miteinander fühlten. Plötzlich strich Antke ihm über den Unterarm. Obwohl er den dicken Troyer und die Felljoppe trug, stellten sich bei der Berührung seine Härchen wohlig auf.

»Danke, dass du mit mir hier bist, Wilko. Das tut mir gut. – Du tust mir gut!«

Er schluckte. Schon wieder tat Antke etwas vollkommen Undamenhaftes, und schon wieder fand er nichts schöner als das.

»Du mir auch«, antwortete er. Mehr war nicht zu sagen.

Sie spazierten die Promenade hinauf und wieder hinunter, auch wenn sich das wunderschöne Blau eben zu einem ungemütlichen Grau verdichtet hatte. Sie genossen den frischen Wind und spürten kaum, wie kalt ihre Wangen wurden. Ja, es war ungemütlich, ein echter Wintertag, wenn auch ohne Schnee. Das alles war nicht wichtig, denn Antke war an seiner Seite. Und das wohl gern.

Kapitel 3

Ludger fror in seinem kleinen Ruderboot. Es war kein Wetter, um auf dem Jadebusen herumzuschippern, aber er hatte es auf dem Milchhof nicht mehr ausgehalten.

Er hasste nicht nur den süßlichen Geruch der Milch, der nur vortäuschte, alles wäre mild und schön. In dieser Molkerei war dieser Duft nämlich so sauer wie nirgendwo, nur wusste das keiner. Das war das Ergebnis dieser vielen ungesagten Worte, dieser Falschheit, die er spürte, aber nicht genau einordnen konnte.

Aber auch ohne das trug Ludger an der Last des Lebens schwer. Es erschien ihm, als müsse er einen dicken Felsbrocken schleppen, und kam deshalb keinen Zentimeter voran. Er brauchte viele Pausen, und in dieser Zeit flossen das Glück und alle Chancen an ihm vorbei. Er konnte nichts davon erhaschen.

Ludger hieb die Ruder ins Wasser. Heute war zu viel passiert, als dass er auch nur den Hauch einer Sehnsucht verspürte umzukehren, egal, wie kalt ihm war. Wenn er fror, spürte er sich wenigstens. Es war keine angenehme Empfindung, aber es war immerhin eine.

Das Wasser spritzte auf, als die Ruder das Wasser ein weiteres Mal berührten. Es tat gut, die Oberfläche zu malträtieren und den inneren Druck irgendwo loszuwerden.

Erst hatte Ludger gehört, wie Wilko zu einem der Molkereiarbeiter sagte: »Ludger sollte endlich in eine Anstalt. Er isst kaum was, stiert immer nur vor sich hin und schreit in der Nacht herum. Das hält doch kein Mensch aus! Es wird Zeit, dass etwas passiert. Er vergrault ja unsere Kunden!«

Welch bösartige Worte aus dem Mund eines einbeinigen Krüppels. Wieder hieb Ludger das Ruder ins Wasser.

Er ruderte noch schneller. Er galt also in der Molkerei als verrückt. Die Einweisung in eine Anstalt bedeutete, dass man ihn stundenlang in eine Wanne mit kaltem Wasser setzen würde oder ihm Elektroschocks zukommen ließ. Das würde er nach all dem, was er im Krieg hatte erleben müssen, nicht auch noch ertragen.

Aus seiner Angst heraus war es ihm als einzige Möglichkeit erschienen, mit seiner Mutter zu reden, bevor Wilko das tat – und sie womöglich überzeugte.

Ludger hatte sie ins Kontor gehen sehen. Es war gut, wenn auch Derk dabei wäre, denn der handelte meist sehr überlegt. Doch als er die nur angelehnte Tür zum Kontor öffnete, war es, als hätte ihm wer einen Knüppel über den Schädel gezogen. Seine Mutter und Derk standen dort verschlungen in inniger Umarmung, gefesselt von einem Kuss.

Ludger hatte die Tür leise wieder verschlossen und nun darauf geachtet, dass sie zu war. Niemals durfte das jemand anders sehen. Seine Mutter – die Hure eines verheirateten Mannes.

Um Ludger herum war plötzlich alles schwarz gewesen. Nicht nur grau und trüb wie sonst. Nein – dieses

Mal war es ein tiefes Schwarz, aus dem er so schnell nicht wiederauftauchen konnte.

Als seine Mutter ihn dann freundlich wie immer, so, als wäre zuvor nichts Bahnbrechendes geschehen, zum Essen gebeten hatte, war ihm wieder nichts anderes übrig geblieben, als zu fliehen. Er brauchte Luft, er wollte nur noch fort von dieser Molkerei, der sich ihrer aller Leben unterzuordnen hatte. Ludger wusste, wie sehr er seine Mutter damit kränkte, ständig wegzulaufen, aber er konnte nicht über seinen Schatten springen. Und das eben war so ziemlich das Schlimmste gewesen, was sie hatte tun können.

Ludger ließ nun die Ruder ruhen, und das Boot trieb mit dem Ebbstrom von allein weiter hinaus. Er hob den Blick zum Himmel. Als er vorhin losgefahren war, hatte der noch in tiefstem Blau gute Laune versprüht, was Ludger als puren Hohn empfunden hatte. Nun aber zog sich vom Horizont her ein tristes Grau über die See. Dorthin wollte er. Abtauchen in die Farbe, die sein Selbst seit jenem unsäglichen Tag im Gefecht umgab.

Er verspürte keinerlei Drang mehr, umzukehren. Er würde auf See bleiben. So lange, bis ihn die Kräfte verließen. Vielleicht würde ihn eine Welle kentern lassen und sein Meer, sein geliebtes Meer, würde ihn umarmen und zu sich holen. Dorthin, wo es keine bösen Träume mehr gab. Wo ihn keiner wegsperren wollte, wo seine Mutter keine anderen Männer küsste und einen Skandal mit noch mehr Gerede provozierte.

Ludger prüfte, ob die Strömung ausreichte, um ihn dorthin zu bringen, wohin er wollte. Ja, das Boot bewegte sich in nördlicher Richtung. Er sah den rot-weißen Arngaster Leuchtturm, der vor zehn Jahren hier erbaut wurde und Orientierung geben sollte.

Wahrscheinlich ist es die letzte Farbe, die ich sehe, bevor ich gleich mit meinem Grau zu einer unscheinbaren und vergesslichen Masse verschmelze, dachte Ludger. Grau war eben grau, und das nahm niemand wahr. Er würde eins werden mit der See.

Ludger hielt die Fingerspitzen der rechten Hand ins Wasser, zuckte aber zusammen, als ihm bewusst wurde, wie kalt es war.

»Immerhin geht es dann schnell«, murmelte er.

Er sah die Dächer von Wilhelmshaven im aufkommenden Nebel verschwinden, und auch der Leuchtturm verlor erst an Farbe, dann an Kontur und war schließlich ganz fort.

»So soll es sein. So wird es auch mit mir.«

Ludger verlor das Gefühl von Zeit und Kälte. Er wärmte sich mit seinen Erinnerungen. Es gab Momente, als es schön gewesen war, aufzuwachen. Als die Sonne noch Wärme versprach und ein Lachen echt war. Das alles würde er mitnehmen, wenn er später auf dem Grund der Nordsee sein ewiges Grab fand.

*

Lina war unruhig. Der Nachmittag war wie immer mit viel Arbeit einhergegangen, und sie hatte kaum Zeit zum Nachdenken gehabt. Sie schaute zum wiederholten Mal aus dem Fenster des Kontors, aber weder Wilko noch Ludger oder gar Derk waren zurück zum Milchhof gekommen. Am liebsten hätte sie sich mit ihrer Angst um Ludger nun Derk anvertraut, und noch viel lieber hätte sie ihren Sohn in die Arme geschlossen. Auch wenn ihr klar war, dass es sich nur um einen frommen Wunsch handelte, denn Ludger ließ seit seiner Kriegsrückkehr keine Nähe mehr zu.

Wilko war ebenfalls mit dem Einspänner verschwunden, um Ludger zu suchen, und Lina wusste nicht, wann er zurückkommen würde.

»Dann muss ich wohl mal wieder alles allein stemmen«, murmelte sie, denn Alea war unterwegs zu Kunden.

Als hätten sich alle gegen sie verschworen, brannte dann auch noch das Kabel in der Käsefertigung durch, und sie musste kurzfristig auf Dampfbetrieb gehen. Das kostete unnötig viel Zeit, und es war keiner da, der ihr hätte helfen können.

Bei all der Unbill verblasste die Erinnerung an die heißen Küsse vom Vormittag schnell, so gern Lina sie konserviert und immer wieder abgerufen hätte.

Es dämmerte bereits, als endlich Wilko zurückkam. Er wirkte anders als sonst. Gelöster. Sein Ausdruck hatte an Bitterkeit verloren.

Er übergab den Rappen und die Kutsche dem Knecht und kletterte mühsam vom Bock, bevor er auf Lina zuhumpelte.

»Ist Ludger schon zurück?«, fragte er sofort.

»Nein, ich habe gehofft, du würdest ihn mitbringen«, antwortete sie.

Langsam sorgte Lina sich wirklich um ihren Sohn.

»Ich war in Dangast, Mutter«, gab Wilko Auskunft. »Ich weiß nicht, wohin Ludger gefahren ist. Das sagt er ja nie.«

»Bei der Kälte bist du so weit mit dem Einspänner gefahren? Ich dachte, du wolltest schauen, ob du Ludger findest.«

»Ja, wollte ich … Eigentlich, aber dann …« Er senkte den Blick. »Ich war nicht allein.«

Lina lag auf der Zunge, nachzuhaken, wer Wilko begleitet hatte, aber irgendetwas hielt sie davon ab. Ihr Sohn sah so glücklich aus, und sie hatte den Eindruck, er wollte nicht darüber sprechen.

»Ist gut«, erwiderte Lina deshalb nur. »Wenn du mir sagen möchtest …«

»Nein«, kam es schnell. »Nein, möchte ich nicht.«

Also hatte sie ihre Ahnung nicht getrogen. »Wir müssen dennoch Ludger suchen.« Lina schaute immer wieder nervös zum Hoftor.

»Ich gebe dir recht, Mutter. Es ist merkwürdig, dass er so lange draußen herumrudert! Vor allem bei der Kälte. Das hält man auf dem Wasser nicht aus. Ich hätte nach ihm sehen sollen, nur ist ja unklar, ob ich ihn überhaupt gefunden hätte.«

Sie schraken zusammen, als Stimmen laut wurden und zwei Reiter auf den Molkereihof geprescht kamen. »Frau Bleeker! Frau Bleeker!«

Der eine war Morten Hahn, der neue Hafenmeister von Ellenserdammersiel, den anderen kannte Lina nicht. Der Hafenmeister zügelte den Schimmel und brachte ihn ein paar Schritte von Lina entfernt zum Stehen.

Linas Herz klopfte zum Zerspringen. Wenn sich Morten Hahn eigens zu ihr auf den Weg gemacht hatte, konnte das nichts Gutes bedeuten. Ludger musste etwas zugestoßen sein.

»Ist etwas mit meinem Sohn?«, entfuhr es ihr sofort.

Sollte das die Vergeltung für den heutigen Morgen mit Derk im Kontor sein? Lina wusste, wie schnell sich das Leben oft rächte und jeden Fehltritt bestrafte.

Morten Hahns Gesichtsausdruck sprach Bände, und Linas schreckliches Gefühl verstärkte sich.

»Ein Kutter hat das Ruderboot entdeckt, und die Fischer konnten deinen Sohn gerade noch rechtzeitig bergen«, erklärte Morten und schluckte. »Ludger ist viel zu weit rausgefahren, welcher Düwel ihn auch geritten haben mag. Das ist bei der Kälte absolut wahnsinnig!«

Lina nickte, nur was hätte sie dagegen unternehmen sollen? Sie konnte ihrem Sohn schließlich nicht verbieten, sich frei zu bewegen. Morten Hahn runzelte die Stirn und schien vollkommen anderer Meinung zu sein. Aber das war jetzt zweitrangig. »Was ist denn nun mit Ludger? Ist er verletzt?«

Der Hafenmeister senkte den Kopf. »Er befindet sich auf dem Weg ins Krankenhaus, es geht ihm nicht gut!«

»In welche Klinik ist er gebracht worden?«, drängte Lina.

»Wir haben ihn mit einem Krankentransport nach Wilhelmshaven ins Städtische in der Rheinstraße bringen lassen. Dort bekommt er die bestmögliche Versorgung.« Morten Hahn war wieder zum gewohnt geschäftigen Ton gewechselt.

»Ich will sofort zu ihm!«, verlangte Lina, aber der Hafenmeister winkte ab. »Das können Sie nicht. Es geht ihm … sehr schlecht. Er ist unterkühlt, und man weiß noch nichts Genaues.« Er schabte mit der Schuhspitze über das Pflaster. »Sie hätten es nicht so weit kommen lassen dürfen.«

Lina saß der Schreck so tief in den Gliedern, dass sie kaum in der Lage war, auf diese Anschuldigung angemessen zu reagieren. Noch schlimmer war es, dass Wilko dem Hafenmeister Zustimmung signalisierte.

»Mein Worte«, sagte ihr Sohn. »Schon lange.«

Morten Hahn nickte. »Er hätte längst in eine Anstalt gemusst. Ganz Ellenserdammersiel weiß das.«

Jetzt hatte Lina sich wieder gefangen. »So, das ganze Dorf weiß also besser als ich, die Mutter, was gut für meinen Sohn ist?« Trotz aller Sorge begehrte sie gegen diese Anschuldigungen auf. »Ludger hat für das Deutsche Reich gekämpft und dabei seinen Halt verloren. Aber er ist weder verrückt noch reif für das Irrenhaus. Mit der Zeit wird er sich wieder fangen, da bin ich sicher.«

»Wenn er diese Zeit noch hat«, warf Morten Hahn ein.

Lina fand diese Bemerkung reichlich deplatziert. Was bildete sich dieser Blaffbeck bloß ein?

»Ich fahre jetzt ins Krankenhaus und werde mir selbst ein Bild machen.« Lina reckte das Kinn. »Wilko, lass anspannen! Mach zu, wir dürfen keine Zeit verlieren, es geht um meinen Sohn und deinen Bruder.«

Wilko aber bewegte sich nicht von der Stelle, sondern runzelte nur die Stirn. »Mutter, es ist dunkel, und wie Herr Hahn bereits sagte, wirst du nicht ins Krankenhaus hineinkommen. Um diese Zeit hat keiner mehr Zutritt. Lass uns morgen gleich früh losfahren und schauen, was wir dann ausrichten können. Es wäre heute ohnehin zwecklos.«

Damit gab Lina sich keineswegs zufrieden. »Ich bin seine Mutter! Ich werde meinen Sohn heute noch sehen. Bitte lass anspannen, sonst kümmere ich mich selbst darum!«

Wilko wusste, dass er verloren hatte, kannte er doch den Dickkopf seiner Mutter. Er zuckte ergeben mit den Schultern und ging zum Stall, wo die Knechte gerade mit der Fütterung begannen und sicherlich alles andere als erbaut darüber sein würden, dass sie nun ein Pferd fertig machen sollten.

Morten Hahn verabschiedete sich.

»Es ist kalt und mit Frost zu rechnen«, sagte Hauke, der für die Rösser zuständig war. »Sie möchten tatsächlich jetzt noch los?«

Lina hörte, wie ihr Sohn mit knappen Worten die Situation erklärte. Sie betrat die Stallgasse nun auch, denn es war Eile geboten. »Keine Diskussion bitte! Machen Sie, was mein Sohn gesagt hat.«

Der Knecht zuckte mit den Schultern, tat dann aber, wie ihm geheißen. »Soll jemand hierbleiben, bis Sie zurückkommen?«, fragte er. Denn es musste jemand da sein, der das Pferd abschirrte und versorgte, vor allem, wenn es verschwitzt war.

»Es muss niemand auf mich warten«, tat Lina kund. »Ich nehme mir in der Stadt ein Zimmer, denn es wird für eine Rückfahrt nicht nur zu spät, sondern auch zu kühl sein. Ich befürchte klirrenden Frost.«

»Mutter, ich fahre besser mit«, erklärte Wilko. »Diese lange Strecke solltest du nicht allein fahren.«

Lina war erleichtert, denn ein wenig graute es ihr doch, in der Dunkelheit ganz allein mit der Kutsche unterwegs zu sein. Sie sollten wirklich darüber nachdenken, sich ein Automobil zuzulegen, nur: Bei der Inflation war eine solche Anschaffung momentan zu waghalsig.

Der Knecht wurde nach diesen Worten umgänglicher, nahm eine ruhige Stute und zäumte sie auf, während er den Lehrling anwies, den Einspänner fertig zu machen und nicht nur an die Decke für das Pferd, sondern auch für die Herrschaften zu denken.

In dem Moment trat Alea aus der Käserei. Sie schaute

von einem zum anderen. Nach und nach schien ihr bewusst zu werden, dass etwas nicht stimmte.

Sie eilte zu ihrer Mutter. »Wohin wollt ihr?«

Lina fasste mit wenigen Worten zusammen, was passiert war.

»O mein Gott! Ludger!«, rief Alea erschrocken aus. »Und du fährst jetzt nach Wilhelmshaven?«

»Jo«, antwortete Lina. »Ich muss zu meinem Sohn. Ich packe rasch ein paar Sachen, etwas zu essen und zu trinken, denn ich fürchte, wir werden über Nacht bleiben.«

Lina wollte eben ins Haus eilen, als sie noch einmal stehen blieb. »Wilko begleitet mich. Hast du ein Auge auf den Betrieb?«

»Versprochen«, sagte Alea. »Versprochen, Mutter. Grüße Ludger, und lass dir Zeit. Ich komme zurecht.«

Kapitel 4

Derk hatte den ganzen Nachmittag lang versucht, auf Talke einzuwirken und sie zu einer versöhnenden Aussprache zu bewegen, aber es war zwecklos gewesen. Seine Frau stellte sich stur und erklärte sich zu keinem Gespräch bereit. Nachdem Antke wortlos verschwunden und bis zum Abend nicht mehr aufgetaucht war, hatte sich Talke in den Ohrensessel ans Fenster gesetzt, das Strickzeug ergriffen, stumpf darauf geblickt und so seit Stunden dort verharrt. Ab und zu schaute sie aus dem Fenster, und dann war wieder das Klappern der Nadeln zu hören.

Derk hätte seine Tochter am liebsten gesucht, aber das wäre wohl keine gute Idee gewesen. Denn unweigerlich hätte ihn der Weg auch zum Milchhof geführt, weil Antke sich gern dort aufhielt. Aber dorthin zu gehen, wäre in dieser Situation wohl das Schlimmste gewesen, was er hätte tun können. Dann hätte Talke allen Grund gehabt, ihn hinauszuwerfen, weil es so ausgesehen hätte, als würde er nun Rat und Trost bei Lina suchen.

Also war ihm nichts anderes übrig geblieben, als in der Kate zu bleiben und Talke schweigend beim Stricken zuzuschauen. Er hatte sich an den kleinen Tisch vor dem

Sofa gesetzt und begonnen, das Anschlagen der Nadeln zu zählen, weil es ihn beruhigte.

Im Laufe der Stunden war Talke dann ein wenig zugänglicher geworden, und als die Dämmerung es nötig machte, das Licht anzuknipsen, legte sie das Strickzeug fort und faltete die Hände im Schoß. Sie war bleich wie die Wand hinter ihr, die Hände zitterten, und zum ersten Mal bemerkte Derk, wie faltig ihre Gesichtshaut war und wie tief die Furchen neben dem Mund.

Derk kam es vor, als wäre seine Frau in den letzten Stunden um Jahre gealtert – oder hatte er sie zuvor einfach nur flüchtig angesehen und ihm war deshalb verborgen geblieben, wie vergrämt sie war?

Derk schämte sich, weil er sich schuldig fühlte. Weil er der Auslöser dafür war. Gleichgültig, wie schäbig sie sich selbst in ihrer Verzweiflung verhalten hatte. Es stimmte ja, dass sie sich in nichts darin nachstanden, den anderen gedemütigt und vorgeführt zu haben.

Aber ein Teil der Wahrheit war auch, dass *er* begonnen hatte, Talke zu hintergehen. Ihr Verhalten war nur die Antwort darauf. Und nun saßen sie vor diesem Scherbenhaufen, den sie ihrer einzigen Tochter vor die Füße gekippt hatten und fast ein wenig darüber staunten, dass die keine Lust verspürte, sich die Füße an den Kanten aufzuschneiden.

»Wie geht es jetzt weiter?«, fragte sie. »An diesem Punkt standen wir schon sehr oft, aber noch nie fand ich diese Frage so entscheidend, denn jetzt laufen wir Gefahr, unsere Tochter zu verlieren.«

Und Derk hatte keine Antwort. Gar keine. Ihre Sprachlosigkeit breitete sich wieder aus wie ein Fluss, der sein Bett verließ und sämtliche Wiesen flutete. Sie hatten sich jahrelang zusammengerauft, gehofft, immer wieder einen Weg zueinanderzufinden, weil sie Antke als verbindendes Glied zwischen sich wussten.

Aber nun wollte sie fort und würde ihnen beiden nicht verzeihen, was sie sich gegenseitig angetan hatten.

»Du willst bestimmt auch gehen. Zu Lina?« Talkes Stimme zitterte.

Gleichgültig, was war, sie schien ihn noch immer zu lieben und sehnte sich danach, dass er bei ihr blieb. Diese Erkenntnis traf Derk mit ungeahnter Wucht. Er war davon ausgegangen, dass der Schlussstrich unter ihrer Ehe endgültig war und es nur noch darum gehen würde, wie sie sich voneinander lösten. Aber nun saß sie vor ihm wie eine Katze, die verlangte, endlich wieder schnurren zu können. Nein, er durfte jetzt nicht gehen, nicht, bis sie nicht wussten, was mit Antke war. Und er konnte Talke auch nicht der Schmach einer verlassenen Frau aussetzen. Er hätte sie nicht ehelichen dürfen, hatte es aber getan und die Verantwortung übernommen. Für sie. Für Antke …

»Nein, ich bleibe«, sagte Derk.

»Wie soll das funktionieren?«, fragte Lina.

Derk räusperte sich. »Weitermachen? Wie bisher, damit der Schaden nicht zu einem kompletten Desaster wird?«

Er hatte keine andere Idee. Eine Scheidung erschien ihm ausgeschlossen.

Talke hätte keine Absicherung, und an das Spießrutenlaufen im Dorf mochte er gar nicht denken. Es wäre für sie beide nicht auszuhalten.

»Gut, dann, weitermachen.« Talke stand auf und füllte den Kessel mit Wasser. »Welche Wahl bleibt uns?«

Mit geübtem Griff gab sie Teeblätter in die Kanne, wartete, bis das Wasser heiß war, und goss auf. So wie immer.

Dann tranken sie Tee. Schweigend, aber dennoch mit einem gewissen Einverständnis.

Weil die Dinge waren, wie sie waren, und keine Änderung in Sicht war.

Sosehr sie es auch beide wünschten.

Endlich, endlich ging die Tür, und Antke trat ein. Sie hatte hochrote Wangen und sah stark verkühlt aus. Aber sie wirkte nicht mehr so angespannt, ja, beinahe zufrieden.

»Min Deern«, begrüßte Derk sie fast überschwänglich und kam ihr entgegen. »Ich bin froh, dass du zurück bist, und deine Mutter ist es auch. Komm, setz dich, wir müssen noch einmal reden.«

Antke zog die Brauen hoch, hängte den Mantel an ihren Haken. »Ja, wir müssen reden«, sagte sie. »Und zwar sofort.«

Talke schob ihrer Tochter eine Tasse und die Teekanne über den Tisch. »Ist noch warm. Ich habe eben noch einmal frischen Tee gemacht.«

Antke setzte sich zu ihren Eltern an den Tisch. »Danke, mir ist auch richtig kalt. Da tut ein warmes Getränk sehr gut.« Ihre Tochter ließ sich Zeit. Legte ein Kluntje in die Tasse, goss sich ein und gab das Wulkje dazu. Sie nahm zunächst einen Schluck, ehe sie ihre Eltern fragend ansah. »Und was möchtet ihr bereden? Eure Scheidung?«

»Nein«, kam es wie aus einem Mund.

»Wir werden uns nicht trennen«, sagte Derk.

»Und warum nicht? Lina Bleeker ist Witwe, du kannst sie heiraten. Und Liebe ist es ja wohl gerade nicht, was dich und Moder miteinander verbindet. Heutzutage gibt es immer mehr Ehen, die geschieden werden.«

»Aber nicht in Ellenserdammersiel«, gab Talke zu bedenken. »Eine Scheidung ist vollkommen ausgeschlossen. Kein Wort mehr!«

Derk stimmte seiner Frau zu, auch in der Hoffnung, Antke auf diese Weise zu besänftigen. »Ich werde das deiner Mutter nicht antun«, erklärte er, bemerkte aber sogleich das Blitzen in Antkes Augen.

»So, du willst ihr die Schmach einer Scheidung und das Gerede im Dorf nicht antun, aber nimmst es in Kauf, dass sie über die betrogene Ehefrau reden?« Antke lachte bitter auf.

»Dein Vater und ich wissen dennoch, was wir aneinander haben«, entgegnete Talke.

Derk war bass erstaunt, dass er ausgerechnet von Talke Rückendeckung bekam.

Antke schüttelte den Kopf. »Ich verstehe euch nicht. Und wisst ihr was? Ihr versteht euch doch selbst nicht. Was ist das zwischen euch? Abhängigkeit? Liebt ihr es, verletzt zu werden?«

»Wir haben dich«, sagte Derk. »Das genügt.«

»Nun, mein lieber Vater, da kann ich dich und Mutter beruhigen, denn ihr habt mich auch bald nicht mehr und könnt deshalb machen, was euch beliebt.«

Sowohl Derk als auch Talke waren einen Moment lang sprachlos angesichts dieser Respektlosigkeit.

Talke schluckte so heftig, dass sie zu husten begann. Ihre Augen weiteten sich, und sie rang nach Luft, als Antke mit kalter Stimme weitersprach.

»Dass ich Ellenserdammersiel verlassen werde, sobald ich volljährig bin, wisst ihr ja bereits.«

»Ja… und?«, fragte Talke vorsichtig.

»Ich werde so weit fort sein, dass ich mir dieses…«, Antke rang sichtlich nach dem richtigen Wort, »… Schmierentheater nicht mehr mit ansehen muss.«

»Du bist ganz schön unverschämt«, entfuhr es Talke.

Derk aber wischte die Bemerkung mit einer Handbewegung fort.

»Wie weit?«, hakte er sofort nach. Aber er ahnte es bereits, denn seine Tochter hatte oft genug von der Welt auf der anderen Seite des Ozeans geschwärmt.

Und da kam es auch schon. »Amerika. Ich gehe nach Amerika. Und so, wie es aussieht, nicht allein.«

*

Wilko knallte mit der Peitsche, und die Stute zuckelte los. Aus ihren Mündern quoll weißer Atem. In der letzten Stunde hatte es sich merklich abgekühlt.

»Wenn wir uns weiterhin in diesem Schneckentempo bewegen, wird es wirklich viel zu spät, um noch im Krankenhaus vorzusprechen«, sagte Lina. Sie konnte ihre Ungeduld kaum zügeln, die Angst um Ludger fraß sie auf. Und darunter mischten sich immense Zweifel, ob die anderen doch recht gehabt hatten. Hätte sie ihren Sohn einweisen lassen sollen, weil er Hilfe benötigte, um die Welt weiterhin zu ertragen? Wäre dieses Unglück heute damit zu vermeiden gewesen?

Lina schüttelte diese Gedanken ab.

Ihr waren die Methoden in den Kliniken suspekt. Heimlich hatte sie sich schon mit dem Thema beschäftigt, schließlich wollte sie für Ludger nur das Beste. Aber wie man dort mit den Kranken umging, damit sie auf den rechten Pfad der Gesellschaft zurückkehrten, empfand sie als äußerst fragwürdig. Das wollte sie ihrem Kind nicht antun.

Endlich hatten sie die Hauptstraße nach Wilhelmshaven erreicht.

»Jetzt kommt auch noch Nebel auf.« Wilko lenkte die Stute hinter ein anderes Gefährt. Die Strecke war um diese Zeit noch stark befahren.

Hinter ihnen ertönte ein lautes Brummen, dann ein Hupen. Kurz darauf bretterte ein großes, schwarzes Automobil an der Schlange vorbei. Lina schrak bei diesem Lärm ordentlich zusammen. Aus der Nähe hatte sie ein solches Fahrzeug noch nie gesehen.

»Nun kommt der Fortschritt auch in der Friesischen Wehde immer mehr an«, sagte sie.

»Das wird so weitergehen. Noch ein paar Jahre, dann reihen sich diese Automobile hintereinander ein, und es wird keine Fuhrwerke mehr geben.« Wilko ließ die Stute antraben, weil ein paar Wagen in den nächsten Feldweg zu ihren Gehöften abgebogen waren und eine Lücke entstanden war.

»Du hättest Herrn de Vries bitten sollen, dich zu fahren. Er wäre mit seinem Gefährt rasch hier gewesen und hätte dich auch wieder zurückbringen können.«

Lina überging die Bemerkung. Ihr war diese Idee tatsächlich vorhin auch selbst gekommen, aber sie wollte einfach nicht, dass dieser Mann solch großen Anteil an ihrem Leben hatte. Der Tee vorhin war schon genug an Nähe.

Sie lenkte lieber ab. »Meinst du, wir brauchen so etwas eines Tages auch in der Molkerei? Also so ein motorisiertes Ding?«

»Natürlich, darum wirst du dich mit Alea kümmern müssen, wenn ihr mit der Zeit gehen wollt. Nur müssen wir dazu genug Geld haben, und das stellt sich momentan ja als schwierig dar. Wer weiß, was noch auf dich und den Betrieb zukommt.«

Wilko leitete das Gefährt ein Stück nach rechts, denn ein zweites Automobil schob sich, dieses Mal in gemäßigterem Tempo, an ihnen vorbei.

»Es werden wirklich immer mehr«, sagte Lina mürrisch.

Kurz darauf war das Tuten der Dampflok zu hören. Nicht weit entfernt stampfte sie auf den Gleisen an ihnen vorbei und machte die Stute etwas nervös.

Endlich hatten sie Sande erreicht, aber bis Wilhelmshaven war es noch ein gutes Stück des Weges. Der Nebel hatte sich aufgelöst. Lina fröstelte und zog die Decke um die Beine etwas fester. Das half allerdings nicht allzu viel.

»Ich würde dich gern etwas fragen«, begann sie zögerlich.

Wilko zügelte das Pferd, weil sich der Weg verengte. »Nicht, dass wir noch abrutschen und anschließend im Schlot landen«, sagte er. »Was gibt es denn?«

Er bohrte den Blick angestrengt in die Dunkelheit.

»Wie siehst du deine Rolle in der Molkerei? Du hast eben von mir und dem Betrieb gesprochen. Es war kein Wir, sondern ein Du. Also, wo siehst du dich?«

»Gar nicht, Mutter«, entfuhr es Wilko. Er holte tief Luft, und dann brach es aus ihm heraus. »Ich werde das Land verlassen und in die Vereinigten Staaten von Amerika gehen.«

Lina schluckte. »Wie bitte? Du willst was? Über den großen Teich verschwinden?«

»Jo. Ich habe hier keine Zukunft, und mich erinnert in Deutschland alles an den Krieg. Es ist für mich die richtige Entscheidung.« Ihr Sohn machte eine Pause, weil er jetzt abbiegen und achtgeben musste, die alte Frau mit dem Weidenkorb auf dem Rücken nicht umzufahren.

»Du möchtest Ellenserdammersiel verlassen?«

Wilko schürzte die Lippen und wirkte zum ersten Mal etwas lockerer.

»Ich gehe nicht allein, sondern wahrscheinlich mit Antke Voigt.«

Nun verschlug es Lina doch die Sprache. »Du und Antke? Dann warst du mit ihr am Nachmittag unterwegs?«

»Das stimmt. Hat sich so ergeben.«

»Weiß Derk das?«

Wilko hob grüßend die Hand, weil ein Bekannter aus dem Dorf auf der Gegenseite an ihm vorbeifuhr. »Antke wollte es ihren Eltern nach ihrer Rückkehr gleich erzählen. Deshalb wird es ihm wohl jetzt bekannt sein.«

»Wirst du sie heiraten?«, entfuhr es Lina, doch Wilko lachte laut auf.

»Davon ist nicht die Rede! Wir sind nicht einmal ein Paar, haben aber festgestellt, wie ähnlich unsere Ziele sind. Da kam eins zum anderen, und am Ende stand dort Amerika.«

»Da lebt Mathilde«, rutschte es Lina heraus. »Sie hat dort ihr Glück gemacht. Aber sie muss auch schon um die achtzig sein.«

»Wer ist das?«, fragte Wilko. Er ruckelte an der Laterne, die seitlich des Einspänners angebracht war und ihr spärliches Licht spendete.

»Mathilde war unsere Große Magd. Sie hat mich nach

dem frühen Tod meiner Mutter aufgezogen, obwohl sie selbst gar nicht so alt war. Es kam nach dem Tod ihres Bruders zu einigen Unstimmigkeiten, erst mit Vader, dann mit deinem Vater.« Lina leckte sich die Lippen.

Nein, sie würde Wilko nicht die Wahrheit sagen. Nicht über Thees, nicht über das, was Mathilde getan hatte. Es half niemandem, wenn sie ihr Schweigen jetzt brach. »Jedenfalls ist sie von Bremerhaven aus nach New York gegangen und betreibt dort ein Diner, wie sie geschrieben hat.« Linas Stimme wurde weich. »Es ist lange her, dass ich das letzte Mal von ihr gehört habe. Aber ich habe ihre Adresse.«

Inzwischen waren die ersten Lichter von Wilhelmshaven zu sehen. Die Straßen wurden trotz der fortgeschrittenen Stunde wieder voller.

»Dann kenne ich ja schon jemanden drüben. Vielleicht besuche ich sie mal.«

»Das wäre schön«, sagte Lina.

Sofort sah sie Mathildes kräftige Oberarme vor ihrem inneren Auge. Sie hörte deren dunkle Stimme, die ruhig und ausgewogen Anweisungen gab, und dachte an die gemeinsame Arbeit in der Käserei, wenn sie die Käseharfe gerührt hatten. Alles lange bevor es den Milchhof Bleeker gab.

»Wir sind da«, sagte Wilko. Er wies auf ein großes Backsteingebäude, das im Schein der Straßenlaternen äußerst imposant wirkte.

»Das ist also das Städtische Krankenhaus«, sagte Lina. »Und hier ist mein Ludger.«

»Versuchen wir unser Glück.« Wilko schaute sich um. Er winkte einem Jungen, dem er die Zügel der Stute in die Hand drücken konnte, nahm seine Krücken und legte dem Pferd noch die Decke über. Dann ging er mit seiner Mutter auf das Eingangsportal zu.

*

Derk eilte nach dem Gespräch mit seiner Tochter auf den Hof der Molkerei zu. Talke und Antke wollten allein sein und noch etliche Dinge besprechen. Es war im Augenblick wohl das Mindeste, was er tun konnte. Ja, er wurde von seinem schlechten Gewissen regelrecht aufgefressen. Niemals hätte er Lina wieder so nahekommen dürfen.

Es war bereits stockdunkel, und in den Stallungen und den Betriebsräumen brannte Licht. Es sah heimelig aus, aber so nach und nach würde der Milchhof Bleeker im Dunkeln daliegen und nur noch wenig Licht aus dem Haupthaus scheinen. In den Stallungen wurden jetzt die Kühe gefüttert und gemolken, die Fertigungsräume auf Hochglanz geputzt und verschlossen, damit sie bei Morgengrauen sofort mit der Produktion loslegen konnten.

Kaum hatte er das große Tor passiert, kam ihm Alea aus der Käserei entgegen. Sie löschte das Licht und schloss hinter sich ab.

»Moin, Derk! Wo warst du denn am Nachmittag? Wir haben dich vermisst, und es ist viel Arbeit liegen geblieben.«

Derk nahm die Schiebermütze vom Kopf. »Es gab zu Hause ein paar Dinge, die ich erledigen musste und die unaufschiebbar waren. Aber du hast recht, ich hätte mich abmelden sollen.« Er schluckte. Bloß nicht zu viel verraten. Keine Fragen provozieren. Am besten, er wechselte das Thema. »Ist Lina da?«

»Du weißt es nicht?«, fragte Alea entgeistert.

Sie wirkte erschrocken, und Derk kroch ein kalter Schauer über den Rücken. »Was weiß ich nicht?«

»Dass Mutter mit Wilko nach Wilhelmshaven ins Krankenhaus gefahren ist?«

»To'n Düwel, warum?«

Alea nahm das Kopftuch ab. »Weil Ludger von der Besatzung eines Fischkutters aus der See gerettet werden musste. Er ist mit seinem Ruderboot raus. So wie immer, du kennst ihn ja. Jedenfalls kam er nicht zurück. Wilko wollte ihn gerade suchen gehen, als Morten Hahn kam und uns von dem Unglück berichtet hat. Wir sind in großer Sorge.«

Derk atmete schwer. Auch das noch!

War das die Strafe für Linas und sein Vergehen? Aber warum sollte nun ausgerechnet Ludger darunter leiden?

Derk atmete tief und kräftig durch. Er musste gelassen bleiben, denn zu ändern war nichts.

»Dann wird sie die Nacht über sicher dortbleiben«, sagte er.

Alea nickte. »Ja, das ist so geplant. Der Weg ist weit, und es ist bannig kalt geworden. Sie werden es kaum schaffen, wieder zurückzufahren. Außerdem glaube ich nicht, dass sie heute überhaupt zu meinem Bruder gelassen werden. Es ist schon viel zu spät.«

»Hätte sie denn nicht versuchen können, mit dem Automobil in die Stadt zu fahren? Vielleicht hätte Herr de Vries das gemacht?«

Alea hob die Achseln kurz an. »Er war heute Morgen schon da, und ich glaube, Mutter war eher froh, dass er rasch wieder gegangen ist.«

Derk kniff die Lippen zusammen. Auch ihm waren die Bemühungen um Lina vonseiten des Bankiers nicht entgangen, und er betrachtete es mit Argwohn. Doch es stand ihm nicht zu, auch nur einen Ton darüber zu verlieren. Er war mit Talke verheiratet, und sie hatten sich versprochen ... Derk schüttelte sich innerlich.

»Es wäre ein Notfall gewesen, sie hätte ihn anrufen können. In der Posthalterei gibt es doch einen Apparat.«

»Nun ist sie eben mit Wilko los.« Alea schaute zum Hof und den Molkereigebäuden, die im Dunklen lagen. »Ich verschwinde jetzt im Haus und muss eine Kleinigkeit essen. Soll ich dich auf dem Laufenden halten?«

»Ja bitte«, antwortete Derk. »Ich gehe dann ins Kontor und arbeite das nach, was heute Nachmittag liegen geblieben ist. Dann hoffen wir für Ludger das Beste.«

Er tat sich schwer damit, den Raum zu betreten, wo er vor ein paar Stunden diese wunderbaren Gefühle mit Lina geteilt hatte – und wodurch es zu diesem Desaster gekommen war. Er war schuld daran, dass Antke gehen wollte. Er war schuld daran, dass Talke sich wieder ein Ventil für ihren Hass suchen und ganz sicher Lina schaden würde, denn es war ein trügerischer Burgfrieden, den sie heute aus der Not heraus geschlossen hatten. Talke hatte sich eben zwar handzahm gegeben, aber er kannte sie zu gut. Sie würde sich rächen.

Es musste ihm gelingen, seine Frau unter Kontrolle zu behalten. Um jeden Preis. Und dazu war es notwendig, an ihrer Seite zu bleiben.

Derk schlug einen Ordner auf, in dem er schon die Neuerungen für den Milchhof aufgelistet hatte. Sie mussten unbedingt die Bearbeitung der Verkaufsmilch verändern. Sie benötigten eine andere Art der Erhitzung, was relativ gut umzusetzen war.

Er hatte schon Kontakt mit der Molkerei in Geestemünde aufgenommen, die bereits auf diese Weise arbeitete. Als Anschaffung genügte vorerst eine doppelwandige Wanne, die sie mit Holzdeckeln versehen konnten. Diese Wanne würde aufgeteilt werden, und die zuvor erhitzte Milch konnte binnen einer halben Stunde von einer Abteilung in die nächste fließen. Durch Dampf wurde die Temperatur gehalten und gelangte am Ende mit einer Pumpe zum Kühler.

Die Kosten dafür waren überschaubar, aber mit dieser Methode hielt sich die Milch länger und war keimärmer. Man nannte das pasteurisieren.

Derk kratzte sich am Kopf, als er noch einmal durchging, was er in Geestemünde mitgeschrieben hatte. Denn um das umzusetzen, war ein anderer Kühler vonnöten. Der bisher verwendete Solekühler musste gegen einen mit direkter Verdampfung getauscht werden. Wichtig war weiterhin, ein Ventil umzustellen. Nur so war es möglich, die Kohlensäure, anstatt in den Refrigator, in den Kühler zu leiten und dort zu verdampfen, damit ausreichend gekühlt werden konnte.

Aber es würde sich bewähren, da war Derk sicher.

Er rechnete noch einmal alles durch.

Im Augenblick hielt sich die Währung noch stabil, und es war nur eine geringe Teuerung zu erkennen.

Aber glaubte man den Unkenrufen, würde sich das jetzt, nach Inkrafttreten des Versailler Vertrages, schnell ändern. Es war ungewiss und kaum vorhersagbar, wie die wirtschaftliche Entwicklung der Molkerei verlaufen würde. Derk war schon dankbar, dass sie keine Kühe hatten abtreten müssen, was anderen Bauern nicht erspart geblieben war, denn die Reparationspflicht bezog sich nicht nur auf finanzielle Entschädigungen, sondern es wurden auch Naturalien von den Siegermächten gefordert. Kohle, Kühe, Kartoffeln, Weizen…

Eigentlich müssten sie sich auch endlich motorisieren. Aber davon wollte Lina, obwohl sie sonst sehr fortschrittlich dachte, nichts wissen, das musste er nicht ansprechen.

Dann kam Derk zum nächsten Punkt. Auch das hatte er bei seinem Besuch in Geestemünde mitgenommen. Sie würden fortan die Milch anders bezahlen. Vor allem, da sich die Menge der Anlieferung derart vergrößerte.

»Wir werden das kostbare Gut jetzt wie dort nach Qualität honorieren«, murmelte Derk. »Da hatten die Geestemünder wirklich eine gute Idee.«

Die zahlten neuerdings nach Grundpreis und Fettgehalt. Das würde zwar mehr Aufwand bedeuten, aber die Bauern wären bestimmt zufriedener.

Derk schloss die Bücher. So würde es gehen.

Er warf einen Blick zur Uhr. Es war fast zweiundzwanzig Uhr. Und Zeit, nach Hause und ins Bett zu gehen. Lina würde heute nicht aus Wilhelmshaven zurückkommen, und er musste am Morgen früh raus.

*

Lina kämpfte mit den Tränen. Natürlich hatte man sie nicht zu Ludger gelassen, sondern auf den nächsten Tag vertröstet.

»Dann suchen wir uns jetzt ein Zimmer.« Sie zitterte am ganzen Leib, so kalt war ihr. »Ich brauche einfach nur noch Wärme, so kann ich gar nicht mehr denken.«

Wilko schlug das Hotel *Loheyde* vor. Es lag nicht weit entfernt vom Krankenhaus in der Königsstraße, gegenüber des Bahnhofs, und galt als das erste Haus in der Stadt.

»Das können wir uns unmöglich leisten«, widersprach Lina. »Da kommen die Beamten aus Berlin und weitere Größen nieder.«

»Viel Wahl bleibt uns nicht, Mutter«, sagte Wilko. »Die anderen Hotels werden um diese Zeit bestimmt keine Gäste mehr aufnehmen. Im *Loheyde* aber können wir sicher sein, dass ein Portier am Empfang sitzt. Mir fehlt auch die Geduld, jetzt herumzufahren und zu suchen.«

Lina seufzte, nickte dann aber ergeben. Ihr Sohn hatte recht.

Zunächst suchten sie für das Pferd eine Unterstellmöglichkeit, was am Bahnhof kein Problem war. Direkt gegenüber der Station lag neben dem Hotel *Loheyde* der Valoisplatz, benannt nach dem Admiral der Kaiserlichen Marine. Der Hotelkomplex war ein imposantes Haus, das seine Exklusivität allein schon durch die Bauweise deutlich machte.

Lina ließ den Blick zum Haupteingang schweifen. Ein Kuppelbau mit einem Turm schmückte die Front und ließ sie majestätisch wirken. Die Fassade war beleuchtet und vermittelte nicht nur einen gemütlichen, sondern zugleich auch exklusiven Eindruck, der sich verstärkte, je ausgiebiger Lina das Hotel betrachtete.

»Es ist wunderschön«, sagte sie staunend und konnte sich an den Gauben und Erkerfenstern am Dach, der Front mit den unterschiedlich gestalteten Bauelementen einfach nicht sattsehen.

»Meinst du wirklich, *da* sollten wir reingehen? Wir einfachen Leute vom Land?«

»Jo«, antwortete Wilko knapp. »Mein Bein kann auch nicht mehr. Ich muss es hochlegen, das Blut pocht im Stumpf.«

Lina strich ihm kurz über den Unterarm. Sie wusste, dass Wilko nun ihretwegen in der Nacht wieder heftige Schmerzen haben würde.

Sie betraten das Foyer, und Lina bekam den Mund kaum zu, als sie die großen Kristalllüster sah, die den Raum nicht nur mit elektrischem Licht, sondern zusätzlich mit den Glaselementen zum Strahlen brachte. Auch die Pagen und Bediensteten in ihrer feudalen Kleidung beeindruckten sie.

Wilko buchte zwei Zimmer. Lina wollte lieber gar nicht erst wissen, was das kostete.

Sofort nahm ihr ein Page die kleine gepackte Tasche aus der Hand, und sie wurde sich der Schäbigkeit ihrer Kleidung und des Gepäckstückes bewusst. Lina legte nun mal keinerlei Wert auf solche Dinge, und draußen auf dem Hof war das ja auch unnötig.

Hier, an diesem Ort jedoch, schämte sie sich, dass sie jeder sofort als Frau vom Land erkannte.

Kurz glaubte sie, auch ein Naserümpfen des Pagen festgestellt zu haben, was nicht verwunderlich war, denn ihnen haftete bestimmt der süßliche Duft der Molkerei und der Kühe an.

Lina folgte Wilko und dem Pagen zum Fahrstuhl, denn Wilko wäre mit seinem Bein kaum die Treppe hochgekommen. Sie fand auch das Fahren mit dem Lift sehr aufregend. All dieser Prunk erinnerte sie mit einem Mal schmerzhaft an ihre Zeit im Hotel mit Derk in Dresden, wo sie die schönste Nacht ihres Lebens verbracht hatte.

Ach, Derk, dachte sie und spürte schon wieder die Wärme, die ihren Körper noch am Morgen durchflossen hatte. Seitdem war so viel passiert, dass es sie schwindelig machte. Lina hatte nun kein Auge mehr für den Prunk und die Herrlichkeit des Gästezimmers. Sie war müde und durchgefroren und wollte nur noch eines: schlafen.

*

Am nächsten Morgen nahm Lina nur eine Tasse Kaffee zu sich und lehnte jedes weitere Frühstück ab. Sie musste sofort zum Krankenhaus, irgendwie hatte sie überhaupt kein gutes Gefühl. Mit flauem Magen stand sie nun im Foyer des Hotels *Loheyde*.

»Mutter, auch jetzt werden sie dich nicht zu Ludger lassen«, gab Wilko zu bedenken. »Die Aussage der Schwester gestern war eindeutig. Du darfst erst am Nachmittag während der Besuchszeiten zu ihm.«

»Ich muss doch wenigstens mit einem Arzt sprechen können.«

»Du kannst dein Glück versuchen, ich möchte im Hotel bleiben.« Wilko rieb sich den Oberschenkel über dem Stumpf. »Bitte, sei mir nicht böse, Mutter, aber ich komme heute um vor Schmerzen. Das war gestern alles etwas viel für mich. Erst der Ausflug mit Antke, dann unsere Fahrt. Wenn ich mich nicht ausruhe, kommen wir später nicht zurück nach Ellenserdammersiel.« Er wies zu einer Sitzgruppe, die unter einem Lüster angebracht war. »Ich werde dort warten, dann müssen wir das Zimmer keinen weiteren Tag bezahlen.«

Lina nickte. »Ist in Ordnung. Sollte es dir später noch immer schlecht gehen, kann ich den Einspänner notfalls lenken. Ich gehe mal davon aus, dass wir nicht wieder in der Dunkelheit fahren müssen.«

»Danke, Mutter!« Wilko schleppte sich zu einem der Sessel und ließ sich hineinfallen, nicht ohne zuvor nach der Zeitung zu greifen, die neben der Sitzgruppe an einem Haken mit einem Bügel aufgehängt war.

Lina folgte ihm und kontrollierte, ob sie ihn so allein lassen konnte. Wahrscheinlich würde sie schon bald zurück sein. Das Städtische Krankenhaus lag nicht weit entfernt, und lange Besuchszeiten waren nicht vorgesehen – falls Lina überhaupt eingelassen wurde.

»Nun muss ich los. Sind ja nur ein paar Schritte.«

Wilko schien erleichtert, dass sie keine Einwände erhob, weil er sie nicht begleiten konnte.

Er winkte und bestellte sich einen Kaffee und ein Glas Wasser.

Lina bat den Pagen um ihren Mantel, den er vor dem Frühstück zusammen mit Linas und Wilkos Taschen beflissentlich zur Garderobe gebracht hatte. »Unser Gepäck nehmen wir dann später mit«, bestimmte Lina und schlug den Ton an, in dem sie sonst mit ihren Angestellten sprach.

»Wie die Dame wünschen«, bekam sie zur Antwort.

Jetzt noch schnell den Schal um den Hals wickeln und den Hut festzurren, denn es pfiff ein eisiger Nordostwind durch Wilhelmshavens Straßen.

Lina verließ das Hotel durch den Haupteingang und überquerte den Valoisplatz. Danach brauchte sie sich nur nach links zu halten, und schon bald war sie in der Rheinstraße 108. Ihr schlug das Herz bis zum Hals, als sie auf den Empfang zusteuerte. Dort saß eine brünette Frau in Schwesterntracht, mit weißer Schürze, dunklem Unterkleid und Haube auf dem Kopf.

»Moin«, begrüßte Lina sie. »Mein Name ist Lina

Bleeker. Mein Sohn Ludger ist gestern eingeliefert worden. Ich möchte ihn besuchen.«

Die Frau schaute gar nicht erst auf und antwortete lapidar: »Dann kommen Sie bitte um fünfzehn Uhr wieder, da haben wir Besuchszeit.«

»Das werde ich ganz bestimmt nicht tun. Ich weiß nicht einmal, wie es min Jung geht, weil Sie mich schon gestern Abend nicht zu ihm gelassen haben.«

Endlich hob die Schwester den Blick. »Das verstehe ich durchaus, aber mir sind die Hände gebunden. Ich darf außerhalb der Besuchszeiten keinen in die Klinik lassen.« Sie zuckte bedauernd mit den Schultern.

»Dann ist es bestimmt mein gutes Recht, mit dem Arzt zu sprechen. Ich muss als Mutter doch wissen, wie es meinem Sohn geht.«

Endlich wurde ihre Mimik weicher. »Wie war der Name?«

»Bleeker. Ludger Bleeker.«

Die Schwester blätterte in ihrem großen Buch herum. Sie fuhr mit dem Zeigefinger über die Spalten. Alles erschien Lina so unsagbar langsam. Sie rieb sich das Kinn, trat von einem Bein aufs andere. Aber das beschleunigte gar nichts.

Endlich schien die Schwester Ludgers Namen gefunden zu haben. »Ich sag dem Doktor Bescheid.«

Sie nahm den Telefonhörer in die Hand und wählte eine Nummer.

Für Lina bewegte sich alles viel zu behäbig, aber sie wagte nicht, um mehr Geschwindigkeit zu bitten, weil sie befürchtete, dann ganz abgewiesen zu werden. Endlich legte die Schwester den Hörer zurück auf die Gabel. Sie wies mit dem Kopf auf eine kleine Sitzgruppe in der

Ecke. »Dort können Sie Platz nehmen, bis Doktor Sagehorn kommt. Kann aber dauern, er hat viel zu tun.«

Lina setzte sich und wartete. Es verging eine Stunde. Und eine weitere. Erst dann trat ein wohlbeleibter Mann in weißem Kittel und mit Nickelbrille auf sie zu. »Frau Bleeker?«

»Ja, das bin ich.« Lina sprang auf.

»Folgen Sie mir bitte in mein Zimmer«, sagte er in geschäftigem Ton. Lina versuchte, in seiner Mimik zu lesen, um zu erkennen, ob er gute oder schlechte Nachrichten für sie hatte. Doch das Gesicht des Arztes blieb unbewegt. Sie durchquerten lange, dunkle Flure, überall roch es nach Desinfektion. Aus vielen Zimmern drang Wehklagen, manchmal ein Stöhnen.

In manchen Ecken standen kleine Tische und dazu passende Stühle, aber das war auch das Einzige, was die Tristesse durchbrach. Endlich hielt Doktor Sagehorn vor einer Tür. Er öffnete sie schwungvoll. »Nach Ihnen, Frau Bleeker.«

»Was ist mit meinem Sohn?«, entfuhr es ihr.

Der Arzt bedeutete ihr, sich doch zu setzen, aber das hatte sie lange genug getan. »Sparen wir uns die Höflichkeiten«, sagte sie. »Ich möchte wissen, was mit Ludger ist, und danach will ich ihn sehen.«

Doktor Sagehorn druckste herum. »Es wäre besser, wenn Sie sitzen, Frau Bleeker.«

Jetzt wurde Lina abwechselnd heiß und kalt. Sie sah dem Arzt ins Gesicht. Er musste nichts mehr sagen. Sie wusste es. Aber sie konnte es nicht aussprechen. Dann wäre es gewiss. Und doch hielt sie das Schweigen keine Sekunde länger aus.

»Ludger ist tot?«, brach es aus ihr heraus.

»Es tut mir leid. Ja.«

Lina kniff sich in den Unterarm, in der Hoffnung, sie würde gleich einfach in ihrem wunderschönen Luxushotelzimmer erwachen, und alles wäre nur ein böser Traum.

Doch es änderte nichts an diesem Zustand. Sie saß noch immer im Städtischen Krankenhaus von Wilhelmshaven bei Doktor Sagehorn im Arztzimmer. Draußen tobte der eisige Nordostwind und ließ die wenigen verbliebenen Blätter aufwirbeln. Er sang gerade ein schauriges Lied, als er durch die nicht ganz abgedichteten Fenster strich und sie einen feinen Zug verspürte, als wolle er sie verhöhnen.

Ludger war tot.

Tot. Tot. Tot.

»Wann?«, fragte Lina mit heiserer Stimme. »Wann ist es passiert?«

»Vor einer Stunde«, gab Doktor Sagehorn Auskunft.

Lina hob den tränenverschleierten Blick. »Da war ich doch schon hier. Und keiner hat mich zu ihm geholt. Ich bin doch seine Mutter!«

Sie drehte sich um und lief zur Tür.

»Frau Bleeker, es gibt noch ein paar Dinge zu klären.«

»Vor zwei Stunden, als ich das Krankenhaus betreten habe, hätte es einiges zu klären gegeben. Jetzt nicht mehr. Danke, ich finde raus.«

»Frau Bleeker!«

Lina verließ das Zimmer und war froh, als sie endlich vor dem Krankenhaus stand. Was sollte sie hier noch?

Kapitel 5

August 1921

Wilko stand bei strahlendem Sonnenschein neben Antke an der Columbuskaje in Bremerhaven vor dem Schiff, das sie morgen nach längerer Quarantäne in ihrer Herberge, der ständigen Überprüfung ihrer Gesundheit und der Desinfektion des Gepäcks, nach Amerika bringen würde. Sie hatten eine geflochtene Kiste und einen Lederkoffer dabei. Beides mit dem Nötigsten gefüllt.

So standen sie vor dem wuchtigen Schiff mit dem schwarzen Bauch und dem weiß gestrichenen Passagierdeck. An den Seiten befanden sich etliche Rettungsboote, dahinter ragten zwei schwarze Schornsteine in den Himmel, aus denen bereits weißer Dampf quoll.

An der Kaje herrschte geschäftiges Treiben. Von überallher schallten Rufe, mal dröhnte das Typhon eines Schiffes, dann wieder schepperte eine Kette. Und immer wieder stampfte eine Barkasse durch die Weser. Es roch ein bisschen nach Schlick, ein bisschen nach Öl und ein bisschen nach Diesel.

»Wie viele Leute gehen mit uns an Bord?«, fragte Antke.

»Keine Ahnung«, antwortete Wilko. »Aber schau dir die Massen an.«

»Es sind wirklich unglaublich viele Menschen, die Deutschland verlassen wollen.« Antke sog die Luft scharf ein.

Wilko umklammerte die Fahrscheine. Ihre Versicherung darauf, dass sie an Bord durften. Es war schwer genug gewesen, sie zu erhalten.

Endlich kam Bewegung in die Massen. Die Gangway war eng, und sie schwebte über der Weser. Mütter umklammerten ängstlich die Hände ihrer Kinder, mahnten sie, bloß an ihrer Seite zu bleiben, damit sie nicht ins Wasser fielen, denn der Laufsteg war kaum abgesichert.

»Hoffentlich kriegen wir die Kiste und den Koffer gleich dort hinauf«, gab Antke zu bedenken. Sie sprach es nicht aus, aber Wilko war klar, dass es ihr Sorgen bereitete, weil er wegen des fehlenden Beines nicht sehr behände war, obwohl er inzwischen ein Holzbein bekommen hatte.

»Ich schaff das schon«, quetschte Wilko hervor. »Drüben müssen wir schließlich auch zurechtkommen.«

Mit einem kräftigen Schwung griff er nach der Kiste. Antke nahm den Koffer. Der war zwar erheblich leichter, dennoch würde sie gut zu schleppen haben. Handlich war ein solches Gepäck beileibe nicht.

Auch die anderen Frauen zierten sich nicht und griffen selbst zu – wenn sie nicht gerade auf die Kleinen achtgeben mussten.

Es war wirklich ein schwieriges Unterfangen, die Kisten die Gangway hinaufzubugsieren. Wilko stolperte ein paarmal und war froh, als sowohl er als auch sein Gepäck heil an Bord waren und auch Antke es geschafft hatte.

Natürlich hatten sie kurz überlegt, beides nacheinander an Bord zu hieven, aber dazu hätten sie ein Gepäckstück auf dem Kai stehen lassen und lange warten müssen, ehe sie wieder zurückgehen konnten, denn die Passagiere drängten dicht an dicht aufs Schiff.

Antke und Wilko waren sich jedoch einig darüber gewesen, es niemals unbeobachtet zu lassen, denn an der Kaje lungerten zu viele finstere Gestalten herum, die nur darauf warteten, das eine oder andere Stück zu stehlen. Was aber sollten sie in der neuen Welt ohne das wenige, das sie mitgenommen hatten?

Antkes Wangen glühten vor Aufregung, und sie hauchte Wilko einen Kuss auf die Wange. Seit vier Wochen waren sie Herr und Frau Bleeker. Es war eine kleine, stille Hochzeit gewesen. Beide hatten kein Interesse an einer Feier. Zum einen wussten sie um den Konflikt zwischen Lina und Talke, zum anderen trauerte Wilkos Mutter noch immer um Ludger und konnte es nur schwer verwinden, dass nun auch Wilko weggehen und sie mit Alea alleinlassen würde.

Für ihn und Antke aber war es genau das Richtige. Es ging nur um sie, dazu brauchten sie keine Bestätigung anderer Gäste und keine große Zeremonie.

»Nun kann unser neues Leben beginnen. Jenseits von Ellenserdammersiel und in einer fremden Welt.« Antkes Stimme haftete kein bisschen Wehmut an. Sie war vollkommen mit sich im Reinen und wollte fort.

Wilko schaute an sich herunter. Der Bauchansatz war verschwunden, er war schon lange nicht mehr so schwammig und aufgedunsen.

Seit Antke an seiner Seite war, musste er kein Essen mehr in sich hineinstopfen, und es gefiel ihm, sich an der frischen Luft zu bewegen, Sonne zu tanken und jede Blume am Wegrand wahrzunehmen.

Antke war es gelungen, ihm seinen Lebensmut zurückzugeben. Sie nahm ihn, wie er war, auch mit nur einem Bein. Und suchten Wilko in der Nacht die Albträume heim, reichte es, wenn er ihre Hand in seiner spürte. Seine Versicherung dafür, dass er gehalten wurde und nicht allein war.

»Wohin nun?« Antke schaute zum Kai, auf dem nach wie vor reges Treiben herrschte. Rufe schallten zu ihnen herauf, in der Ferne klirrte eine Kette, dann wiederum vernahmen sie das vertraute Geräusch einer muhenden Kuh. Sie konnten sie nicht entdecken, aber wahrscheinlich wurde das Tier gerade auf eines der umliegenden Schiffe verladen.

»Bald geht es tatsächlich los«, schwärmte Antke. »Ich kann es kaum erwarten, mit dir an meiner Seite das neue Land zu erkunden und dort zu leben.«

Wilko drückte ihre Hand. Was hatten sie sich nicht alles ausgemalt, wie sie ihr Leben fortan gestalten wollten. Am Ende hatten sie sich darauf geeinigt, auf jeden Fall eine Farm aufzubauen, denn damit kannten sie sich aus, und es würde den Neuanfang erleichtern.

Über ihnen balgten sich zwei Möwen. Sie hatten einem Kind das Brot aus der Hand gerissen und stritten nun darum, wer es verspeisen sollte.

»Passagiere der dritten Klasse hierher!«, hörte Wilko.

Er nickte Antke kurz zu, und sie folgten dem Strom der anderen, die sich einer Luke näherten und darin nach und nach verschwanden. Es wirkte fast so, als würden sie von dem Loch verschluckt werden.

»Ich bin wirklich nervös«, flüsterte Antke. »Ist es nicht eigentlich töricht, sein ganzes Leben für ein ungewisses Ziel aufzugeben?«

»Wir dürfen auf keinen Fall zweifeln«, mahnte Wilko, auch wenn er jetzt, da ihr Traum konkret wurde, ähnliche Gedanken wie Antke hegte. Schließlich wusste er nicht, wie die Leute in Amerika auf einen Krüppel wie ihn reagieren würden und wie er eine Farm leiten wollte, wo er sich doch nur eingeschränkt bewegen konnte.

Sie kletterten eine Leiter hinunter – das allein verlangte Wilko schon alles ab. Kurz überlegten sie, beim Gepäck jetzt doch um Hilfe zu bitten, als ein junger Bursche das Dilemma erkannte und den beiden unter die Arme griff und die Kisten nach unten weiterreichte.

Unten angekommen, rümpfte Wilko die Nase. Es war stickig und eng, durcheinander und laut. Schließlich war das ihr Zuhause für die nächsten Wochen.

»Damit werden wir zurechtkommen«, versuchte Wilko Antke zu beruhigen, denn das freudige Flackern in ihrem Blick war blankem Entsetzen gewichen, als sie die Menschenmassen sah, die sich durch den viel zu engen Gang quälten. »Wenn man sich über längere Zeit im Schweinestall aufhält, riecht man es auch bald nicht mehr.« Wilko drückte Antkes Hand ein bisschen fester.

»Wohin müssen wir denn überhaupt?«, fragte sie. »An beiden Seiten des Ganges sind Kabinen mit doppelstöckigen Betten zu finden.« Antke wies mit der Hand erst nach rechts, dann nach links. »Welches ist unser Schlafplatz? Ist das festgelegt?«

Wilko schüttelte den Kopf. »Man muss sich wohl eine Kabine sichern.«

Seine Augen brauchten eine Weile, ehe sie sich an die Dunkelheit gewöhnten. Hatte draußen eben noch die Sonne hell vom klarblauen Himmel geschienen, herrschte im Schiffsinneren ein diffus dämmriges Licht.

Sie schoben sich im Strom der Passagiere weiter.

»Alles belegt«, kommentierte Antke.

»So sieht das aus«, sagte Wilko. »Bestimmt ist weiter hinten was frei.«

Ein paar der Passagiere gerieten bereits aneinander, weil sie sich nicht einigen konnten, wer welche Kabine als Erstes besetzt hatte.

Wilko bezweifelte immer stärker, ob die Kapazitäten des Schiffes in diesem Bereich wirklich für so viele Menschen ausreichten. Er hoffte, dass sie sich nicht plötzlich mit wildfremden Menschen das enge Lager teilen mussten, weil doch mehr Passagiere an Bord waren als geplant.

Da Wilko das Laufen mit dem Holzbein sehr schwerfiel, kamen sie nur langsam voran und wurden ständig beiseitegestoßen.

Schließlich schlug Antke vor, dass sie vorausging und eine Kabine besetzte. »Sonst schlafen wir am Ende womöglich auf dem Gang.«

Wilko widerstrebte es zwar, dass er nicht in der Lage war, sich als Mann für seine Frau um ein Bett zu kümmern, aber Antke hatte natürlich recht. Sein Stolz war hier fehl am Platz.

Ein paar Meter weiter erkämpfte sie schließlich eine doppelstöckige Schlafstatt. An der Stirnwand befand sich ein winziger Waschtisch mit zwei weißen Handtüchern und dem Emblem der Reederei und einem Spiegel.

Aber Antke konnte sich noch nicht in Sicherheit wähnen, denn immer wieder versuchte jemand, sie aus der Kabine zu drängen. Sie aber stieß sämtliche Mitbewerber beiseite, bis Wilko angekommen war. Ermattet ließ er sich auf der unteren Koje nieder.

Als ein Pfiff ertönte, fuhren die Menschen zusammen,

und von einer Sekunde zur nächsten war es still. Am Eingang stand ein Matrose.

»So geiht dat nicht!«, schrie er. »Ihr müsst euch schon beeilen. Jeder nimmt das, was er kriegen kann, und gut is! Hier wird nicht gestoßen und so een Schiet. Und die Türen bleiben erst mal auf, bis ich kontrolliert habe, ob alles seine Richtigkeit hat.«

»Gut, dass wir untergekommen sind«, flüsterte Antke, als sie draußen weiterhin das Gekeife wahrnahmen.

Hin und wieder hörte es sich so an, als würden sich die Passagiere sogar prügeln.

Um sich abzulenken, sortierten sie ihre Habe. Ihnen gegenüber hatten sich zwei allein reisende junge Männer einquartiert, direkt daneben eine ältere Frau mit drei Kindern. Das würde eng werden, denn die Kojen waren schmal, und die Kleinen würden sich eng aneinanderkuscheln müssen.

Antke erschien Wilko zunehmend verzagt.

»Morgen laufen wir aus, und schon bald sind wir in Amerika. Dann wird alles gut. Zum Glück dauert die Überfahrt längst nicht mehr so lange wie früher mit den Seglern.«

»Ich werde in dieser Enge und in diesem Gestank ganz sicher kein Auge zumachen«, meinte Antke.

Und doch war sie die Erste, die an diesem Abend einschlief und nicht einmal das Auslaufen am nächsten Morgen bemerkte.

*

»Es geht nicht mit uns beiden«, sagte Talke zu Derk. Sie saßen bei einer Tasse Tee am Küchentisch. Antkes leerer

Platz wirkte wie eine unausgesprochene Anklage. Jede Mahlzeit, jedes Getränk, das sie hier gemeinsam einnahmen, verursachte großen Schmerz und Unbehagen. Sie hatten beide versagt und ihre Tochter aus dem Haus getrieben.

Seitdem Antke ernst gemacht hatte und letzte Woche wirklich fortgegangen war, lebte Talke nicht mehr in ihrem Kokon. Sie wirkte stabiler und selbstbewusster, hatte das Geduckte abgelegt. Ihre Haltung war gerade, ihr Blick nicht mehr unstet, sondern zielgerichtet.

Derk war dennoch überrascht, als ihm Talkes Worte klar wurden.

»Aber wir wollten es doch versuchen, allein, damit du hier keinen Spießrutenlauf erleidest.«

Talke lachte hämisch auf. »Mein Lieber! Es geht ja wohl eher darum, dass du selbst dein Gesicht nicht verlieren willst. Ich habe so lange nachgedacht, und wir wissen beide, dass es für uns besser ist, wenn sich unsere Wege trennen.« Sie legte ein Kluntje nach und schenkte sich erneut ein. Das Klacken des Kandisstückes kam Derk in diesem Zusammenhang vor wie das endgültige Schließen einer Tür.

Natürlich hatte Talke recht. Natürlich liebten sie sich nicht und diese mangelnde Zuneigung von beiden Seiten hatte schließlich dazu geführt, dass Antke gegangen war. Aber sie hatten dennoch zusammenbleiben wollen. Damit sie abgesichert war. Damit er sie unter Kontrolle behielt.

Beides destruktive Voraussetzungen für eine funktionierende Ehe.

»Ich gehe nach Oldenburg!«, erklärte Talke weiter. »Du brauchst gar nicht erst versuchen, es mir auszureden, mein Entschluss steht. Ich hatte viele Monate Zeit, ihn in mir reifen zu lassen.«

Derk konnte das Gesagte noch immer nicht richtig fassen und schüttelte den Kopf, als würde es ihm so gelingen, es wirklich zu begreifen, indem er die Worte noch einmal durcheinanderwirbelte.

Talke bemerkte seine Überraschung natürlich, denn sie verzog abschätzend das Gesicht, so wie sie es immer tat, wenn sie sich über etwas lustig machte.

Derk wurde mit einem Mal bewusst, wie gut er seine Frau doch in bestimmten Situationen kannte, auch wenn sie sich in ihrer Zeit der Ehe so oft aus dem Weg gegangen waren. Aber die Jahre hatten sie geprägt und in gewisser Weise miteinander vertraut gemacht.

Talke nahm einen Schluck Tee und stellte dann die Tasse zurück. »Ich will es kurz machen: Die Scheidung habe ich bereits eingereicht und alle Schuld auf mich genommen. Ich möchte nur noch fort von hier. Von dir. Von Ellenserdammersiel und von diesem vermaledeiten Milchhof, der doch das Übel für unser Dilemma ist.«

Derk war wie vor den Kopf geschlagen ob dieser klaren Worte. Er brauchte eine Weile, ehe er das Gesagte verdaut hatte. »Du hast *was* getan?« Warum, zum Teufel, hatte er davon nichts mitbekommen?

»Ich wiederhole es noch einmal: Ich gehe nach Oldenburg, lasse mich scheiden, und wir gehen von nun an getrennte Wege. Ich packe gleich mein Hab und Gut zusammen. Wir haben unsere Tochter verloren, schlimmer kann es nicht kommen. Ich ertrage das Leben hier keinen Tag länger.«

So gefasst kannte Derk seine Frau nicht. In diesem Moment glaubte er wieder, einer vollkommen fremden

Person gegenüberzusitzen. Es war in jeder Beziehung ein einziges Auf und Ab mit ihnen.

»Du bist jetzt frei für Lina Bleeker«, sagte Talke mit kalter Stimme. »Ich stehe euch nicht mehr im Weg.« Sie erhob sich und ging ins Schlafzimmer. »Nun lauf doch los! Sag es ihr. Schließlich gehe ich davon aus, dass ihr schon lange heimlich darauf gehofft habt, dass ich den Weg frei mache.«

»Nein«, antwortete Derk. »Ich habe mit Lina nie über so etwas gesprochen. Da irrst du dich.«

»Dann habt ihr jetzt eben eine neue Perspektive. Ich habe nichts mehr zu verlieren, nachdem Antke fort ist. Ich werde mich in Oldenburg nach einer geeigneten Bleibe umsehen. Wenn du vom Milchhof zurück bist, sitze ich schon im Zug nach Oldenburg. Wir sehen uns dann vor Gericht.«

Derk stand wie betäubt auf, griff nach seiner Jacke und verließ die Kate, die auch für ihn kein Zuhause mehr war. Er hatte seine Familie verloren.

*

Lina brütete über den Büchern, das lenkte sie wunderbar davon ab, dass Wilko vor einer Woche den Milchhof Bleeker verlassen hatte, um sich mit Antke auf den Weg nach Amerika zu machen. Sie konnte nur schwer damit umgehen, dass sie nun gar keinen Sohn mehr hatte. Der eine bei diesem tragischen Unglück verstorben, wobei sie sich nicht sicher war, ob Ludger seinen Tod nicht absichtlich in Kauf genommen hatte. Der andere wollte die Welt erobern und hatte sich vor der Verantwortung für die Molkerei und dem Leben in Ellenserdammersiel davongestohlen. Lina war nur Alea geblieben, und sie hoffte, dass wenigstens sie blieb und sie auf ihre Tochter zählen konnte.

Es stand im Augenblick nicht gut um die Molkerei.

Die Preise erhöhten sich täglich, sogar ein Brief kostete inzwischen vierzig Pfennige, vor zwei Jahren waren es noch fünfzehn Pfennige gewesen. Die Preise stiegen in einer schwindelerregenden Geschwindigkeit. Inzwischen war sogar der Brotpreis um mehr als siebzig Prozent gestiegen, und es war kein Ende in Sicht. Täglich kamen neue Preissteigerungen hinzu.

Diese Teuerung zog sich durch alle Bereiche des Lebens und machte auch vor der Molkerei nicht halt. Der Butterversand stagnierte immer mehr, dazu die Konkurrenz aus dem angrenzenden Ausland … Die Menschen wurden radikaler und unzufriedener.

Nur Wilhelm de Vries erschien ihr neben Alea als Konstante. Auf ihn konnte sie sich stets verlassen. Auch wenn sie politisch nicht immer einer Meinung mit ihm war: Verehrte er doch Hindenburg, weil der für ihn für die Einheit der Nation und die alte preußische Tugend stand.

Ja, Lina fühlte sich alleingelassen. Von ihren Kindern, von Derk …

Der redete kaum noch mit ihr, warum auch immer er sich weiterhin für ein Leben an Talkes Seite entschieden hatte. Seine Reputation und sein Wort waren ihm offenbar wichtiger als die Liebe.

Trotz ihres Schmerzes darüber konnte Lina das auch verstehen. Talke hätte ohne ihn keine Zukunft in der Wehde. Ohne Beruf, ohne Ausbildung und ohne anderes Wissen, das sie einbringen konnte. Derk würde sie mit einer Scheidung förmlich in die Gosse schubsen. Das durfte und konnte er ihr nicht antun.

Lina prüfte die Abrechnungen nun schon zum dritten Mal, doch sie kam immer wieder zu demselben Ergebnis.

Die Molkerei stand am Abgrund.

Lina seufzte. Es gab nur einen einzigen Ausweg, auch wenn sich alles in ihr dagegen sträubte. Sie brauchte einen solventen Ehemann, der ihnen finanziellen Rückhalt bot, und da fiel ihr leider nur einer ein. Würde sie es ertragen, die Frau an Wilhelms Seite zu sein? Noch einmal nur mit Sympathie, aber ohne Liebe durchs Leben zu gehen?

Sie und Derk würden niemals zusammen sein können, er hatte sich trotz allem aus Anstand für Talke entschieden. Sie musste es akzeptieren.

Hier aber ging es um den Fortbestand der Molkerei. Um viele Arbeitsplätze und ihr Lebenswerk. Sie musste den Milchhof Bleeker retten. Um jeden Preis.

Es klopfte, und Alea kam zu ihr. Sie wies sofort auf die aufgeschlagenen Bücher. »Moin, dann hast du unsere aktuellen Zahlen ja schon gesehen«, stellte sie fest. »Katastrophal.«

Lina nickte. »Es sieht wirklich nicht gut aus.«

»Ich habe aber auch keine Idee, was wir ändern sollen«, sagte Alea. »Es liegt an der Politik. Zu dumm, dass wir im letzten Jahr noch in die neuen Gerätschaften investiert haben.«

»Wir müssen die Molkerei absichern«, bestätigte Lina. »Im letzten Jahr, in dem alles so schlimm lief und wir auch noch Ludger verloren haben, dachte ich, dass wenigstens der Milchhof eine Chance hat. Aber das ist leider nicht eingetroffen. Wir müssen jeden Strohhalm ergreifen, um den Milchhof zu retten. Daran führt kein Weg vorbei. Das weißt du genauso gut wie ich.«

»Und wie stellst du dir das vor?« Alea nagte auf der Unterlippe. »Willst du Vieh verkaufen oder einen Produktionszweig einstellen?«

»Nichts dergleichen«, erklärte Lina. »Ich werde heiraten.«

Ihre Tochter wurde blass. »Nein, Mutter, das wirst du auf gar keinen Fall tun. Das hast du dir nicht gut überlegt!«

Natürlich war Alea klar, wen ihre Mutter zu ehelichen gedachte.

»O doch, min Deern. Das habe ich. Wir brauchen sein Kapital. Mehr denn je.«

Beiden war klar, dass für die Rettung des Milchhofes nur Wilhelm de Vries infrage kam – und den liebte Lina nicht. Doch das war angesichts der prekären Situation zweitrangig.

»Er ist Bankier, hat viel Land und Vieh, und wir hätten eine Weile ausgesorgt«, fuhr Lina weiter fort. Auch um sich selbst Mut zu machen, dass es der richtige Weg war. »Wilhelm de Vries macht mir, wie du weißt, schon eine geraume Weile den Hof, und mit ihm an unserer Seite hat die Molkerei eine reelle Überlebenschance.«

»Alles für den Milchhof«, flüsterte ihre Tochter mit Bitterkeit in der Stimme.

»Ja, alles für den Milchhof. Ich werde Wilhelm de Vries gleich eine Epistel zukommen lassen, dass er gern zum Abendessen kommen darf. Ich bin mir sicher, er wird dabei seine Offerten wiederholen, wenn ich ihn nur minimal ermuntere. Danach können wir alles Weitere final besprechen.«

Lina schlug den Ordner zu. Ihr war schwer ums Herz, aber sie trug große Verantwortung. Für den Hof, für die Molkerei und auch für die zahlreichen Mitarbeiter. Das durfte sie nicht aufs Spiel setzen. Sie und Alea allein gegen den Sog der Inflation und der politischen Kräfte – es war nicht zu schaffen.

Aber immerhin konnte ich noch etwas für Wilko tun, dachte Lina. Er wird sich freuen, wenn er in Amerika angekommen ist. Immerhin.

*

Die Überfahrt nach New York war kein Zuckerschlecken. Gleich zu Beginn gerieten sie in einen Sturm mit hohem Wellengang, und sowohl Wilko als auch Antke hatten geglaubt, sie würden das nicht überleben.

Ansonsten wurden sie von endloser Langeweile gequält, denn es gab in den Wochen weder Abwechslung im Tagesablauf noch beim Essen. Das Frühstück und Abendessen verspeisten sie im großen Speisesaal, in dem nur die Passagiere der dritten Klasse untergebracht waren, einen faden Getreidebrei, der zäh im Hals festhing und nur mit dem dünnen Tee hinunterzuspülen war, während auf den oberen Decks die Passagiere im Luxus schwelgten. Manchmal drang deren Tanzmusik zu ihnen nach unten.

Dann biss Antke immer betont heftig in den bröseligen und trockenen Schiffszwieback, der nach Pappe schmeckte. Mittags gab es Pökelfleisch oder Stockfisch, manchmal Hering und immer wieder diesen trockenen Zwieback. Alles Gerichte, die lange haltbar gemacht werden konnten. Nur waren sie so stark gepökelt, als esse man das pure Salz. Der anschließende Durst war unerträglich.

Vor allem deshalb, weil die Passagiere der dritten Klasse zwar diesen kleinen Waschtisch, aber keinen uneingeschränkten Zugang zum Wasser hatten. Sie erhielten nur kleine Rationen, die nicht ausreichten, den Durst wirklich zu stillen, und auch die Körperhygiene erschwerte.

Dennoch waren die kargen Mahlzeiten eine willkommene Unterbrechung des Alltags.

Zur Abwechslung zählte auch, das Deck zu umrunden, aber es war schon beim dritten Mal zu einer Farce geworden, denn sie sahen nichts als das graue Wasser vor einem ebenso grauen Himmel, der sich am Horizont mit dem Meer verband und das Einheitsgrau noch verstärkte. Immerhin konnten sie so dem Gestank eine Weile entfliehen. War es trocken, hockten auf dem Außendeck viele Menschen eng zusammen und versuchten, die Zeit mit einem Klönschnack zu vertreiben. Bei Schietwedder aber drängelte sich alles in den Kabinen, und die Luft war zum Schneiden dick.

Nach drei Tagen tummelten sich in den Betten plötzlich Wanzen und machten den Passagieren das Leben zur Hölle. Ständig schlug jemand um sich, dauernd suchten sie sich gegenseitig die Köpfe nach Läusen ab.

»Wir müssen das Ungeziefer ausräuchern«, erklärte einer der jungen Männer. »Vielleicht hilft das.«

Sie versuchten es, aber leider scherten sich die Tierchen nicht darum.

»Nur die Luft ist jetzt noch schlechter«, flüsterte Antke, denn es traf ja keinen die Schuld. Verstohlen wischte sie ihre Augen, doch nicht nur sie litt seitdem unter Reizungen und Husten.

»Ich halte das nicht mehr lange aus.« Antke zerquetschte eine Bettwanze zwischen Daumen und Zeigefinger, als die versuchte, über ihren Unterarm zu fliehen.

»Es ist bald geschafft und das Schlimmste bestimmt überstanden«, versuchte Wilko ihr erneut Mut zu machen.

Doch er irrte sich.

Gleich in der folgenden Nacht kam der nächste Sturm auf, der noch kräftiger war als der erste und das Schiff mächtig ins Wanken brachte. Kaum einer machte ein Auge zu, denn vielen wurde sterbenselend, und sie mussten sich fast ununterbrochen übergeben, hinzu kamen gruselige Geräusche. Der Dampfer ächzte und stöhnte bei jeder Woge. Es knirschte und quietschte, dann wiederum erfolgte ein lautes Donnern, wenn sich eine sehr große Welle gegen den Rumpf warf.

Glücklicherweise blieben Antke und Wilko von der Seekrankheit weitgehend verschont, sie plagte lediglich ein leichtes Unwohlsein.

Gegen Morgen ließ der Sturm endlich nach, und die Passagiere atmeten erleichtert auf. Doch die Kinder der Frau in der benachbarten Kabine erholten sich einfach nicht. Sie übergaben sich und hatten so heftigen Durchfall, dass Wilko zu einem der Matrosen ging und nach einem Arzt verlangte.

»Kann man nichts machen«, diagnostizierte er ohne große Regung. »Bleibt nur zu hoffen, dass sich die Infektion nicht allzu sehr ausbreitet. Haltet euch so gut es geht fern.«

Mehr gab er nicht von sich und verschwand so schnell, als befürchtete er, selbst angesteckt zu werden.

Den beiden Kindern ging es zwei Tage sehr schlecht, und als das vierjährige Mädchen verstarb, legte sich eine schreckliche Lähmung aus Angst und Hoffnungslosigkeit über alle Passagiere auf ihrem Deck. Vor allem, weil es keine andere Wahl gab, als das Kind dem Meer zu übergeben.

Es würde kein Grab geben, an dem sie es beweinen konnten. Da blieb nur der Blick über die weite See, die sich ihnen zukünftig mal wütend und mal wohlgesonnen zeigen würde.

»Ich kann nicht mehr«, sagte Antke, kurz bevor sie den New Yorker Hafen erreichten. Sie zeigte angewidert auf den unappetitlichen Getreidebrei. »Wie sollen wir das noch weiter ertragen?«

Wilko zuckte mit den Achseln. »Ich weiß es nicht, Antke. Ich habe gewusst, dass es schwierig wird, aber eine solch schlimme Überfahrt habe ich nicht erwartet. Ganz und gar nicht. Auch ich habe es mir leichter vorgestellt, denn es hieß ja, die Bedingungen in der dritten Klasse hätten sich sehr zum Positiven verändert!«

»Immerhin schlafen wir nicht mehr in Bettkästen mit fünf Mann«, antwortete Antke sarkastisch.

»Ist es denn noch weit?«, fragte sie vollkommen verzagt.

»Meinen Berechnungen nach dürften wir es bald geschafft haben.« Wilko gab einfach nicht auf, seiner Frau Mut zuzusprechen.

Antke schmiegte sich an ihn, und er war dankbar für ihr Vertrauen. Niemals hätte Wilko geglaubt, nach dem Krieg als Versehrter sein Glück zu finden. Und jetzt war er frischgebackener Ehemann und würde mit der Frau, die er über alles liebte, ein neues Leben beginnen. Nie mehr würde er auf deutschen Boden den einzigen Fuß setzen, der ihm geblieben war. Er hatte von nun an ein neues Vaterland – und keines, für das er je würde kämpfen wollen und müssen, um hinterher zu erfahren, dass er auf der falschen Seite gestanden hatte.

Er drückte Antke an sich. Und hoffte, dass ihnen das Glück von nun an hold blieb und sie wirklich eine neue Heimat gefunden hatten.

»Ich liebe dich, Antke Bleeker«, sagte er.

»Ich dich auch.«

Und so standen sie eng beieinander, in der Hoffnung, dass es wirklich bald besser werden würde.

»Ein bisschen verstehe ich unsere Eltern«, sagte Wilko.

Natürlich hatte ihm Antke längst erzählt, warum sie so aufgebracht gewesen war und weshalb sie das Land verlassen wollte.

»Du meinst, weil sie einander auch so zugetan sind?«

Wilko nickte. »Das meine ich. Wenn Derk meine Mutter auch nur annähernd so liebt wie ich dich, dann hätte ich an seiner Stelle dasselbe getan. Jede Chance genutzt, ihr nah zu sein. Mir fällt es schwer, sie zu verurteilen.«

Antke aber schüttelte vehement den Kopf. Das war ein Punkt, an dem sie nie einig wurden. »Unsere Eltern haben sich für andere Partner entschieden, und darum ist es falsch, das zu tun. Dann hätten sie zuvor die Weichen anders stellen müssen.«

»Vielleicht durften sie nicht zusammenkommen«, gab Wilko zu bedenken. »Dann haben wir ein besonderes Glück, dass wir uns lieben und sogar heiraten konnten.«

»Das stimmt.« Antke schloss die Augen. »Wenn dieser schreckliche Dampfer sein Ziel erreicht hat, kannst du dir ganz sicher sein: In meinem ganzen Leben werde ich keinen Fuß mehr auf irgendeine Schiffsplanke setzen.

Ich werde in den Vereinigten Staaten bleiben, solange ich lebe.«

Wilko strich seiner Frau liebevoll übers Haar.

»Das musst du auch nicht. Wir sind ja bald Amerikaner.«

»Nie wieder Schiff«, flüsterte Antke wieder.

»New York!«, ertönte plötzlich ein lauter Schrei von oben. »Ich kann die Freiheitsstatue sehen!«

Plötzlich kam Bewegung in die Massen. Hatten die Menschen zuvor wie träge Bären im Winterschlaf in den Ecken gehockt, glich das Deck nun einem Ameisenhaufen, in den jemand einen Stock gesteckt hatte. Jeder suchte hektisch seine Sachen zusammen.

Wilko klopfte das Herz bis zum Hals. Sie würden in kurzer Zeit den Boden der Vereinigten Staaten betreten. So viele Formulare waren ausgefüllt, so viel hatten sie auf sich genommen. Nun waren sie endlich da.

Es dauerte noch eine Weile, ehe sie in den Hafen eingelaufen waren und das Schiff endlich am Kai lag.

Und es dauerte, ehe die Passagiere der dritten Klasse das Schiff verlassen durften, denn sie waren die Letzten, denen es gestattet war.

Alle konnten es kaum erwarten, vom Schiff zu kommen, quetschten und drängelten sich nach draußen und über die schmale Gangway. Kisten und anderes Gepäck wurden geschoben, kippten um. Manches fiel ins Wasser.

Jedes Mal gab es einen schrecklichen Aufschrei, aber nur wenige der Kisten und Koffer konnten geborgen werden. Antke und Wilko aber ging es wie den meisten.

Ihnen stand die Freude ins Gesicht geschrieben, diese furchtbare Überfahrt ohne größere Blessuren überstanden zu haben. Zu der Frau, die das Mädchen nicht mehr bei sich hatte, schauten Wilko und Antke lieber nicht. Sie hatten ohnehin genug damit zu tun, ihre Kisten heil auf den Kai zu schleppen.

Das neue Land empfing sie mit Sonnenschein und Wärme. Und doch machte sich in Wilko plötzlich ein Kloß im Hals breit. Die Luft roch hier so anders als in Ellenserdammersiel. Er konnte gar nicht genau ausmachen, ob es weniger Süße war oder gar der Hauch von Schlick fehlte. Es war einfach anders.

Mit kleinen Dampfschiffen wurden sie zur Einwandererkontrolle auf die kleine Insel Ellis Island gebracht.

Sie kamen dort in eine Halle, in der mehrere Hafenbeamte die Neuankömmlinge erneut auf ihren Gesundheitszustand prüften und sie ihre Bescheinigungen vorlegen mussten.

Es gab etliche Einwanderer, denen entscheidende Dokumente fehlten und denen deshalb die Aufnahme verweigert wurde. Glücklicherweise hatten Wilko und Antke alles beisammen. Sie nannten ihren Namen und das Herkunftsland, und natürlich gaben sie ihr Alter an. Alles wurde akribisch überprüft, vor allem ihre Gesundheitspapiere und ihr momentaner Zustand.

Erst dann wurde das Gesicht ihres Gegenübers freundlicher.

»Your Job in Germany?«, fragte er abschließend.

»Farmer«, sagte Wilko. »Wie both were Farmer in Germany.«

Endlich durften sie die Halle verlassen. Unter ihren Füßen war nun amerikanischer Boden, was auch immer er ihnen verhieß.

Unsicher schauten sich beide um.

»Wohin gehen wir nun?«, fragte Antke.

Wilko zuckte mit den Achseln. Er war hundemüde und ausgehungert. Aber sie mussten ihr Geld zusammenhalten, schließlich wussten sie nicht, wie rasch sie neues verdienen würden. Und ihre Reichsmark war auch nichts wert, zunächst war ein Tausch nötig.

»Da seid ihr ja! Unverkennbar ein Bleeker!«

Auf Wilkos Schulter legte sich eine kräftige Hand, und ihn blickte ein freundliches, aber runzeliges Gesicht an. »Ich habe schon auf euch gewartet. Hartelk welkomen in de Staaten.«

Wilko drehte sich um. Vor ihm stand eine ältere, recht füllige Frau mit freundlichem Gesicht und Grübchen in den Wangen. »Wenn du man nicht Wilko bist! Kannst din Moder nicht verleugnen, min Jung.«

»Mathilde?«, entfuhr es ihm, denn es gab nur diese eine Möglichkeit. »Du musst Mathilde sein.«

»Jo, die bün ik. Din Moder hat mir ein Telegramm geschickt. Sie wollte, dass ihr erst mal irgendwo unterkommt, bis ihr einen Plan und Möglichkeiten habt. Nun folgt mir mal rut ut de Gewusel. Ik hebb een Diner ums Eck, auch wenn ich da kaum noch arbeite. Bin doch schon etwas zu alt. Aber ich hab gutes Personal. Da könnt ihr so richtig feinen Grünkohl schlemmen, wenn ihr euch gebadet habt. Nix för ungut, aber euer Geruch is allens nich moi.«

Wilko und Antke sahen sich an.

»Danke, min Moder«, flüsterte Wilko. Und seit Langem hätte er sie mal wieder in den Arm nehmen wollen. Nur war jetzt der Ozean dazwischen.

Kapitel 6

Lina saß ein paar Tage später im Salon wie auf heißen Kohlen. Den Tee hatte sie genauso wenig angerührt wie das Gebäck. Dreimal hatte Lina Wilhelm de Vries in der vergangenen Woche nun schon eine kurze Epistel zukommen lassen, aber erst gestern war eine knappe Reaktion in Form von drei Zeilen erfolgt.

Sehr geehrte Frau Bleeker,
ich habe ihre Briefe erhalten und
melde mich baldmöglichst.
Ihr Wilhelm de Vries

Sie war unruhig, ob ihre Rechnung aufgehen würde. Was, wenn der Bankier sich derweil anderweitig getröstet hatte? Ihre ausweichenden Antworten mochten ihn in der Vergangenheit vielleicht doch gekränkt haben.

Sie hatte Derk noch nichts von ihrem Entschluss mitgeteilt. Er ging ihr momentan aus dem Weg, sah müde aus und blass. Antkes Abreise nach Amerika hatte ihm wohl doch ärger zugesetzt als gedacht. Zudem war Lina zu Ohren gekommen, dass Talke verreist war. Ein ungewöhnlicher Umstand, verließ sie Ellenserdammersiel doch sonst nie. Vermutlich hatte auch sie mit dem Fortgang der Tochter zu kämpfen. Leicht war es für sie alle nicht.

Dennoch hätte Lina sich gewünscht, über ihren Entschluss mit Derk zu sprechen, denn auch er sorgte sich um die Molkerei. Aber wenn er momentan nicht mit ihr reden wollte: Bitte!

Wahrscheinlich würde er ihre Entscheidung ohnehin weder gutheißen noch unterstützen. Nicht nur, weil er Lina selbst liebte. Auch weil er bestimmt dagegen war, dass sie ihr Glück für den Milchhof opferte.

»Nun, ganz gut, dass ich ihm diesen Entschluss noch schuldig bin. Momentan sieht es ja so aus, als würde aus dieser Ehe doch nichts werden«, murmelte sie. »Wenn Herr de Vries sich mit der Antwort so viel Zeit lässt und dann so zurückhaltend reagiert …«

Lina wurde aus ihren Überlegungen gerissen, als sich die Tür öffnete und Sophie eintrat. »Frau Bleeker, es ist ein Telegramm angekommen, aus New York«, sagte sie.

»Von Wilko?«

»Ich vermute es, gnädige Frau.« Sophie knickste, obwohl Lina es nicht mochte und es eigentlich untersagt hatte. Schließlich war sie keine Königin, die gehuldigt werden wollte. Aber jetzt gab es Wichtigeres als eine Diskussion über eine solche Nichtigkeit.

Lina riss der Kleinen Magd das Schreiben förmlich aus der Hand. Und dann saugte sie die wenigen Worte förmlich in sich auf.

SIND GUT ANGEKOMMEN. STOPP. HABEN MATHILDE GETROFFEN UND SIND BEI IHR. STOPP. DANKE. WILKO.

Anschließend ließ Lina das Telegramm sinken und drückte es an ihre Brust. Ihr Sohn war in Sicherheit. Mathilde würde für ihn sorgen, sich um ihn kümmern, als wäre es ihr eigenes Kind. Genauso, wie sie früher für Lina da gewesen war, als deren Mutter viel zu früh hatte sterben müssen. Lina spürte, wie eine große Last von ihr abfiel. Um Wilko musste sie sich nun keine Gedanken mehr machen, auch wenn er weit weg war.

Lina nahm nun doch einen Schluck Tee. Die gute Nachricht wollte sie noch kurz sacken lassen, bevor sie wieder an die Arbeit ging.

Um die Wartezeit zu verkürzen, hatte sie sich zwei Ordner mitgenommen, damit sie die letzten Zahlen ein weiteres Mal durchgehen konnte.

Sie hatte noch nie aufgegeben, und wenn Wilhelm de Vries es sich anders überlegt hatte, dann würde sie einen anderen Weg finden, damit sie alle auf dem Milchhof Bleeker bleiben durften und keiner die Arbeit verlor.

Leider sah es heute noch schlechter aus als am Tag zuvor, und es zeichnete sich ab, dass keine Besserung in Sicht war. Im Gegenteil.

Fieberhaft ging Lina noch einmal sämtliche Optionen durch, die sich ihr boten. Aber gleichgültig, was ihr durch den Kopf schoss: Es war für die Molkerei keine Rettung. Sie hätte Wilhelm de Vries nicht so lange hinhalten dürfen. Jetzt war es wohl zu spät.

Gerade als Lina die letzte Tasse Tee genossen hatte, klingelte es, und sie hörte nicht nur Tjeldas Fistelstimme, sondern auch eine sonore männliche, die ihr nur allzu bekannt war.

Lina müsste lügen, wenn sie nicht dachte, dass ihr ein zentnerschwerer Fels vom Herzen fiel. Es war Wilhelm!

Schnell schlug Lina die Ordner zu und platzierte sie auf dem Nebentisch.

»Frau Bleeker ist im Salon und nimmt ihren Tee ein«, erklärte Tjelda gerade. »Ich bringe Sie dorthin.«

Kurz darauf öffnete sich die Tür, und Herr de Vries trat ein. Er verneigte sich wie immer formvollendet, wie immer lächelte er, und wie immer roch er etwas herb. Wilhelm de Vries umgab stets eine Spur von Zeder und Tabak, einen Duft, den Lina sehr mochte. Sie hätte niemals neben einem Mann aufwachen mögen, dessen Geruch sie anwiderte.

»Entschuldigen Sie vielmals den Überfall, meine liebe Frau Bleeker. Ich konnte Ihnen meine Aufwartung nicht eher machen, weil mich die Geschäfte den ganzen Tag in Wilhelmshaven festgehalten haben, nachdem ich zuvor in München tätig sein musste.« Er legte kokett den Kopf leicht schief. »Es ehrt mich, dass Sie mir dreimal ein paar Zeilen haben zukommen lassen. Darf ich das für mich wohlwollend interpretieren?«

»Das dürfen Sie«, antwortete Lina in liebenswürdigem Ton.

Dennoch ertappte sie sich dabei, keineswegs nur Erleichterung darüber zu empfinden, dass der Bankier jetzt doch den Weg zu ihr gefunden hatte und offenbar nach wie vor an einer Verbindung interessiert war.

Es geht um den Milchhof, hämmerte es durch ihren Kopf. Der Milchhof, sonst nichts. Da musst du nun durch!

Es gab kein Zurück. Noch so ein Jahr und sie konnten Konkurs anmelden, die schlechten Zahlen sprachen für sich.

Sie versuchte, Derks Gesicht, das sich unweigerlich

vor ihr geistiges Auge schob, zu verdrängen. Er war unerreichbar geworden und würde ihr in dieser beklemmenden Situation nicht mehr helfen können.

»Bitte nehmen Sie Platz«, bat sie Herrn de Vries und wies auf den freien roten Samtstuhl ihr gegenüber. »Ich lasse noch Tee und eine Tasse bringen.«

Er nickte hoheitsvoll, setzte sich und legte das rechte Bein über das linke. Dann stützte er das Kinn in die aufgelegte Hand. »Ich hatte in Bayern sehr viel zu tun. Aber ich habe nichts unternehmen können, ohne Ihr schönes Gesicht vor meinem geistigen Auge zu haben. Und nun muss ich erkennen, dass auch Sie mehr als einen Gedanken an meine Wenigkeit verschwendet haben.«

Lina schaute ihr Gegenüber aufmerksam an. »Das stimmt, mein lieber Herr de Vries. Ich habe Ihre Gesellschaft durchaus vermisst.« Diese Lüge kam Lina gekonnt über die Lippen, weil sie nah an der Wahrheit war. Nur handelte es sich bei dem Wort *vermissen* um den falschen Ausdruck. Ihr hatte Wilhelm nicht gefehlt, aber sie konnte nicht leugnen, dass sie ihn gern in ihrer Nähe wusste, weil er ein interessanter und eloquenter Gesprächspartner war. Wenngleich sie sehr oft anderer Meinung waren und sie immer das Gefühl hatte, er würde vor ihr etwas verbergen. Aber das konnte ja auch sehr belebend sein.

Insgeheim wusste Lina, dass sie sich etwas vormachte.

Tjelda servierte den nächsten Tee, und Lina bedankte sich ebenso wie Wilhelm de Vries.

»Liebe Frau Bleeker, Sie können sich gar nicht vorstellen, was es seit der Gründung der NSDAP zu tun gibt. Wir stehen der neuen Partei mit unserem Bund Nationale Stürmer sehr nah.«

Er nippte am Tee, hatte zuvor aber weder Kluntjes noch Sahne hineingegeben, denn er trank sowohl den Kaffee als auch den Tee schwarz.

Dass er etwas mit diesem Geheimbund zu tun hatte und sogar der NSDAP nahstand, gefiel Lina nicht. Aber wenn sie ehrlich war, wusste sie auch zu wenig darüber. Über die Sorge um die Molkerei hatte ihr die Zeit gefehlt, sich damit zu beschäftigen.

»In der Nationalsozialistischen Deutschen Arbeiterpartei finden viele Menschen ein Zuhause«, fuhr Wilhelm fort. »Wir müssen diesen Bürgern eine Heimat geben. Und nun hat Max Amann, ein wahrer Gefolgstreuer von Adolf Hitler, die Geschäfte übernommen. Ich musste einfach dabei sein.«

Lina schluckte, brachte aber den Namen dieser unsäglichen Partei nicht über die Lippen. »Sie sympathisieren eng mit … ihnen?«

»Nicht nur das«, antwortete Wilhelm de Vries mit unverkennbarem Stolz. »Ich bin seit vier Tagen auch Mitglied. Mit einer starken und nationalen Partei, die sich der gesamten Bevölkerung annimmt, werden wir dem Druck der anderen europäischen Staaten, die nun versuchen, Deutschland kleinzuhalten, etwas entgegenzusetzen haben. Am 11. Mai letzten Jahres haben wir auf der Mitgliederversammlung wichtige Dinge beschlossen und angeschoben.«

Lina blieb der Mund offen stehen.

Sie sollte ihren Entschluss, sich mit Wilhelm de Vries zu verbünden, doch noch einmal überlegen, denn mit ihrer Skepsis der neuen Partei gegenüber stand sie nicht allein da.

Im letzten Jahr war schließlich das Tragen von Hakenkreuzen, dem Symbol der Nationalsozialisten, an den deutschen Schulen vom Kultusminister verboten worden.

Noch konnte sie einen Rückzieher machen …

Andererseits hatten sie großen Zuwachs aus der Bevölkerung, weil sie sich gegen das Diktat der Siegermächte stellten und an den Stolz des deutschen Volkes appellierten. Lina selbst konnte dem nicht viel abgewinnen. Es war sicher nur eine politische Strömung, die gar nichts weiter bedeutete.

Bei ihrem Entschluss ging es Lina einzig um den Erhalt der Molkerei, Wilhelms politische Gesinnung war hier zweitrangig. Sie mussten und konnten schließlich nicht in allen Punkten einer Meinung sein. Dazu war Lina auch viel zu eigensinnig und selbstbewusst.

Sie warf einen verstohlenen Blick zu den Ordnern, die ein Bild widerspiegelten, das sie lieber nicht gesehen hätte. Ich könnte einen Ehevertrag aufsetzen lassen, in dem klar war, dass Wilhelm de Vries keinen Einfluss auf meine Geschäfte nehmen kann, dachte sie.

Dadurch würde zu verhindern sein, dass er sich auf politischer Ebene in ihr Handeln einmischte.

So würde sie es machen.

Lina entfuhr ein erleichtertes Aufatmen. Sie lächelte scheu, als Wilhelm sie fragend ansah.

»Ich hatte mich ein wenig verschluckt«, erklärte Lina und dachte zugleich: An der fetten Kröte einer Ehe, die sein muss, aber nicht sein sollte.

Dann hatte sie sich wieder gefangen und konnte Wilhelm de Vries weiter ihre ungeteilte Aufmerksamkeit schenken.

Der fuhr unbeirrt mit seinen Ausführungen fort: »Wie

Ihnen nicht entgangen sein sollte, hat es im Februar im ganzen Reich große Proteste gegen die Pariser Beschlüsse wegen der Reparationspflicht gegeben. Bei der Wahl im Juli in Oldenburg gab es einen großen Zugewinn für unsere rechte Partei, aber leider auch für die linke. Das bekommen wir bestimmt schnell in den Griff.« Er nickte sich selbstbestätigend zu. »Seit März haben sich die Grundnahrungsmittel in ganz Deutschland verknappt, das wollen die Menschen nicht einfach so hinnehmen.«

»Das weiß ich doch alles«, unterbrach Lina ihn. Sie hatte ihn schließlich nicht zu sich eingeladen, um sich seine politischen Ideologien erklären zu lassen. »Darf ich Ihnen noch einen Tee nachschenken?«

Wilhelm nickte. »Ich bitte um Entschuldigung, meine Teuerste. Da langweile ich Sie mit politischen Dingen, für die sich eine Frau natürlich nicht interessieren kann. Aber seien Sie gewiss, wir werden alles tun, damit es mit dem Deutschen Reich bald wieder aufwärtsgeht.«

Er führte die Tasse erneut zum Mund und lächelte Lina gewinnend zu. »Sie deuteten eben an, dass ich mir nun tatsächlich Hoffnung machen darf?«

Lina schluckte. Nun hing die Zukunft der Molkerei von einer einzigen Geste ab. Ein Nicken oder ein Kopfschütteln waren in dieser Minute wegweisend.

Sie schenkte sich zunächst selbst Tee nach und kämpfte einen letzten entscheidenden Kampf mit sich selbst. Sie musste es tun, und ihr Leben an seiner Seite würde gut werden. Abgesichert, luxuriös und sie würde interessanten Menschen und potenziellen Kunden begegnen. Was zögerte sie also?

Als sie die Kanne zurück aufs Stövchen stellte, schaute Lina Wilhelm de Vries mit festem Blick an. Seine Augen waren so grau wie der norddeutsche Himmel bei Schietwedder, aber kleine gelbe Sprenkel ließen sie lebendig und warm erscheinen. Wilhelms Nase war wohlgeformt, und es kräuselte sich kein vorwitziges Haar heraus. Sein Bart umrahmte das rundliche Gesicht, war gepflegt und die Zähne weiß und ebenmäßig. Sein Duft zog sie an.

Viele Frauen in der Wehde und der Marinestadt würden sie um diese Verbindung beneiden, denn Wilhelm de Vries sah nicht nur gut aus, er hatte auch viel Geld, Einfluss und Ansehen. Er würde die Molkerei retten können.

Lina nickte unmerklich und sagte leise. »Sie dürfen, Herr de Vries. Sie dürfen. Ich habe mich entschieden, Ihrem Werben offen gegenüberzustehen.«

Wilhelm sprang auf und ergriff ihre Hände. Sofort sank er vor Lina auf die Knie. »Werteste, es gibt keine Eltern mehr, die ich um Erlaubnis fragen muss, weshalb ich nun keine Sekunde zögere. Liebe Lina Bleeker, wollen Sie meine Frau werden?«

»Ja, ich will. – Unter einer Bedingung.«

»Jede, Lina. Jede. Um was geht es?«

»Ich möchte den Milchhof Bleeker weiterhin uneingeschränkt und ohne Einmischung leiten dürfen. Sie werden dadurch keinerlei Schwierigkeiten bekommen, denn natürlich werde ich als Bankiersgattin auf dem gesellschaftlichen Parkett an Ihrer Seite sein.«

Solche Anlässe waren Lina eigentlich zuwider, aber es galt, Opfer zu bringen. Es geht um den Milchhof, nur um den Milchhof, hämmerte es wieder und wieder durch ihren Kopf. Du musst das machen, sonst gibt es die Molkerei bald nicht mehr.

»Teuerste, das werden wir so machen. Hauptsache, Sie sind die meine.« Herr de Vries stand wieder auf und hauchte Lina einen Kuss auf die Wange. Sein Atem roch nach Minze, immerhin nicht unangenehm. »Dann darf ich das Aufgebot bestellen?«

»Zuerst sollten wir einen Advokaten aufsuchen. Wegen der Molkereileitung«, wandte Lina vorsichtig ein. Sie durfte ihren Verlobten nicht verschrecken. Von seiner Gnade hing für den Milchhof viel zu viel ab.

»Das machen wir parallel«, versprach er. »Ich kümmere mich gleich morgen um beides.«

»Ich danke Ihnen.«

»Nun solltest du aber Wilhelm zu mir sagen, meine Liebe«, flötete er geradezu.

»Natürlich – Wilhelm.«

»Und natürlich wirst du zu mir in die Villa nach Wilhelmshaven ziehen. Ich besorge dir ein Automobil, dann kannst du damit zur Molkerei fahren. Sollte deine Anwesenheit nötig sein.«

»Das wird es täglich nötig machen«, antwortete Lina. »Du heiratest eine berufstätige Frau, die einen großen Betrieb leitet.«

»Das ist mir durchaus bewusst.« Wilhelm nickte ihr leicht und mit einem unergründlichen Lächeln zu.

Lina griff nach der Teetasse und war froh, dass sich ihr Herzschlag ein wenig beruhigt hatte. Alles war gut gegangen. Aber es fühlte sich nicht richtig an.

Lina de Vries war einfach nicht der richtige Name für sie.

*

Derk stapfte, die Hände tief in den Taschen seiner Arbeitshose vergraben, in Richtung Molkerei.

Talke war nicht zurückgekommen, auch wenn er täglich damit gerechnet hatte. Gestern hatte sie in der Molkerei angerufen und ihm mitgeteilt, dass sie jetzt ein Zimmer in Osternburg gefunden hatte und auch eine Anstellung in einem kleinen Hotel, wo sie sich als Zimmermädchen verdingen und auf diese Weise ihren Lebensunterhalt bestreiten konnte.

Ein wenig zollte Derk seiner Frau Respekt. Dass sie einen solchen Biss haben würde, damit hatte er nicht gerechnet.

Immerhin hatte sich Antke gemeldet. Sie war gut angekommen. Wie Derk ihr beibringen wollte, dass ihre Mutter ihn nun doch verlassen hatte, wusste er nicht. Und es war auch egal, denn seine Tochter würde ohnehin nicht zurückkommen und ihm verzeihen, was er getan hatte.

Derk fühlte sich einsam und verlassen.

Er scheute den Gang zu Lina, auch wenn ihnen nun nichts mehr im Weg stand, endlich die gemeinsame Zukunft anzugehen. Er wäre sich nur so schäbig vorgekommen, gleich zu ihr zu rennen. Derk hatte Zeit gebraucht, um zu begreifen, dass die Trennung von Talke endgültig war. Dass er nun bald ein Mann war, der tun und lassen konnte, was er wollte, weil es keine Menschen, für die er sich verantwortlich fühlen musste, mehr an seiner Seite gab.

Ein wenig würde es noch dauern, ehe die Scheidung rechtskräftig war, aber Lina und er hätten jetzt eine Perspektive.

Sooft Derk sich das auch immer gewünscht hatte, jetzt, da es so weit war, hinterließ das Gefühl eine schreckliche Leere und alles andere als Wohlsein und Freiheit. Der Preis dafür war Antkes Liebe, und das schmerzte ihn sehr. Mit Lina an seiner Seite könnte es vielleicht etwas besser werden. Vielleicht.

Schon von Weitem sah Derk die Gebäude der Molkerei, und wie immer schlug sein Herz eine Spur schneller. Er hatte diesen Betrieb vom ersten Spatenstich an mit aufgebaut, und er fühlte sich mit dem Milchhof Bleeker verbunden, ja sogar verwurzelt.

Nein, er sollte nicht niedergeschlagen sein, sondern endlich handeln und sein Glück in Angriff nehmen. Lina und er hatten so lange darauf gewartet, es wurde Zeit.

Derk beschleunigte den Schritt. Ja, er freute sich gleich auf die vertrauten Geräusche, die wohligen Gerüche und alle Menschen, die auf dem Hof zu tun hatten.

Und er freute sich auf Lina.

Derk hoffte, sie würde sich glücklich zeigen, dass sie jetzt doch …

Als er den Molkereihof betrat, fuhr gerade Wilhelm de Vries mit seinem Opel 8 vom Hof.

Derk beschlich augenblicklich ein ungutes Gefühl. Lag es am viel zu freundlichen, ja, fast siegessicheren Grinsen dieses Mannes?

»Lina wird ihn nicht erhören«, flüsterte Derk. »Nicht so einen Mann mit solchen Ansichten!«

Er drehte noch einmal um und pflückte einen kleinen Strauß Wiesenblumen, weil Lina sie sehr mochte.

Derk nahm sich Zeit, denn er wollte für sie einen richtig schönen Strauß zusammenstellen. Jede Blume sollte für sich sprechen, denn er wusste, dass ihre Blüten und Farben für Lina eine Bedeutung hatten.

Mit jeder Pflanze, die er sorgfältig auswählte und zu dem Gebinde hinzufügte, fühlte er sich besser und empfand Talke gegenüber fast so etwas wie Dankbarkeit.

Die ganze Woche über hatte er um das Auseinanderbrechen der Familie getrauert, sich dem Schmerz hingegeben. Aber jetzt fiel die Last zunehmend von ihm ab. Er konnte die Gegebenheiten akzeptieren und hinnehmen.

Vor ihm lag trotz allem eine wunderbare Zukunft, und das endlich an Linas Seite.

Der Strauß war fertig, und er betrachtete ihn von allen Seiten. Darüber würde sie sich freuen.

Derk betrat den Molkereihof erneut und steuerte geradewegs auf das Wohnhaus zu, wo er Lina vermutete, da sie Wilhelm de Vries meist im Salon empfing.

Er drückte die Klingel. Er war so lange nicht mehr in Linas Zuhause gewesen, sodass er sich nun lieber als Besucher anmeldete.

Das Hausmädchen Gertje öffnete. »Moin, Herr Voigt.«

»Ist Frau Bleeker da?«, fragte er.

Gertje warf einen Blick auf den Wildblumenstrauß und spitzte die Lippen. »Sie ist noch im Salon. Herr de Vries war bis eben da.«

»Ja, ich habe ihn gesehen, als er vom Hof fuhr«, beeilte sich Derk zu sagen. »Kann ich eintreten? Ich müsste etwas mit Frau Bleeker besprechen.«

Gertje trat einen Schritt beiseite. »Soll ich die Blumen ins Wasser stellen?«

Derk verneinte. »Nicht nötig. Ich möchte sie gern selbst überreichen.«

»Bitte warten Sie, ich melde Sie an«, sagte Gertje.

Derk stand in der Diele und wartete. Noch nie war er so förmlich empfangen worden. Aber jetzt handelte es sich um einen besonderen Besuch.

»Sie mögen bitte in den Salon kommen. Frau Bleeker wird Sie dort empfangen, Herr Voigt.«

»Danke, ich finde den Weg!« Derk durchquerte die Diele und steuerte auf den Salon zu.

Dort roch es stets nach Zigarren. Der Duft klebte an den alten Tapeten und würde wohl erst weichen, wenn man sie von den Wänden riss.

Lina stand sofort von ihrem Stuhl auf, als er eintrat, und über ihr eben noch so düster wirkendes Gesicht glitt kurz das altbekannte Strahlen, das sie immer erleuchten ließ, wenn sie sich sahen. Doch es verglomm dieses Mal eine Spur zu schnell.

»Derk, wie schön, dich zu sehen. Was führt dich zu mir?«

Täuschte er sich, oder machte sie wirklich einen aufgesetzt fröhlichen Eindruck, den er ihr nicht so ganz abnahm.

Er reichte ihr den Blumenstrauß, und Lina lief tiefrot an.

»Für mich?«

»Ja, für dich«, bestätigte Derk. »Ich habe ihn eben gepflückt.«

Lina nahm ihm die Blumen ab und vergrub ihre Nase darin. »Das hast du also nicht vergessen. Also, dass ich Wildblumen liebe.«

»Ich vergesse nie, was du sagst.« Derk versuchte Linas Blick zu erhaschen, aber sie wich ihm aus.

Er nahm ihr die Blumen wieder aus der Hand und legte sie vorsichtig auf der Kommode ab. Der Strauß fiel sofort auseinander.

»Das bringt Gertje nachher wieder in Ordnung«, meinte Lina.

Derk aber ergriff sofort ihre Hände und zog sie an sich heran.

Lina duftete wie immer frisch, ihr Atem beschleunigte sich kurz.

»Hast du schon gehört, dass Talke fort ist?«, fragte er und wunderte sich, dass Lina ihn von sich wegschob.

»Ja, sie ist verreist, sagt man«, gab sie zur Antwort.

»Das ist nur die halbe Wahrheit. Sie hat mich verlassen und die Scheidung eingereicht. Talke lebt fortan in Oldenburg.«

Linas Gesicht versteinerte.

»Ich bin frei!«, setzte Derk nach. »Lina, wir können im nächsten Jahr, wenn alles geklärt ist, endlich heiraten!« Er wollte sie küssen.

Aber Lina machte jetzt drei Schritte rückwärts.

»Das werden wir nicht können, Derk«, sagte sie dann ganz ruhig, fast schleppend.

»Aber warum denn nicht? Ich werde dir jeden Tag frische Wildblumen pflücken, und du kannst dich daran erfreuen. Wir werden es auch schaffen, die Molkerei zu halten. Irgendwann muss diese Inflation doch ein Ende haben.«

»Derk, du verstehst nicht. Wir können nicht heiraten.«

Er schluckte, und plötzlich schien sich alles um ihn herum zu verlangsamen. Es dauerte, ehe er begriff, dass Lina es nicht einfach so dahergesagt, sondern wirklich ernst gemeint hatte. Sie würden nicht heiraten.

»Nenn mir bitte den Grund«, brachte Derk schließlich hervor.

»Ich habe vor einer Stunde den Antrag von Wilhelm de Vries angenommen. Deshalb.« Linas Stimme brach kurz, aber dann reckte sie das Kinn.

»Du hast was?«

»Ich werde in wenigen Monaten Frau de Vries sein. Wilhelm allein vermag den Milchhof Bleeker zu retten.«

»Du weißt schon, dass man sich erzählt, er stünde dem nationalen Geheimbund nahe. Ja, er wäre sogar ein Rädelsführer der Rechten?«

»Die Leute reden viel, Derk«, wehrte Lina ab, obwohl sie es doch inzwischen besser wusste. »Man muss nicht alles glauben. Wilhelm ist ein integrer Mann mit viel Charme – und er kann die Molkerei retten.«

»Lina, das kann nicht dein Ernst sein«, entfuhr es Derk. »Ich stehe hier vor dir und lege dir mein Herz zu Füßen, und du … wirfst es für einen solchen Mann fort?«

Lina holte tief Luft, denn ihre Augen füllten sich mit Tränen. »Bitte geh, Derk. Bitte, bitte, geh!«

*

Karl Doden verließ in Oldenburg gerade das Wallkino. Er hatte sich *Die Bergkatze* – eine Stummfilm-Groteske in vier Akten von Ernst Lubitsch angesehen. Endlich konnte er sie auch in Oldenburg schauen, sie war bereits im April in Berlin im UFA-Palast am Zoo uraufgeführt worden.

Es war ein milder Augusttag, und das Treffen gestern mit Wilhelm de Vries hatte ihn darin bestärkt, seinen Weg unbeirrt weiterzuverfolgen. Er würde sich in der neuen Partei hocharbeiten und Einfluss auf das Geschehen im Land nehmen!

Und noch etwas gefiel Karl.

Über Wilhelm konnte er wieder Kontakt zum Milchhof Bleeker bekommen, denn er hatte ihm im Vertrauen erzählt, dass er tatsächlich plane, Lina Bleeker so lange den Hof zu machen, bis sie einwilligte. Dass er scheiterte, war nicht vorgesehen. Ein Mann wie Wilhelm gewann immer. Ganz siegessicher hatte er nach ein paar Bierchen verkündet:

»Der Molkerei geht es nicht gut. Sie leiden wie viele Betriebe unter der zunehmenden Inflation und dem Versailler Vertrag. Auf Dauer kommt sie nicht um mein Vermögen herum.«

Ob Wilhelm Lina gesagt hatte, dass er der Kopf der Nationalen Stürmer war, wusste er nicht. Und ob sie sich darüber im Klaren war, wie tief und fest er der rechten Gesinnung folgte, konnte Karl ebenfalls nicht sagen.

»Ich möchte eine Frau an meiner Seite, und Lina Bleeker ist attraktiv und bodenständig. Dazu blond und mit der Region verwurzelt. Eine echte deutsche Frau. Aber – sie darf zwar alles essen, aber nicht alles wissen. Ein paar Häppchen reichen, und wenn sie erst mir gehört, hat sie nichts mehr zu melden. Mir spielt in die Karten, dass sie scharf auf mein Vermögen ist, weil es dem Milchhof schlecht geht.«

Wilhelms Lachen hatte Karl noch immer im Ohr, denn es war ihm auch noch herausgerutscht, dass er die Nationalen Stürmer immer an erster Stelle sah.

Wilhelm war ausgefuchst und würde seine Schäfchen immer hübsch im Trockenen behalten, damit das Vlies wertvoll blieb.

Karl war gespannt, ob Lina auf ihn hereinfiel.

Nun gab es also über seinen neuen Freund einen Weg zurück zum Milchhof Bleeker und damit hoffentlich auch zu Talke. Er vermisste sie mehr, als Karl gedacht hatte.

Er schlenderte weiter und genoss die laue Luft. Es

roch ein wenig süßlich, vor ihm flog eine Amsel erschrocken auf und keckerte laut.

»Ich sollte mir von Wilhelm eine Scheibe abschneiden«, sagte Karl zu sich. Es war bewundernswert, mit welchem Enthusiasmus der daran festhielt, Lina Bleeker zu ehelichen.

Ich bin oft zu planlos, dachte Karl. Das sollte ich schleunigst ändern.

Als er auf der gegenüberliegenden Straßenseite eine Frau sah, die mit schnellem Schritt in den nächsten Weg abbog, schrak er zusammen, weil er einen Moment lang glaubte, Talke gesehen zu haben. Das war unmöglich, denn sie hatte Ellenserdammersiel noch nie länger verlassen und war allenfalls bis Bockhorn unterwegs. Er schalt sich selbst. Nur weil er so sehnsüchtig an sie dachte, würde sie ganz bestimmt nicht plötzlich in Oldenburg auftauchen.

Karl machte kehrt, wich erst einer Droschke, dann einer Straßenbahn aus und steuerte in Richtung Innenstadt. Dort hatte er ein winziges Zimmer in einer Hinterhofwohnung angemietet und teilte es sich mit zwei anderen Männern. Sie schliefen abwechselnd zu festgesetzten Zeiten in einem Bett und tauschten nur Decken und Kopfkissen.

Selbst diese kostengünstige Unterbringung überstieg seine finanziellen Verhältnisse an manchen Tagen. Er war dazu verdonnert worden, den Zins täglich vor dem Schlafengehen an den Vermieter abzugeben. Heute würde er das nicht mehr machen müssen, denn das, was er bei seiner Gelegenheitsarbeit als Straßenfeger vor dem Herzoglichen Schloss verdient hatte, würde er brauchen, um sich eine Fahrkarte nach Ellenserdammersiel zu kaufen.

Heini Dükers würde schon eine Schlafgelegenheit für ihn haben, selbst wenn es nur die Upkammer war, in der er nicht einmal stehen konnte.

*

Nun war Lina also verlobt.

Wilhelm war schon vor zwei Stunden mit einem strahlenden Grinsen im Gesicht nach Wilhelmshaven aufgebrochen. Und dann hatte Derk vor ihr gestanden. Mit diesem wunderschönen Strauß, der noch immer auf der Kommode lag. Wie viel Hoffnung steckte in jeder der Blüten, die er sorgfältig für sie ausgesucht hatte.

Die Kornblume sprach mit ihrem tiefen Blau für Linas Ruhe, die durch die wunderschöne weite Landschaft, in der sie lebten, unterstützt wurde. Die Luzerne mit den leicht violetten Schmetterlingsblüten stand für ihre Leidenschaft und die Magie, die sie von Beginn an umfangen hatte. Die leicht gelbe Ambrosia mit ihren traubenhaften Dolden war ein Zeichen ihrer Offenheit, und der rosafarbene Rotweiderich zeigte die tief empfundene Zärtlichkeit. Fehlte noch das Rot des Herbstfeuerröschens und das satte Grün der Gräser, das er wie ihre immerwährende Hoffnung in das Bukett eingebunden hatte. Derk wusste, was er tat, hatten sie doch oft genug über die wunderbaren Blumen am Feldrand gesprochen und über deren Farben philosophiert.

Lina war klar, dass er nicht einfach losgezogen war und irgendwas gepflückt hatte. Jede Blume war mit Bedacht ausgewählt worden.

Sie spürte, wie ihr eine Träne über die Wange kullerte. Sie und Derk… Es wäre endlich wahr geworden. Endlich hätten sie sich lieben können. Endlich ihr Leben miteinander teilen.

Doch sie durfte jetzt keinen Schritt zurück machen, so gern sie das auch tun würde. Ohne Wilhelms Geld wäre die Molkerei verloren, und das war keinesfalls zu verantworten. Ihre Mitarbeiter, das Erbe …

Lina konnte im Augenblick nicht einmal sagen, wie sie sich fühlte.

Für diese innere Leere gab es einfach keine Worte.

Immer wieder hämmerte es durch ihren Kopf: Ich muss das tun. Für die Molkerei. Für meine Mitarbeiter. Für Alea.

Doch es fühlte sich schlecht an.

Lina war sicher, dass Derk den Milchhof nun verlassen würde. Wie sollte er bleiben, wenn sie Wilhelms Frau war?

Obwohl – auch sie hatte seine Ehe ertragen.

Lina hatte sich für den restlichen Tag in der Molkerei entschuldigt. Ihr Kopf drohte zu zerspringen, es kam ihr vor, als würde sie jemand von innen mit einem Hammer malträtieren.

Dennoch war da auch noch etwas anderes, das sich von Minute zu Minute stärker nach oben arbeitete. Ihre Zukunft war durch diese Entscheidung gerettet. Allerdings würde sie ihr Zuhause auf dem Molkereigelände sehr vermissen, wenn sie als Wilhelms Gemahlin nach Wilhelmshaven in die Jadestadt ziehen musste.

Wilhelm de Vries wohnte in der Ostfriesenstraße direkt am Park in einer feudalen Stadtvilla. Davon hatte er oft erzählt und alles genau beschrieben, weshalb Lina wusste, wie es dort aussah. Diesen Wohnsitz würde er niemals aufgeben, um auf einen Bauernhof zu ziehen und den ganzen Tag vom Duft der süßen Milch umgeben zu sein.

Seine Ländereien hatte er verpachtet und ließ sie von einem Verwalter betreuen.

Für Lina bedeutete das allerdings, dass sie Tag für Tag mit der Bahn nach Ellenserdammersiel fahren musste, um Alea auf dem Milchhof zu unterstützen.

Denn natürlich würde sie nicht mit dem Automobil fahren, so wie Wilhelm es vorgeschlagen hatte. Dazu müsste sie ja auch erst den Führerschein machen.

Aber diese Distanz schützte sie auch davor, Derk ständig über den Weg zu laufen, sollte er doch bleiben wollen.

Lina stand auf und nahm den Wiesenblumenstrauß in die Hand.

Sorgfältig legte sie Stiel an Stiel und Blüte an Blüte, nahm dann ein großes Glas aus der Anrichte und drapierte den Strauß hinein. Ein paar Blumen ließen schon die Köpfe hängen, aber mit ein wenig Glück würden sie sich sicher erholen und ihr eine Weile Freude schenken.

Sie streichelte jede einzelne Blüte und dachte dabei an Derk und welches Opfer sie schon wieder brachte.

Nein, es fühlte sich nicht besonders gut an, fortan Frau de Vries zu heißen.

Aber sie hatte auch die Ehe mit Thees Bleeker überstanden, und der war als Mann sicherlich wesentlich schwieriger gewesen, als Wilhelm sein könnte.

Kapitel 7

September 1921

Wilko konnte sein Glück kaum fassen. Seit ein paar Wochen waren er und Antke nun Amerikaner, und es ging ihnen in Mathildes Wohnung ausgesprochen gut. Die Bettwäsche duftete stets frisch, das Essen war reichlich, und sie konnten täglich ein Bad nehmen, wenn ihnen nach dem Staub und der Wärme in der Stadt danach war.

Mathilde sorgte sich wie eine Großmutter um sie, erzählte so manche Geschichte aus der Kindheit ihrer Mutter, und oft kamen sie aus dem Lachen gar nicht mehr raus.

Antkes bittere Miene, die sie in Ellenserdammersiel immer wieder gehabt hatte, war weich geworden, und sie strahlte von innen.

Es war der richtige Weg gewesen, das Deutsche Reich zu verlassen und hier neu anzufangen. Dennoch verspürte Wilko eine immer größer werdende Unruhe. Und jetzt, wo er am Hudson River entlangspazierte, wurde ihm auch klar, was genau ihn umtrieb. Seine Rastlosigkeit fußte darauf, dass er keine wirkliche Aufgabe hatte. Er nahm so manche Gelegenheitsarbeit an, weil sie Mathilde nicht auf der Tasche liegen wollten. Antke spülte in der Küche des Diner und kümmerte sich darum, dass die Fußböden blitzten. Darauf legte Mathilde größten Wert.

Sie kamen gut über die Runden, aber es fehlte ihm eine wirkliche Aufgabe. Etwas, bei dem er Verantwortung übernehmen konnte. Genau das hatte er auch in Deutschland vermisst, und es hatte ihn ebenso unzufrieden gemacht wie die jetzige Situation.

»Ich muss mein eigener Herr werden«, sagte er zu sich. »Eine Firma gründen, eine Farm kaufen. Auf keinen Fall will ich länger von Mathilde ausgehalten werden. Die paar verdienten Dollar decken längst nicht das ab, was wir sie wirklich kosten.«

Wilko drehte um. Allzu weit konnte er auch mit dem Holzbein nicht laufen, wobei es ihm in der Bewegung doch einige Freiheiten beschert hatte und er sich zunehmend daran gewöhnte.

Mathilde servierte einem Gast gerade ein Grünkohlgericht, aber dann bemerkte sie Wilko und winkte. »Moin, min Jung. Antke ist schon in der Küche fleißig.«

Wilko überlegte kurz, ob er sein Vorhaben nicht zuerst mit seiner Frau besprechen sollte, aber sie war ganz bestimmt mit seinen Plänen einverstanden. Antke hatte in den letzten Tagen öfter durchklingen lassen, dass sie die frische Luft auf dem Land sehr vermisste und wie sehr sie es begrüßen würde, nicht immer nur Gast zu sein.

»Ich würde gern mit dir reden«, sagte er.

Mathilde warf einen Blick ins Restaurant, dort waren alle versorgt und hatten einen Teller mit den ostfriesischen Gerichten vor sich stehen.

»Denn man tau«, sagte sie und stemmte die Fäuste in die Hüften. »Was hast du auf dem Herzen? Komm, gehen wir in mein Büro. Ich alte Frau muss die Beine ohnehin mal hochlegen.«

Dieser Raum war eine einfache Kammer mit einem Schreibtisch, auf dem sich Akten und Zettel in einem wilden Durcheinander stapelten. Die Längswand schmückte ein Regal, auf dem wiederum akribische Ordnung herrschte.

Mathilde schloss die Tür. »Am Abend sorge ich wieder für Ordnung, tagsüber komme ich nicht dazu. Und in einer solch kleinen Kammer ist es nicht einfach, alles im Griff zu haben. Noch steige ich aber durch.« Sie lachte auf. »Was willst du mir vertellen?«

Wilko wollte gerade loslegen, als ein Telegrammbote hereinkam. Er reichte Mathilde das Blatt, und sie überflog es. Danach musste sie sich kurz an der Wand abstützen. Ganz langsam zog sie den Holzstuhl zu sich heran und setzte sich. »Dammich«, entfuhr es ihr. »Jetzt doch.«

»Was ist los?«, hakte Wilko sofort nach. Er musste sich ebenfalls abstützen, denn es fiel ihm noch immer schwer, lange zu stehen.

»Din Moder …«

»Was ist mit meiner Mutter?« Wilko schluckte. Es war doch nichts Schlimmes passiert?

»Sie heiratet«, sagte Mathilde. »Und dann noch so einen Lumpensack.« Sie ließ das Schreiben sinken und schüttelte immer wieder den Kopf. »De Keerl kenn ik noch von damals. Schon sin Vader war een Swienegel vor dem Herrn.«

»Mutter will heiraten? Ja wen denn?«, fragte Wilko.

Mathilde reichte ihm stumm das Schreiben, und er überflog die wenigen Zeilen.

»Warum tut sie das?«, fragte er. »Sie mochte Wilhelm

de Vries zwar, aber nicht so, dass plötzlich ihr Herz für ihn schlagen könnte.«

»Din Moder liebt Derk, das weißt du so gut wie ich.«

Wilko sagte nichts dazu, auch wenn er wusste, dass es stimmte.

Mathilde nahm ihm den Brief erneut aus der Hand, und wieder schüttelte sie den Kopf. »Soweit ich informiert bin, ist er der neuen Partei sehr zugetan. Das passt gar nicht zu Lina.«

»Woher weißt du das?«, fragte Wilko.

»Min Jung, ich bin Gastwirtin, und hier stranden ja nicht nur Amerikaner, sondern auch viele Menschen aus Norddeutschland.«

»Die erzählen mal dies und mal das.« Sie seufzte. »Erst in der vergangenen Woche war ein Ehepaar hier, das eben aus Wilhelmshaven ausgewandert ist. Dort kennt man deinen zukünftigen Stiefvater. Sie haben von ihm erzählt. Er ist durchs Ohr gebrannt und ein hohes Tier als Bankier, hat viele Ländereien, geht über Leichen und ist schwerreich.«

Letzteres war Wilko bekannt.

»Ich fürchte, der Milchhof ist in Schwierigkeiten«, sinnierte Mathilde weiter. »Eine andere Erklärung gibt es nicht. Nienich hätte sie sich an so einen gebunden, wenngleich er ein schmucker Typ sein soll.«

»Ja, er sieht gut aus. Herr de Vries ist Mutters Kreditgeber, und er ist oft auf dem Milchhof«, wusste Wilko zu berichten.

»Wobei ich davon ausgehe, dass din Moder sich keen Kopp gemacht hat, welchen politischen Irrungen ihr Verlobter nachrennt. Das ist doch nicht mehr zeitgemäß, was die vorhaben, diese Rechten. Denen soll er zugetan sein.«

Wilko musste das Telegramm ein zweites Mal lesen, weil er nur schwer damit zurechtkam, dass seine Mutter nun tatsächlich die Ehe mit dem Bankier eingehen würde. Es betraf ihn in der Ferne ja gar nicht mehr, aber es ging Wilko dennoch sehr nah.

»Das fürchte ich auch«, sagte er schließlich, nachdem er das Papier ein weiteres Mal überflogen hatte. »Es ist zwar allgemein bekannt, aber Mutter schert sich nie um Gerede, sie hat nur die Molkerei im Kopf.«

Mathilde seufzte. »Muss die Deern denn ständig in ihr Unglück rennen, weil sie den falschen Mann heiratet?«

Wilko kniff die Augen zusammen. »Was meinst du damit? Unser Vater war doch gut.«

Mathilde lachte bitter auf. »Thees Bleeker? Ich sag lieber nichts.«

In Wilko kroch Unbehagen hoch. »Warum?«

Jetzt wurde Mathilde offenbar bewusst, was sie da eben von sich gegeben hatte, und sie wiegelte ab. »Wir hatten ein paar Unstimmigkeiten. Dein Vater und ich. Nicht der Rede wert.«

»Das glaube ich dir nicht«, sagte Wilko. »Da stimmt doch was nicht. Mutter hat auch immer so komische Andeutungen gemacht und dann stets geschwiegen, wenn ich nachgehakt habe.«

»Dann hatte sie sicher ihren Grund«, wich Mathilde aus.

»Was ist los?« Antke war dazugetreten, wischte die Hände an der Schürze ab und schaute abwechselnd von ihrem Mann zu Mathilde.

»Meine Mutter heiratet den reichen Wilhelm de Vries«, sagte Wilko.

»Diesen furchtbar schmierigen Bankier, dem schon

beim Reden der Schleim aus dem Mund tropft?« Antke wirkte sichtlich schockiert.

»Genau den«, bestätigte Wilko.

»Harrijasses nej. Das wird meinen Vater bestimmt schwer treffen«, meinte Antke. Sie zog die Stirn kraus. »Aber das geschieht ihm ganz recht. Immerhin muss sich Mutter nun nicht mehr sorgen, dass Lina ihr in die Ehe funkt. Sicher zieht sie nun zu diesem Neuen nach Wilhelmshaven.«

Mathilde war noch immer blass.

»Was ist mit dir?«, fragte Wilko.

»Nichts, gar nichts. Ich kümmere mich mal lieber wieder um meine Gäste.« Sie eilte davon, als wäre sie auf der Flucht.

»Was hat sie?«, fragte Antke.

»Sie hat sich eigenartig über meinen Vater geäußert«, antwortete Wilko.

Antke strich ihm über die Wange. »Ich habe da auch mal was gehört.«

»Was?« Er nahm ihre Hand und küsste sie auf die Fingerspitzen.

»Gerüchte«, sagte Antke. »Nur Gerüchte, die natürlich nichts heißen müssen.«

»Was hast du denn gehört?«

Antke druckste herum. »Nun ja. Dass Mathilde nach dem Brand einfach so verschwunden ist. Es wurde gemunkelt, sie hätte versucht, deinen Vater zu vergiften, weil der ihren Bruder ermordet hat und er auch schuldig am Tod ihrer Nichte sein soll.«

Wilko atmete tief durch. »Und das erzählst du mir erst jetzt?«

Antke zuckte mit den Schultern. »Ich dachte, die Leute

reden Tünkram, und es ist nichts dran. Warum soll ich so etwas weitertratschen? Das hilft doch niemandem.«

»Auch wieder wahr«, lenkte Wilko ein. Im Dorf wurde so viel erzählt, man durfte nicht alles auf die Goldwaage legen.

»Frag Mathilde doch!«, schlug Antke vor.

Wilko beobachtete die alte Frau, wie sie von Tisch zu Tisch wuselte und die Gäste bediente. Sie wirkte so herzensgut, und seine Mutter liebte sie über alles.

Es gab sicher einen schwerwiegenden Grund, warum sie Deutschland Hals über Kopf verlassen hatte, aber was nützte es, wenn er wusste, was wirklich geschehen war.

Er konnte es nicht mehr ändern, und offenbar hatte seine Mutter Mathilde längst verziehen.

Wilko zog Antke an sich. Er hatte einen Entschluss gefasst.

»Lassen wir die Vergangenheit ruhen und quälen Mathilde nicht weiter. Ich mag sie so gern, und ich weiß, dass Mutter sie geliebt hat.«

Antke schaute ihn überrascht an. »Was hast du vor?«

»Wir packen jetzt unsere Sachen und verschwinden aus New York. Ich wollte heute ohnehin mit dir reden, weil es so in dieser Abhängigkeit für mich nicht weitergeht.«

»Genau das habe ich in der letzten Zeit auch oft gedacht«, sagte Antke.

Wilko war erleichtert, das zu hören. »Ich möchte mit dir auf dem Land leben. Etwas aufbauen, auf das wir stolz sein können. Du siehst ja, wie furchtbar es ist, wenn wir hier sind und doch wieder mit dem Milchhof konfrontiert werden. Niemals lässt es uns los, und wir wollten uns ja nicht weiter darum kümmern.«

Antke nickte stumm. »Gönnen wir Mathilde ihr Glück und ihren Frieden. Ich schreibe ihr ein paar Zeilen, und dann sind wir fort. Sie hat uns sehr geholfen, aber nun wird es Zeit für unseren eigenen Weg. Und der sollte nichts, aber auch gar nichts mehr mit Ellenserdammersiel und der Molkerei zu tun haben.«

Mathilde lächelte gerade einem Gast zu. Sie war hier ganz in ihrem Element und hatte ihr Glück gefunden. Das würden sie nun auch tun. Hier in Amerika und weit weg von to Huus.

*

Derk packte seine Sachen zusammen, denn er würde Ellenserdammersiel verlassen. Die Enttäuschung, dass Lina es vorzog, de Vries zu heiraten, obwohl ihnen nun endlich ein gemeinsamer Weg offenstand, konnte er einfach nicht verwinden, sosehr er es auch versucht hatte.

Es ging nicht in seinen Kopf, warum die Molkerei so viel wichtiger war als ihr Glück. Alea würde einen anderen Weg einschlagen können. Sicher verlangte sie nicht, dass ihre Mutter für den Betrieb eine Ehe mit einem Mann einging, den sie nicht liebte.

Er hatte vor ein paar Tagen Kontakt nach Geestemünde aufgenommen und dort um eine Stelle angefragt. So weit weg wie früher nach Dresden wollte er auf keinen Fall. Nicht nur, weil ihm dort Hilda mit seinem Sohn über den Weg laufen könnte. Unter diese Beziehung hatte er nicht erst seit seinem endgültigen Fortgang aus der Stadt einen Schlussstrich gezogen. Hilda hatte ihm sehr deutlich gemacht, dass sie nicht wünschte, ihn je wiederzusehen, allein, damit ihr Gemahl, ein Rittmeister, nicht einmal ahnte, dass er nicht der Vater seines Sprösslings sein könnte. Einmal wäre sie fast aufgeflogen, und es war sicher besser, das Risiko kein zweites Mal einzugehen.

Derk kam das ohnehin ganz recht, denn er brauchte das Meer in der Nähe, den Duft von Schlick und Tang, das Kreischen der Möwen und die endlose Weite beim Anblick der See. Er wollte das Wellenschlagen hören oder auch nur das leise Klatschen der kleinen Wogen an den Spülsaum.

Geestemünde lag bei Bremerhaven und immerhin an der Wesermündung, wenn auch nicht direkt an der Nordsee, aber deren Duft erreichte auch diese Gegend schon. Und so hätte er zudem auch noch das maritime Flair der Hafenstadt und konnte den großen Dampfern hinterherschauen, wenn sie sich zu ihren fernen Zielen aufmachten.

Die Molkerei war ein kleiner, aber feiner Betrieb, in dem all sein Wissen und Können gefragt sein würde. Wichtig war einzig, von Lina und dem Milchhof fortzukommen. Er würde ihre neuerliche Ehe nicht ertragen.

Nun hoffte er darauf, dass die Molkerei in Geestemünde bald antwortete und er seine Sachen packen konnte. Die Kate würde er verkaufen.

Gestern war er bei Addicks gewesen und hatte zusammen mit Heini Dükers einen über den Durst getrunken. Dabei hatte Derk erfahren, dass Karl Doden wieder im Dorf und sogar bei seinem Saufkumpan untergekommen war.

Da Talke das Weite gesucht hatte, konnte sich Doden wenigstens nicht mehr mit seiner Frau gegen Lina verbünden, was Derk als sehr positiv sah.

Er gönnte Lina nichts Schlechtes, auch wenn sie

jetzt einen Weg einschlug, den er nicht guthieß, weil er befürchtete, dass sie in ihr Unglück rannte, bloß, damit der Betrieb gerettet war.

Derk schaute sich um. Das Mobiliar ließ sich sicher mitverkaufen, er wollte außer seiner Kleidung nichts mitnehmen. In Geestemünde würde er bestimmt ein Zimmer finden, das mit dem Nötigsten ausgestattet war.

Er brauchte nicht mehr viel, jetzt, da er keine Familie mehr hatte und sich die Frau, die er liebte, anderweitig orientierte. Wenn er sich erst eingelebt hatte, würde er ein kleines Häuschen kaufen, schließlich hatte er die Kate als Sicherheit, oder sie diente ihm als Startkapital, wenn er sie veräußert hatte.

Nur musste die Inflation für diese Vorhaben endlich ein Ende haben.

Derk sah, dass der Postbote Aito eben auf die Kate zuhielt. Er ging ihm sofort entgegen, in der Hoffnung, er würde ihm gleich den Freifahrtschein aus Ellenserdammersiel überreichen.

»Moin, Derk«, begrüßte Aito ihn mit einem breiten Grinsen im Gesicht. »Ein Brief für dich. Aus Geestemünde. Willst du die Molkerei wechseln und womöglich zur Konkurrenz?«

Derk nahm dem Postboten den Brief aus der Hand. »Das würdest du wohl gern wissen, was?«

»Jo, ik heb eben mit Heini Dükers geschnackt.« Aito verfiel ins Platt, räusperte sich dann aber und sagte. »Der hat jedenfalls erzählt, dass du wegwillst und die Kate bald zum Verkauf steht.« Er krauste die Stirn. »Nur wirst du die im Moment nicht los.«

»Ich habe mich noch nicht vollständig entschlossen«, antwortete Derk vage. »Mal sehen.«

Aito tippte sich zum Gruß mit geschlossenem Zeige- und Mittelfinger an die Stirn. »Ich muss dann auch weiter. Nichts für ungut, min Jung.«

Er marschierte zum nächsten Haus, wo er immer einen Schnaps bekam.

Derk zog sich zurück in die Kate und riss den Umschlag auf.

Lieber Herr Voigt,
wir freuen uns, Sie ab dem 1.10.1921 als neuen, geschätzten Mitarbeiter bei uns begrüßen zu dürfen.
Da wir Sie bereits als Obermeier vom Milchhof Bleeker kennenlernen durften, können wir auf ein Einstellungsgespräch verzichten.
Wir schätzen uns glücklich, wenn Sie unsere Molkerei mit Ihrem Wissen bereichern.
Hochachtungsvoll
Gerret Peters, Betriebsleiter

Derk atmete tief durch. Er würde also gehen. Nun musste er seinen Wechsel nur noch Lina mitteilen. Es würde sie treffen, aber sie kam damit zurecht. Da war er sich sicher. Immerhin war morgen ihre Hochzeit. Er wollte auf keinen Fall dorthin gehen. Ihn würde ein schlimmer Magen-Darm-Virus ereilen. Und niemand konnte von ihm verlangen, dass er die ganze Hochzeitsgesellschaft verseuchte.

Zufrieden schloss Derk die Kate hinter sich und machte sich auf den Weg zur Molkerei. Er wollte seinem Nachfolger schließlich alles geordnet überlassen.

*

Die Sonne schien an diesem Septembermorgen vom klarblauen Himmel, als wolle sie dem Brautpaar deutlich machen, wie sehr sie sich mit ihnen beiden über die Eheschließung freute. Heute würde Lina Frau de Vries werden und danach in Wilhelms Stadtvilla ziehen. Sie hatte sich ursprünglich für ein schlichtes graues Kleid entschieden, auch wenn sie erneut in einer Kirche heiraten würde, aber damit war sie bei Wilhelm nicht durchgekommen.

»Du wirst ein wunderbares und modernes Hochzeitskleid tragen«, hatte er gesagt. »Es wird schließlich der schönste Tag in deinem Leben sein. Fortan hast du jeglichen Standard, den sich eine Frau wünschen kann. Also komm mir bitte nicht damit, dass du dich nicht hübsch machen willst.«

Also hatte Lina auf Wilhelms ausdrücklichen Wunsch hin eine Schneiderin kommen lassen. Und nun steckte sie in einem für ihre Begriffe viel zu gewagten weißen Kleid, das sie dem Anlass entsprechend zu auffällig fand. Immerhin war es ihre zweite Ehe.

Das Kleid war der neuesten Mode nach nur knöchellang und flatterig, die Ärmel sehr weit.

Auf Linas Kopf befand sich ein sogenannter Glockenhut, den sie tief ins Gesicht gezogen hatte, weil es so modern war.

Ihr wäre eine einfache standesamtliche Zeremonie lieber gewesen, aber Wilhelm hatte darauf bestanden, dass sie in der Elisabethkirche heirateten. Diese Kreuzkirche im neugotischen Baustil befand sich inmitten des preußischen Zentrums der Marinestadt und war für ihren Verlobten als treuer deutscher Staatsbürger die einzige Option, die infrage kam.

Immerhin hatte sein Namensvetter und späterer Kaiser, Wilhelm I., persönlich den Grundstein für das Gotteshaus gelegt. Es war *die* Kirche für die kaiserliche Marine.

Weil Wilhelm in Wilhelmshaven stadtbekannt war und auch Lina mit dem Milchhof Bleeker großes Ansehen genoss, war die Beteiligung an der Hochzeit groß. Kaum jemand hatte abgesagt, und wenn, aus triftigem Grund. Und so würde schon die Kirche bis auf den letzten Platz besetzt sein.

Wilhelm hatte zudem darauf bestanden, dass sie nicht altmodisch mit einer Kutsche vorfuhren, sondern mit einem Automobil. Damit auch Lina auf diese Weise zur Trauung kommen konnte, hatte er kurzerhand ein weiteres Gefährt mit Chauffeur organisiert.

Lina war nicht sehr begeistert, denn bislang war es ihr gelungen, sich gegen eine Fahrt in einem Automobil zu sperren, doch heute konnte sie es nicht ablehnen. Sie mochte es, mit dem Einspänner zu fahren oder zu Fuß zu gehen. Langfristig mussten sie auch für die Molkerei motorisierte Fahrzeuge ins Auge fassen. Aber auf dem Land dauerten solche Neuerungen, und noch war Lina nicht so weit, zumal die Anschaffung kostspielig war und es sich gar nicht als so einfach gestaltete, ein Automobil zu kaufen.

Jetzt saß Lina auf der roten, ledernen Rückbank und hoffte inständig, dass sie die Fahrt in die Stadt unbeschadet überstehen würde und sich keine Übelkeit einstellte.

Endlich tauchte der Kirchturm vor ihr auf, die Glocken läuteten, und die Menschen strömten durch das Portal ins Innere der Elisabethkirche.

Wilhelm stand mit einem üppigen Blumenstrauß auf

dem Weg und erwartete sie. Er trug einen schwarzen Frack mit gestreifter Hose, weißem Hemd und schwarzer Krawatte und sah umwerfend aus. Gäbe es Derk nicht …

Lina schob den Gedanken beiseite, weil er schmerzte. Derk hatte sich heute krankgemeldet. Sie glaubte ihm aber nicht.

Wieder schweifte ihr Blick zu ihrem zukünftigen Ehemann.

Der Schnurrbart war akkurat gestutzt, am Revers steckte ein kleines weißes Blumenarrangement, aus der obere Tasche lugte ein silbernes Tuch, passend zur gestreiften Hose. Wilhelm wirkte gebildet und weltoffen.

Lina rutschte auf ihrem Lederpolster ein Stück herunter. Sie kam sich vor wie eine Landpomeranze, auch wenn ihr Kleid den Ansprüchen und Erwartungen dieser Zeremonie durchaus entsprach.

Der Chauffeur öffnete die Tür, und Lina kletterte heraus. In der Stadt war die Luft sehr mild, hier roch es leicht süßlich. Von der Straße her schallte das Klappern der Pferdehufe herüber, aus dem Augenwinkel erkannte Lina eine Straßenbahn. Damit war sie in Dresden auch mit Derk gefahren, bevor sie in der darauffolgenden Nacht …

Wilhelm machte einen Schritt auf sie zu und riss Lina aus ihren Erinnerungen, indem er ihr den üppigen Brautstrauß übereichte.

»Meine liebe Lina, nun werde ich dich auch vor dem Herrn und der Wilhelmshavener Gesellschaft zu meiner Gemahlin machen. Welche Freude!«

»Ich freue mich auch«, antwortete sie pflichtschuldig und senkte den Blick, weil sie befürchtete, Wilhelm könnte die Lüge bemerken. Ihr schlug das Herz bis zum

Hals, und ihr Mund war knochentrocken. Was hätte sie jetzt für ein Glas Wasser gegeben. Lina hoffte, dass ihr gleich nicht bloß ein Krächzen entwich.

»Dann gehen wir nun gemeinsam zum Altar.« Wilhelm lächelte sie warm an, und kurz glaubte Lina, es könnte doch noch alles gut werden. Ihr Zukünftiger war ein angesehener Mann und würde nicht nur für sie, sondern auch für den Milchhof Bleeker sorgen.

Lina schob ihre Hand in seinen angewinkelten Arm, und sie stellten sich im Vorraum auf, bis die Orgelmusik begann.

Die Gemeinde erhob sich, und sie durchschritten den Gang. Als sie etwa in der Mitte angelangt waren und Lina den Kopf leicht wandte, schrak sie zusammen.

Nein, sie hatte sich nicht geirrt. Da saß tatsächlich Karl Doden. Der Mann, von dem sie gehofft hatte, ihn nie wiederzusehen. Lina würde ignorieren müssen, dass sich ihr Erzfeind unter den Feiernden befand, sonst bekäme sie gleich kein einziges Wort heraus.

Kapitel 8

Alea genoss die Hochzeitsfeier. War sie auch zuerst dagegen gewesen, dass ihre Mutter sich neu vermählte, so war es doch ein rauschendes Fest, das sie im Seemannshaus an der Bismarckstraße in Wilhelmshaven feierten. Der Saal war quer zum Haupthaus, entlang der Heppenser Straße erbaut worden. Ihr neuer Stiefvater Wilhelm hatte seine Beziehungen zur Marine spielen lassen, und so war es ihnen möglich, in diesem wunderbaren Gebäude zu tanzen, zu singen und zu lachen.

Alea hatte etwas zu viel Sekt getrunken und fühlte sich beschwipst. Aber das bescherte ihr eine solche Unbeschwertheit, dass sie gar nicht aufhören konnte, es zu genießen.

Zum ersten Mal in ihrem Leben stand der Milchhof Bleeker still. Nicht einmal zur Beisetzung des Vaters hatten sie aufgehört, zu buttern und Käse herzustellen. Nicht einmal da. Heute jedoch wurden lediglich die Kühe gemolken, und sonst war frei. Also konnte Alea mitfeiern, was das Zeug hielt, und eben das wollte sie auch tun.

Um sie warben eine Menge junger Männer, einer attraktiver als der andere. Manchmal tanzte Alea mit einem von ihnen, manchmal nicht. Besondere Mühe gab sich Tammo Neunaber, ein junger Kollege ihres neuen Stiefvaters, folglich ebenso ein Bankier mit Ehrgeiz. Auf ihn wartete wahrscheinlich eine erfolgreiche Karriere.

Aber Tammo erschien Alea zu jung und zu fad. Er sah aus wie der liebe Junge von nebenan. Blondes pomadiges Haar, leicht stämmiger und gedrungener Körperbau und eine Menge Sommersprossen, die das Gesicht sprenkelten. Im Umgang freundlich, aber zurückhaltend. Einzig die grünen Augen waren besonders, aber für Alea allein nicht aufregend genug.

Sie fühlte sich vielmehr von jemand anderem geschmeichelt.

Eben kam nämlich Karl Doden schon zum zweiten Mal auf sie zu.

»Darf ich bitten, junges Fräulein? Würden Sie mir erneut die Ehre erweisen?«

Alea lächelte Tammo bedauernd an und zuckte mit den Schultern, weil sie ihn nun abweisen musste. Doch er war kein Vergleich zu Karl. Ihn hatte sie schon bei der Arbeit in der Molkerei immer als sehr interessant empfunden, weil ihm etwas Verschlagenes anhaftete. Er war ein unergründlicher Mann, an dem sie sich reiben und mit dem sie sich messen konnte. Er war nie ganz zu fassen, und ihn umgab stets ein Geheimnis, was ihn für Alea unglaublich attraktiv machte.

Als er über Nacht klammheimlich verschwunden war, hatte sie die Erleichterung ihrer Mutter durchaus bemerkt, aber zugleich war sie arg enttäuscht gewesen.

Alea zuckte zusammen, denn sie hatte Karl Doden bisher keine Antwort gegeben. Er stand noch immer abwartend vor ihr.

»Herr Doden, ich fühle mich geschmeichelt, dass Sie mich ein weiteres Mal auffordern«, sagte Alea und legte kokett den Kopf schief.

Sie ignorierte den warnenden Blick ihrer Mutter, der diese Avancen sichtlich missfielen. Dabei war doch sie es gewesen, die Karl den Krieg über in der Molkerei versteckt hatte. Wobei Alea stets geahnt hatte, dass dies nicht freiwillig geschehen war.

»Ich bin entzückt«, antwortete Karl Doden. »Dann darf ich Ihnen bis zur Tanzfläche meinen Arm anbieten?«

»Gern«, flötete Alea. Diesen Abend wollte sie sich nicht durch das strenge Regiment ihrer Mutter verderben lassen. Jetzt wollte Alea leben. Einfach nur leben!

Erst schwebten sie bei einem Walzer übers Parkett, dann folgte der moderne Boston, und schließlich spielte die Kapelle Danz op de Deel. Ach, was liebte sie diesen Tanz. Karl Doden war ein guter Tänzer. Er blieb stets im Takt und führte sie mit einer Vorsicht und gleichzeitiger Bestimmtheit, als wäre sie eine Feder, auf die er besonders achtgeben musste.

»Sie tanzen wunderbar, Fräulein Bleeker«, sagte Karl, als die Musik zu Ende war und er sie zur Sektbar geleitete. »Und Sie sind zu einer sehr attraktiven Frau herangewachsen. Vor mir steht plötzlich ein stolzer Schwan. Das gefällt mir.«

Alea spürte, dass ihr die Hitze ins Gesicht stieg. Karl Doden war ungefähr Mitte vierzig und deshalb viel zu alt für sie. Aber eben ein sehr erfahrener Mann. Aus seinem Mund klangen diese Worte wie eine Adelung. Ganz anders als die plumpen Komplimente der jungen Männer ihres Alters und auch viel weltgewandter als das schüchterne Auftreten von Tammo Neunaber.

»Schmeckt Ihnen der Sekt?«, fragte Karl Doden gerade. Dann beugte er sich vor und flüsterte Alea ins Ohr. »Darf ich Alea sagen?«

Vor lauter Verlegenheit kippte sie das prickelnde Getränk mit ein paar großen Schlucken hinunter. »Der Sekt schmeckt ganz ausgezeichnet – Karl ...«

»Dann darf ich um einen weiteren Tanz bitten? Es wäre mir eine Ehre.«

»Gern. An Ihrer Seite fühle ich mich sehr gut.« Aleas Stimme kippte vor Nervosität. Sie hatte wirklich ein klein wenig zu viel getrunken.

»Herr Doden!«, erklang plötzlich die schneidende Stimme ihrer Mutter. »Es ist sehr freundlich, dass Sie uns bei den Hochzeitsfeierlichkeiten beehren, aber ich denke, Sie haben bestimmt noch einen weiten Heimweg. Wie mir zu Ohren gekommen ist, sind Sie in Ellenserdammersiel untergekommen. Bestimmt müssen Sie nun zurück.«

Karl fuhr herum und lief rot an, das aber seiner Mimik nach nicht aus Verlegenheit, sondern vor Wut.

»Ich amüsiere mich auf Ihrem Fest ganz vortrefflich, Frau de Vries. Danke der Nachfrage. Noch sehe ich keinerlei Veranlassung zu gehen.«

»Wir wollten noch tanzen«, erklärte Alea. Ihre Stimme klang ein wenig verwaschen. Es wäre besser, wenn ihre Mutter das nicht merkte, deshalb streckte sie den Rücken durch und lächelte beflissen.

»Herr Doden hat sicher noch andere Verpflichtungen!«

»Habe ich nicht, aber danke für Ihre Fürsorge«, sagte Karl. »Dürfen wir dann jetzt? Nur den einen Tanz!« Alea sah ihre Mutter flehend an. Sie wollte doch noch eine Weile fröhlich sein, ehe sich diese Nacht dem Ende neigte und sie morgen wieder mit Umsicht den Milchhof Bleeker leitete.

Aber Aleas Mutter kannte kein Erbarmen und hielt ihre Tochter fest. »Nein. Du ziehst dich jetzt an. Ich suche jemanden, der dich zu Wilhelms Villa bringt. Du hast zu viel getrunken, min Deern. Ich empfehle mich, Herr Doden. – Und lassen Sie diesen Tanz mit meiner Tochter aus. Sonst … «

Alea wand sich aus der Umklammerung ihrer Mutter und sagte laut: »Ich habe verstanden. Aber bevor ich dieses rauschende Fest als Erste verlassen muss, muss ich noch kurz austreten!«

Ihre Mutter nickte. »Bitte.«

Karl Doden hatte Aleas Bemerkung ebenfalls gehört und nickte ihr unmerklich zu. Er hatte verstanden.

»Beeil dich, ich kümmere mich derweil um den Fahrer.« Ihre Mutter steuerte auf Wilhelm de Vries zu, der gerade mit ein paar Männern redete.

Alea machte sich umgehend auf den Weg zu den Toiletten. Aus dem Augenwinkel sah sie, dass Karl ihr folgte.

Was kam sich Alea heute verrucht und unwiderstehlich vor. Nein, sie wollte an diesem Tag nicht brav sein. Nicht anständig und vor allem nicht auf ihre Mutter hören und die Vernunft walten lassen. Obwohl sie wusste, dass das, was sie nun vorhatte, überaus unvernünftig war. Aber sie brauchte jetzt das Gefühl, unabhängig zu sein, und dass ihr niemand etwas vorschreiben konnte.

Sie wollte von Karl Doden einen Kuss. Einen echten, so wie sie die Mägde und Knechte hatte küssen sehen, wenn sie sich unbeobachtet glaubten. So, wie sie es heimlich in einer Zeitschrift von Leuten aus der Stadt gesehen hatte.

Genau das wollte sie heute vom Leben erhaschen, bevor sie morgen wieder zurückging in ihr gleichförmiges Molkereileben. Verantwortung übernahm und zusah, dass sie diese schweren Zeiten überstanden. Von ihrem neuen Wohnort in Wilhelmshaven würde Mutter bestimmt oft später in den Betrieb kommen, manchmal gar nicht, wenn die gesellschaftlichen Pflichten von ihr verlangten, an Wilhelms Seite zu sein. Da stand es ihr, Alea, doch zu, für ein paar Sekunden in den Genuss zu kommen, kurz das Gefühl zu haben, von einem Mann wie Karl Doden begehrt zu werden.

Er war attraktiv. Allein die dunkelbraunen Augen, die sie mit diesem begehrlichen Funkeln anblitzten, als hätte er noch keine schönere Frau als sie gesehen, berauschten sie.

Alea schob den aufkommenden Gedanken beiseite, dass er den Gerüchten nach Talkes Liebhaber war. So benahm er sich gar nicht. Heute Abend war sie seine Prinzessin, und das wollte Alea auskosten. Was scherte sie das Morgen, auch wenn es töricht war!

Sie trafen sich auf dem engen Gang. Karls Blick wanderte belustigt an Alea hinunter. »Eigentlich dachte ich, wir fliehen nach hinten zum Fenster hinaus, aber dann würdest du dieses wunderhübsche Kleid verschmutzen.«

»Wen stört es?«, fragte Alea übermütig und hielt sich die Fingerspitzen ein wenig kokett vor den Mund, weil sie leicht aufstoßen musste. Der Sekt prickelte heftig in ihrem Bauch.

»Mich«, gab Karl charmant zurück. »Mir ist nämlich eine viel bessere Idee gekommen.«

»Und die wäre?«

Er deutete mit dem Kopf zu einer Metalltür. »Dort hinaus können wir den Argusaugen deiner Mutter entfliehen. Wenn wir die Bismarckstraße schnell rechts hinunterrennen, sind wir im Park – und ungestört«, setzte er bedeutungsvoll hinzu.

»Ungestört klingt gut.« Alea kicherte. Es war wundervoll, wie einfach der viele Sekt alles machte. Sonst hätte sie es doch niemals gewagt, sich so leicht bekleidet mit Karl in den Park zu begeben.

Das war nicht nur verrucht, das war schamlos, und ihre Mutter würde außer sich sein. Doch Karl schaute sie mit seinem warmen Blick an, und ihr wurden sofort die Knie weich.

Nur dieser eine Kuss, hämmerte es durch Aleas Kopf. Nur dieser eine Kuss.

Karl leckte sich die Lippen. »Nun komm, bevor deine Mutter hier auftaucht.« Er wandte sich zur Tür, und mit wenigen Handgriffen stand sie offen. Karl zerrte Alea hinaus. Es hatte sich abgekühlt, und sie zog fröstelnd die Achseln hoch. Nach der neuesten Mode trug sie nur ein dünnes, schulterfreies hellblaues Kleid, das mit Schnürträgern gehalten wurde. Ihren Kopf zierte ein breitkrempiger Hut mit Blumen, und ihre Füße waren in zarte, hochhackige Schuhe gezwängt, die zwar schöne Waden machten, aber ihr schon beim Tanzen Schwierigkeiten bereitet hatten, weil die Zehen schmerzten.

»Zieh sie doch aus!«, forderte Karl sie auf. »Sonst sind wir nicht schnell genug. Und dich durch die Straßen zu tragen, wäre nicht nur unschicklich, sondern auch auffällig.«

Das ließ sich Alea nicht zweimal sagen. Und so huschten sie mit nach vorn gebeugtem Oberkörper durch die Bismarckstraße, bis sie den kleinen Park erreicht hatten. Dort zog Karl sie sofort aus dem Blickfeld hinter einen Busch.

»Endlich sind wir allein. Aber du frierst ja. Komm, nimm meine Jacke.«

Er schlüpfte aus dem Frack und legte ihn Alea über die Schultern. »Besser?«

Alea genoss seine Fürsorge. Sie kaute nervös auf der Unterlippe herum und wusste plötzlich nicht mehr, was sie sagen sollte. Sosehr sie sich diese Situation auch gewünscht hatte, nun fühlte sie sich überfordert.

Karl aber legte seine Hand an ihr Kinn und zog Aleas Gesicht zu sich heran. Sie spürte den warmen Atem und tauchte im dunklen Braun der Augen ab.

»Meine schöne Alea!«, sagte er. »Du kannst bestimmt nicht nur wunderbar tanzen.« Und dann waren seine Lippen auf ihren. Erst vorsichtig, so, als wolle er erst kosten, was ihn gleich erwartete.

In Alea begann alles zu kribbeln. Sie schloss die Augen, um die Berührung vollends zu genießen. Ihr erster Kuss!

Gestohlen. Unanständig und verrucht und doch das Beste, was sie je getan hatte.

Plötzlich öffnete Karl die Lippen, und seine Zunge wanderte in ihren Mund. Sie spielte mit Aleas, ihr wurde warm, und sie glaubte kurz, ihre Knie würden nachgeben. Als Karls Hände dann auch noch zu ihrer Brust wanderten, war es vollends um Aleas Beherrschung geschehen. Sie wollte mehr als diesen atemberaubenden Kuss. So viel mehr!

Ohne darüber nachzudenken, drückte sie sich mit

ihrem schmalen Körper an Karls, und sie spürte etwas Hartes durch den dünnen Stoff ihres Kleides.

Als Karl kurz aufhörte, sie zu küssen, hörte Alea nur sein Raues: »So muss das sein, du schönes Ding«, bevor seine Lippen wieder die ihren suchten und die Welt um Alea herum von einem zarten Fliederton in vollendetes Rosa und dann in ein dunkles Rot abtauchte und sie auf gar keinen Fall je wieder an die Oberfläche hinaufwollte.

»Was tun Sie da, Herr Doden?«

Karl ließ Alea abrupt los, schickte seinen Blick suchend in die Richtung, aus der die Stimme kam.

Dann stieß er Alea fort, riss ihr die Jacke von der Schulter und verschwand so schnell im Unterholz, dass sie einen Moment lang brauchte, um wieder in der Wirklichkeit anzukommen.

Plötzlich war die Nacht schwarz und kalt. Alea erkannte die seichten Nebelschwaden, die sich sogar durch die Büsche des Wäldchens wagten und alles mit ihrer Feuchtigkeit benetzten.

Sie rieb sich die Schultern und schluckte den sauren Mageninhalt hinunter, der sich plötzlich schwungvoll nach oben schob und sie würgen ließ. Alea erleichterte sich im Gebüsch und suchte die Schuhe zusammen, die sie vorhin einfach so hatte fallen lassen und an denen nun feuchte Blätter klebten.

»Geht es Ihnen gut?«

Vor ihr stand Tammo Neunaber.

»Ja, geht so. Mir ist nur ein wenig kühl und blümerant. Der Sekt war vermutlich etwas viel.«

»Kommen Sie, ich bringe Sie zurück, Fräulein Bleeker. Es ist kalt geworden, und Sie sind ja wohl ohne Begleitung hier draußen. Da könnte Ihnen durchaus etwas zustoßen.«

Alea sah Tammo dankbar an. Er hatte genau gesehen, was passiert war, dennoch trat er ihr so freundlich und hilfsbereit gegenüber. Sie rechnete es ihm hoch an, vor allem, nachdem sie ihn doch derart hatte abblitzen lassen.

Alea wurde zudem bewusst, wie derangiert sie aussehen musste. Wie freundlich, dass Herr Neunaber es nicht kommentierte, sondern ihr galant den Arm offerierte. »Ihnen war wohl unwohl nach dem vielen Sekt. Bestimmt sind Sie das viele Trinken nicht gewohnt, da kann das schon mal vorkommen.«

»So wird es sein«, betätigte Alea. »Aber jetzt geht es wieder.«

Tammo Neunaber reichte Alea den Arm. »Ich bringe Sie zu Ihrer Mutter.«

*

Karl fluchte. So nah war er am Ziel gewesen. So verdammt nah. Alea Bleeker war Wachs in seinen Händen gewesen, er hätte sie sogar mitten im Park entehren können. Wäre da nicht dieser blonde Schnösel aufgetaucht, der schon den ganzen Abend um die Lütte herumscharwenzelt war und von dem er schon befürchtet hatte, dass der ihm bereits im Saal die Suppe versalzen würde. Aber offenbar mochte Alea reifere Männer, jedenfalls hatte sie den Jungspund für ihn abblitzen lassen. Aber nun war der ihm doch dazwischengekommen. Karl ballte kurz die Faust, aber er konnte die Situation nun nicht mehr ändern.

Er überlegte, wohin er jetzt gehen sollte. Zurück zur

Hochzeitsfeier? Alea würde nicht mehr da sein. Er war sicher, dass Lina sie unverzüglich nach Hause hatte bringen lassen.

Aber er könnte sich noch einen Brandy genehmigen. Immerhin ging alles auf Kosten seines Freundes de Vries. Er hatte sich mit dieser Hochzeit wahrlich nicht lumpen lassen. Und da er nun schon frisches Fleisch in seinen Händen gehalten hatte, frohlockte sein Körper nach vollendeter Befriedigung. Mit etwas Glück würde er eine andere willige Frau finden, die sich von ihm beglücken lassen würde.

Alea war zumindest vorgewärmt, er würde sie schon noch vernaschen, damit der Gerechtigkeit Genüge getan war.

Aber jetzt war jetzt, und er brannte vor Gier.

Zunächst war Karl versucht, zurück nach Ellenserdammersiel zu fahren, nur war Talke ja nicht mehr dort. Er hatte noch nicht herausfinden können, wohin sie gegangen war. Hatte er sich in Oldenburg doch nicht getäuscht, und sie war ihm dort über den Weg gelaufen? Egal, jetzt brauchte er Erleichterung.

Karl trollte sich zurück zum Saal.

Draußen standen kichernd ein paar der Bankangestellten. Die Blonde mit den großen Brüsten gefiel ihm. Die würde er auf der Stelle weichkochen, damit er wenigstens entspannt schlafen konnte.

Kapitel 9

Oktober 1922

Das Jahr 1921 war am Milchhof Bleeker vorbeigezogen, und das Jahr 1922 schloss sich nahtlos an.

Obwohl die Inflation fast groteske Ausmaße annahm – ein Brief kostete inzwischen zwanzig Reichsmark –, ging es der Molkerei dank der Ehe mit Wilhelm de Vries akzeptabel, wenn auch nicht gut. Aber sie kamen über die Runden.

Sorge bereitete der Mutter dennoch der Umstand, dass die Weimarer Koalition bei den Wahlen im Juni große Verluste erlitten hatte, während die USPD im Aufwind war.

Und als am 23. Juni auch noch der Reichsaußenminister Walther Rathenau von rechtsextremen Terroristen ermordet wurde und im Juli in Groden bei Cuxhaven ein Marinedepot explodierte, wobei sieben Menschen ums Leben kamen und viele ihre Häuser verloren, zeigte sich im Gesicht von Aleas Mutter wirkliche Furcht.

»Das kann nicht lange gut gehen«, sagte sie immer wieder. »Min Deern, wohin soll das noch führen in diesem Land? Solche Schandtaten, dann die Teuerung …«

Ein Brot zu kaufen war fast unerschwinglich, und die Ernährungslage hatte sich immens verschärft. Die deutsche Regierung hatte in der letzten Woche deshalb verboten, Zucker zur Herstellung von Schokolade und anderen Süßigkeiten zu verwenden. Auch durfte man jetzt nicht einmal mehr Obst nehmen, um Branntwein herzustellen.

Alea aber plagten ganz andere Sorgen. Ihr war seit einer Woche schlecht, und sie musste sich fast ununterbrochen übergeben. Ihre Brüste spannten, und sie hatte ständig das Gefühl, sie könnten platzen.

Du bist schwanger, schoss es ihr immer wieder durch den Kopf. Sie hatte die Mägde und die anderen Frauen oft über die ersten Symptome einer Schwangerschaft reden hören.

Immerhin schlief sie seit dem letzten Oktober regelmäßig mit Tammo. Erst hatte er das nicht gewollt, weil er Alea nicht entehren wollte, aber sie hatte darauf gedrungen. Auch aus Trotz, da ihre Mutter es zu verhindern gewusst hatte, dass sie Karls Geliebte wurde.

Doch das indirekte Versprechen, das er ihr mit seinen heißen Küssen gegeben hatte, war so groß gewesen, dass Alea unbedingt weiter davon hatte kosten wollen. Zu Ende bringen, was sie mit Karl begonnen hatte.

Den hatte sie seit der Hochzeit nicht wiedergesehen. Aber ihre Mutter hatte ihr mit einer gewissen Häme erzählt, dass er noch am selben Abend heftig mit einer der Angestellten aus Wilhelms Bank angebandelt hatte und sie hernach gemeinsam verschwunden waren.

Alea war nur kurz beleidigt gewesen. Immerhin liebte sie Karl kein Stück, sondern fand ihn nur interessant. Und ihr war bekannt gewesen, dass er Talkes Geliebter war. Schon deshalb hätte sie ihn nicht heiraten wollen, zumal er viel zu alt war.

Aber sie hatte vom süßen Nektar der Liebe gekostet.

Und wollte jetzt den ganzen Kelch. Da war es ihr gerade recht gekommen, dass sich Tammo Neunaber nach ihrer Rettung durch sein Schweigen berufen sah, ihr mächtig den Hof zu machen.

Alea ertappte sich dabei, dass sie sich immer mehr auf ihre Treffen freute, sie geradezu herbeisehnte. Dass sie seine grünen Augen immer stärker als einzigartig empfand, und der Gedanke, seine weichen Lippen könnten ihre so küssen, wie Karl es getan hatte, gefiel ihr zunehmend.

Als Tammo dann im Oktober zum Milchhof gekommen war, hatte sie ihn schließlich in eine dunkle Ecke vom Kontor gezogen und geküsst.

Danach hatten sie sich öfter getroffen und waren sich immer nähergekommen, bis passiert war, was passieren musste.

Auch wenn Tammo danach als anständiger Mann ein schlechtes Gewissen hatte, war er ihr verfallen, und wann immer sie konnten, gingen sie miteinander ins Bett.

Sie freuten sich jedes Mal mehr aufeinander, und schließlich musste Alea sich eingestehen, dass sie sich in den jungen Bankier verliebt hatte. Dennoch hatte sie einen Antrag bislang immer abwehren können. Sie wollte nicht heiraten, sah sie doch, was mit ihrer Mutter und ihrem Vater und auch mit Derk und Talke passiert war, weil sie offenbar an den Falschen geraten waren.

Und wer wusste schon, wie es nun um die neue Ehe ihrer Mutter stand.

Alea fürchtete diesen entscheidenden Schritt, denn was war, wenn es sich bei ihr genauso verhielt? Wenn sie und Tammo zwar jetzt und auch im Bett harmonierten, dann aber feststellen mussten, dass sie doch gar kein gemeinsames Leben haben konnten und sich am Ende genauso zerfleischten, wie sie es um sich herum erlebte?

Doch nun war sie schwanger und würde um eine Eheschließung nicht herumkommen. Sie konnte kein Kind allein großziehen und eine Molkerei leiten. Das war für eine Frau nicht vorgesehen. Und sie liebte Tammo ja … und doch, da war diese Urangst.

Er würde Alea heiraten, oft genug davon gesprochen hatte er schließlich. Nur: Gefiel ihr die Vorstellung, ein Kind zu bekommen? Jetzt, da ihre Mutter sich die meiste Zeit in Wilhelmshaven aufhielt und sie alles allein stemmen musste?

Alea stolperte erneut zur Toilette, weil sie sich wieder übergeben musste.

Ja, sie war schwanger. Und sie musste auch das hinbekommen.

Obwohl die Zeiten schlimm waren. Was würde sie erwarten, wenn die Welt gerade Purzelbäume schlug?

»Und Mutter sitzt in Wilhelmshaven in ihrer Villa«, grummelte Alea. »Sie kann mir keine Stütze sein.«

Auf den Hof fuhr ein Automobil. Tammo hatte sich eins zugelegt, damit er immer schnell nach Ellenserdammersiel kommen konnte. Über die Verbindung zu seinem Vorgesetzten Wilhelm war er sogar rasch an ein Fahrzeug gekommen. Während ein Großteil der Bevölkerung kaum wusste, wie sie über die Runden kommen sollte, brauste Tammo mit einem schwarzen Ford herum.

Alea straffte ihren Zopf. Jetzt musste sie wohl ihrem zukünftigen Mann einen Antrag machen. Es war unkonventionell, aber es führte kein Weg daran vorbei. Ihr Kind durfte auf keinen Fall unehelich auf die Welt kommen, und sie wollte auch nicht als gefallene Frau gelten.

»Dann ist es eben, wie es ist«, murmelte Alea und trat vor die Tür.

*

»Ich habe eine Bitte an dich«, sagte Lina zu Wilhelm, als sie am Abend nach getaner Arbeit in der großen Stube in ihrer Villa saßen und gemeinsam Tee tranken.

»Jede Bitte, meine Teuerste«, antwortete Wilhelm. Er hatte diese Schmeicheleien auch während ihrer Ehe nicht abgelegt.

Inzwischen fand Lina es längst nicht mehr so charmant wie noch zu Beginn ihrer Bekanntschaft.

»Derk Voigt, mein ehemaliger Obermeier, ist nach Geestemünde gezogen und möchte sich dort ein kleines Haus kaufen. Er besitzt in Ellenserdammersiel noch die Kate, in der er mit seiner Frau gelebt hat. Die war bis vor Kurzem vermietet, aber jetzt will er sie verkaufen, damit er sich etwas Neues in der jetzigen Heimat zulegen kann.«

Wilhelm sah sie fragend an und nahm sich einen Keks, an dem er knabberte.

»Kannst du etwas für ihn tun? Ich habe ihm viel zu verdanken und möchte, dass es ihm wohlergeht.«

»Du meinst, ich soll ihm einen Kredit geben, auch wenn sich die Kate momentan nicht verkaufen lässt?«

Lina nickte. »Bitte, gib ihm das Geld für das neue Haus, und nimm die Kate als Sicherheit. Es muss mit der Inflation doch mal besser werden.«

Wilhelm spülte die Kekskrümel in seinem Hals mit etwas Tee hinunter.

»Du magst ihn«, stellte er dann fest.

Lina nickte.

»Gut, min Leevsten, dann will ich das machen. ›Geestemünde‹, sagst du?«

»Ja, Geestemünde bei Bremerhaven.«

»Das sollte kein Problem sein. Ich finde was für Herrn Voigt.« Wilhelm griff nach Linas Hand und drückte sie fest. Dabei schaute er sie mit einem unergründlichen Blick an.

Ihr kroch plötzlich Gänsehaut über den Rücken.

»Ich schreibe ihm«, sagte sie.

»Mach das, Liebes.« Wilhelm griff nach einer Zigarre und lehnte sich auf dem Stuhl zurück. »Zufällig habe ich dort kürzlich ein Haus erstanden. Ich überlasse es Herrn Voigt und nehme die Kate als Sicherheit. Dann muss kein Geld fließen, was in der momentanen Situation nur von Vorteil sein kann. Wenn dir Derks Wohlergehen so viel wert ist, werde ich mich nicht sträuben. Hauptsache, er bleibt da, wo er ist.«

Eigentlich hatte Lina etwas für Derk tun wollen, aber es fühlte sich irgendwie so an, als hätte sie ihm mit diesem Kuhhandel ein Messer in den Rücken getrieben.

Lina traute ihrem eigenen Mann noch immer nicht über den Weg.

*

Wilko und Antke waren heimlich aus New York verschwunden und hatten sich eine Fahrkarte nach Illinois gekauft. Dort, hatte man ihnen gesagt, wäre es möglich, zu günstigen Preisen Farmland zu kaufen. Doch so einfach war es nicht gewesen, sodass sie nun eine fast ein Jahr dauernde Odyssee hinter sich hatten.

Ein bisschen schmerzte es beide, Mathilde so überstürzt zurückgelassen zu haben, aber Wilko war sich sicher gewesen, dass ihre Verbindung einen irreparablen Knacks bekommen hätte, wenn sie dort geblieben wären und sich die Wahrheit über Mathildes Flucht aus Ellenserdammersiel herauskristallisiert hätte.

Wilko hatte immerhin seiner Mutter geschrieben, dass sie sich Land gekauft hatten und nun eine Farm nach dem friesischen Vorbild aufbauen wollten.

Waren sie die Weite der Landschaft und auch die Kargheit gewohnt, so gestaltete es sich hier doch beträchtlich größer. Illinois war an Weite nicht zu überbieten, es gab kaum Ortschaften, keine Kirchen – nichts.

Ab und zu weideten ein paar Kühe auf endlosen Wiesen, manchmal sahen sie eine Pferdekoppel.

Es hatte gedauert, ehe es Wilko gelungen war, bei der Regierung vierzig Hektar Land zu erwerben, denn es war gar nicht mehr so viel übrig, weil sich bereits viele Auswanderer hier niedergelassen hatten. Zum Glück war der Bundesstaat sehr daran interessiert, sein Land zu besiedeln und urbar zu machen, sodass der Preis mehr als fair war. Einhundertzwanzig Dollar mussten Antke und er dafür berappen. Das alles war nicht einfach gewesen, aber seit einem Monat besaßen sie ihr eigenes Land.

»In Deutschland ist alles so teuer, da kann man sich kein Brot mehr leisten«, sagte Wilko jetzt, während er einen Pflock in den Boden trieb.

Sein Claim, wie es genannt wurde, musste erst abgesteckt werden.

»Wie lange wird es dauern, ehe dieser Grund und Boden wirklich uns gehört?«, fragte Antke.

»Mindestens zwei Jahre, wenn nicht länger«, sagte

Wilko. »Es kommt darauf an, wie schnell wir alles bewirtschaften und abbezahlen können. Ich bin nun mal nicht behände, und du erwartest unser erstes Kind.«

Antkes Hand wanderte unwillkürlich zu ihrem Bauch. Ja, sie war schwanger. Einfach würde ihre Zukunft nicht werden.

»In fünf Jahren müssen wir alles abgestottert haben, so sagen es die Regeln. Länger gewähren sie keinen Kredit.«

»Das schaffen wir. Bislang haben wir immer noch alles hinbekommen. Alles.« Antke grinste. »Immerhin sind wir zu dritt und endlich unabhängig. Ich bin froh, diesen Schritt gewagt zu haben.«

Wilko legte den Holzhammer beiseite und nahm seine Frau in den Arm. »Und ich erst. Ja, es riecht hier anders, jedoch nicht unangenehm. Die Sprache ist gewöhnungsbedürftig, aber inzwischen beherrschen wir sie schon ganz gut, auch wenn ich unser Moin wirklich ansprechender fand als dieses Hello oder How are you?«

Antke kicherte. »Vielleicht gelingt es uns ja, den Amis unsere Sprache näherzubringen. Moin kriegen die auch hin, meinst du nicht?«

Wilko wurde ernst. »Hast du mal wieder was von zu Hause gehört?«

Antke schüttelte den Kopf. »Nein. Ich weiß nur, dank deiner Mutter, dass mein Vater jetzt in der Molkerei von Geestemünde arbeitet, sich dort mithilfe von Linas neuem Mann ein Haus gekauft hat und meine Mutter wohl in Oldenburg lebt. Ich habe weder die eine noch die andere Adresse. Sie haben mich wohl abgehakt, nachdem ich sie verlassen habe.«

Wilko drückte ihr einen Kuss auf den Scheitel.

»Meine Mutter schreibt uns immerhin, sonst wären mir auch die Probleme mit der Inflation gar nicht so bewusst.«

»Ich befürchte, auf Europa kommen schwere Zeiten zu.«

»Gut, dass wir hier sind«, flüsterte Wilko.

»Ja, gut, dass wir hier sind«, antwortete seine Frau, aber plötzlich glaubte er zu spüren, dass ein Teil ihres Herzens dem doch nicht so ganz zustimmte.

Kapitel 10

Mai–Juni 1923

Ich möchte endlich mal wieder baden«, stöhnte Lina beim Frühstück, das sich von der Vielfalt recht übersichtlich gestaltete. Lediglich Butter und Käse war immer ausreichend vorhanden – das stellten sie schließlich selbst her.

»Lass dir eins ein«, schlug Wilhelm vor. »Für dich ist mir nichts zu teuer!«

Ein Bad zu nehmen war unerschwinglich geworden. Die Kohlepreise waren ins Unermessliche gestiegen, und es gab kaum noch Hartgeld, weil die Unsummen, die für alle Bereiche des Lebens verlangt wurden, damit gar nicht mehr beglichen werden konnten.

»Du könntest auch ins öffentliche Schwimmbad gehen, wenn du mein Angebot nicht annehmen möchtest«, schlug Wilhelm vor. »Ich fahre dich notfalls bis nach Oldenburg.«

Lina schüttelte den Kopf. »Selbst das kostete im letzten Monat schon sechzig Mark Eintritt. Ich möchte nicht wissen, wie teuer es heute ist. Stell dir vor, ich habe gestern eine junge Frau getroffen, die hat sich tatsächlich für ein Stück Butter prostituiert. Ich habe ihr eines geschenkt, weil ich den Anblick nicht ertragen konnte. Was für scheußliche Zeiten!«

»Rentnern geht es besonders dreckig und den kleinen Leuten«, murrte Wilhelm und schnitt sich eine Scheibe Brot ab, für das sie gestern zweitausenddreihundert Mark bezahlt hatten. »Seit die Franzosen und Belgier im Januar ins Ruhrgebiet einmarschiert sind, ist es noch schlimmer geworden. Da muss wirklich was passieren, die ganze Republik geht den Bach hinunter.«

Lina musste Wilhelm recht geben. Inzwischen war sie froh, dass Derk ein Dach über dem Kopf hatte. Wilhelm hatte Wort gehalten und dafür gesorgt, dass er ein kleines Häuschen bekommen hatte. Die Kate in Ellenserdammersiel stand nach dem Auszug ihres Mitarbeiters noch zum Verkauf. In Zeiten wie diesen belastete sich niemand mit dem Erwerb eines Hauses.

»Frau de Vries!« Das Hausmädchen knickste.

»Ja bitte? Gibt es Schwierigkeiten in der Molkerei?«

»Nein, aber Ihre Tochter hat eben angerufen. Ich soll Ihnen ausrichten, dass sich das Kind gerade auf den Weg macht.«

Lina wurde blass. Sie warf die Serviette auf den Tisch und sprang auf. »Wilhelm, du musst mich sofort nach Ellenserdammersiel fahren. Die Geburt ist vier Wochen zu früh, das kann schwierig und gefährlich werden! Ich muss an der Seite meiner Tochter sein.«

Wilhelm warf einen Blick zur Uhr und schob sich gelassen den letzten Bissen in den Mund. »Liebes, das würde ich gern, aber ich habe in dreißig Minuten eine wichtige Besprechung. Die vermaledeite Inflation geht auch an den Banken nicht spurlos vorbei. Ich habe keinerlei Möglichkeiten, dir unter die Arme zu greifen. Ich benötige sogar den Fahrer selbst. Tut mir leid. Du wolltest ja kein eigenes Gefährt.«

Lina schluckte. »Wilhelm, bei Alea geht es ums Leben, nicht nur ums Geld. Ich muss wirklich sofort zum Milchhof!«

Ihr Mann tätschelte ihre Hand, als wollte er ein kleines Mädchen beruhigen. Dieses Gehabe ging Lina in der letzten Zeit gehörig auf die Nerven.

»Kann Tammo dich nicht fahren? Oder ist er noch dort?« Wilhelm griff nach einer weiteren Scheibe Brot.

»Ich weiß es nicht!«

Ihr Schwiegersohn hatte seine Wohnung in Wilhelmshaven aufgegeben und lebte seit der Hochzeit zusammen mit Alea auf dem Milchhof in dem Haus, das zuvor Lina bewohnt hatte.

Es war ein zähes Ringen gewesen, ehe er sich dazu bereit erklärt hatte. Nur wäre Alea niemals seine Frau geworden, wenn sie die Molkerei hätte aufgeben müssen. Und als Betriebsleiterin gehörte sie auf den Hof, vor allem jetzt, da Lina in Wilhelmshaven wohnte und sich nicht mehr um alle Dinge kümmern konnte.

Ob er sich an diesem Vormittag – immerhin war es schon halb zehn – bereits in der Bank befand oder aber geblieben war, entzog sich Linas Kenntnis.

»Ich habe hier in der Stadt keine Kutsche, keinen Einspänner. Nur dein Automobil. Nun ist meine Tochter in Not, und da kann ich von dir als Ehemann doch wohl erwarten, dass du mir zur Seite stehst!«

Wilhelm senkte die Hand mit der Brotscheibe und sah Lina mit tiefgründigem Blick an. »Du weißt, wie sehr ich dich verehre. Aber unseren Wohlstand verdanken wir allein der Tatsache, dass meine Geschäfte an erster Stelle stehen. So wie du es auch lange mit dem Milchhof gehandhabt hast. Da sind wir aus demselben Holz geschnitzt. Deshalb wirst du nun akzeptieren müssen, dass ich erst zu dieser Sitzung gehen werde.«

Lina presste die Lippen fest zusammen. »Ich werde den Zug nehmen«, sagte sie. »Auch wenn ich mit einer Sackkarre zum Bahnhof laufen muss, um all die Scheine mitzubekommen, die ich für die Fahrkarte parat haben muss.«

»Mach das, meine Teuerste«, sagte Wilhelm unverändert liebenswürdig, nahm einen letzten Schluck Kaffee und stand auf. »Allein, dass wir uns noch echten Bohnenkaffee und nicht das Zichorienzeug leisten können, sollte dir deutlich machen, wie privilegiert wir leben. Von nichts kommt nichts, meine Liebe.«

Lina schwieg.

Derk hätte alles stehen und liegen gelassen und wäre mit ihr gefahren. Derk, immer wieder Derk. Wie gern hätte Lina in diesem Augenblick auf diesen blöden Bohnenkaffee verzichtet.

*

Alea hielt den Schmerz kaum aus. Warum, zum Teufel, hatte ihr keiner gesagt, wie weh es tat, ein Kind zu bekommen?

Dabei war das ihre doch bestimmt sehr klein, denn es war viel zu früh und sollte noch gar nicht das Licht der Welt erblicken.

Die Hebamme aus Sande, Maria Hollern, schaute auch besorgt drein, nur konnten sie die Geburt nicht mehr aufhalten. Ihr Kind *wollte* das Licht der Welt erblicken und würde sich nicht davon abhalten lassen.

Alea ergab sich ihrem Schicksal, schickte ein Stoßgebet nach dem anderen gen Himmel und hoffte, dass ihre Mutter bald herkam und ihr zur Seite stand. Wilhelm besaß schließlich ein Automobil, da sollte es nicht so lange dauern.

Tammo wich derweil nicht von Aleas Seite. Er hielt ihre Hand, ertrug ihre unflätigen Beschimpfungen, wenn der Wehenschmerz sie übermannte, und er tupfte die schweißnasse Stirn seiner Frau mit einem Tuch, wenn es zunächst geschafft war und sie ein wenig durchatmen konnte, bevor die Tortur von Neuem begann.

Tammo hatte sich nicht aus dem Entbindungszimmer jagen lassen. Er wollte bei seiner Frau sein, auch wenn es ungewöhnlich war, als Ehemann einer Geburt beizuwohnen.

Alea war aber klar, wie sehr er mit den Umständen zu kämpfen hatte, denn er hatte so etwas noch nie erlebt. Er war kein Mann wie Derk, der wusste, wie eine Kuh kalbte oder eine Sau die Ferkel warf.

Tammo konnte wunderbare Kalkulationen erstellen, er war hervorragend darin, saubere Bilanzen zu machen oder gute Preise auszuhandeln. Aber das hier war für ihn etwas zu viel. Die Naturgewalt, der man sich bei einer Geburt aussetzte, die Hilflosigkeit, die einen zum Spielball einer unkontrollierbaren Macht des Körpers machte – das war für ihn sicher unheimlich –, und doch ließ er Alea nicht im Stich.

Dafür liebte sie ihn noch ein bisschen mehr als zuvor. Wie nur hatte sie einst Karl Doden attraktiv finden und bei der Hochzeit ihrer Mutter Tammo vorziehen können?

Endlich hörte Alea eilige Schritte auf dem Hof. Endlich ging die Tür, und endlich stand ihre Mutter im Rahmen.

Sie brachte einen Hauch von Frühling mit sich. Jenen

unverkennbaren Duft, der die Maienluft draußen mit seiner Süße und Schwere schwängerte. Es war das Odeur aus Flieder und frischem Gras, aus Brautspiere und Weißdorn. Sofort hatte Alea auch die gelb blühende Forsythie vor Augen oder die Berberitze, die gerade austrieb.

Für diesen Moment, in dem ihre Mutter als Sinnbild dafür, dass das Leben immer weiterging und stets eine versteckte Blüte mit einem bezaubernden Duft bereithielt, war Aleas Schmerz vergessen. Alles würde gut werden.

Ihre Mutter war da.

»Alea, min Leevsten! Wie geiht di dat?«, fragte sie auf Platt, weil sie so aufgeregt war, dass sie in die althergebrachte Sprache verfiel.

Bevor Alea antworten konnte, rollte eine so heftige Wehe auf sie zu, dass sie kaum Luft bekam und nur ein lautes Stöhnen hervorbrachte.

Die erkannte auch augenblicklich, wie weit die Geburt schon fortgeschritten war. Ihre Mutter warf einen Blick zur Hebamme, die ihr zunickte.

»Es ist bald geschafft, Frau de Vries.«

Tammo aber wurde immer bleicher.

»De Jung sollte mal frische Luft schnappen, bevor er uns noch umfällt«, schlug Aleas Mutter vor. Tammo stand sofort erleichtert auf.

Das bekam Alea nur am Rande mit. Sie war froh, dass die Wehe abebbte und der Schmerz nachließ.

»Danke, Tammo«, hauchte Alea und hob leicht die Hand.

Er grinste, aber es wirkte etwas unbeholfen. »Da nicht für, bis gleich!«, sagte er und stolperte aus dem Raum.

Gleich darauf setzten bei Alea die Presswehen ein, und

nach nur zwei Anläufen hielt die Hebamme ein kleines Mädchen im Arm. Viel zu dünn, viel zu winzig und dunkelblau angelaufen.

Sie befreite das kleine Wesen vom Schleim, beatmete es und massierte sacht die Gliedmaßen.

Währenddessen umklammerte Alea die Hand ihrer Mutter. Angstvoll beobachteten sie, was Maria Hollern tat, schickten kleine Gebete in den Himmel und hofften auf ein Wunder, denn das Kind gab keinen Mucks von sich.

Gerade als Alea die Hoffnung aufgeben wollte, ertönte ein leises Wimmern. Ein winziger Schrei, als bitte das Mädchen darum, bleiben zu dürfen und die Welt für sich zu erobern.

Ob es die himmlischen Mächte waren oder es dem Können der Hebamme geschuldet war, das Wimmern ging in ein Greinen und schließlich in ein protestierendes Weinen über.

»Sie lebt«, sagte die Hebamme, und am Ton erkannte Alea, wie erleichtert sie war.

Endlich durfte die junge Mutter ihr Kind im Arm halten. Endlich war das Schlimmste überstanden.

»Jetzt sagt Tammo Bescheid«, bat Alea. »Er muss wissen, dass er Vater von einem gesunden Mädchen geworden ist.«

Sie tauchte ihre Nase in das noch von der Geburt feuchte Haar und saugte den Duft des Neuen in sich auf.

Das Mädchen roch eigenartig und war noch weiß verschmiert. Es wirkte zerknautscht und faltig – und doch war es das Schönste und Wohlriechendste, was Alea je im Arm gehalten und erschnuppert hatte.

»Wie soll sie heißen?«, fragte ihre Mutter.

»Enna. Unsere wunderbare Tochter soll Enna Lina Nantke heißen. Nach dir und nach Tammos Mutter.«

Lina strich dem kleinen Wesen übers Haar.

»So soll es sein, das ist eine wunderbare Entscheidung, Alea.« Ihre Mutter stand auf. »Ich hole jetzt den frischgebackenen Vater. Schließlich muss er sein Kind doch sehen.«

»Warten Sie, das ist doch zu früh«, wandte die Hebamme ein, aber Aleas Mutter ließ sich nicht aufhalten und hatte den Raum schon verlassen.

Es dauerte nicht lange, bis sie mit Tammo an ihrer Seite zurückkehrte.

Sein Gesicht hatte wieder die gewohnt rosige Farbe angenommen. Ehrfürchtig trat er auf das Bett zu. »Meine Tochter!«, sagte er nur. »Das also ist meine Tochter.«

*

Enna entwickelte sich in den nächsten vier Wochen prächtig. Sie legte kräftig an Gewicht zu und war inzwischen ein echter Wonneproppen. Alea liebte ihre Rolle als Mutter, dennoch fehlte ihr die rechte Aufgabe, war sie doch zuvor viel zu sehr in die Geschäfte des Milchhofes involviert gewesen.

Ihre Mutter hatte das Ruder nach der Entbindung abermals vollkommen übernommen. Sie schien es zu genießen, endlich wieder in der Molkerei zu sein und der Villa samt des Müßigganges zu entfliehen. Ob sie in ihrem Leben an Wilhelms Seite glücklich war, erschloss sich Alea nicht. Ihre Mutter sprach nicht darüber, was wiederum deutlich machte, dass ihr zumindest etwas fehlte.

Sie nahm zwar an vielen gesellschaftlich relevanten Veranstaltungen teil, aber Alea war sich sicher, dass es sie nicht ausfüllte, zumal Wilhelm seine Frau neben diesen Verpflichtungen oft allein ließ. Genau wie sie selbst oft ohne Tammo auskommen musste.

Wilhelm und ihr Mann hatten in der Bank alle Hände voll zu tun, die politische Entwicklung, die Besetzung des Ruhrgebietes und die Inflation forderten sie so sehr heraus, dass nur wenig Zeit für ihre Ehefrauen und gemeinsame Unternehmungen mit ihnen blieb.

»Dann werde zumindest ich mein Leben mal ändern«, sagte Alea zu sich. »Ich muss mich ja nicht mit den Gegebenheiten abfinden, wenn sie mir nicht gefallen.«

Sie hatte lange mit Tammo darum gerungen, den Milchhof leiten zu dürfen, es war klar, dass er diese Diskussion nun von Neuem beginnen würde, wenn sie auch als junge Mutter weiterarbeiten wollte. Das war in ihren Kreisen nicht üblich. Aber wann war in ihrer Familie und in ihrer Molkerei auch schon mal was geschehen, was den üblichen Gepflogenheiten entsprach?

Enna schlief tief und fest, sodass Alea den Kinderwagen nahm, ihn über den Hof schob und das Kontor ansteuerte. Zum Glück war ihr Kind pflegeleicht, sodass sie sich immer mal wieder auf den Milchhof stehlen konnte, um nach dem Rechten zu sehen oder auf wichtige Entscheidungen Einfluss zu haben.

Sie stellte die Bremse am Kinderwagen fest, damit Enna nicht davonrollen konnte, und erklomm die zwei Stufen, die zum Kontor hinaufführten.

Ihre Mutter saß, wie erwartet, am Schreibtisch, neuerdings hatte sie bei diesen Arbeiten und beim Lesen eine Brille auf.

»Alea!«, begrüßte sie ihre Tochter und hob den Blick. »Kommt ihr zwei die Oma besuchen?«

»Das auch«, sagte Alea und warf einen letzten prüfenden Blick zu Enna, bevor sie endgültig eintrat. »Aber mich treibt noch etwas anderes an.«

Ihre Mutter zog fragend die Brauen hoch. »Und was?«

»Ich möchte wieder richtig arbeiten. Den Milchhof leiten, so wie früher.«

Ihre Mutter spitzte die Lippen. »Na, wenn jemand das versteht, dann ich, wobei es mir nach wie vor lieber wäre, wenn wir die Last der Verantwortung weiterhin auf unser beider Schultern verteilen würden.«

»Da sehe ich kein Problem«, entgegnete Alea. »Es geht mir nur darum, dass ich das alleinige Muttersein nicht aushalte, wenn ich doch sehe, was alles im Betrieb anliegt und wie sehr wir jede Hand brauchen.«

»Da hast du wohl recht«, bestätigte ihre Mutter. »Hast du mit Tammo darüber gesprochen? Es liegt eher an seinem Einverständnis als an mir. Dass ich dir keine Steine in den Weg legen werde, weißt du doch.« Ihre Mutter rückte Alea einen Stuhl zurecht und wies mit der Hand zur Sitzfläche.

»Das habe ich noch nicht getan, weil ich erst mit dir sprechen wollte«, sagte Alea. »Wenn du mich unterstützt, habe ich schlagkräftige Argumente.«

»Auch wieder wahr. Wir haben nach wie vor mit allem zu kämpfen, obgleich uns Wilhelms Vermögen noch schützt. Fragt sich nur, wie lange.«

Ihre Mutter schob ihr ein Buch herüber. »Sieh selbst!«

Alea erkannte mit einem Blick, wie schlecht es aussah. »Wir müssen die Butterlieferung ins Ruhrgebiet jetzt ganz einstellen?«, fragte sie.

»Ja, durch die Besetzung kommt es immer wieder zu massiven Einschränkungen im Bahnverkehr. Zu Sabotageakten und all so etwas. Und der Handel funktioniert auch dadurch nicht. Dazu sind die politischen Interessen zu konträr.« Ihre Mutter strich sich durchs Haar. Die Sorgenfalten auf ihrer Stirn hatten sich im letzten Jahr merklich vertieft.

»Was ist sonst geschehen, von dem ich nichts mitbekommen habe?«, fragte Alea. Es klang alles schlimmer als erwartet, und ihre Mutter war noch nicht fertig.

»Die Milchanlieferung in der ganzen Republik ist auf eine Million Kilogramm geschrumpft. Das merken wir hier natürlich auch. Hinzu kommt der Zeitaufwand bei sämtlichen Abrechnungen. Am Abend sitzen wir mit drei Leuten stundenlang im Kontor zusammen, um die vielen Scheine zu bündeln, die ich dann zur Bank mitnehmen kann. Es braucht Säcke dafür, und es ist kein Ende in Sicht.«

Alea studierte die Zahlen.

»Dammich«, fluchte sie. »Das Geld, das die Bauern für die angelieferte Milch erhalten, verliert so schlimm an Kaufkraft, dass es fast wertlos ist.«

Ihre Mutter nickte und fügte hinzu: »Eine Änderung der Auszahlungsmodalität wäre vielleicht keine schlechte Lösung.«

»Wie stellst du dir das vor?«, hakte Alea sofort nach.

»Ich versuche es mal zu erklären«, begann ihre Mutter. Sie leckte ihre Lippen, bevor sie zum Reden ansetzte. »Wenn ein Landwirt Milch im Wert von Tausend Mark an uns geliefert hat, kann er theoretisch dafür ein Pfund Kaffee oder etwas anderes erwerben. Da wir aber zeitversetzt auszahlen, ist die Teuerung derweil so stark angestiegen, dass der Preis für den Kaffee und andere Nahrungsmittel sich bis zum Zeitpunkt der Auszahlung verdoppelt hat und der jetzt zweitausend Mark kostet.«

»Puh«, stieß Alea aus. »Das betrifft uns ja auch.«

Ihre Mutter seufzte schwer. »So ist es, aber ich sehe einfach keinen Weg. Es ist so, als renne das gesamte Land durch eine Sackgasse auf eine Mauer zu und stößt sich immer wieder den Kopf auf. So lange, bis endlich alle bewegungsunfähig sind.«

Enna begann zu weinen.

»Ich gehe kurz zu der Lütten. Vielleicht hat sie Hunger.«

Alea ging hinaus und versuchte, die Kleine erneut in den Schlaf zu schaukeln, aber das Weinen forcierte sich zu einem lauten Brüllen. Es nützte nichts, sie musste ihr Kind aus dem Wagen und mit ins Kontor nehmen.

Dann wächst sie wenigstens in der richtigen Umgebung auf, dachte Alea, die es auch schon als Kind erlebt hatte, sich in der Molkerei aufzuhalten, und alles, von der Milchanlieferung über die Fertigung bis hin zum Kontor, geliebt hatte. Sie war und blieb ein Kind der Molkerei. Daran würde sich nie etwas ändern.

Alea setzte sich mit ihrer Tochter wieder auf den Stuhl und gab ihr die Brust. Sofort herrschte Ruhe, und nur das leise Schmatzen war zu hören.

»Es muss doch einen Weg aus dem Dilemma geben«, hob sie wieder an, weil nun Ruhe eingekehrt war. »Irgendeinen.«

»Damals hat uns dein Kräuterglück-Käse gerettet«, überlegte ihre Mutter laut, und ihr Blick begann zu leuchten. »Das wäre es doch! Wir produzieren wieder das Besondere! Das, was uns von den anderen Molkereien abhebt! Dann könnte es uns gelingen, den ausgefallenen Butterversand wenigstens ein bisschen zu reduzieren.«

»Einen zweiten Käse, der besonders gereift ist oder eine vollkommen neue Würze hat! Mutter, das ist genial!«

Alea war so laut geworden, dass Enna kurz mit dem Trinken aufhörte. Aber sie war von der Idee so gefesselt, dass sie am liebsten sofort begonnen hätte. So wie damals, als kleines Mädchen, als sie den *Theesi-Käsi* hergestellt hatte, der später zu *Bleekers Kräuterglück* wurde, weil der andere Name zu kindisch war.

»Gut, dann werden wir uns morgen zusammensetzen und überlegen, in welche Richtung wir schauen und uns entwickeln können, damit der Milchhof Bleeker weiter Bestand hat.«

Ihre Mutter schlug die Akte zu. »Ich muss mich jetzt leider sputen, damit ich den Zug nach Wilhelmshaven noch bekomme.«

»Du solltest endlich mit dem Automobil fahren«, sagte Alea.

Enna hatte fertig getrunken, und sie wechselte die Seite.

»Ich und diese Dinger?« Ihre Mutter lachte auf. »Das ist anmaßend und großkotzig. Außerdem stinken die. Und ich müsste erst eine Fahrerlaubnis bekommen, dazu fehlen mir Lust und Zeit.«

Alea wurde durch diesen Ausbruch deutlich, wie sehr ihre Mutter das feudale Leben an Wilhelms Seite verachtete.

»Wir werden langfristig unsere Milchwagen auch motorisieren müssen«, warf sie ein.

»Bis das so weit ist, ist es nicht mehr hochherrschaftlich«, entgegnete ihre Mutter. »Weil es dann alle machen. Jetzt ist es aus meiner Sicht nur … schäbig. Vor allem, wenn man weiß, dass es der Bevölkerung hundsmiserabel geht und wir ihnen dadurch noch mehr zeigen, wie privilegiert wir sind. Das geht ohnehin alles nicht lange gut, Alea. Manchmal macht mir vieles große Angst.«

»Was genau meinst du?«

Ihre Mutter zog die Stirn in Falten. »Ich spreche nicht nur von der Politik.«

»Sondern?«

»Ich habe mal wieder aufs falsche Pferd gesetzt und hätte auf die Warnungen hören sollen. Aber ich habe nur den Milchhof gesehen. Nur die Möglichkeit, ihn zu retten …« Sie brach ab.

»Was möchtest du mir sagen, Mutter?«

»Wilhelm gehört einem dieser schrecklichen Geheimbünde und der NSDAP an. Erst habe ich dem keine große Bedeutung beigemessen. Aber nun wird mir immer deutlicher, was das heißt. Sie verteufeln die Juden, und auch sonst haben sie sehr eigenartige Einstellungen«, brachte sie dann gequält hervor.

»Dann stimmt es also doch«, warf Alea ein, denn auch sie hatte davon gehört. Manchmal verplapperte Tammo sich, denn er stand auf der ganz anderen Seite, und es war für ihn unverständlich, wie man so denken konnte. Aber er hatte jedes Mal erschrocken abgebrochen, wenn ihm wieder etwas herausgerutscht war. Wilhelm de Vries war sein Arbeitgeber, mit ihm legte man sich besser nicht an.

Ihre Mutter rieb sich die Schläfen, als müsse sie auf diese Weise den Schmerz zurückdrücken, der von innen gegen ihren Schädel zu pochen schien.

»Es ist die Hölle, min Deern. Ich hätte es zuvor prüfen sollen, aber ich wollte darüber hinwegsehen, weil ich die Bedeutung wirklich unterschätzt habe. Ich dachte, es wäre nicht so schlimm. Weil ich nicht *wollte*, dass es so ist.«

Alea schwieg dazu. Was sollte sie auch sagen?

*

Karls Suche nach einem Zimmer in Wilhelmshaven war dank Wilhelms Hilfe endlich von Erfolg gekrönt, und er hatte die erste Nacht in den eigenen vier Wänden verbracht. Heini Dükers hatte trotz vollmundiger Versprechen doch nichts für ihn tun können. Zuvor hatte Karl sich zunächst Richtung München verzogen, weil er dort näher an den Aktivitäten der NSDAP war. In Bayern hatte die Partei starken Zulauf, und Adolf Hitler hatte im letzten Jahr einen interessanten Leitartikel im *Völkischen Beobachter* platzieren können, der Karl unglaublich in den Bann gezogen hatte, weil er vor Begeisterung und Eloquenz nahezu gestrotzt hatte.

Aber langfristig wollte er nicht in der bayerischen Landeshauptstadt leben. Er liebte Norddeutschland, die Küste – und immer noch Talke. Und es musste doch möglich sein, die Begeisterung für diese Partei und diesen Mann auch in den Norden zu transportieren. Dazu brauchte es Menschen wie ihn.

Demzufolge hatte es ihn doch wieder zurück in die Marinestadt gezogen.

Aber erst hatte er am 10. Juni die Gedenkfeier der NSDAP und anderer vaterländischer Verbände, zu denen auch die Nationalen Stürmer gehörten, abgewartet. Sie hatten sich auf dem Königsplatz für Albert Leo Schlageter, der von den Franzosen hingerichtet worden war und der als einer der ihren zählte, zusammengefunden.

Aber dann war es für Karl höchste Zeit gewesen, wieder an die Küste zu reisen.

Wenn er Talke für sich gewinnen wollte, musste er vor Ort sein, sonst konnte er sie nicht wiederfinden. Er wusste ja nicht einmal mehr, wie es ihr ging und ob sie noch in Ellenserdammersiel lebte.

Seine Abwesenheit rächte sich nun, denn Karl musste feststellen, dass niemand im Dorf wusste, wo Talke steckte. Oder sie wollten es ihm nicht verraten.

Ihr Mann Derk hatte sich nach der Trennung in die Molkerei nach Geestemünde verzogen, und die Kate stand noch immer zum Verkauf, nachdem dort eine Weile ein anderer Molkereimitarbeiter gewohnt hatte.

Karl war es in München durch verschiedene Tätigkeiten für die Partei gelungen, etwas Geld zu verdienen, nur war es momentan ja nichts wert. Er liebäugelte dennoch damit, genau diese Kate zu erwerben, denn dann wäre er dem Geschehen sehr nah. Der Milchhof Bleeker fast in Sichtweite, und mit etwas Glück würde er auch Talke wiederbegegnen. Zumindest würde er ihre Handschrift sowohl bei der Einrichtung als auch im Garten wunderbar erkennen können. Und er war sicher, dass doch irgendwer in Ellenserdammersiel wusste, wohin sie gegangen war. Er würde es schon herausfinden.

Ich werde mit Wilhelm sprechen, bestimmt findet er ein Schlupfloch, wie ich mir das Haus trotz der Inflation aneignen kann, dachte Karl. Wilhelm wusste immer, wie man bekam, was man sich wünschte, und er war für Karl ein großes Vorbild. Allein deshalb, weil er die Nationalen Stürmer mit beispiellosem Einsatz führte.

Karl warf einen Blick zum Himmel, von dem die Sonne heute kräftig schien. Kein einziges Wölkchen machte ihr das Leben schwer.

Für den Frühsommertag und die Verhältnisse an der Küste war es sehr warm. Nein, er brauchte keine Jacke, wenn er sich auf den Weg zur Bank machte. Mit etwas Glück hätte Wilhelm Zeit, ihn auch unangemeldet zu empfangen.

Karls Zimmer lag in Bant, er hatte es nicht weit zum Bankhaus de Vries, das in der Marktstraße am Friedrich-Wilhelms-Platz lag.

Es handelte sich um ein imposantes Gebäude im Renaissancestil, das ähnlich wie das Marineoffizierscasino von Karl Hinckeldeyn von der Hofbauabteilung des Ministeriums der öffentlichen Arbeiten in Preußen entworfen worden war.

Deshalb ähnelte es dem Bauwerk auch sehr.

Es gab zahlreiche Verzierungen in Form von Steinmetzarbeiten. Verschiedene Türmchen, Giebel und Stuckornamente an den Außenmauern machten die Exklusivität des Gebäudes deutlich.

Hinten schloss sich ein parkähnlicher Garten an, in dem die Mitarbeiter des Bankhauses in den Pausen nach Herzenslust flanieren konnten.

Karl fuhr sich vor dem Haus noch einmal durchs Haar, prüfte, ob seine Lackschuhe sauber geblieben waren, zupfte seinen Mantel zurecht und betrat das Gebäude.

Am Empfang saß eines der Mädchen, mit denen er auf der Hochzeit angebandelt hatte. Sie lächelte ihn verzückt an. Da war also noch was zu holen, wenn er Bedarf hatte. Aber im Augenblick trieben ihn andere Dinge um.

»Moin. Ich würde gern mit Herrn de Vries sprechen«, sagte Karl.

Das junge Ding zog einen Schmollmund, was wohl bedauernd wirken sollte, aber eher aussah, als wäre sie ein wenig naiv. »Oh, das tut mir sehr leid«, meinte sie dann. »Aber er ist gar nicht im Haus. Soll ich etwas ausrichten?«

Jetzt zeigte sie Karl mit einem entwaffnenden Lächeln ihre ebenmäßigen Zähne.

Er nagte an der Unterlippe und überlegte, was er der jungen Frau – verdammt, er kam noch immer nicht auf ihren Namen – anvertrauen wollte und was nicht.

»Ich möchte eine Immobilie erwerben«, sagte er dann.

»In diesen Zeiten?«, fragte das Mädchen, und endlich erinnerte Karl sich düster, dass sie Jeske hieß und einen Pfefferminzatem gehabt hatte.

»Sie ist von einem … Bekannten, da mag es wohl gehen«, antwortete Karl. »Können Sie einen Termin mit Herrn de Vries vereinbaren?«

Jeske lächelte weiterhin und blätterte in ihrem Kalender. »Er müsste in einer Stunde zurück sein, da kann ich Sie einschieben, wenn es nicht allzu lange dauert. Wollen Sie so lange warten, Herr Doden?«

»Gern. Kann ich das hier tun?«

Jeske wies in eine Ecke, die mit Pflanzkübeln abgeteilt war. »Ich bringe Ihnen einen Kaffee, damit die Zeit nicht zu lang wird«, versprach die junge Frau.

Karl setzte sich und schaute sich im Bankhaus um. Es strotzte vor Prunk. Er selbst saß in einem mächtigen dunklen Ledersessel vor einem kleinen Tisch. An der Decke hing ein Lüster, in dessen Kristallen sich jetzt das einfallende Sonnenlicht fing und ein farbenfrohes Spiel auf dem roten Teppich, der sämtliche Geräusche beinahe verschluckte, trieb.

Hinter ihm rankte ein Fensterblatt mit sattgrünen Blättern vor einer schneeweißen Wand. Gegenüber hing ein Gemälde von der Nordsee, das sicher von hohem Wert war.

Am Treppenaufgang befand sich eine Büste von Kaiser Wilhelm I., der der Stadt ihren Namen gegeben hatte. Darunter prangte der Schriftzug: Wilhelm der Große. Diese Bezeichnung hatte ihm sein Enkel Wilhelm II. verpasst.

Karl konnte sich an diesem Prunk gar nicht sattsehen und war dankbar, als Jeske mit dem wunderbar duftenden Kaffee zurückkam.

Das Getränk wurde in einer Hutschenreuther Tasse mit breitem Goldrand serviert. Jeske reichte auch noch einen Teller, auf dem sich Gebäck befand. Die drei Zuckerkringel ließen Karl das Wasser im Mund zusammenlaufen, denn ihm wurde bewusst, dass er heute noch gar nichts gegessen hatte. So eilig, wie er herkommen wollte, um dieses Haus zu bekommen.

»Lassen Sie es sich schmecken.« Jeske zauderte, fasste sich dann aber wohl doch ein Herz. »Ich habe Sie lange nicht gesehen.«

Karl nahm einen Schluck von dem echten Kaffee und genoss das bittere Gefühl. Das war Qualität! Und das jetzt, wo die Bohnen eigentlich unerschwinglich waren. Erst dann schaute er auf.

»Ich war eine Zeit lang in München. Politische Geschäfte, Sie verstehen.« Karl liebte es, sich souverän und elegant zu geben. Wie man das tat, hatte er in der Metropole gelernt. In München lebte es sich ein wenig anders als in der Friesischen Wehde oder Wilhelmshaven und Oldenburg.

»Das verstehe ich sehr gut. Das Land ist doch arg in Aufruhr.«

»Es wird Veränderungen geben, glauben Sie mir!«, versprach Karl vollmundig und griff schon wieder zum Kaffee. Eine solche Köstlichkeit hatte er lange nicht mehr genossen.

Die Unterhaltung war ohnehin beendet, weil das Telefon klingelte und Jeske zurück zum Empfang gehen musste.

Karl war das ganz recht, denn dass sie ihm offenbar immer noch zugetan war, passte ihm nicht. Er wollte keine Komplikationen, weil es ihn von seinem Fokus ablenken würde. Er fühlte so etwas immer schnell, und Jeske wäre bestimmt keine Frau, die sich nur für ein kurzes Techtelmechtel mit ihm einlassen würde. Außer mit Talke hatte er mit keiner Frau länger angebandelt, und jetzt plante er, sie zu finden und für sich zurückzugewinnen.

Da konnte er keine Jeske am Bein gebrauchen, auch wenn sie wirklich hübsch anzusehen war und sie am Abend der Hochzeit nach Aleas Abgang eine Menge Spaß gehabt hatten. Selbst wenn er sich kurzfristig für die andere Frau entschieden hatte und Jeskes Hoffnungen auf ihn verpufft waren.

Karl war nur froh, dass sie ihn noch immer siezte und so die Distanz erhielt. Nein, er würde ihr keine Hoffnungen machen, dass er sie dieses Mal erhörte. Da genoss er doch lieber den Kaffee in diesem gediegenen Ambiente und gab sich als Mann von Welt.

Nach genau einer Stunde kam Wilhelm tatsächlich

zurück in die Bank. Er trug einen schwarzen Anzug mit Hut. Als Jeske ihn auf Karls Besuch hinwies, schnellte er herum und begrüßte ihn freundlich. »Na, schon eingelebt? Ist ja sehr bescheiden, das Zimmer, aber im Augenblick … du weißt ja.«

»Deshalb bin ich da«, gab Karl zur Antwort.

»Dann folge mir in mein Büro, und ich will sehen, was ich für einen von uns tun kann. Wie mir zu Ohren gekommen ist, warst du in München sehr erfolgreich mit allem, was du unternommen hast. Das gefällt mir, denn davon werden wir als Nationale Stürmer auch profitieren können.«

Karls Herz klopfte bei diesem Kompliment schneller. Es war gut, Wilhelm de Vries als Freund an seiner Seite zu wissen.

Der fuhr unbeirrt fort: »Es wird Zeit, dass sich unsere Ideen schnell in den Köpfen verbreiten und gewisse Elemente in der Gesellschaft nichts mehr zu sagen haben.«

Karl wusste auch so, dass er von den Juden sprach und er den härteren Umgang in Bayern sehr begrüßte, vor allem, was die Abschiebung ohne deutsche Staatsangehörigkeit betraf.

»Dann komm mal mit. Ich freue mich über diesen Besuch.«

Das Bankhaus war nicht nur feudal, sondern auch riesengroß. Karl und Wilhelm bestiegen im Vestibül erst den Paternoster, durchquerten dann lange Flure, bis sie vor einer großen Flügeltür angekommen waren, hinter der sich Wilhelms Reich befand.

Doch auch hier mussten sie erst an einer Vorzimmerdame vorbei. Die war jedoch älter als Jeske und trug eine dicke Brille.

»Wir möchten nicht gestört werden, Fräulein Janßen«, sagte Wilhelm. »Aber wir hätten gern etwas zu trinken. Kaffee oder Tee, mein Freund?« Wilhelm legte Karl seine kräftige Pranke auf die Schulter. »Wir haben beides da. Hier wird nicht geknausert, auch wenn draußen die Welt zusammenbricht.« Er lachte dröhnend auf. »Wir halten sie zusammen, du wirst sehen.«

Karl nickte mit zusammengepressten Lippen. So gefiel ihm das. Wilhelm de Vries hatte definitiv die richtige Einstellung zum Leben.

»Gerne Tee«, antwortete Karl. »Euren wunderbaren Kaffee durfte ich unten schon genießen.«

»Ausgezeichnet, wenn Fräulein Peeks unsere Gäste und Kunden gut bewirtet«, sagte Wilhelm. »Das höre ich gern.«

Er fasste sich ans Herz, stockte kurz, bevor er einmal tief durchatmete und sich setzte. »Es ist warm draußen und mein Terminplan momentan doch sehr eng. Da verklemmt sich schon mal was.« Er warf einen Blick auf die Uhr. »Worum geht es?«

Karl fasste kurz zusammen, dass er gern Derks Haus kaufen würde, aber wegen der Inflation in Finanzierungsnöten wäre, obwohl er durchaus über Eigenkapital verfügte.

»Ich bin beim Erbe des Hofes als zweiter Sohn ausbezahlt worden und habe mein Vermögen in München vermehren können. Nur nützt es mir jetzt nichts mehr.«

Wilhelm stand auf und glitt mit dem Zeigefinger eine Reihe an Aktenordnern entlang. »Das Haus, in dem Derk jetzt in Geestemünde wohnt, gehört mir privat. Ich konnte es bei einer Zwangsversteigerung günstig erwerben und habe es ihm zunächst zur Verfügung gestellt.

Mir war aufgrund der Vorgeschichte und verschiedener, sagen wir mal, Gerüchte, wichtig, ihn weit fort von meiner Angetrauten zu wissen.«

Derweil servierte Wilhelms Sekretärin den Tee. Dieses Mal lagen kleine Schokokugeln auf dem Teller.

»Jetzt bitte auf keinen Fall mehr stören«, wies Wilhelm sie an und setzte sich wieder. Er wandte sich erneut Karl zu, wirkte aber etwas blass.

»Derk hat das neue Haus noch nicht bezahlt, aber ich bin ja auf der sicheren Seite, weil mir die Kate in Ellenserdammersiel als Sicherheit dient. Sobald sich die Inflation gelegt hat, wird das Haus verkauft, und er kann in Geestemünde bleiben. Hübsch weit weg von Lina.« Wilhelm wirkte so, als wäre er mit seinem Arrangement hochzufrieden. Dennoch machte er auf Karl erneut einen fahrigen Eindruck.

»Könntest du bitte kurz das Fenster öffnen?«, fragte Wilhelm. »Ich finde es hier arg stickig.«

Karl stand auf und tat, wie ihm geheißen, obwohl er nicht fand, dass die Luft in diesem großen Zimmer stand. Er machte den rechten Flügel auf, und ihm schlug der süßliche Duft des herannahenden Sommers entgegen. Vor dem Fenster saß eine Amsel in der Kastanie und schmetterte ihr Lied, das sicher so manches Weibchen ihrer Art beeindrucken würde.

»So ist es besser, mein Freund«, sagte Wilhelm. »Viel besser.«

Karl setzte sich wieder, fand aber, dass sein Freund noch immer angeschlagen wirkte.

Der strich sich durch das Haar, obwohl es nichts zu ordnen gab, und sagte. »Du hast Glück, weil Derk Voigt unser Kunde ist und ich schauen kann, was das Haus mal wert war. Er konnte es wegen dieser Umstände ja nicht verkaufen, im Augenblick ist es unerschwinglich, das kann ich dir gleich sagen.«

Karl nickte, denn das war ihm klar.

Wilhelm schlug eine Seite auf und überflog den Eintrag über das Haus. Dann begann er in Windeseile zu rechnen.

»Da müsstest du ein paar Schubkarren mehr an Geld herankarren oder wahrscheinlich eher ein Pferdefuhrwerk«, sagte er. »An deiner Stelle würde ich abwarten, ich denke, die Regierung wird in Kürze reagieren, denn so geht es ja nicht weiter.«

»Ich brauche die Kate aber jetzt«, beharrte Karl.

Wilhelm griff sich erneut ans Herz. Ihm traten Schweißperlen auf die Stirn, und er wurde bleich. Einen Moment lang hielt er sich an der Tischkante fest, weil er leicht schwankte.

Es dauerte, ehe er sich wieder gefangen hatte. Da Wilhelm noch immer nach Luft rang, fragte Karl, nun doch besorgt: »Geht es dir nicht gut?«

»Manchmal bleibt mir einfach die Luft weg«, sagte er. »Ich werde mal einen Mediziner aufsuchen müssen, wenn es nicht aufhört.«

»Wir können das Gespräch auch ein anderes Mal fortsetzen«, schlug Karl vor. Auch wenn er die Kate lieber heute als morgen kaufen wollte, so war ihm die momentane Situation doch unheimlich. So kannte er seinen Freund nicht.

Wilhelm de Vries war ein starker und unerschütterlicher Mann, der nicht strauchelte und schon gar keine Schwäche zeigte. Er war in jeder Lebenslage ein Felsen, an dem sämtliche Widrigkeiten abprallten.

Ihn nun so vor sich zu sehen erschütterte Karls Grundfeste.

Wilhelm stand auf, schleppte sich quer durchs Zimmer und öffnete den Safe. »Ich kann dir Bargeld geben. Momentan ist es nicht viel wert, aber besser als nichts. Für den Hauskauf reicht es nicht, aber da ich nicht einschätzen kann, was die Regierung tut, könnte es ja sein, dass sie Bargeld umtauschen, und dann hast du eine Menge davon.«

Karl sah Unmengen an Geldscheinen.

»Das gehört nicht der Bank, das ist meins«, sagte Wilhelm. »Sonst könnte ich es dir nicht anbieten. Alles meins.« Dann zuckte er zusammen, als hätte ihn ein Blitz getroffen. Wilhelm riss den Kopf nach hinten, die Augen verdrehten sich, und er fiel mit einem lauten Rumms auf den Fußboden.

»Wilhelm!«, stieß Karl erschrocken aus. Er stürzte sofort zu seinem Freund und fühlte den Puls.

Nichts.

Er stupste ihn an.

Nichts.

Rief verhalten seinen Namen.

Nichts.

Wilhelm de Vries regte sich nicht mehr. Unter ihm entstand eine große Pfütze.

Karl rechnete jeden Moment damit, dass die Sekretärin das Zimmer betreten würde, denn der laute Aufprall konnte ihr nicht verborgen geblieben sein. Doch sie hielt sich an Wilhelms Anweisungen und blieb fern.

Weil Karl mit der Situation überfordert war, überlegte er kurz, nach Fräulein Janßen zu rufen, doch dann biss er sich auf die Unterlippe. Für Wilhelm kam Hilfe ohnehin zu spät, und das hier war seine Chance! Das Geld dort gehörte Wilhelm. Es war nicht mehr viel wert, würde es aber vielleicht bald wieder sein.

Karl schnappte sich die Bündel und stopfte alles, was er unauffällig mitbekommen konnte, in seine weiten Manteltaschen und in den Hosenbund.

Aber dann wurde ihm klar, dass dieses Geld ihm wirklich vorerst nichts nützen würde. In Karl arbeitete es fieberhaft, und in Windeseile formierte sich ein Plan in seinem Kopf.

Er wollte die Kate, sie diente Wilhelm als Sicherheit für Derks Haus. Karl schloss das Fenster, weil ihn der fröhliche Gesang der Amsel plötzlich nervös machte.

Danach drangen die Geräusche von außen nur noch sehr gedämpft zu ihm durch. Das war besser für seine Konzentration.

Wenn er Derk nun in Wilhelms Namen schreiben würde, dass es sein Wille war, Karl die Kate in Ellenserdammersiel zu überlassen und Derk im Gegenzug das Haus in Geestemünde zu überschreiben. Damit wäre Derk von Wilhelm de Vries unabhängig.

Dass Derk seinem Geldgeber nicht grün sein konnte, war an den Fingern einer Hand abzulesen. Doch auch er war auf seine Geschäfte eingegangen. Weil er wohl kaum eine andere Wahl gehabt hatte, wenn er sich Linas Ehe nicht mit ansehen wollte.

Karl überlegte weiter. Derk würde natürlich ablehnen, weil er seine Kate ganz sicher nicht Karl überlassen wollte. Aber – nun musste er sich konzentrieren, damit er alles richtig sortiert bekam – er war sicher, dass Wilhelms Testament nicht zugunsten seiner Frau verfasst war. Sein Freund hatte mal fallen lassen, dass er den

Milchhof zwar finanziell unterstützte, aber er es so geregelt hatte, dass seine Frau nicht die alleinige Nutznießerin sein würde.

»Weil es wichtigere Dinge gibt, als eine Molkerei zu unterstützen«, hatte er gesagt. »Nur muss sie das nicht wissen.«

Das wiederum bedeutete, dass mit großer Wahrscheinlichkeit ein Vertrauter der Nationalen Stürmer erben würde, der das Vermögen und die Ländereien treuhänderisch zugunsten ihrer Sache verwalten musste. Genau das würde zu Wilhelm de Vries passen.

Karl atmete tief durch. So würde es sein.

Ein fieses Grinsen glitt über sein Gesicht, als er vollends begriff, was das bedeutete.

Der Druck auf Derk, sich auf den Kuhhandel einzulassen, war in dem Fall riesengroß, denn dafür würde er als treuer Gefolgsmann sorgen. Weigerte sich nämlich Derk Voigt, würde er eben dazu gezwungen werden, weil die Sicherheit der Kate nichts mehr galt, die neuen Erben sofort auf einen Verkauf der Kate drängen würden und er das Haus in Geestemünde aufgeben musste. Nun musste Karl nur noch schnellstes herausfinden, an wen Wilhelm vererben würde.

Und beten, dass es wirklich nicht Lina war, denn dann würde sie Derk die Schulden erlassen, und sein Plan war zunichte.

Karl nickte selbstgefällig. Wilhelm sagte nie etwas, was er nicht tat.

Folglich konnte er das Schreiben getrost schon mal aufsetzen. Stein eins war damit ins Rollen gebracht. Sollte Lina doch Nutznießerin des Vermögens sein, würde er andere Wege finden.

Schnell griff Karl nach dem Aktenordner. Er überflog den Eintrag und sicherte sich noch einmal ab. Alles war so, wie Wilhelm es ihm erzählt hatte.

Karl beließ das Geld zwar in seinen Taschen, schloss aber vorsichtshalber den Safe, damit er nicht in Verdacht geriet, sich unerlaubt bereichert zu haben.

Dann suchte er nach allem, was er benötigte, um ein offizielles Schreiben im Namen von Wilhelm de Vries zu verfassen. In der Ecke befand sich auch eine Schreibmaschine, sodass seinem Vorhaben nichts mehr im Weg stand.

Karl brauchte mehrere Anläufe, aber dann war es geschafft. Es kam ihm nun sehr zugute, was er in München bei der Partei gelernt hatte: Dinge so zu formulieren, dass der Empfänger keine Möglichkeit hatte, sich dagegen zu wehren. Ein gut durchdachtes Schreiben war einfach alles.

Und es war ein Segen, dass Wilhelm darauf bestanden hatte, nicht gestört zu werden.

Jetzt galt es nur noch, die Unterschrift zu fälschen. Was freute er sich schon auf die entsetzten Gesichter von Lina und Derk, wenn sie erfuhren, dass er sich wie die Made im Speck in Ellenserdammersiel eingenistet hatte, um weiter das zu tun, was zu seinem Lebenselixier geworden war. Den Milchhof Bleeker und alle Nachfahren von Thees zu vernichten. Suntjes Tod war noch immer nicht gesühnt.

Karl kuvertierte den Brief ein und steckte ihn in seine Tasche. Danach stellte er den Ordner zurück in den Schrank, kniete sich neben Wilhelm und rief laut um Hilfe.

Kapitel 11

Juni–August 1923

Lina konnte jedes Wort zwischen Alea und Tammo verstehen. Sie gaben sich nicht einmal Mühe, leise zu sein.

Weil sie es nicht mehr hören wollte, hatte Lina schon das Fenster des Kontors geschlossen. Alea rang mit sämtlichen Mitteln darum, wieder voll und ganz in der Molkerei einsteigen zu dürfen, und Tammo war vehement dagegen, auch wenn er ihr zu Beginn der Ehe etwas anderes versprochen hatte.

»Du bist jetzt Mutter und hast dich um Enna zu kümmern!«, brüllte er. »Wo kommen wir denn da hin, wenn eine Frau einfach tun und lassen kann, was sie will!«

»Wir haben eine Vereinbarung mit dir«, schrie Alea zurück. »Und daran hast du dich zu halten. Punkt!«

Endlich war Ruhe.

Lina schlug die Tageszeitung auf, es war immens wichtig, dass sie stets über alles informiert war, was sich in der Welt tat. Aber angesichts des Streites zwischen den jungen Eheleuten fiel es ihr schwer, sich zu konzentrieren.

Nur half es ja nichts. Sie durfte sich da ohnehin keinesfalls einmischen.

Etwas Ablenkung würde ihr guttun, und so vertiefte sie sich in die Artikel.

Neben der Wahl in Oldenburg vor vier Tagen, wo sich am Kräfteverhältnis der Parteien nichts geändert hatte, war die Besetzung des Ruhrgebiets noch immer ein großes Thema. Nun stand es also fest, dass die Waren aus dem unbesetzten Deutschen Reich als zollpflichtig galten, wenn sie ins besetzte Gebiet transportiert wurden. Eine Katastrophe für ihren Butterhandel.

Lina blätterte weiter und versuchte, das erneut aufflackernde Gebrüll aus dem Haupthaus zu ignorieren. Das würde zu einem anhaltenden Gerede in der Belegschaft führen.

»Oje«, entfuhr es Lina, als sie die aktuellen Preise für die Lebensmittel las. Im besetzten Ruhrgebiet kostete ein Liter Milch derzeit 1200 Mark, ein Brot 4500 Mark und ein Zentner Briketts 11 430 Mark. Und so setzten sich diese immens hohen Zahlen durch alle Bereiche fort. Sie konnten kaum noch korrespondieren, denn auch für einen Brief waren 200, für ein Telefonat schon 60 Mark zu berappen. Und das, nachdem die Zahl der Arbeitslosen auf über eine halbe Million angestiegen war. Wohin sollte das noch führen?

Ja, es wäre gut, Alea in solch einer schwierigen Zeit an ihrer Seite zu wissen.

Mit dem neuen Käse konnten sie hoffentlich andere Wege gehen, gerade weil sie ihre Waren nur noch schleppend loswurden und sich das Geschäft derzeit einzig auf den Verkauf der Milch oder die Buttervermarktung in der unmittelbar anliegenden Region beschränkte.

Nur sollten sie schon bald mit der Produktion des neuen Käses beginnen, denn jeder Laib musste reifen, blieb haltbar, und sie konnten ihn auch dann noch veräußern, wenn die Inflation vielleicht bald ein Ende fand.

Lina hoffte, dass Alea wieder eine wunderbare Idee für eine neue Sorte hatte. Darin war ihre Tochter einfach großartig. Instinktiv wählte sie stets die richtigen Zutaten aus und fügte sie so zusammen, dass sie eine schmackhafte Kreation bildeten. Noch nie hatte Alea danebengelegen oder sich in der Geschmacksvariation geirrt.

Nur war nicht immer alles auch produziert worden, weil ihre Verkaufsstrategie andere Schwerpunkte gehabt hatte. Doch jetzt konnte Alea auf diese Ideen zurückgreifen, und Lina war davon überzeugt, dass sie mit diesem Weg auch den alten Erfolgskurs wieder einschlagen könnten.

Lina wollte eben die Zeitung zusammenlegen, als ihr ein weiterer Artikel ins Auge sprang.

Sie las, dass viele Familien aus dem besetzten Ruhrgebiet Stellen suchten, wohin deren Kinder in den Ferien verschickt werden konnten.

Es ging ihnen derzeit schlecht, und auf diese Weise war es möglich, dass sie gut genährt den Sommer überstanden.

»Das ist doch die Lösung. Vorerst«, murmelte Lina. »Wir nehmen ein solches, etwas älteres Kind auf, das kann dann Enna ein bisschen spazieren fahren, und es ist Alea möglich, in der Zeit auf dem Milchhof zu arbeiten. Bei uns kann sich die Deern dann nebenbei gut erholen. Frische Nordseeluft und eine ausgewogene Ernährung mit Milch haben noch keinem geschadet.«

Lina schaute nach der Kontaktadresse und beschloss, sofort zu reagieren und ihre Tochter samt Schwiegersohn vor vollendete Tatsachen zu stellen.

Dann griff sie kurzerhand zum Telefon. Wenn sie das erforderliche Gespräch knapphielt, sollte es finanziell zu stemmen sein.

Fünf Minuten später hatte Lina die Zusage, dass in drei Tagen Adelheid zu ihnen auf den Hof kommen würde. Sie war zwölf Jahre alt, konnte also gut auf Enna achtgeben.

Und eine kleine Aufgabe würde der Deern aus Oberhausen guttun.

Lina überquerte den Hof und steuerte auf das Wohnhaus zu. Alea und Tammo diskutierten noch immer, aber sie waren etwas leiser geworden.

Lina zögerte nicht und betrat das Wohnzimmer. »Da ihr ohnehin lauter schreit als sämtliche Krähen weit und breit, kann ich jetzt auch dazwischengehen.«

»Wir finden einfach keine Einigung«, sagte Alea unter Tränen.

»Deshalb habe ich eine Lösung gefunden«, erklärte Lina. Sie schaute Tammo an. »Du hast meine Tochter glauben gemacht, sie dürfe weiterhin frei schalten und walten, wie sie möchte. Und nun willst du dich querstellen, was ich wiederum nicht akzeptiere. Selbst mein Gemahl lässt mich hier arbeiten, und ich bin keine so moderne Frau wie meine Tochter.«

»Alea ist Mutter«, warf Tammo ein. »Und die gehört zu ihrem Kind.«

Lina lachte auf. »In den Kreisen, in denen ich mich momentan bewege, kümmern sich Kindermädchen um die Lütten, und mit etwas Glück tauchen die gut situierten Mütter täglich ein halbes Stündchen im Kinderzimmer auf, sofern sie es zwischen ihren Wohltätigkeitsveranstaltungen verantworten können und sich erinnern, dass sie Nachwuchs haben.« Sie schüttelte den Kopf, weil sie Tammos Einstellung sehr naiv fand. »Alea aber möchte arbeiten und wird dabei immer in Ennas Nähe sein, sie zwischendurch stillen oder sogar mit ihr spielen können. Womit hast du also ein Problem?«

Tammo war der Mund offen stehen geblieben, das verschaffte Lina noch mehr Oberwasser.

»Sie kann sehr wohl für ihr Kind da sein, auch wenn sie einer Aufgabe nachgeht«, sagte Lina mit Nachdruck.

»Und wer soll sich um Enna kümmern? Du etwa? Du arbeitest doch selbst fast rund um die Uhr, damit der Betrieb läuft.«

»Adelheid wird das machen. Es ist nur eine Zwischenlösung, bis dahin werden wir hoffentlich einen Weg gefunden haben, den wir uns auch leisten können.«

Nun schaute sie auch Alea fragend an. »Wer, bitte schön, ist Adelheid?«

Lina klärte beide auf und erzählte, was es mit dem Mädchen aus dem Ruhrgebiet auf sich hatte. »Wir tun damit etwas Gutes, und zugleich haben wir eine Lösung für Enna gefunden. Und jetzt möchte ich nichts mehr hören.«

Alea fiel erst ihrer Mutter, dann Tammo um den Hals. »Das ist doch wunderbar, oder nicht?«

Tammo gab sich zwar noch skeptisch, aber auch ihm stand die Erleichterung ins Gesicht geschrieben. »Wenn sie zuverlässig ist, warum nicht. Enna wäre in Aleas Nähe, und sie hat den Kopf und die Hände frei.«

»Eben, und ihr beiden müsst nicht mehr streiten«, bestätigte Lina, froh, eine Lösung gefunden zu haben, mit der alle glücklich waren. »Zu viel darf sie natürlich nicht auf Enna achtgeben, sie ist ja selbst noch ein Kind. Aber wir werden schon einen Weg finden.«

Aleas Augen leuchteten. »Dann kann ich mich endlich in Ruhe der Entwicklung des neuen Käses widmen.«

»Und ich werde weiter zusehen, dass wir die Finanzen gestemmt bekommen. Gut, dass wir Wilhelm im Rücken haben«, meinte Lina zufrieden. Manchmal konnten Dinge wirklich einfach sein.

Als die Klingel des Postboten ertönte – er radelte neuerdings und hatte sich angewöhnt, die Schelle zu betätigen, die sein Kommen ankündigte, schraken alle zusammen.

»Harrijasses nej, was ist der hektisch geworden, seitdem er mit seinem Gefährt herumkurvt«, sagte Alea. »Ich bekomme jedes Mal einen Heidenschreck.«

»Nicht nur du«, murmelte Lina, trat vor die Tür und nahm ihm den Brief ab. Sie drehte ihn um und erkannte den Absender. »Er ist von Wilko!«

»Mach ihn auf, und lies vor!«, bat Alea.

»Ja, sofort!« Linas Hände zitterten, als sie das Kuvert öffnete. Es war ein langer Brief, eng beschrieben mit der zackigen Schrift, die Wilko zu eigen war.

Lina überflog die Zeilen, und ihr Herz schlug mit jedem Wort heftiger. Am Ende hatte sie sogar den Eindruck, als schlüge es Purzelbäume.

Lina ließ den Brief sinken, und ihr standen Tränen in den Augen, die sich nun langsam den Weg über ihre Wangen suchten. Es war wie ein Schleusentor, das sich nach und nach öffnete und dann mit Wucht die Wassermassen freigab. Lina schluchzte auf und konnte kaum an sich halten.

»Mutter, was ist denn?« Alea nahm sie in den Arm und wollte nach dem Brief greifen, aber Lina hielt das Schreiben fest umklammert, als dulde sie nicht, dass ein anderer las, was darin stand.

Es dauerte, ehe das Beben nachließ. »Ich bin Großmutter geworden. Nein, nicht ich allein. Derk auch. Antke und Wilko haben einen Sohn. Er heißt Behrend Thees Derk Bleeker.«

Lina wurde vor Glück fast schwarz vor Augen. Sie musste sich setzen und war dankbar, dass Tammo ihr den Stuhl heranschob. »Da habe ich jetzt eine kleine Ostfriesin und einen Amerikaner als Enkel. Was für ein Glück! Dann geht es den beiden da drüben auf der anderen Seite der Welt gut, das ist das Wichtigste, auch wenn ich den kleinen Behrend wohl nie zu Gesicht bekommen werde. Aber vielleicht können sie ja eine Fotografie schicken.«

»Sind sie denn noch bei Mathilde in New York?«, fragte Alea.

Lina schüttelte den Kopf. »Nein, sie haben eine kleine Farm in Illinois. So viele Neuigkeiten, nachdem ich lange nichts von ihnen gehört habe. Ach, ich hoffe, sie geben auch Mathilde Bescheid. Sonst schreibe ich ihr, auch wenn es teuer ist.«

Linas Redefluss wurde vom Klingeln des Telefons unterbrochen.

»Das ist bestimmt Wilhelm. Er wird sich mitfreuen, dass ich wieder Großmutter bin. Er weiß ja, wie sehr ich unter Wilkos Fortgang gelitten habe. Ach, was wird er sich freuen.«

Linas Herz schlug ihr bis zum Hals. Endlich mal wieder ein Gesprächsthema, bei dem sie und ihr Mann sich einig sein würden.

Sie nahm den Hörer ab und lauschte der Stimme am anderen Ende der Leitung. Erst dachte sie, sie hätte sich verhört. Dann glaubte sie, jemand würde sich einen schlechten Scherz mit ihr erlauben. Aber dann wurde ihr

Wort für Wort bewusst, dass jedes einzelne der Wahrheit entsprach.

Hier log keiner.

Niemand machte einen üblen Scherz.

Lina musste sich an der Kommode abstützen und rang nach Luft. Dann spürte sie, dass ihr erneut Tränen in die Augen schossen. Wortlos legte sie den Hörer zurück auf die Gabel.

»Mutter?« Aleas Stimme kam nur von Weitem bei ihr an.

»Mutter?«

Lina wankte leicht, und sie spürte, wie ihre Beine plötzlich nachgaben.

»Wilhelm ist tot«, flüsterte sie noch. Dann wurde ihr schwarz vor Augen.

*

Derk wunderte sich, dass im Kontor der Molkerei in Geestemünde ein Brief vom Bankhaus de Vries hinterlegt worden war. Er hoffte, dass Wilhelm auch in der immer noch prekären Lage Wort hielt. Ansonsten musste er sich ein kleines Zimmer suchen, was nicht einfach werden würde. Es wurmte ihn sehr, dass er ausgerechnet auf diesen Mann angewiesen war.

»Ein bisschen fühlt es sich so an, als hätte ich mich dem Teufel verkauft«, murmelte Derk und studierte die Zeilen.

Als er las, was Wilhelm de Vries ihm schrieb, musste er sich tatsächlich setzen. Wilhelm wollte Karl die Kate geben! Lächerlich!

Dafür sollte ihm aber das Haus in Geestemünde gehören.

Das war so ungewöhnlich, dass Derk es kaum glauben mochte.

Karl war der nächste Teufel im Bunde. Der Nächste, mit dem er lieber keine Geschäfte machen wollte.

Doch so, wie es aussah, kam er nicht darum herum. Wilhelm bestand in dem Schreiben darauf, dass Derk dem Ganzen zustimmte, weil er sonst aufgrund der aktuellen und allgemeinen Finanzlage doch auf die sofortige Auszahlung des tatsächlichen Kaufpreises für das Haus in Geestemünde bestehen müsste. Es wäre schließlich ein großes Entgegenkommen seinerseits.

Derk überflog die letzten entscheidenden Zeilen noch einmal.

Aufgrund der derzeitigen monetären Lage
sehe ich mich gezwungen, diesen Schritt zu gehen.
Hochachtungsvoll
Wilhelm de Vries

»Karl Doden«, flüsterte er. »Ausgerechnet Karl Doden! Dieser Mensch darf meine Kate nicht kriegen. Der darf gar nicht erst nach Ellenserdammersiel ziehen und Linas Familie nahkommen. Ausgeschlossen! Selbst wenn ich dann schuldenfrei bin.«

Derk lief mit großen Schritten im Kontor auf und ab.

»Ich muss mit Wilhelm reden«, sagte er schließlich, um seinem Entschluss Nachdruck zu verleihen. »Lina hat ihn doch beschworen, mir keine Steine in den Weg zu legen, und es war abgemacht, dass ich die Kate erst nach der Rezession verkaufen muss, damit Wilhelm das Haus in Geestemünde bezahlt bekommt. Meine Schulden abstottern muss. Also sollte es doch möglich sein, diese Offerte auszuschlagen und auf einen anderen Käufer zu warten. Nicht Karl Doden!«

Derk raufte sich das Haar.

Er hatte damals guten Gewissens unterschrieben, weil er auf Linas Einfluss vertraute und glauben wollte, dass Wilhelm ein anständiger Mann war und die Gerüchte um seine Gesinnung nicht stimmten. Denn er war ja freundlich und wirkte integer. Dass er aber offenbar enge Kontakte zu Karl pflegte, machte deutlich, dass er nicht falschgelegen hatte und seine Ahnung stimmte.

Die saubere Weste von Wilhelm de Vries hatte Flecken und vermutlich mehr, als sie glaubten.

Derks Gedanken ratterten weiter. Wusste Lina überhaupt davon, dass ihr Mann die Kate an Karl Doden abgeben wollte? Wahrscheinlich nicht. Niemals hätte sie dem zugestimmt. Niemals!

Derk verfluchte seine Leichtgläubigkeit, mit der er sich ganz in die Hände von de Vries gegeben hatte. Wenn der Bankier es wollte, konnte er darauf bestehen, dass Derk das Haus in Geestemünde sofort bezahlte. Karl Doden würde die Kate bekommen und wie eine Spinne im Netz darauf warten, zuzuschlagen und Lina und ihrer Familie zu schaden. Karl hatte die Füße schon viel zu lange stillgehalten. Nun war klar, dass er sich mit diesem Nichtstun nicht zufriedengeben würde.

Derk aber musste verhindern, dass dieser Mann in Linas Nähe kam und ihr oder Alea samt dem Kind womöglich schadete.

Die Tür öffnete sich, und der Betriebsleiter kam herein.

»Darf ich mal telefonieren?«, fragte Derk.

»Sie wissen schon, was das kostet?« Sein Vorgesetzter hob sechsmal alle zehn Finger.

»Es ist ein Notfall«, flüsterte Derk. »Bitte!«

Er bekam ein gefälliges Nicken zur Antwort. »Weil Sie es sind. Aber fassen Sie sich bitte kurz.«

Derk wählte die Nummer vom Amt und ließ sich zum Bankhaus de Vries durchstellen. Dort verlangte er nach Wilhelm.

Das kurze Zögern in der Leitung ließ ihn stutzig werden, und so überraschte es Derk nicht, als er die Antwort erhielt: »Wissen Sie es noch nicht? Herr de Vries ist plötzlich und unerwartet am 14. Juni von uns gegangen.« Die junge Frau am anderen Ende der Leitung schluchzte leise auf.

»Er ist tot?«, hakte er dennoch sofort nach. Warum machte ihn das so stutzig? Etwas stimmte nicht, nur erfasste Derk nicht so schnell, was es war.

»Ja, plötzlich verstorben. In seinem Büro.«

Derk legte wortlos auf, auch wenn es unhöflich war. Aber er wollte das Gespräch nicht weiter in die Länge ziehen, die Kosten waren tatsächlich immens hoch.

Mit versteinerter Miene griff er nach Wilhelms Schreiben, in der Hoffnung, dort die Antwort darauf zu finden, was genau ihn so stutzig machte.

Er las es einmal durch, dann noch einmal, und schließlich blieb er am Datum hängen. Es war exakt am 14.6. verfasst worden. In Derk kamen Fragen auf.

Warum hatte Wilhelm kurz vor seinem Ableben diese Entscheidung zugunsten von Karl getroffen? Hatte der womöglich Druck auf ihn ausgeübt?

»Es ist auch egal«, knurrte er und beruhigte sich im nächsten Augenblick. »Er ist tot, und Lina wird erben. Damit ist diese Entscheidung null und nichtig.«

In ihm machte sich große Erleichterung breit.

Doch dann kam ihm ein anderer Gedanke, der ihm plötzlich gar nicht mehr so abwegig erschien.

Begleitet wurde diese Idee von einem wahrlich nicht ermutigendem Bild vor seinem geistigen Auge. Er sah Lina. Sie hockte vor Karl Doden. Der war ganz in Schwarz gekleidet – wie ein Scharfrichter. In der Hand hielt er eine Sense. Das Symbol des Todes.

*

Talke schaute ihrem Freier nach. Er hatte aus dem Mund gerochen und definitiv zu viel Genever intus gehabt. Sie konnte nicht mehr. Was hasste sie es, das zu tun. Erst hatte es für sie in Oldenburg so gut ausgesehen. Die Arbeit im Hotel hatte ihr großen Spaß gemacht, doch die Inflation war wie eine riesige Walze über ganz Deutschland gerollt und hatte es plattgemacht. Talke hasste alle dafür Verantwortlichen, denn ihnen kreidete sie an, dass das Hotel hatte schließen müssen, weil die Gäste ausgeblieben waren, und die wenigen, die noch kamen, hatten es nicht tragen können. Nun war der Eingang mit Holzbrettern zugenagelt, die Kristalllüster in der Eingangshalle würden verstauben und wohl kein Licht mehr spenden, selbst wenn sie angeschaltet würden.

Und sie war zunächst auf der Straße gelandet, weil sie ihre kleine Wohnung in Osternburg nicht mehr hatte bezahlen können. Jetzt lebte sie in einem Hinterhofzimmer in Hafennähe. Leisten konnte sie sich gar nichts mehr. Alles war unerschwinglich geworden.

Die Welt stand Kopf, und als sie eines Abends in einer der dreckigen Spelunken versackte, hatte ihr ein Matrose einen Kanten Brot mit einem Klecks Butter angeboten.

Dafür, dass sie die Beine breitmachte. So schnell wie sie es ausgehandelt hatten, war es auch schon vorbei gewesen. Draußen in einer Hausecke mit nach oben geschobenem Rock und von hinten. Talke dachte noch immer an die speckigen, leicht nach Öl riechenden Hände, die ihre Brüste dabei gehalten hatten.

Talke verabscheute zwar, was sie tat, aber das war noch immer besser, als zurück nach Ellenserdammersiel zu gehen und vor Derk zu Kreuze zu kriechen. Ihm zu zeigen, dass sie allein nicht klarkam.

»Es muss trotzdem aufhören«, murmelte sie, und als sie im Treppenhaus die Tür hinter dem Mann zufallen hörte, war es wie ein Schlusspunkt, hart gesetzt. Ihre Arbeit war nicht nur erniedrigend, sie brachte ihr auch nicht das ein, was sie wollte. Obwohl sie sich nur noch in Naturalien bezahlen ließ, die auch der Vermieter akzeptierte, denn mit Geld konnte keiner mehr etwas anfangen. Aber wie oft hatte sie als Lohn für ihre Arbeit nur gammelige Speisen bekommen und es viel zu spät bemerkt?

»Ich schaue mal, ob ich mich wieder als Zimmermädchen verdingen kann. Das hier geht gar nicht.« Talke stand auf und wusch sich die Spuren ihres Freiers ab. Dabei schaute sie in den Spiegel, der so erodiert war, dass er nur eine kleine Fläche freigab, worin sie sich betrachten konnte. Ihr schaute ein verhärmtes, ja, unglückliches Gesicht entgegen.

Wo war die Talke geblieben, die sich einst in Derk Voigt verliebt hatte und in dem Glauben in diese Ehe gegangen war, sie könne ihren Mann so glücklich machen, dass sie jeden Gedanken an seine große Liebe Lina vergessen machen konnte. Es war ihr nicht gelungen. Und daran war sie zerbrochen.

Erst war es pure Verzweiflung gewesen, dann war der Hass auf Lina Bleeker gewachsen, und sie hatte nur ein Ziel gehabt: Lina und alles, was sie liebte, zu zerstören. Dazu waren ihr alle Mittel und Wege recht gewesen.

Aber am Ende war sie es, die vollkommen demontiert aus allem hervorgegangen war. Sie war es, die ihren Körper regelmäßig verkaufte. Ihre Stelldicheins mit den Matrosen vor dem Krieg, mit Karl … Immer nur hatte alles ihrem Rachefeldzug gedient. Lina hatte sich immer als die Stärkere erwiesen. Und am Ende lag sie, Talke, jetzt in der Gosse und durfte sich selbst zum Abschaum zählen.

»Noch hat sie nicht gewonnen«, quetschte Talke zwischen den Zähnen hervor. »Noch nicht. Ich werde zurückkommen, Lina. Und dann wirst du endlich in derselben Kloake liegen, aus der ich nun aufsteige wie ein Schwan, der sein Gefieder geputzt hat.«

*

Illinois war schön. Wilko hatte damit begonnen, Weizen und Mais anzubauen, aber ihm fehlte dafür einfach die Erfahrung, und die ersten Ernten waren schlecht. Auch als Wilko es zusätzlich mit Kartoffeln und Hafer versuchte, brachte es nur einen gering verbesserten Erfolg. Er kannte sich eben nur etwas mit Milchvieh aus, und das nicht gut, weil er sich für die Molkerei nicht genug interessiert hatte.

Antke kümmerte sich um Behrend, aber der Kleine schien in diesem fremden Land einfach nicht wachsen zu wollen. Er schlief schlecht, weinte viel und war ständig krank. Mal plagte ihn ein heftiger Schnupfen, dann wieder übergab er sich ungewöhnlich häufig.

»Es liegt am Wasser«, vermutete Wilko. »Deshalb wachsen unsere Pflanzen auch nicht.«

Antke schaute ihren Mann skeptisch an. Wilko hatte sich in Amerika verändert. War selbstbewusster geworden, manchmal ein bisschen zu viel für ihre Begriffe. Denn er wirkte oft kühl, fast unnahbar, und sie merkten, wie verschieden sie oft dachten und fühlten.

Sie waren sich nicht mehr nah genug.

Während Antke zunehmend vom Heimweh geplagt wurde, wusste sie, dass Wilko nie wieder einen Fuß auf deutschen Boden setzen würde. Er hatte mit seiner Heimat abgeschlossen, denn sein Grund zu gehen, hatte zwar zunächst übereilt gewirkt, war aber viel tiefer verwurzelt. Wilko hatte für Deutschland geblutet und keine Rehabilitation oder ein Dankeschön erfahren.

Antke hingegen hatte den Entschluss, Europa zu verlassen, aus einer persönlichen Verletzung heraus getroffen, und auf Dauer schien dies einen himmelweiten Unterschied zu machen.

Fakt war: Sie liefen nicht mehr in großem Einvernehmen nebeneinanderher, sondern schlugen beide ständig eigene Wege ein, auf denen der andere nicht gehen wollte.

Ob es zusätzlich die viele und mühsame Arbeit war, die beide zermürbte, die schlaflosen Nächte und die mangelnde Möglichkeit, sich auch tagsüber einmal auszuruhen, wusste Antke nicht.

Abend für Abend fielen sie todmüde ins Bett und wechselten kaum ein privates Wort miteinander. Es ging nur noch um eine Verbesserung im Anbau, das beste Saatgut und darum, wie sie ihr doch sehr barackenähnliches Haus etwas bewohnbarer machen konnten.

»Wilko, wir müssen den Tatsachen ins Auge sehen«,

sagte Antke am Abend, weil sie es einfach nicht mehr aushielt. Auch ihr Mann hatte dunkle Ränder unter den Augen. »Es hat uns begeistert, auszuwandern und die Enge unseres Dorfes zu verlassen, aber ich für meinen Teil sehe uns als gescheitert. Es funktioniert nicht mit uns Friesen in den Staaten. Wir sind Fremdkörper in einem riesigen Land, das sich in meinen Augen selbst noch nicht gefunden hat und gar nicht weiß, wohin es will. Ich erlebe hier keine Freiheit. Ich erlebe hier … nichts.«

Wilkos Augen verengten sich. Er wirkte furchtbar erschrocken. »Du willst aufgeben?«

»Ja«, bestätigte Antke. Jetzt, da sie es aussprach, wusste sie, dass sie es genau so wollte. »Das möchte ich. Lass uns zurück nach Europa gehen. Ich tue mich nach wie vor mit der Sprache schwer, und ich kann mich mit diesem Land einfach nicht anfreunden. Wir sind hier einsam, Wilko.«

»Dann triff dich mit den Nachbarn«, murrte er. »Du weißt, dass ich nicht zurückkann.« Er wies auf den Beinstumpf. »Nicht nach Deutschland.«

Antke legte ihre Hand auf seinen Unterarm und ignorierte seine beiden Bemerkungen ganz bewusst. »Das löst doch mein Problem nicht. Ja, die Leute sind hier allesamt nett, aber sie interessieren sich nicht für uns. Auch wenn sie freundlich grüßen, habe ich immer das Gefühl, nicht dazuzugehören. Sie sagen ›How are you?‹, aber warten die Antwort gar nicht ab.«

»James hat mir aber in der letzten Woche seinen Traktor geliehen«, warf Wilko ein. »Weil ich mit meinem Bein nicht so arbeiten konnte, wie ich wollte.«

»Das ist der nächste Punkt.« Antke drückte sein Handgelenk ein bisschen zu heftig. »Wir haben uns überschätzt. Wir sind keine Farmer, du kannst nicht so arbeiten, wie es sein müsste, und ich bin durch Behrend so eingebunden, dass ich dir kaum zur Hand gehen kann.« Ihre Stimme senkte sich. »Und wo sind wir abgeblieben, Wilko? Wo ist unsere Liebe hin?«

Er sah Antke tief in die Augen. »Du hast recht. Mir gehen ehrlicherweise schon lange ähnliche Gedanken durch den Kopf. Aber das liegt doch nicht an Amerika. Das liegt an uns.«

Antke atmete erleichtert auf.

»Ich werde dich und Behrend ganz sicher nicht allein gehen lassen«, fuhr Wilko fort. »Ihr seid doch meine Familie.«

Antke schluckte. »Du glaubst noch an uns?«

»Ja, und ich bin sogar froh darüber, dass du das Problem angesprochen hast.«

»Wir haben zwar sämtliche Ersparnisse in den Aufbau der Farm gesteckt, aber wir werden das Land sicher los. Es gibt ja immer noch viele, die aus Deutschland in die Staaten kommen. Vielleicht war es einfach keine gute Idee, als Krüppel Farmer spielen zu wollen.«

»Du bist kein Krüppel, Wilko«, widersprach Antke ihm. »Du kannst nur nicht alles, aber wer kann das schon von sich sagen?«

Wilko lächelte seiner Frau dankbar zu. »Lass uns zurück zu Mathilde nach New York gehen und in ihrem Diner mitarbeiten. Sie freut sich bestimmt. In ihrem hohem Alter sollte sie ohnehin etwas kürzertreten, meinst du nicht? Und wenn nicht, dann finden wir etwas anderes.«

»Als Straßenfeger?«, fragte Antke etwas schnippisch. »Nein, Wilko, das ist es nicht, was ich möchte. Ich will nicht in einer so großen Stadt wie New York leben. Es ist für mich zu laut und zu hektisch. Ich brauche die Landluft und … meine Familie.«

Wilko biss sich auf die Unterlippe, und sofort schob sich die unsichtbare Mauer zwischen ihnen wieder hoch.

»Wir müssen einen Kompromiss finden! Sonst wird es nicht funktionieren, das weißt du so gut wie ich.«

Antke begann zu weinen, denn sie hatte diese Gefühle schon viel zu lange zurückgehalten. »Ich kann in diesem Land nicht sein, Wilko. Ich liebe dich, aber es hat uns entfremdet. Wir sind nicht mehr die, die gemeinsam aufgebrochen sind.«

Wilko senkte den Kopf. »Haben wir uns etwas vorgemacht, Antke? Ich vermute, wir hatten einfach nur ein Ziel, was uns zusammengeschweißt hat, und das haben wir fehlinterpretiert.«

Es klang hart, als Wilko das sagte, aber tief in ihrem Innern wusste sie, dass es die Wahrheit war.

»Was tun wir jetzt?«

Wilko antwortete nicht gleich und überlegte eine Weile.

»Die Welt, in die du zurück möchtest, ist nicht mehr die, die du dir erhoffst. Du bist gegangen, weil du sie schon damals kaum ertragen konntest. Es ist nicht besser, sondern schlimmer geworden, das weißt du so gut wie ich.«

Antke senkte den Kopf.

»Du weißt doch, dass dein Vater jetzt in Geestemünde lebt und von deiner Mutter nach wie vor jede Spur fehlt?«, fuhr er fort.

»Ja, das weiß ich. Aber was soll ich tun, Wilko? Sag es mir! Bitte!«

Er schluckte. Sein Kiefer mahlte. Dann drehte er um und humpelte aus dem Haus. Er überquerte das Feld und das kleine Wäldchen, das ihre Farm von der des Nachbarn abgrenzte. Wilko blieb lange fort.

Als er zurückkam, war Antke merklich entspannter.

»Warum warst du so lange beim Nachbarn?«, fragte sie.

»Ich habe unser Land verkauft. Es ist wenig genug, was ich bekommen habe, aber besser als nichts. Lass uns nach New York gehen, dort bei Mathilde so lange arbeiten, bis wir wissen, was wir wirklich wollen. An diese Farm sind wir fortan nicht mehr gekettet.«

Antke sah Wilko dankbar an.

Endlich war sie wieder da: ihre alte Verbundenheit.

*

Die Testamentseröffnung fand im August bei Wilhelms Notar in Wilhelmshaven in der Bismarckstraße statt. Es war ein gediegenes Haus aus rotem Backstein, die Front war am Giebel weiß abgesetzt.

Wilhelm war eine Woche nach seinem plötzlichen Ableben unter großer Beteiligung beigesetzt worden.

Lina hatte sich auf der Feier nicht wohlgefühlt. Es waren, neben den Bankangestellten und Kunden, auch viele eigenartige Männer dort gewesen. Männer, die ihr Angst machten und die ihr vom Auftreten her nicht gefielen.

»Derk hat dich gewarnt, dein Mann verkehrt in Kreisen, mit denen du nicht einmal in deinen schlimmsten Albträumen zu tun haben möchtest«, flüsterte eine Stimme, die Lina aber rasch beiseitegewischt hatte.

Ganz schlimm hatte sie die Anwesenheit von Karl Doden empfunden, der wie ein Aasgeier auf sie gewirkt hatte. Schon wieder hatte er Alea mit diesem anzüglichen Blick bedacht, und er machte ihr auch Angst. Nicht zum ersten Mal fragte Lina sich, welche Gemeinsamkeiten ihren Mann und Karl verbunden hatten.

Jegliche Auskunft darüber war ihr von Wilhelm verwehrt worden. Er war Lina stets ausgewichen und hatte etwas von einem alten Freund und Weggenossen gefaselt. In seinen Antworten hatte stets große Abwehr, ja fast Wut gelegen, wenn sie mehr wissen wollte. Wilhelm hatte also ein Geheimnis vor ihr gehütet.

Lina hatte Wilhelm nicht geliebt, ihn aber sehr wohl geschätzt, denn er war ihr gegenüber stets zuvorkommend gewesen, hatte ihr jeden Wunsch von den Augen abgelesen und sich bei ihr tadellos verhalten.

Dennoch war in ihr so manches Mal die Ahnung hochgekrochen, er könnte ein falsches Spiel spielen und ihr nur einen Teil seines Wesens zeigen.

Doch sie hatte weggeschaut, weil sie ihn und seine Finanzen für den Milchhof brauchte. Immer.

Sie sollte auch jetzt, da er nicht mehr an ihrer Seite weilte, nicht an ihm zweifeln. Dafür gab es überhaupt keinen Grund.

»Hauptsache, der Milchhof ist gerettet«, murmelte Lina und trat ein. »Das ist das Einzige, was zählt.«

Lina missfiel sofort der Geruch, der ihr schon im Flur des Bürogebäude entgegenschlug. Zuerst war ihr nicht klar, nach was es roch. Sie nahm Bohnerwachs wahr und einen leicht süßlichen Duft, der wohl von den alten Wänden herrührte, in deren Ecken dunkle Stellen zu erkennen waren. Das Haus war feucht.

Lina stieg die Steintreppen hinauf, bis sie vor einer schwarzen Flügeltür stand, neben der das Schild des Notariats angebracht war. Sie klopfte nicht, sondern trat ein.

»Moin, sind Sie Frau de Vries?«, wurde sie von einer jungen Frau begrüßt. Sie trug eine Brille und hatte das Haar zu einem modischen Bubikopf geschnitten. Die kurzen Seitenhaare waren zu Wasserwellen gelegt.

Lina war froh, auch nicht mehr wie die »Frau vom Land« auszusehen. Sie hatte sich für diesen Termin und schon zuvor für die Trauerfeier ein schwarzes Kleid mit dazu passendem Hut besorgt.

Der Rock war aus mehrstufigem Krepp und einem Pariser Modell abgeschaut. Das kurzärmelige Oberteil bestand aus schwarzem Chiffon, dazu trug sie Schnallenschuhe mit leichtem Absatz.

Seitdem sie Wilhelms Frau war, hatten viele moderne Kleidungsstücke in ihrem Schrank Einzug gehalten, so besaß sie seit der letzten Woche sogar einen Topfhut – der letzte Schrei.

»Frau de Vries, also die Witwe, richtig?«, wurde Lina aus ihren Gedanken gerissen.

»Ja, ich bin die Witwe«, antwortete sie. Es klang noch komisch, das zu sagen und zu hören, auch wenn es der Wahrheit entsprach.

»Bitte folgen Sie mir. Der andere Herr ist schon da.«

»Welcher andere Herr?«, fragte Lina.

Sie bekam keine Antwort, aber eine Minute später wusste sie, um wen es sich handelte.

Vor dem wuchtigen Eichenholzschreibtisch, der fast ein Viertel des Zimmers einnahm, saß – Karl Doden.

»So schnell sieht man sich wieder, Frau de Vries.«

Lina versteinerte förmlich, als sie Suntjes Bruder dort sitzen sah. »Moin«, antwortete sie knapp und setzte sich auf den freien Stuhl.

Sie schwiegen, bis der Notar, ein schmierig aussehender Mittfünfziger mit schwarzem pomadigen Haar, hereingeschneit kam und ihnen gegenüber Platz nahm. Er feixte Karl breit an. Zweifelsohne kannten sich die beiden. Und das ziemlich gut. Lina spürte förmlich, wie gut sie miteinander bekannt waren und sie vermutlich mit ihr hier nur ein kleines für sie inszeniertes Stück spielten, in dem sie vor vollendete Tatsachen eines längst abgekarteten Spiels gestellt wurde. Linas Hals wurde trocken, sie fühlte sich plötzlich hundsmiserabel.

Der Notar lächelte verbindlich, doch er hatte einen schlechten Atem, denn ein säuerliches Odeur wehte sofort hinüber zu Lina.

»Moin, ich bin Doktor Meiners und von meinem werten Freund Wilhelm de Vries beauftragt worden, das Testament zu verlesen. Angehörige wie Eltern, Brüder, Schwestern oder Nichten und Neffen gibt es keine.«

Er nahm die Brille, die vor ihm auf der dunkelgrünen Lederunterlage lag, und setzte sie umständlich auf. Dann zog er ein blütenweißes Stofftaschentuch hervor und schnäuzte die Nase.

Lina war unruhig und hätte den vor ihm liegenden Ordner am liebsten aufgeschlagen und das Testament selbst verlesen. Das wagte sie natürlich nicht, aber allein Karls Anwesenheit machte ihr deutlich, dass dieser Vormittag beileibe nicht so positiv verlaufen würde, wie sie es erhofft hatte.

Endlich war Doktor Meiners so weit und schlug den Ordner mit fast unerträglicher Langsamkeit auf.

»Gut, ich stelle dann die Anwesenheit der beiden Erbberechtigten fest. Frau Lina Berta Luise de Vries und Karl Gerd Edzard Doden.«

Beide nickten, auch wenn Lina ihrem Mann nachträglich am liebsten die Augen ausgekratzt hätte bei der Vorstellung, wie er mit Karl Doden gemeinsame Sache gemacht hatte, indem er ihn mit vollem Wissen als Erben einsetzte.

»Ich verlese jetzt in Anwesenheit der Ehefrau und von Karl Doden das Testament von Wilhelm de Vries.«

Meine liebe Lina, verehrter Freund Karl!
Da ich keine Familie mehr an meiner Seite habe, bin ich sehr froh und dankbar, dass mir Lina dann doch als gute deutsche Ehefrau zur Seite stand. Auch wenn ich es zutiefst bedaure, muss ich sie der wichtigen Sache wegen vom weiteren Zugang zu meinem Vermögen ausschließen.
Meine liebe und teuerste Lina. Bitte verstehe, dass ich dich schon im Vorfeld zu Lebzeiten enterben musste. Ich weiß, dass du für den Milchhof mit einer Erbschaft gerechnet hast, aber ich muss und kann nur das große Ganze im Auge haben. Ich bitte aber Karl, dir wenigstens den Schmuck zu überlassen, denn der stellt einen gewissen Vermögenswert dar. Meine Villa, die Ländereien, das gesamte Barvermögen sowie die Immobilien fallen an Karl Doden, der das alles treuhänderisch für die große Sache verwalten wird. Es liegt ein gesondertes Schreiben bei, das nur Doktor Meiners bekannt ist, damit die Umsetzung gewährleistet bleibt. Diese Verfügung ist vertraulich zu behandeln, aber inhaltlich bindend,

denn mein gesamtes Hab und Gut soll an die Nationalen Stürmer gehen und von Karl Doden für ihre Zwecke und Aktivitäten verwaltet werden.
Ich wünsche allen noch ein wundervolles Leben.
Ich hätte es gern länger auf Erden verbracht.
Wilhelm de Vries

Lina schluckte, und ihr Blick wanderte zu Karl, der ein zufriedenes Grinsen im Gesicht hatte.

»Wie hast du das gemacht?«, fragte Lina.

»Ich habe gar nichts getan, aber Wilhelm brannte für unsere Sache.«

Lina glaubte ihren Ohren nicht zu trauen. »Das ist doch eine einzige Lüge und Intrige«, entfuhr es ihr.

Doktor Meiners schüttelte den Kopf. »Nein, das ist alles korrekt. Das Vermögen geht an Karl Doden, und er sorgt unter Anweisung dieses Schreibens und meiner Aufsicht dafür, dass es genauso verwendet wird, wie Wilhelm es für richtig hielt.«

Plötzlich schoss Lina in den Sinn, dass Derk bei Wilhelm wegen des Hauses in Geestemünde in der Kreide stand. »Was ist mit dem Haus von Herrn Voigt und der Kate?«, fragte sie, obwohl sie wusste, was kam.

Über Karls Gesicht glitt ein so selbstgefälliges Grinsen, dass Lina die Hand zur Faust ballte. Sie musste sich wirklich zurückhalten, damit sie sie nicht vorschnellen ließ und auf Karls Nase platzierte.

»Die Kate wird Herr Doden übernehmen, auch da gibt es eine Verfügung des Verblichenen«, fuhr der Notar fort. »Herr Voigt wird demnach gebeten, das Haus in Ellenserdammersiel Herrn Doden zu überschreiben, im Gegenzug darf er das Haus in Geestemünde behalten.«

»Das ist doch lächerlich«, entfuhr es Lina. »Absolut lächerlich!«

Der Notar schlug die Akte zu. »Herr Voigt sollte sich das gut überlegen und der Bitte von Herrn de Vries Folge leisten. Lässt er sich nicht darauf ein, würde er sich verdammt schlecht stellen, wenn die neuen Erben auf eine Begleichung der durchaus höheren Schuld drängten.«

»Sprich doch mit Derk«, schlug Karl vor und bestätigte die Aussage des Advokaten noch einmal. »Er kommt besser weg als gedacht, denn Wilhelm war ein großzügiger Mann. Derk muss Wilhelm eigentlich dankbar sein. Bei der derzeitigen Lage ist ein Verkauf ausgeschlossen, das weißt du selbst. Kein Mensch kauft Häuser. Hier geht es um so viel mehr als um Geld.«

Lina konnte die Doppeldeutigkeit dieser Aussage kaum ertragen.

Doktor Meiners zuckte mit den Schultern. »So ist es nun mal. So sind die neuen Zeiten. Und genau daran hatte Ihr Gemahl etwas ändern wollen, Frau de Vries. Und mit seiner Verfügung wird es auch so sein.« Er räusperte sich. »Herr Voigt wird sich dem Willen Ihres Mannes zu dem, sagen wir mal Kuhhandel, beugen, denn Sie haben recht: Sollte er das Haus in Geestemünde tatsächlich vollumfänglich bezahlen müssen, würden die Einnahmen aus dem Verkauf der Kate nicht ausreichen.«

Lina war fassungslos.

Wie hatte sie sich in ihrem Mann getäuscht!

Derk wurde zugunsten von Karls Willen missbraucht, auch wenn es für ihn besser aussah. Doch sie als seine Ehefrau ging samt der Molkerei leer aus. Und ein Zuhause hatte sie auch nicht mehr, denn sie konnte nicht in der Villa bleiben.

»Wann gedenkst du denn auszuziehen, Lina?«, fragte Karl auch schon mit schief gelegtem Kopf.

Jetzt musste Lina nicht lange überlegen. »Sofort! Ich kehre sofort auf den Milchhof zurück.«

Kapitel 12

März 1924

Endlich ging es aufwärts. Nachdem die Milch am Ende des letzten Jahres Millionen und die Butter Billionen Mark gekostet hatte, wurde die Rentenmark eingeführt, und das furchtbar lang dauernde Zählen der vielen Geldscheine hatte endlich ein Ende. Im August war die Verwendung der neuen Reichsmark geplant, das Land stabilisierte sich zunehmend.

Schon im Januar war es dem Milchhof Bleeker möglich, wieder mit Pfennigen zu arbeiten. Die Rückkehr war äußerst notwendig, denn die vielen Nullen passten nicht mehr in die Bücher.

Lina schaute wieder optimistischer in die Zukunft. Karl Doden lebte zwar in unmittelbarer Nachbarschaft, aber noch verhielt er sich still und ließ sich zum Glück nicht auf dem Molkereigelände blicken. Lina hätte ihn auch vermutlich zum Teufel gejagt, denn sie war nach wie vor der festen Überzeugung, dass mit Wilhelms Testament nicht alles mit rechten Dingen zugegangen sein konnte. Was hatte Karl wohl angestellt, nachdem Wilhelm gestorben und er mit ihm allein gewesen war? So viel hatte sie inzwischen schon in Erfahrung gebracht.

Dennoch konnte sie die Augen nicht mehr länger

davor verschließen, dass sie die Augen vor den düsteren Aktivitäten ihres Ehemannes feige verschlossen hatte.

Ihr verstorbener Mann war nicht nur Mitglied in der NSDAP und bei den Nationalen Stürmern gewesen, sondern zusammen mit Karl noch viel tiefer in die neue Bewegung verstrickt.

Sein gesamtes Privatvermögen hatte er in den Geheimbund investiert.

Aber im November war in München der geplante Putsch von Hitler vereitelt worden und der Mann in Gewahrsam. Nun mochte endlich etwas Ruhe eintreten. Dennoch konnte Lina am Vermächtnis Wilhelms, was sie, den Milchhof und Derk anging, nichts ändern.

Lina konnte es drehen und wenden, wie sie wollte: Ihr Mann hatte sie hängen lassen.

Wäre nicht bald die Rentenmark eingeführt worden, hätte das für den Molkereibetrieb schlimme Folgen gehabt. Aber jetzt erholte sich das Land, und das Ächzen und Stöhnen ließ merklich nach.

Die Milchanlieferung hatte in der letzten Woche schon wieder das Vorkriegsniveau erreicht, und so mochte es hoffentlich weitergehen.

Sorge bereitete Lina die geplante Zuschüttung des Ellenserdammersieler Hafens. Das würde massive Auswirkungen auf die Verschiffung der Klinker aus Bockhorn und damit auf die gesamte Region haben, denn es mussten andere Lösungen gefunden werden, damit die Steine zu den Kunden kamen.

Manchmal glaubte Lina, dass sie den bereits bestiegenen Berg immer wieder hinabstürzte und von vorn beginnen musste. Kaum war ein Problem gelöst, bahnten sich zehn weitere an.

Lina schrak zusammen, als Alea ins Kontor stürzte.

»Mutter, ich habe den neuen Käse angeschnitten, den musst du unbedingt kosten. Jetzt schmeckt er einfach wunderbar!«

Alea wartete die Antwort ihrer Mutter gar nicht erst ab, sondern hielt ihr ein Brett mit der neuen Köstlichkeit hin. Darauf lagen fein geschnittene Käsescheiben, die unwiderstehlich dufteten und zudem wunderbar aussahen. Es war dieses zartcremige Gelb, das einem schon beim Anblick das Wasser im Mund zusammenlaufen ließ. Zudem wies die neue Kreation kleine Löcher auf, die dem Käse eine besondere Note verliehen.

»Das Aussehen ist schon mal vielversprechend«, antwortete Lina, griff nach einem Stück, schob es in den Mund und schloss verzückt die Augen.

Was für eine Geschmacksexplosion!

Lina wusste gar nicht, was sie am meisten beeindruckte. War es die feine Abstimmung der Kräutermischung? Der untergemischte Hauch von Bärlauch, der in Kombination mit der Salzdosierung danach schrie, mehr davon zu kosten? Oder war es der zartcremige Biss, der dem Gaumen schmeichelte und der dann hoffte, mehr davon zu bekommen?

Alea hatte mit diesem Käse ein Meisterwerk geschaffen, das zusammen mit *Bleekers Kräuterglück* zu einem weiteren Markenzeichen des Milchhofes werden konnte. Ja, sie sollten sich stärker auf die Käseproduktion konzentrieren, denn damit hätten sie ein Alleinstellungsmerkmal.

Natürlich würden sie weiter Butter ausliefern und natürlich auch Milch, Quark und Dickmilch.

Aber das hier war neben *Bleekers Kräuterglück* ein Schritt in die richtige Richtung.

»Es war eine so wunderbare Idee, dass Adelheid herkommen durfte und mich entlasten kann«, sagte Alea. »Sie ist so gut zu Enna, hat merklich Freude daran, die Lütte zu betreuen, und ich kann arbeiten. Ich schaffe in den paar Stunden so viel, weil ich mich vollkommen auf die Molkerei konzentrieren kann.«

Aus den anfänglich geplanten drei Wochen, die Adelheid auf dem Milchhof Bleeker verbringen sollte, war derweil ein Dauerzustand geworden, denn das Mädchen war in der Friesischen Wehde so glücklich wie noch nie.

»Obwohl ich hier arbeiten muss, habe ich das Gefühl, endlich eine Familie zu haben«, sagte sie ein ums andere Mal – und war mit dem Einverständnis ihrer Mutter geblieben.

Das Ruhrgebiet war noch immer besetzt, und so war es für das Mädchen besser, auf dem Milchhof zu bleiben. Hier gab es genug zu essen und zu trinken, sie konnte sich an der frischen Luft bewegen und war schnell aufgeblüht wie eine Pflanze, die man zuvor zu gießen vergessen hatte.

Inzwischen galt sie fast als eine echte Ellenserdammersielerin. Zweimal war sie zurück nach Oberhausen gefahren, aber schnell zurückgekehrt, da ihre Mutter in einer Fabrik schuftete und für ihr Kind kaum Zeit hatte. Dann die beengten Wohnverhältnisse, denn ihre Mutter vermietete an Schlafgänger, um sich etwas dazuzuverdienen, sodass ständig fremde Männer oder Frauen in ihrer Wohnung waren, was dazu geführt hatte, dass Adelheid sich fürchtete.

Auf dem Milchhof aber war die Deern zur Ruhe gekommen, und das merkte man ihr auch an.

»Frau de Vries!«

Das war Adelheids Stimme.

»Ja, was gibt es?«, fragte Lina.

»Da draußen steht eine Frau, die will Sie sprechen. Sie sagt, sie könnte auf gar keinen Fall warten.«

Lina nahm ihr Schultertuch und trat vor die Tür.

Es war ein kalter Märztag. In der Nacht hatte es gefroren, und schon am Morgen hatte die Welt in der Morgensonne geglitzert, als hätten kleine Elfen überall Feenstaub verteilt. Soeben fielen dicke Schneeflocken vom Himmel und bedeckten in Windeseile das Pflaster des Hofes. Würde es so heftig weiterschneien, hätten Zäune, Mauern und Weidepfähle bald kleine Mützchen, und die Wiesen könnten unter dem weißen Laken noch etwas schlummern, ehe sie neuerliche Kraft in ihr Wachstum stecken mussten.

Dabei hatte ich mich so auf den Frühling gefreut, dachte Lina, denn die ersten Krokusse blühten bereits und verwandelten die Beete in einen wahren Farbenzauber. Doch nun wurde alles wieder weiß und versteckte die bunte Vielfalt.

Lina schaute sich mehrmals um. Schließlich entdeckte sie die junge Frau. Sie wandte ihr den Rücken zu, und Lina konnte das Gesicht nicht gleich erkennen.

»Moin, was kann ich für Sie tun?«

Jetzt drehte die Frau sich um und schaute Lina an.

Die schrak zusammen, denn es war Antke. Blass, verhärmt und mit tiefen Ringen um die Augen. Auf dem Arm hielt sie einen scheu wirkenden dunkelhaarigen Jungen, der seinen Kopf sofort wegdrehte, als Lina ihn begrüßen wollte.

Das also war ihr Enkel Behrend.

Am liebsten hätte Lina ihn in den Arm genommen,

ihn gerochen, geküsst. Schon der kurze Blick, den ihr der Junge zugeworfen hatte, war ausreichend gewesen, dass sie vor Liebe zu ihm überbordete. Das ganze Glück dieser Welt, die Hoffnung, dass doch alles ein gutes Ende nehmen und irgendwie weitergehen würde, lag dort in Antkes Armen. Enna, die andere Hälfte, lag von Adelheid gehütet im Kinderzimmer.

Doch es war besser, den kleinen Behrend nicht zu verschrecken. Für ihn war sie eine Fremde.

Lina wollte etwas zu Antke sagen, aber ihr fehlten die Worte. Sie hatte mit allem gerechnet, aber sicher nicht damit, dass sie ihren Enkel je kennenlernen würde, ja, dass Antke und Wilko überhaupt einen Fuß zurück auf das europäische Festland setzen würden.

»Min Deern, was tust du hier?«, fragte sie schließlich und machte einen Schritt auf Antke zu.

»Wir sind wieder da, Lina«, kam es sehr zurückhaltend.

»Ihr seid wieder da«, vergewisserte Lina sich. So ganz konnte sie es nicht glauben, denn Wilko war nicht dabei. »Für immer?«, fragte Lina vorsichtig.

Antke nickte. »Ja, für immer. Jedenfalls Behrend und ich.«

Lina wurde der Hals eng, denn sie ahnte, was nun kommen würde. »Was bedeutet das?«

Alea war unbemerkt hinter sie getreten. Lina spürte die Hand der Tochter auf ihrer Schulter. Und auch, dass sie sie beruhigend streichelte.

»Moin, Antke, schön, dich zu sehen.«

Ihre Schwägerin lächelte verhalten.

»Wilko ist nicht mitgekommen«, erklärte Antke. Der Schmerz in ihrer Stimme war tief.

»Warum?«, hauchte Lina, die das Unfassbare nicht begreifen konnte und wollte. »Du hast die lange und gefährliche Überfahrt mit deinem Sohn ganz allein ein zweites Mal auf dich genommen?«

»Wilko wollte in New York bleiben«, erwiderte Antke.

»Kommt doch erst mal rein«, sagte Lina. Hier draußen war kein guter Ort, um über solche Dinge zu sprechen. »Ich mach euch Tee! Bei diesem Wetter sollten wir besser reingehen.«

Seitdem sie die Villa in Wilhelmshaven verlassen hatte, war Lina in den rechten Teil des Wohnhauses gezogen. Küche, Essraum und Stube nutzte sie nun gemeinsam mit Tammo und Alea, aber sie hatte zwei Räume für sich.

Antke nickte dankbar. Erst jetzt erkannte Lina, dass sie zitterte und wahrscheinlich durchgefroren war. Auf ihrem Topfhut hatte sich bereits eine Schicht aus dichtem Schnee gebildet.

Alea ging kurz zurück ins Kontor und kam mit dem Käsebrett wieder heraus. »Wir reden später, Mutter. Dass dir mein Käse mundet, war deutlich. Aber ich glaube, du musst jetzt mit Antke und Behrend allein sein.«

»Das hast du wunderbar gemacht, min Deern.« Sie schenkte ihrer Tochter ein dankbares Lächeln. Dann winkte sie Antke und ging voraus zum Wohntrakt.

Dort gab sie Sophie Anweisungen, Tee zu brühen und in ihrem Zimmer zu servieren.

Die Kleine Magd machte große Augen, als sie erkannte, wer zurückgekommen war. Nun hatte sie bei den anderen Dienstboten richtig viel zu berichten und konnte sich wichtigmachen.

Lina hatte es sich, so gut es ging, gemütlich eingerichtet. Der eine Raum war als Schlafzimmer hergerichtet, den anderen nutzte sie als Stube, wo sie auch privaten Besuch empfangen konnte.

An der linken Wand befand sich eine Kommode, darüber hingen Bilder ihrer Kinder. Rechts stand ein kleines Sofa mit einem Beistelltischchen, das aber groß genug war, um Tee darauf zu servieren. Gegenüber hatte sie einen kleinen Sessel platziert, worauf sie nun Platz nahm und Antke bat, sich mit Behrend auf der Couch niederzulassen.

»So und nu vertell mi mol, was passiert ist.«

Antke schluckte und schien froh zu sein, als das Mädchen erst den Tee brachte. Sie griff sofort zu einem der Kekse und reichte auch ihrem Sohn einen.

»Illinois war nichts für uns«, begann Antke und fasste zusammen, wie sie versucht hatten, das Land urbar zu machen und dort in der Fremde Fuß zu fassen, nachdem sie zuvor von Mathilde in New York in Empfang genommen worden waren.

»Es wurde immer schwieriger mit uns«, fuhr sie fort. »Deshalb haben wir die Farm wieder verkauft und sind zunächst zurück zu Mathilde gegangen. Ich habe Wilko gleich gesagt, dass ich nach Europa möchte, aber er meinte, wir müssten uns erst darüber klar werden, was wir wollen.« Antkes Stimme brach, und sie gab Behrend einen Kuss auf den Kopf. Danach hatte sie sich gefangen. »Ich glaube, dass er nie vorhatte, mich hierherzubegleiten, sondern bis zum Schluss hoffte, ich würde es mir noch anders überlegen und bei ihm in New York bleiben. Du weißt, wie fremd ihm Deutschland nach dem Krieg geworden war. Er kann mit dem Land einfach keinen Frieden schließen.«

Lina verstand sofort, was Antke ihr sagen wollte.

Wilko war ein gebrochener Mann, und eine Rückkehr nach Deutschland war für ihn ausgeschlossen. Sosehr sie die Beweggründe nachvollziehen konnte, so wenig war es für sie greifbar, dafür Frau und Sohn zu opfern. Seine seelischen Verletzungen gingen tiefer, als sie je geglaubt hatte.

»Er hat sich dann also geweigert, dich zu begleiten?«

Antke brach plötzlich in Tränen aus, und es dauerte etwas, bis sie sich gefangen hatte.

»Wir haben uns getrennt, die Scheidung läuft, und nun bin ich wieder da.« Sie wischte sich die Tränen aus dem Gesicht.

Der Kleine drückte sich noch immer vollkommen verängstigt an seine Mutter, aber der Blickkontakt zu Lina wurde immer länger.

Sie wagte dennoch nicht, ihn zu berühren, weil sie befürchtete, er könnte zu weinen beginnen. Trotzdem hätte sie nichts lieber getan als das. Die Situation war dermaßen unwirklich, dass Lina es immer noch schwerfiel, sie in Gänze zu erfassen.

Auf Antkes Arm saß ihr kleiner, fremder Enkel, genauso alt wie Enna, über deren Gesicht stets ein freudiges Lächeln glitt, wenn sie ihre Großmutter sah. Die nichts lieber tat, als sich in Linas Arme zu kuscheln und ihr feuchte Kinderküsse auf die Wange zu drücken.

Dass ihr Wilkos Kind so fremd war, schmerzte Lina mehr, als sie geglaubt hatte. Jetzt, da sie die Distanz so hautnah erlebte.

Trotzdem stand sie auf und näherte sich ihm. Wenigstens einmal kurz die weiche Haut an ihren Fingern spüren. Einmal fühlen, dass er echt war und sie nicht träumte.

Immerhin ließ es Behrend mit sich geschehen, wenngleich er Lina mit seinen großen blauen Augen ansah, als fragte er sich, wer denn nun diese ihm unbekannte Frau wieder wäre.

»Noch kennt er mich nicht, aber sicher wird er bald wissen, dass ich seine Großmutter bin.«

Antke nickte stumm. Sie nahm Behrend und setzte ihn neben sich auf das Sofa. Nun blinzelte der Junge Lina zu und legte sogar den Kopf schelmisch zur Seite.

Er versucht, mit mir zu schäkern, dachte Lina, und ihr Herz schmolz förmlich bei diesem Anblick.

Antkes Tränenflut war derweil etwas versiegt. »Weißt du, wo genau meine Eltern sind? Ich muss irgendwo mit Behrend bleiben«, sagte sie schließlich und reichte dem Jungen einen weiteren Keks, den er mit seinen winzigen Zähnchen knabberte.

»Deine Mutter ist weggegangen, ich kann dir nicht sagen, wo du sie finden kannst«, erklärte Lina vorsichtig. »Und dein Vater hat ein Haus in Geestemünde. Er ist jetzt dort Obermeier in der Molkerei.«

»Dass Vater dort ist, haben wir von dir auch in Amerika gehört, nur hatte ich gehofft, er wäre doch wieder da.« Antke seufzte schwer. »Dann hat er unsere Kate also wirklich verkauft, und ich habe kein Zuhause mehr in Ellenserdammersiel?«

»Nein, hast du nicht«, bestätigte Lina. Auch wenn es hart war, kamen sie um die Wahrheit nicht herum. Es gab nichts schönzureden.

»Wer jetzt in der Kate wohnt, weißt du aber schon?«, hob Lina dann vorsichtig an.

»Nein, wer lebt dort?«

»Karl Doden«, gab Lina Auskunft und behielt ihre Schwiegertochter dabei fest im Auge.

Sie erbleichte merklich.

»Karl Doden? Dieser Windhund? Wie hat er das Haus denn Vater abgeluchst? Freiwillig hat er sie doch bestimmt nicht bekommen.«

Lina erzählte, wie es sich zugetragen hatte.

»Da hat er doch getrickst«, entfuhr es Antke. »Der Mann wusste schon immer, wie es geht.«

Lina widersprach ihr nicht, aber es gab ohnehin nichts zu ändern.

»Gut, dann bin ich also nicht nur heimat-, sondern auch obdachlos«, sagte Antke. »Aber damit gebe ich mich nicht zufrieden. Ich werde zu Vater nach Geestemünde gehen, und dann müssen wir schauen, wo ich mit meinem Sohn leben kann.«

»Das ist eine gute Idee«, bestätigte Lina. Sie hatte die ganze Zeit überlegt, in welchen Räumen sie Antke und Behrend unterbringen konnte, aber alle Zimmer auf dem Milchhof waren belegt. Sogar im Gesindehaus war kein Zimmer mehr frei. Lina hätte ihr das eigene zweite Zimmer angeboten, aber wenn Antke bei ihrem Vater Unterschlupf finden konnte, war es das Beste.

Ihre Schwiegertochter nagte an der Unterlippe. »Kann ich zwei Tage auf dem Milchhof bleiben? Ich möchte, dass sich Behrend an dich gewöhnt, und würde dich bitten, dass du auf ihn achtgibst, wenn ich nach Geestemünde reise.«

»Du willst deinen Sohn nicht mitnehmen?«, fragte Lina entgeistert.

»Vorerst nicht. Er braucht einen festen Punkt nach all den Reisestrapazen. Er weiß schon jetzt gar nicht mehr, wohin er gehört.«

»Planst du nicht, in Geestemünde zu bleiben?«, fragte

Lina. »Dann wäre es doch besser, wenn du Behrend mitnimmst. Ich passe gern auf ihn auf, aber verwirrt es den Jung nicht noch mehr, wenn er ohne seine Mutter ist?«

Antke zuckte mit den Schultern. Ihre Mundwinkel kräuselten sich leicht, und Lina wurde erneut bewusst, wie müde und erschöpft ihre Schwiegertochter war. Es war wohl wirklich an der Zeit, ihr etwas Luft zu verschaffen und ihr Behrend abzunehmen.

»Ich weiß es noch nicht«, sagte sie. »Im Augenblick weiß ich gar nichts.«

»Verstehe«, antwortete Lina.

Antke musste erst einmal wieder Boden unter den Füßen haben, und dabei konnte sie ein kleines Kind nicht gebrauchen.

»Behrend kann so lange bleiben, wie er möchte. Dann hat Enna einen Spielkameraden, und Adelheid kommt sicher auch mit zwei Kindern zurecht. Ein richtiges Kindermädchen wie bei meinen Kindern früher können wir uns leider derzeit nicht leisten. Um die Molkerei steht es gerade nicht zum Besten.«

Antke fragte nicht einmal nach, wer Adelheid war. Sie nahm einen Schluck Tee und wirkte, als würden ihr jeden Moment die Augen zufallen.

»Du kannst mit Behrend in meinem Bett schlafen.«

Wo sie selbst die kommenden Nächte verbringen wollte, wusste Lina nicht. Zur Not würde sie sich in der Posthalterei ein Zimmer nehmen. Jetzt galt es erst einmal, Antke zu helfen, bevor die junge Frau noch zusammenbrach.

Kapitel 13

April/Mai 1924

Talke hatte die Bahn genommen, um nach Ellenserdammersiel zu fahren. Es hatte etwas gedauert, ehe sie das Geld für die Fahrkarte beisammenhatte, aber danach gab es für sie kein Halten mehr. Sie wollte zurück.

Nie mehr die Beine für irgendwelche Kerle breit machen. Nie mehr nachts durch die Stadt laufen und Männer ansprechen, die ihren Körper benutzten. Nein, das wollte Talke nicht mehr.

Sie plante, aus dem Dreck aufzustehen und neu zu beginnen. Das würde ihr auf dem Dorf, wo keiner von ihrer Hurentätigkeit wusste, erheblich leichterfallen.

Vielleicht könnte sie sogar Derk noch bezirzen.

Talke stieg am Bahnhof von Ellenserdammersiel aus und griff nach der abgeschabten Tasche, in der sie ihre Habseligkeiten verstaut hatte. Viel war es nicht. Ein paar zerschlissene Kleidungsstücke, einen Kamm und etwas Seife. Ein Foto von Derk, ihr und Antke aus glücklichen Zeiten und die notwendigen Papiere.

Den Rest ihres Besitzes trug Talke am Leib. Ihren weiten Mantel, dessen Taschen ausgerissen waren, einen warmen Rock, Strümpfe und eine Bluse.

Als Erstes ging sie zur kleinen Kate, in der sie mit

Derk gelebt hatte. Aus dem Schornstein kringelte sich der Rauch, es roch etwas harzig. Der Garten wirkte trotz der Winterzeit gepflegt, und die Scheiben der Fenster waren sauber.

»Na, da ist Derk aber fleißig«, murmelte sie.

Talke überlegte, einfach einzutreten, aber dann besann sie sich eines Besseren. Sie wusste ja nicht, wie erfreut er über ihr Auftauchen sein würde. Besser, sie klopfte an.

»Herein!«

Das war nicht die Stimme ihres Mannes. Diese hier war dunkler, klang ein wenig heiser – und sie kam ihr bekannt vor. Zu oft hatten die Töne ihr Ohr ganz nah gestreift.

Aber das war ausgeschlossen, das konnte nicht sein.

Was sollte Karl Doden bei Derk? Die beiden waren sich spinnefeind.

Beherzt öffnete Talke die Tür.

Es roch angenehm nach dem Feuer im Ofen und nach Erbseneintopf.

Im Dämmerlicht kam ihr wirklich Karl entgegen. Er wirkte aufrechter, besser gekämmt und hatte seine Schludrigkeit verloren.

»Talke, du?«, sagte er verblüfft, aber sie konnte Freude in seiner Stimme heraushören.

»Ja, ich. Aber was tust du in unserem Haus?«

Über Karls Gesicht glitt ein breites, ja fast hämisches Grinsen. »Es ist nicht mehr eure Kate. Sie gehört jetzt mir.«

Talke zog die Brauen hoch. »Derk hat dir das Haus ganz sicher nicht freiwillig übergeben.«

»Nein«, gab Karl unumwunden zu. »Das hat er nicht.

Aber ist es nicht auch gleichgültig? Es zählt einzig und allein, dass ich es geschafft habe, es zu erwerben, und nun hier mein Zuhause habe.« Er griff nach Talkes Hand. »Ich habe nämlich auf dich gewartet.«

Wider Erwarten fühlte Talke sich geschmeichelt. Sie sah betreten an sich herunter. »Ich sehe aus wie eine Bettlerin, und du willst mir weismachen, dass du auf diese Vogelscheuche gewartet hast?«

»Die Vogelscheuche ist für mich noch immer die schönste Frau der Welt. Mit einem warmen Wannenbad und anderer Kleidung werde ich sie erneut zum Leben erwecken, sei sicher.«

Talke steuerte auf den Küchentisch zu. Viel verändert hatte Karl nicht. Die Möbel waren dieselben, nur der Ofen war neu.

»Darf ich mich kurz setzen?«, fragte Talke. Das alles musste sie erst einmal verdauen.

»Aber natürlich. Bitte!«

Karl wies zum Holzstuhl, auf dem noch immer das rote Kissen lag, das Talke einst genäht hatte, weil ihr die Sitzfläche zu hart erschienen war.

»Wo ist Derk jetzt?«

»In Geestemünde«, gab ihr Karl zur Antwort. Er nahm eine Flasche zur Hand und goss Talke etwas von der Flüssigkeit ins Glas.

»Johannisbeersaft mit Früchten aus dem Garten. Vermutlich hast du den Busch noch gepflanzt«, sagte Karl.

Talke nickte. Alles, was hier war, kam von ihr. Und Derk.

Doch dieses Wir gab es nicht mehr. Sie hatten es selbst zerstört, drauf herumgetreten. Jeder für sich gekämpft – sie noch etwas mehr als Derk, weshalb der Schnitt hatte sein müssen. Sie hätten sich das alles niemals gegenseitig verziehen.

»Dann muss ich Derk ja nicht suchen«, sagte Talke. »Er hat wohl ein neues Leben begonnen. Ohne mich und auch ohne Lina.«

Karl fasste kurz zusammen, was in der langen Zeit auf dem Milchhof passiert war.

Talke war überrascht, dass Derk nicht unmittelbar nach Wilhelms Tod zu Lina geeilt war. Aber vielleicht hatte er eingesehen, dass seine Liebe zu ihr nie eine Zukunft hatte.

»Es gibt allerdings doch eine ziemlich interessante Wendung«, fuhr Karl dann fort. »Der Dorftratsch hat es mir geflüstert.«

»Und die wäre?«, fragte Talke sofort.

»Deine Tochter ist mit deinem Enkelsohn zurück. Antke ist vor einer Woche nach Geestemünde gefahren, aber sie hat Behrend bei Lina gelassen.«

»Was ist mit Wilko?«

Auch das wusste Karl zu berichten.

»Dann hat Lina also jetzt meinen Enkelsohn in Beschlag genommen, und wo bleibe ich?«, resümierte Talke, und wieder kroch die Schlange der Eifersucht um die Ecke und züngelte ganz bösartig.

»Kann ich bei dir wohnen?«, fragte sie.

»Natürlich«, bestätigte Karl. »Für dich habe ich immer einen Platz.«

Talke war erleichtert, denn sie hätte sich kein Zimmer in der Posthalterei leisten können.

»Gut, dann gehe ich jetzt mal zu meinem Enkel.«

*

Antke war nun schon eine Woche bei Derk in Geestemünde, aber sie hatte Heimweh nach Ellenserdammersiel. Und nach Behrend.

Doch sie fürchtete sich davor, allein zurück auf den Milchhof zu gehen, weil sie von all ihren Erinnerungen heimgesucht werden würde. Dort war überall Wilko.

Noch immer zog sich ihr Bauch schmerzhaft zusammen, wenn sie an ihren Mann dachte, der sie und Behrend zwar liebte, es aber nicht über sich brachte, ihnen zurück in die alte Heimat zu folgen.

Nur hier in Geestemünde – so schön es auch war, fehlte Antke das Heimatgefühl, weil sie mit dem Ort nichts verband.

»Bitte, Vater können wir nicht gemeinsam zurückgehen? Du bist hier doch genauso einsam wie ich, und jetzt wären wir zu dritt. Du musst doch auch Behrend kennenlernen.«

Aber ihr Vater reagierte nach wie vor zögerlich, und Antke ahnte, warum.

»Du solltest mit Lina sprechen. Es gibt doch jetzt nichts mehr, was euch daran hindern könnte, ein Paar zu sein!«

Sie diskutierten hin und diskutierten her, und endlich erkannte Antke ein zögerliches Nicken.

»Gut, wir fahren morgen gemeinsam nach Ellenserdammersiel, und ich rede mit Lina. Du hast ja recht.« Derk lächelte seine Tochter an. »Außerdem möchte ich wirklich meinem Enkelsohn vorgestellt werden. Es wird Zeit.«

*

Lina liebte Behrend jeden Tag ein bisschen mehr. Er war in der Woche bei ihr zu einem wahren Wonneproppen geworden, und jedes Mal, wenn er lächelte, glaubte sie, trotz der dunklen Haare, dass sie von dem kleinen Wilko angelächelt wurde.

Schon in der kurzen Zeit nach Antkes Abreise hatte sich der Junge an Lina gehängt, als wäre sie schon immer in seinem Leben präsent gewesen.

Jetzt saß sie mit ihren beiden Enkeln im Garten und pflückte Blumen. Über Nacht war es plötzlich warm geworden, und der Frühling feierte mit all seiner Pracht ein buntes Fest.

Die Kühe weideten längst wieder draußen, und von ferne war auch das Blöken der Schafe zu vernehmen. Alles war friedlich, und seit einiger Zeit machte sich auch in Lina wieder das Gefühl breit, es könnte endlich aufwärtsgehen.

Wenn da doch nur diese Leere nicht wäre. Diese Empfindung, kein Ganzes zu sein, weil ihr Derk noch immer fehlte.

»So, da steckst du also mit meinem Enkel.«

Lina fuhr zusammen, als Talke plötzlich hinter der Hecke auftauchte und sich mit den in die Hüften gestemmten Händen breitbeinig vor ihr aufbaute.

Zum Glück war Lina schlagfertig und nicht willens, sich noch einmal von Talke gängeln zu lassen. Sie war erstaunt, wie wenig sie das Auftauchen von Derks Frau überraschte, denn eigentlich hatte sie schon länger damit gerechnet, dass sie zurückkommen würde.

»Unser Enkel, liebe Talke«, gab sie deshalb freundlich, aber mit einem gewissen Biss in der Stimme, zurück. »Es ist unser Enkel.«

Talke ignorierte ihre Antwort und steuerte sofort auf Behrend zu. Er sah sie fragend an und erschrak, als sie ihn ungestüm hochriss und sofort abküsste.

Behrend verzog das Gesicht und fing lautstark zu weinen an.

Das kümmerte Talke aber kein bisschen. »Ich nehme ihn jetzt mit in die Kate. Er sollte bei seiner echten Großmutter sein und nicht bei der, die arbeitet und gar keine Zeit für den Jung hat.«

Jetzt kochte in Lina die Wut hoch. »Mir reicht es!«, platzte sie heraus. »Du bist seine Großmutter, ja, aber ich auch. Antke hat ihn mir in ihrer Abwesenheit anvertraut, da wirst du jetzt nicht dazwischenfunken!«

»Wäre ich hier gewesen, dann hätte meine Tochter Behrend ganz sicher bei mir gelassen. Ich bin schließlich ihre Mutter!«

Sie spie Lina vor die Füße.

»Und nicht die Frau, die die Familie zerstört hat, weil sie sich von dem Vater hat schwängern lassen!«

Talke drückte Behrend so fest an sich, dass er regelrecht in Panik geriet und noch lauter schrie.

»Du warst aber nicht da!«, brüllte Lina zurück. »Und nun gib den Lütten her, er hat Angst!«

Talke dachte gar nicht daran und rannte mit dem Jungen einfach fort.

Fassungslos schaute Lina ihr nach.

Ich könnte hinterherlaufen und ihn an mich reißen, aber dazu müsste ich Enna mitnehmen, dachte sie. Und wenn wir uns derart streiten, dann dreht Behrend erst recht durch.

Es galt folglich, Ruhe zu bewahren.

Zunächst ging Lina zu Enna, die nun auch weinte, und

trocknete deren Tränen. »Es ist alles in Ordnung«, sagte sie. »Behrend kommt gleich wieder.«

Schließlich hatte Talke nichts da, um den Kleinen zu versorgen. Er brauchte Windeln und am Abend seinen Haferbrei.

Lina nahm Enna auf den Arm und ging zurück ins Haus. Wenn Alea aus der Molkerei kam und Zeit für Enna hatte, würde sie zur Kate gehen. Denn dass Talke bei Karl Doden untergekommen war, stand für sie außer Zweifel.

Zu dumm, dass es Adelheid heute nicht gut ging und sie mit einer Magenverstimmung im Bett lag.

Also baute Lina mit ihrer Enkelin Türmchen und versuchte, ihre Unruhe nicht zu groß werden zu lassen. Sie konnte sicher sein, dass Talke Behrend niemals etwas antun würde. So eigenartig sie sich auch manchmal verhielt: Sie war für Antke immer eine vorbildliche und liebevolle Mutter gewesen – eine Frau, die bei den Kindern durchaus große Herzenswärme versprühte –, und genauso würde sie sich jetzt auch Behrend gegenüber geben. Dennoch, Antke hatte ihr, Lina, das Kind anvertraut, und sie musste es deshalb zurückholen, um dieser Verantwortung gerecht zu werden.

»Da dachte ich ein einziges Mal, alles würde gut«, flüsterte Lina.

Als die Haustür klackte, zuckte sie zusammen, denn sie hoffte, es wäre Talke, die Behrend zurückbrachte.

Enna war gerade damit beschäftigt, einen neuen Turm zu stapeln, und Lina stand auf. Ihr war das Bein eingeschlafen, und so humpelte sie zur Tür.

Noch bevor sie sie öffnen konnte, klopfte es, und herein traten Antke und Derk.

Lina erstarrte. Ihre Blicke trafen sich mit Derks, Wärme flutete ihren Körper, und ihr Herz begann zu rasen.

Ihre Schwiegertochter aber warf einen fragenden Blick auf die allein spielende Enna und machte den Bann mit ihrer Frage sofort zunichte.

»Wo steckt Behrend?«

Lina wollte gerade zu einer Erklärung ansetzen, als die Tür ein weiteres Mal ging und gleichzeitig Kindergeschrei ertönte.

Antke wurde blass. »Was ist mit meinem Sohn?«

»Deine Mutter war vorhin hier und hat ihn einfach …«

In diesem Augenblick stapfte Talke mit zornesrotem Gesicht hinein. Sie beachtete Derk und Antke gar nicht, sondern ließ sofort ihre Hasstirade los.

»Ich bin zwar seine rechtmäßige Großmutter, aber du, Lina Bleeker, hast ihn mir schon wieder abspenstig gemacht. So wie du mir alles nimmst, was ich liebe. Alles!«

Erst jetzt schien Talke zu bemerken, dass Lina nicht allein war. Fassungslos tastete sich ihr Blick von Derk zu Antke, dann zurück zu Lina.

Derweil hatte Behrend seine Mutter bemerkt und brüllte nun noch lauter, weil er dringend zu ihr wollte. Talke ließ ihn hinunter, und er krabbelte sofort zu Antke, die ihn auf den Arm nahm, drückte und herzte. Der Tränenstrom des Kleinen verebbte. Nur ab und zu war ein leises Schluchzen zu hören.

Talke machte einen unbeholfenen Schritt auf ihre Tochter zu. Es wirkte, als wollte sie sie in den Arm nehmen, doch dann hielt sie inne. »Du bist zurück. Min Dochter ist wieder da!«

»Ja, und allein, falls du das fragen möchtest«, antwortete Antke verhalten. »Ich werde bleiben. Aber es wäre gut, wenn du einfach akzeptierst, was ich mit Behrend mache. Ich hatte ihn Lina anvertraut. Und das aus gutem Grund.«

»Diese Frau hat mit deinem Vater dafür gesorgt, dass es unsere Familie nicht mehr gibt«, giftete Talke sofort wieder los.

»Ich möchte von alldem nichts mehr hören«, sagte Antke. »Ich bin den ganzen Streit, die ganze Zwietracht so leid, Mutter. Bitte hör einfach auf!«

Talke biss sich auf die Lippen und musste sich merklich zusammenreißen, um nicht erneut zu reagieren.

»Gut, ich merke immer, wann ich unerwünscht bin«, quetschte sie dann zwischen den zusammengepressten Lippen hervor, reckte das Kinn und eilte aus dem Zimmer.

Lina hörte noch, wie sie draußen laut aufschluchzte. Sie überkam tatsächlich Mitleid und war versucht, ihr nachzulaufen, aber Derk fasste sie sanft am Unterarm.

»Lass sie. Bitte! Das Problem lösen wir später. Ich kenne Talke. Sie würde dir jetzt nicht zuhören. Und mir und Antke auch nicht.«

Lina sah ein, dass er recht hatte. Talke wollte die Welt sehen, wie sie es sich in den Kopf gesetzt hatte. Und sie und Derk waren nun mal nicht schuldlos daran.

»Ich nehme die Kinder jetzt mit«, erklärte Antke. »Und ich gehe später auch zur Kate, selbst wenn es mich anwidert, dass sie bei Karl Doden lebt. Aber sie ist meine Mutter, und ich fühle mich verantwortlich. Außerdem soll Behrend beide Großmütter lieben, auch wenn sie sich nicht ausstehen können.«

Antke schnappte sich Enna und Behrend und verließ Linas Zimmer.

Nun war Lina mit Derk allein.

Nach so vielen Jahren. So vielen Schicksalsschlägen und Mauern, die sie nie hatten einreißen können.

Sie standen einander wieder gegenüber, doch die ungesagten Worte hingen bleischwer in der Luft und konnten ihre Münder einfach nicht verlassen.

Derks und Linas Blicke verwoben sich erneut, wie sie es schon immer getan hatten, und verhakten sich ineinander.

Langsam, ganz langsam verstärkte sich ihr Band und umschlang sie.

Lina spürte Derks Fingerspitzen, die ihre scheu berührten und eine Flut von Gefühlen in ihr auslösten. Doch sie wagte noch nicht, sie zuzulassen und Derk auch nur einen Zentimeter entgegenzukommen.

Es war so unwirklich, dass es fortan wohl nichts gab, was sie noch trennen konnte. Es gab keine Ehepartner mehr – Derk war geschieden, Wilhelm tot.

Es gab nur sie beide, und doch fühlte es sich nach der langen Zeit irreal an.

»Lina«, sagte Derk und umfasste ihre beiden Hände nun ganz. »Lina.«

Das genügte, um den Bann zu brechen.

Lina machte einen Schritt auf ihn zu, und so standen sie eine Weile voreinander und lauschten dem vertrauten Atem des anderen. Lina wagte es schließlich, ihren Kopf an Derks Brust zu legen und seinem Herzschlag nachzuspüren.

Er war schneller als gewöhnlich, und sie merkte, wie sehr auch ihrer außer Takt geraten war.

Beide Herzen galoppierten um die Wette, wie zwei Fohlen, die endlich nach einem langen Winter den Stall verlassen durften.

Derk zog Linas Gesicht mit dem Zeigefinger vorsichtig hoch, und nun trennten ihre Lippen nur noch wenige Zentimeter.

Derks Blick war so warm, seine Augen wirkten dunkel und offen. Er war ein Teil von Lina und würde es immer sein. Und endlich durfte sie es zu sich hinzufügen und zu einem Ganzen machen. Sie musste es nur zulassen.

Lina lächelte scheu, und dann fanden sich ihre Lippen, ihre Zungen – und ihre Körper.

Die Zeit verfloss zu einer Ewigkeit, die Grenzen verschwammen zu einem bunten Durcheinander, das nur einem Ziel entgegenstrebte. Vollständig zu werden, aber bitte zu einem gänzlich anderen Bild als dem aus der dunklen Vergangenheit.

Lina und Derk suchten und fanden sich, verschmolzen mit ihrer Liebe, und als sie gemeinsam den Sternenhimmel erreicht hatten, wussten beide, dass es richtig war.

»Wir werden heiraten«, sagte Derk. »Endlich können und dürfen wir heiraten.«

Teil 2

1933–1939

KAPITEL 14

August 1933

Lina schob sich das Kopftuch zurecht und schaute über den Milchhof. Die Sonne flirrte vom klarblauen Himmel, es war ein wunderschöner Sommertag, der dazu einlud, eine Limonade im Schatten einzunehmen und die Wärme zu genießen. Aber das kam für Lina natürlich nicht infrage, denn auf dem Milchhof gab es wieder eine Menge zu tun.

Die Molkerei war trotz aller Widrigkeiten zu einem florierenden Unternehmen geworden und hatte vorerst alle Stürme überstanden. Es war ihnen gelungen, die Krisen so gut es eben ging zu bewältigen, wobei Lina sicher war, dass alles ohne Derk schwieriger geworden wäre.

Nach der Weltwirtschaftskrise vor vier Jahren war der Butterpreis plötzlich auf unter Vorkriegsstand gesunken, und sie konnten die Kosten für die Produktion eine Weile nicht mehr deckeln. Die Lage für die Milch erzeugende Landwirtschaft war eine einzige Katastrophe, bis dann im letzten Jahr das Reichsmilchgesetz in Kraft getreten war. Nun gab es höhere Einfuhrzölle, und die Lage entspannte sich etwas, aber wirklich gut lief es nicht, denn die Situation der Banken war nicht die beste. Tammo sprach sogar von einem vollständigen Zusammenbruch.

Lina war froh, dass Derk mit unglaublich vielen Ideen aus Geestemünde zurück nach Ellenserdammersiel gekommen war. Denn genau das hatte sie gerettet.

Inzwischen verfügte der Milchhof Bleeker über einen Anbau mit einem kleinen Verkaufsraum, dem auch eine Kühlung angeschlossen war.

Es gab zudem Platz für die Flaschenfüll- und Reinigungsmaschine, die sie endlich angeschafft hatten.

Sie mussten nun zwar den Milchpreis für die Flaschenmilch um zwei Pfennig je Liter gegenüber der anderen Milch erhöhen, aber das Angebot wurde von den Kunden gern genutzt.

Obwohl es zu Beginn einige Probleme gegeben hatte, weil die Flaschen nicht zurückgebracht wurden.

»Wie hebbt schließlich zwei Pfennig mehr betaalt!«

Die Milchflaschen wurden nach Gebrauch unter anderem dazu genutzt, die Beete der Gärten einzufrieden, und sie mussten ständig neue Flaschen einkaufen. Das rechnete sich nicht. Derk hatte danach ein Pfandsystem eingeführt, und seitdem funktionierte auch der Rücklauf, denn dazu waren die Kunden dann doch zu geizig.

Ein weiteres Problem war, dass bei der Reinigung und Abfüllung sehr viele Flaschen zu Bruch gingen. Lina konnte das Klirren der Scherben kaum noch ertragen, und ihr blutete das Herz, wenn der Glasberg zusammengefegt und entsorgt wurde.

Nachdem diese Probleme gelöst waren, hatte Derk aus einer stillgelegten Fabrik einen großen Elektromotor gekauft. Kosten: Dreitausend Mark. Für ein solches Gerät nicht zu teuer, aber dennoch eine Stange Geld, weil sie jeden Pfennig umdrehen mussten. Der Motor ersetzte im Maschinenraum nun den alten, und es war möglich, das Butterfass und den Kompressor zugleich laufen zu lassen.

Zu guter Letzt hatten sie die Pferde nach und nach abgeschafft, und der Milchhof Bleeker nutzte inzwischen einen Automilchwagen, der viel schneller und beweglicher war. Jetzt konnten sie größere Milchmengen transportieren als zuvor.

Obwohl die Neuerung sinnvoll war, hatte sich Lina lange gesträubt, aber nun musste sie doch eingestehen, dass es fortschrittlich und effektiv war, sich zu motorisieren, denn sie waren sogar in der Lage, an die Schulen Milch in Halbliterflaschen zu bringen. Ein wunderbarer neuer Erwerbszweig!

Derk hatte auch für eine neue Abfertigung der Milchwagen gesorgt, nachdem er zuvor die Idee umgesetzt hatte, auf diesen Wagen eine zweite Etage einzubauen, da die Kisten viel Platz einnahmen.

Nun konnten sie trotz der schlimmen Jahre hocheffektiv arbeiten. Und wie durch ein Wunder gelang es ihnen, als einzige Privatmolkerei bei der florierenden Molkereigenossenschaft Westerstede eG mitzuhalten, wenngleich die uneinholbar als größte Molkereigenossenschaft in Deutschland galt.

Einzig der Aufstieg der NSDAP mit der Machtergreifung Hitlers bereitete Lina großen Kummer. Jetzt hatten Menschen wie Karl Doden die Nase vorn und bekamen viel zu großen Einfluss.

Ja, es waren turbulente Jahre, aber sie hatten den Betrieb stets aufrechterhalten und weiterarbeiten können.

Darauf war Lina sehr stolz.

Es war ihr sogar gelungen, sich mit Talke wegen Behrend zu arrangieren, obwohl sich die Gräben zwischen den Frauen noch mehr vertieft hatten, seit Talke fest an Karls Seite stand. Auch sie waren mittlerweile verheiratet, und so stapfte sie mit ihm gemeinsam tief im braunen politischen Sumpf. Es war auch klar, dass Karl dem Milchhof in Kürze Schwierigkeiten bereiten würde, denn er arbeitete sich in der Partei langsam hoch. Entsprechend wichtig trat er auf. Es war nur eine Frage der Zeit, bis er einen Posten innehatte, der der Molkerei gefährlich werden konnte.

Dennoch war Talke Behrends Großmutter, und als solche kam sie ihren Pflichten auch nach, denn Antke arbeitete seit geraumer Zeit in Wilhelmshaven im Büro. Lina und Talke wechselten sich mit der Betreuung des Jungen ab. Es war eine Art Burgfrieden, den sie geschlossen hatten, denn Lina war es wegen der Arbeit im Betrieb oft nicht möglich, die ganze Zeit auf Behrend achtzugeben.

Also war es zwingend notwendig, miteinander umzugehen.

Auch Enna, die sich, genau wie ihre Onkel früher, im Hause Doden sehr wohlfühlte und Talke geradezu vergötterte, hielt sich oft dort auf, denn Adelheid liebte es, bei den Dodens in der Küche zu sitzen und ihren Erzählungen zu lauschen.

Talke hatte ein unnachahmliches Gespür dafür, junge Menschen zu fesseln. Sie agierte umsichtig, vermittelte das Gefühl von Geborgenheit und gaukelte ihnen vor, sie wüsste, wie die Welt funktionierte. Damit war es ihr auch bei Wilko und Ludger schon gelungen, ihre Ansichten subtil, aber nachdrücklich einzutrichtern.

Es gefiel Lina nicht, aber Enna war Aleas Tochter, und

die war froh, wenn ihr Kind gut betreut war, während sie in der Molkerei alle Hände voll zu tun hatte.

Lina hoffte, dass ihr Frieden kein trügerischer Zustand war, weil Talke es durchaus mit Argwohn und Eifersucht sah, dass Derk Lina vor drei Jahren geheiratet hatte.

Die Gedanken an diesen besonderen Tag zauberten Lina stets ein Lächeln ins Gesicht. Es war nur eine kleine Feier im engeren Familienkreis gewesen, aber sie hatten die Trauung ganz stilvoll in der Zeteler Kirche begangen. Lina liebte Orgelmusik, und sie wollte den Bund der Ehe zu genau diesen Klängen schließen.

Es war berauschend, an Derks Seite durch den Gang zu schreiten. Lina hatte sich für ein schlichtes langes Kleid in einem Grauton entschieden. Es war aus einem fließenden Stoff genäht und schmeichelte ihrer Figur auf besondere Weise. Ein Perlencollier besaß sie noch von ihrer Mutter. Sie hatte es zuvor nie getragen. Aber jetzt, da sie den Mann heiratete, den sie über alles liebte, empfand Lina es als passend. Die weißen Perlen schmiegten sich sacht um ihren Hals, und Derk hatte gesagt, sie würden Linas Augen wunderbar zum Leuchten bringen.

Nach der Kirche, zu der sie klassisch mit einer Hochzeitskutsche gefahren waren, hatten sie in der Diele des Hauses gespeist. Rinderbraten mit Rotkohl und Klößen, dazu gab es Wein, Bier und Sekt.

Die Feier war nicht ausgeufert, denn Lina wollte keinen Tanz, es wäre ihr unpassend erschienen. Wichtig war einzig, jetzt und für alle Zeit an Derks Seite leben zu dürfen. Was hatten sie sich danach gesehnt. Es war eine solche Wohltat, nicht mehr umeinander herumschleichen zu müssen, sich lieben zu können, wann immer ihnen danach war, und endlich ein Paar zu sein, von dem alle wissen durften.

Lina zuckte aus ihren Gedanken zusammen, als Enna und Behrend auf den Hof gelaufen kamen.

»Deutsche, wehrt euch gegen die Juden!«, riefen die Kinder wie aus einem Munde und reckten die Fäuste in die Luft.

Aus dem Kontor trat Adelheid, denn seitdem Enna sie mit ihren zehn Jahren nicht mehr ständig als Kindermädchen benötigte, ging sie Lina im Büro zur Hand und verrichtete dort leichtere Schreibaufgaben.

Adelheid hatte die Hände vor dem Oberkörper verschränkt und lächelte zufrieden. Ihr schien dieses merkwürdige Spiel gut zu gefallen.

»Leute, kauft nicht bei Juden! Judenpack! Judenpack«, kreischte Enna jetzt und steigerte sich in diesen Ruf regelrecht hinein.

Lina erstarrte. Verdammt, woher hatten die Kinder so etwas.

Talke und Karl, schoss es ihr durch den Kopf. Woher denn sonst? Dort wurden solche Hassreden geschwungen. Aber sie beschäftigte auch jüdische Mitarbeiter, das konnte sie auf keinen Fall zulassen.

Lina schluckte und winkte die drei sofort zu sich.

»Was ruft ihr denn da für schreckliche Sachen?«

Ennas Augen funkelten vor Begeisterung, als sie antwortete:

»Das hat uns Talke beigebracht. Die Juden sind schuld daran, dass wir den Krieg verloren haben und es dem Deutschen Reich so lange schlecht ging. Wir hätten siegen können, aber das wurde von denen und den Kommunisten verhindert. Sie haben dem Reich einen Dolchstoß versetzt! Und jetzt haben sie einen großen Anteil daran, dass es den Banken schlecht geht. Die müssen weg.«

Enna wollte schon wieder losschreien, doch Lina packte sie am Arm.

»Was redet ihr für einen Unsinn«, sagte sie ganz ruhig. »Hier auf dem Milchhof arbeiten Arthur Katz und Daniel Bornstein. Und die gehören genauso zu uns wie ihr.«

»Die sind ja auch nett«, meinte Enna. »Arthur gibt mir immer einen Lolli, und Daniel kann ganz tolle Geschichten erzählen.«

»Siehst du! Und Verwandte von Arthur und Daniel haben Geschäfte. Warum also möchtet ihr nicht, dass wir dort einkaufen?«

Enna lief rot an, Adelheids Gesicht versteinerte bei ihren Worten.

Hier half nur eins: Lina musste solche Aussagen sofort aufs Schärfste unterbinden, wenn sie das Betriebsklima nicht stören wollte. Was war, wenn es Schule machte und ihre Arbeiter sich gegenseitig aufhetzten? Das durfte sie auf keinen Fall zulassen.

Zumal sie ohnehin nichts davon hielt, Menschen wegen ihres Glaubens oder der Gesinnung zu verurteilen.

»Ich möchte auf dem Milchhof Bleeker kein Wort mehr davon hören!«, forderte sie. »Wir haben einige Mitarbeiter jüdischer Herkunft, und sie werden auf gar keinen Fall beschimpft oder für irgendetwas schuldig gesprochen, was derart hanebüchen ist. Haben wir uns verstanden?«

»Aber wenn es doch stimmt«, wandte Adelheid beklommen ein.

»Es stimmt nicht!« Lina wurde laut.

»Talke sagt das aber auch«, flüsterte Enna. »Und Talke weiß ganz viel. Sie nimmt sich auch die Zeit, uns alles in Ruhe zu erklären, nicht wahr, Adelheid?«

Die junge Frau nickte. »Ja, wenn Talke es deutlich macht, dann ist es gut verständlich.«

Lina musste dringend mit Alea sprechen. Ihre Tochter sollte verbieten, dass Enna weiterhin Kontakt zu Talke und Karl hatte. Sie wurde dort, unter dem Deckmantel, dass Talke es gut mit den Kindern meinte, vollkommen verdorben.

Mit Antke wollte Lina ebenfalls sprechen, bevor auch Behrend noch schlimmer begann, solche Dinge ungefiltert nachzuplappern. Aber das würde ungleich schwieriger werden, immerhin war Talke ihre Mutter, und es war unwahrscheinlich, dass sie sich gegen sie stellte, auch wenn sie viele Dinge durchaus kritisch sah, die von ihrer Seite kamen.

Lina steuerte sofort auf die Käsefertigung zu, denn dorthin hatte sie ihre Tochter eben hineingehen sehen.

Sie stand mit einer weißen Haube auf dem Haar am Eingang der Käserei und gab der neuen Meierin Anweisungen.

»Das ist Sarah Goldenstein«, stellte Alea die junge Frau gleich vor. »Sie lebt seit dem letzten Jahr in Varel, arbeitet seit gestern hier und hat viele wunderbare Ideen aus der Molkerei Haselünne mitgebracht, wo sie bis zu ihrem Umzug gearbeitet hat.«

Lina nickte ihr freundlich zu. »Moin, willkommen auf dem Milchhof Bleeker! Meine Tochter hat mir von Ihnen erzählt. Ich bin, froh, dass wir nun eine so wunderbare Fachkraft wie Sie bei uns wissen! Gute Arbeiterinnen sind Mangelware.«

»Ich war auf der Molkereischule in Kiel, bevor ich nach Haselünne gewechselt habe.«

Lina hatte stets großes Interesse an ihren Angestellten. Normalerweise suchte sie diese zusammen mit Alea aus, aber sie war in den letzten Wochen im Kontor sehr eingespannt gewesen. Deshalb hatte sich ihre Tochter allein um alles gekümmert.

Aber Lina wollte mehr von der neuen Meierin wissen. »Sie sind verheiratet?«

Frau Goldenstein nickte. »Ja, mit David. Er hat ein Stoffgeschäft in Varel eröffnet. Nun läuft es, und wir können beide unserem Beruf nachgehen. Ich bin froh, in dieser Molkerei arbeiten zu dürfen.«

Lina lächelte freundlich. Sarah Goldenstein machte einen überaus sympathischen Eindruck. Mit ihr würde es ein gutes Auskommen sein. Dafür hatte sie ein Gespür.

»Sollte es mal zu Schwierigkeiten kommen, geben Sie mir einfach Bescheid, ich werde dann das Notwendige veranlassen, damit alle Schwierigkeiten aus dem Weg geräumt sind.«

Über das Gesicht der Meierin glitt ein Lächeln. »Danke, das weiß ich zu schätzen. Für unsereins ist es momentan nicht überall leicht.«

Lina wusste sofort, wovon Sarah sprach. Der Antisemitismus kroch wie eine Mamba durchs Reich und legte überall ihre Eier ab, aus denen neue kleine züngelnde Schlangen krochen, die größer wurden und ihr Gift überallhin verspritzten.

Doch hier, auf dem Milchhof, da sollte es anders sein. Hier wollte Lina ihre Leute nicht nach dem Glauben beurteilen, sondern einzig danach, ob sie gute Arbeit verrichteten oder nicht.

»Hier müssen Sie sich nicht fürchten«, sagte sie und legte kurz die Hand auf Sarahs Schulter.

Die junge Frau schluckte. »Ich ängstige mich sehr vor der Zukunft. Ich hoffe, auf dem Land etwas sicherer zu sein. In den Städten wird die Stimmung immer aggressiver.«

»Ich weiß«, sagte Lina. »Es ist ein Kreuz, was da gerade passiert und verbreitet wird. Bei uns in der Molkerei sollte der Glaube aber keine Rolle spielen. Ich werde darauf achten, dass sich alle Mitarbeiter an den Kodex halten.«

Schon als Lina es aussprach, ahnte sie, dass sie da ein sehr vollmundiges Versprechen abgegeben hatte. Was würde sein, wenn der politische Druck so groß würde, dass sie Frauen wie Sarah Goldenstein oder ihren zweiten Meier Arthur Katz nicht mehr würde schützen können?

Lina wischte diesen besorgniserregenden Gedanken schnell fort. So weit durfte es einfach nicht kommen. Es gab schließlich Grenzen.

»Gut, dann gehe ich jetzt wieder an die Arbeit! Die Käsepresse wartet.«

Sarah Goldenstein verabschiedete sich mit einem Kopfnicken, und Lina wandte sich an ihre Tochter.

»Ich muss mit dir sprechen. Dringend.«

»Was gibt es denn?«, fragte Alea.

»Bitte lass uns zur Laube im Garten gehen, dort sind wir ungestört«, antwortete Lina.

»Was Vertrauliches also.« Alea krauste die Stirn. »Wenn es nicht zu lange dauert, gern.«

Sie überquerten den Hof und gelangten in den Garten, in dem die Stauden wunderbar blühten und einen betörenden Duft verbreiteten. Phlox wechselte sich mit Sonnenauge und Duftnesseln ab. Die Farbenpracht war einzigartig.

Lina steuerte auf die Gartenlaube zu, die sie in den letzten Jahren gegen den baufälligen Pavillon ersetzt hatten.

Nun stand dort an seiner statt ein neues Holzhäuschen mit Sprossenfenstern und einer Tür, die nicht laut quietschte und ächzte, wenn sie geöffnet wurde.

Innen war es warm. Ihnen schlug herber Holzduft entgegen, was zwar Gemütlichkeit bescherte, aber den Raum stickig werden ließ. In der Laube befanden sich zwei weiße Stühle mit filigran gearbeiteten Lehnen, die inzwischen betagte Hausdame Gertje hatte bereits geblümte Kissen auf die Sitzflächen gelegt. Den runden Tisch zierte ein kleines Deckchen, auf dem ein Blumenstrauß in einer Vase für eine wohlige Atmosphäre sorgte.

»Ich glaube, wir setzen uns lieber nach draußen«, schlug Lina vor. »Nicht, dass uns gleich der Schweiß übers Gesicht läuft, so warm, wie es hier drinnen ist.«

»Das ist eine wunderbare Idee. Unter dem Kirschbaum, da haben wir Schatten und können in Ruhe klönen. Du willst sichtlich was Wichtiges loswerden.«

Alea setzte sich und sah ihre Mutter abwartend an. »Also, was gibt es?«

Lina fasste zusammen, was sie eben mit ihren Enkeln und Adelheid erlebt hatte. »Talkes Einfluss ist schädlich, Behrend und Enna sollten dort nicht mehr hingehen«, schloss sie.

Alea aber blieb erstaunlich ruhig.

»Mutter, es sind Kinder! Die plappern alles nach. Und egal, wohin du gehst: Die Juden werden immer stärker verunglimpft. Wir sollten den Lütten vielmehr deutlich machen, dass es sich nicht gehört, so zu reden.«

»Das ist durchaus richtig, und ich habe es getan. Es wäre aber besser, sie würden diese Dinge gar nicht erst hören«, gab Lina zu bedenken. »Mir kommt es vor wie fehlerhaftes Saatgut, das in die Erde gesteckt wird. Und was kommt dabei raus? – Schlechte Keime und ganz gewiss keine Halme, die grün und ansehnlich sind.«

»Dann darfst du sie auch nicht zur Schule schicken«, meinte Alea. »Was meinst du, was die Lehrer dort so erzählen. Da schlackern dir die Ohren.«

Lina aber gab sich mit dieser Argumentation nicht zufrieden. »Das ist schwer zu verhindern, ich weiß. Aber hier zu Hause, da ist es uns noch möglich, Einfluss zu nehmen. Bitte denk darüber nach, Alea!«

Ihre Tochter seufzte. Für sie stellte das alles offenbar noch kein Problem dar. Sie betrachtete das Gerede und die Hetze wie einen kleinen Sturm, der sich bald wieder legen würde, während Lina und Derk das ganz anders sahen. Sie hatten bereits vor dem Ersten Weltkrieg erfahren müssen, wie schnell Propaganda an Fahrt aufnehmen konnte.

Alea stand auf und reckte sich. »Ich für meinen Teil bin froh, dass Enna sich bei Talke so wohlfühlt und ich in Ruhe arbeiten kann, da ja auch Adelheid inzwischen oft ins Büro geht, was natürlich richtig ist. Sie muss etwas lernen, von dem sie leben kann. Und Talke mag ja sein, wie sie will: Mit Kindern kann sie wunderbar umgehen.«

Lina biss sich auf die Lippen. So kam sie nicht weiter, denn es wäre fatal, sich jetzt mit ihrer Tochter zu überwerfen. Also lenkte sie ein.

»Gut, dann beobachten wir das Ganze noch eine

Weile, aber wenn es schlimmer wird, müssen wir etwas unternehmen. Können wir so verbleiben?«, vergewisserte sie sich.

Alea lachte auf.

»Ach, Mutter. Über was du dir so Gedanken machst! Ihr Alten seid so unfassbar kompliziert, und ihr hört überall Flöhe husten.« Sie zuckte mit den Schultern und machte sich zurück auf den Weg zum Milchhof.

Lina schaute ihrer Tochter nachdenklich hinterher. War sie so beschäftigt, dass sie überhaupt nicht bemerkte, was in diesem Land vor sich ging? Oder verschloss sie doch die Augen vor der Realität?

Die Zeit würde zeigen, wer von ihnen beiden irrte. Was hoffte Lina, dass sie falschlag.

Sie blieb noch eine Weile sitzen, das würde ihr Gemüt etwas beruhigen. Dabei schaute sie einem Amselmännchen zu, wie er mit einem Regenwurm kämpfte und fortflog. Lauschte dem Gesang der Vogelstimmen und freute sich über den vorwitzigen Zaunkönig, der sich ganz dicht an sie heranwagte, den Kopf kurz schieflegte und keckernd ins Gebüsch huschte.

Das alles verlangsamte ihren Herzschlag und ließ den Atem wieder ruhiger fließen.

»Gut, dann muss ich das wohl so akzeptieren«, sagte sie zu sich. »Es sind nicht meine Kinder.«

Denn dass sie auch bei Antke auf Granit beißen würde, war ihr durchaus klar. Dennoch würde sie ihre Schwiegertochter – sie sah sie auch nach der Trennung von Wilko so – von diesem Vorfall unterrichten.

Und sie wollte mit Adelheid sprechen. Immerhin war die junge Deern auf den Hof gekommen, weil sie sie hergeholt hatte. Mit ihren nunmehr zwanzig Jahren sollte sie unterscheiden können, was gut oder böse, richtig oder falsch war. Sie war schließlich kein Kind mehr.

Mehr stand nicht in Linas Macht.

Es wurden überall täglich mehr, die diese Ideologie unterstützten oder dazu schwiegen. Leute wie sie und Derk wurden zu einer Minderheit.

Lina quälte sich vom Stuhl hoch. In der letzten Zeit machten ihr die Knochen zunehmend zu schaffen. Mit ihren nunmehr zweiundsechzig Jahren gehörte sie schon fast zum alten Eisen. Zumindest bemerkte sie, dass viele Dinge beschwerlicher wurden. Dennoch genoss sie alles, was sie sich aufgebaut hatten. Es war oft nicht leicht gewesen, aber sie hatte das Ruder am Ende immer noch herumgerissen. Das würde ihr auch jetzt gelingen. Niemand, wirklich niemand würde ihr je ihren Betrieb entreißen können.

Als Lina den Molkereihof betrat, ging ihr bei der Geschäftigkeit in den Fertigungshallen und Ställen das Herz auf. Gerade kam einer der Milchwagen und brachte Nachschub an frisch Gemolkenem, die Maschinen liefen, und ihre Mitarbeiter hatten gut zu tun.

Behrend und Enna spielten Fangen und kreischten vor Freude.

Von solchen Bildern hatte Lina zeitlebens geträumt, und nun waren sie Wirklichkeit geworden. Wahrscheinlich hatte Alea recht, und sie machte sich vollkommen umsonst Sorgen.

Lina wollte eben ins Kontor gehen, denn es waren noch ein paar Rechnungen durchzugehen, als sie stehen blieb, weil Karl Doden auf den Milchhof trat. Er sah geschäftig aus. Neuerdings trug er stets einen schwarzen Anzug nebst Hut.

»Moin!« Er begrüßte Lina mit aufgesetzter Freundlichkeit. Dass die nicht echt war, wusste sie genau, denn Karl Doden wünschte ihr nach wie vor die Pest an den Hals.

Lina aber ließ sich auf das falsche Spiel ein. Erfahrungsgemäß war es besser, Karl nicht zu reizen, denn er hatte inzwischen viel zu viele gute Verbindungen zu Stellen, die Lina und Derk nicht schätzten. »Moin, Karl. Wat kann ik för di don?«

»Wollen wir kurz reden?«, fragte er. Ihm stand der Schweiß auf der Stirn. Bei der Hitze war es in dem schwarzen Anzug sicher arg unangenehm.

»Bitte!«, antwortete Lina knapp und wies zum Kontor. Dort war es noch heißer als hier draußen, aber sie wollte nicht, dass Karl Doden sich wohlfühlte.

Außerdem besprach sie geschäftliche Dinge immer im Büro, weil dort gewährleistet war, dass keiner mithörte, denn die Türen zu den Mitarbeitern waren jetzt immer gut verschlossen.

Karl ging wie selbstverständlich voraus und setzte sich auf den Stuhl, der vor Linas Schreibtisch positioniert war. Er schlug die Beine übereinander und zog ein Zigarillo aus der oberen Anzugtasche.

»Wir rauchen hier nicht«, erklärte Lina nachdrücklich. »Es gab vor Jahren einen Großbrand, und seitdem herrscht auf dem Milchhof Rauchverbot.«

Lina grauste es noch immer, als plötzlich die Scheune in Brand gestanden hatte und das Feuer nur wie durch ein großes Glück nicht aufs Haus und die ersten Molkereigebäude übergegriffen hatte. Diesen Tag würde sie schon deshalb nicht vergessen, weil da auch ihre liebe Magd Mathilde fortgegangen war.

Sie seufzte, weil sie es noch immer kaum glauben konnte, dass sie tatsächlich versucht hatte, ihren Mann Thees umzubringen, und ihr deshalb nur die Flucht geblieben war.

Karl steckte den Zigarillo wieder zurück. »Gut, dann komme ich gleich mit meinem Anliegen.«

Lina schaute ihn fragend an. Karl wirkte noch arroganter als sonst. Er hatte mit Sicherheit Nachrichten, die ihm gefielen, Lina aber das Leben schwer machen würden. War es jetzt so weit, dass er seine Position endlich ausspielen konnte?

Leider hatten Linas Gedanken ins Schwarze getroffen. Karl lehnte sich genüsslich zurück, und die Worte flossen wie süßer Honig über seine Lippen.

»Ich bin jetzt als Funktionär im regionalen Milchwirtschaftsverband für den Milchhof Bleeker zuständig. Ich werde also euren Betrieb entsprechend kontrollieren und aufpassen, dass alles mit rechten Dingen zugeht. Das wird eine wundervolle Zusammenarbeit!«

Lina spitzte die Lippen und stieß innerlich mehrere Seufzer aus. Das waren verdammt miese Nachrichten. Von wegen wundervolle Zusammenarbeit!

Aber es galt, die Contenance zu wahren. Deshalb lächelte sie ihr unverbindliches Lächeln, das alles sagte – und auch nichts.

»Gut, dann hast du es mir nun mitgeteilt«, sagte sie betont lässig, obwohl ihr diese Information sehr nahging. Am liebsten wäre Lina Karl an die Gurgel gegangen, weil klar war, wie sehr er sie künftig gängeln würde.

Es war nicht nur sein tief verwurzelter Hass auf die Familie Bleeker, weil ihr ehemaliger Ehemann Thees Karls Schwester in den Tod getrieben hatte, sondern auch seine Solidarität mit Talke, die Lina allein für das Scheitern ihrer Ehe verantwortlich machte.

Nein, sie hatte nichts Gutes zu erwarten, wenn Karl Doden ihr Vorschriften machen konnte und von höchster Stelle auch durfte.

Erst hatte er die Nationalen Stürmer unterstützt, aber inzwischen war die NSDAP an der Macht und hatte sogar sämtliche anderen Gruppierungen ihrer Art geschluckt. Und diese Leute sollten nun mit Karl Doden an der Spitze Einfluss auf die Geschicke ihrer Molkerei nehmen? Das konnte Lina nicht gutheißen, aber leider auch nicht verhindern.

*

Derk kam mit einem mulmigen Gefühl nach Hause. Er war zwei Tage in Oldenburg zum Milchkongress gewesen, und nun wagte er kaum, Lina unter die Augen zu treten.

Er hatte Neuigkeiten im Gepäck, von denen er nicht wusste, wie gut sie damit umgehen würde. Aber leider holte einen die Vergangenheit immer wieder ein. Selbst dann, wenn man geglaubt hatte, sie weit hinter sich zu wissen, und die Wunden endlich geschlossen waren.

Zunächst brachte er den Koffer ins gemeinsame Schlafzimmer und nahm sich in ihrem kleinen Rückzugsraum einen Cognac.

Er schmeckte ihm nicht, aber er brannte angenehm in der Kehle und ließ ihn etwas entspannen.

Es war stickig, und Derk öffnete das Fenster sperrangelweit, damit frische Luft hereinkam. Nur leider wurde die Temperatur keineswegs besser, denn draußen herrschten mindestens dreißig Grad im Schatten. Der ungewohnte Alkohol erhitzte ihn zusätzlich.

»Du bist schon da?«

Lina war unbemerkt eingetreten und lächelte ihn an. Wie immer gab sie ihm sofort einen Kuss, und wie immer hätte er sie am liebsten gar nicht wieder losgelassen. War seine Frau in der Nähe, umgab ihn stets ein unglaublicher Frieden.

Den würde er jetzt vermutlich ein wenig ins Wanken bringen.

Doch er musste loswerden, was zu sagen war. Aber erst wollte er noch die Umarmung seiner Frau auskosten.

Lina schob ihn nach einer Weile fort, sie schien bemerkt zu haben, dass ihn etwas belastete.

»Dich bedrückt doch etwas«, sagte sie Derk auf den Kopf zu.

Er atmete tief durch.

»Ja, das stimmt. Wollen wir zum Wasser fahren? Ich muss mit dir sprechen, und dort wird wenigstens ein kleines Lüftchen wehen. Es ist unerträglich heiß hier.«

Lina strahlte übers ganze Gesicht. »Gut, dann machen wir das. Mit dem Einspänner sind wir schnell am Deich, und es ist angenehm, wenn uns der Wind um die Nase weht.«

Noch immer besaßen Lina und Derk kein Automobil, denn es war eine kostspielige Angelegenheit, und sie wollten keine unnützen Ausgaben tätigen, solange sie noch mit den Finanzen der Molkerei zu kämpfen hatten.

»Ich kümmere mich sofort darum! Dann zieh dich rasch um, mit dem Anzug willst du bestimmt nicht losfahren, oder?« Sprach's und verschwand im Hof.

Derk wurde es schwer ums Herz.

Kaum glaubten sie, es lief wieder einigermaßen rund, wurde ihnen erneut ein dicker Felsen in den Weg gelegt. Oft einer, den sie nur mit Steigeisen und Pickel überwinden konnten. Wie Lina nun das neuerliche Problem einschätzte, stand in den Sternen.

Derk zog sich um und schlüpfte in ein dünnes Hemd, dessen Ärmel er hochkrempeln konnte, und er entschied sich für eine leichte Leinenhose. Auch darin würde er weniger schwitzen, weil sie angenehm kühl auf der Haut war.

Auf dem Weg nach draußen ging Derk an der Küche vorbei und trank drei Gläser Wasser. Danach fühlte er sich erfrischt und gewappnet für das, was er gleich hinter sich bringen musste.

Seine Frau hatte schon anspannen lassen, und er erklomm neben ihr den Platz auf dem Kutschbock. Er mochte es, ihr bei solchen Ausfahrten nah zu sein. Zwar behauptete Lina stets, sie würden nun doch alt, aber er betrachtete sie noch immer mit den Augen eines jungen verliebten Mannes. Gleichgültig, wie betagt Lina je sein mochte: Er würde sie immer schön, jung und fantastisch finden. Es war ihr Blick, der nie alterte. Dieses Strahlen, als hätte sich darin das gesamte Firmament niedergelassen, um ihn zu erfreuen.

Lina fuhr gern selbst und liebte es, das Pferd in die richtige Richtung zu lenken und die Geschwindigkeit vorzugeben.

So macht sie es auch im richtigen Leben, schoss es Derk durch den Kopf. Lina gab die Zügel nur ungern aus der Hand, und das Tempo oblag ihr ebenfalls.

Jetzt schnalzte sie kurz, und der Schimmel trabte munter an. Als sie den Hof verließen, wurden sie erst durchgeschüttelt, denn der Weg hatte Schlaglöcher, die von den heftigen Regenfällen des letzten Jahres und den Reifen der schweren Milchfahrzeuge herrührten und noch nicht ausgebessert worden waren.

»Das müssen wir auch noch in Ordnung bringen«, sagte Lina. »Die Arbeit wird nie weniger. Aber ohne das wäre es ja auch furchtbar langweilig, findest du nicht?«

»Ein Loblied auf sämtliche Probleme«, murmelte Derk.

Lina tätschelte seine Hand. »Es gibt also etwas sehr Wichtiges, was du loswerden musst?«, schlussfolgerte sie.

»Lass uns nach Dangast zu *Tante Klara* fahren«, schlug sie vor.

Die Pension und Gaststätte am Kukshörner Weg hatte vor sechs Jahren eröffnet und war seitdem ein Anziehungspunkt in dem schönen Ort am Jadebusen. Wenn Lina und Derk Zeit hatten, kehrten sie gern dort ein, tranken einen Mokka und aßen ein Stück Kuchen.

Mit etwas Glück würden sie ein Plätzchen auf der Außenterrasse finden. Der Schimmel war pflegeleicht, und sie konnten ihn problemlos und ohne Aufsicht einfach davor anbinden. Er würde niemals von allein fortlaufen.

Derk freute sich auf die Zeit mit seiner Frau. Sie hatten so viel nachzuholen! So viele verlorene Stunden, so viel verschwendete Zeit, die sie für andere Dinge als sich selbst genutzt hatten. Und nun waren sie nicht mehr die Jüngsten und sollten das Beste aus allem machen.

Es war traurig, dass er erst solch miese Nachrichten im Gepäck haben musste, um mal wieder einen Ausflug zu machen.

Trotzdem genoss er die Fahrt genauso wie seine Frau, und als hätten sie eine stille Abmachung getroffen, sprach keiner von ihnen an, was ihnen auf der Seele brannte.

Es war zu schön, hier unterwegs zu sein und die Zweisamkeit zu genießen.

Zum einen wehte ein angenehmer Fahrtwind, obgleich sie den Schimmel zu keiner großen Eile antrieben, denn auch dem Pferd würde warm sein. Zum anderen tat es gut, ganz in Ruhe die Weite der Landschaft zu bestaunen. Dabei gelang es Derk, sich zu beruhigen und sich die Worte zurechtzulegen, derer es gleich in seinem Gespräch bedurfte.

Als sie in Dangast ankamen, war dort eine Menge los. Viele Menschen aus den umliegenden Ortschaften und Städten wie Wilhelmshaven, Varel oder Oldenburg hatte es an den Jadebusen getrieben, denn hier war es längst nicht so stickig wie anderswo, weil am Wasser immer ein leichtes Lüftchen wehte.

Derk fuhr direkt zu *Tante Klara*, doch auf der Terrasse war alles besetzt.

»Schade«, kommentierte Lina, »aber dann können wir an den Strand gehen. Fahr doch mal dorthin, sicher gibt es irgendwo die Möglichkeit, wo wir unser Gefährt stehen lassen können und der Schimmel die Zeit im Schatten verbringen kann.«

Derk bog in die nächste Biegung ein, und schnell waren sie am Wasser. Dort hatten sie Glück, denn im Unterstand für die Kutschen und Pferde wurde gerade ein Platz frei. Zwar mussten sie von hier ein kurzes Stück zum Strand laufen, aber das war beiden egal.

Lina hüpfte vom Kutschbock und reichte dem Knecht die Zügel.

Dann hakte sie sich bei Derk ein, und sie liefen hinunter zum Wasser. Lina freute sich, als am Spülsaum ein Krebs vor ihr davonkrabbelte und ein Stück weiter eine Robbe auftauchte, um dann schnell wieder zu verschwinden.

Über ihnen balgten sich zwei Silbermöwen, und in Richtung des Arngaster Leuchtturms waren zwei weiße Boote zu erkennen. Linas Gesicht versteinerte einen Moment lang.

Derk wusste, dass ihr solch ein Anblick jedes Mal einen Stich versetzte, weil Ludger mit einem Boot verunglückt war. Deshalb drückte er seine Frau kurz, sie verstand, und schnell kehrte ihre gute Laune zurück. Sie liefen weiter und ihr Schritt wurde beschwingter.

Lina wies zu den Kindern, die mit Feuereifer ihre Sandburgen bauten und mit Muscheln zu wahren Kunstwerken verzierten. »Was ist es schön hier«, jubelte sie.

»Wir sollten ab und zu mit Behrend und Enna herkommen«, resümierte Lina. »Die beiden sind viel zu oft bei Talke.«

»Ist es jetzt doch ein Problem?«, fragte Derk. Er schüttelte den Fuß, denn ihm war Sand in den Schuh gekommen.

»Ja, das ist es.« Bereitwillig erzählte Lina, was vorgefallen war. »Alea sieht da kein Problem, aber es kann doch nicht angehen, dass sie unsere jüdischen Mitarbeiter beschimpfen. Mit Sarah Goldenstein ist es nun noch eine mehr, und wir können es uns nicht leisten, die guten Fachkräfte zu vergraulen.«

Derk seufzte. Er sah das genauso.

»Du weißt aber schon, was in den Städten los ist? Da ist dieses Kindergeschrei wirklich eine harmlose Sache.«

Lina sah ihren Mann fragend an. »Das nennst du harmlos?«

Derk nickte und erzählte, was er gehört und gelesen hatte.

In den großen Städten waren jüdischen Geschäften nach der Reichstagswahl die Scheiben eingeworfen worden, und auch sonst machte man ihnen das Leben schwer. Vor den Läden postierten sich junge Männer, die die Kunden anpöbelten und davon abhalten wollten, hineinzugehen.

Und es gab weitere Einschränkungen. Die jüdischen Mitbürger durften längst nicht mehr überall arbeiten. Das konnte Lina doch nicht verborgen geblieben sein. War sie zu naiv, dass sie dieser widerlichen Strömung keine große Bedeutung beimaß?

Derk bezweifelte, dass es noch lange gut gehen würde, wenn sie weiterhin Juden in der Molkerei beschäftigten. Er hoffte nur, dass Lina sich nicht allzu sehr mit Karl anlegte. Was das in letzter Konsequenz bedeuten würde, konnte er sich an allen fünf Fingern abzählen.

Umso schwerer fiel es ihm nun, das zu sagen, was er mitzuteilen hatte.

»Wollen wir uns dorthin setzen?«, fragte er. »Der Sand ist warm und trocken.«

»Nichts lieber als das!« Lina ließ sich sofort fallen und hielt ihr Gesicht mit geschlossenen Augen in die Sonne. »Auf Dauer könnte es aber zu heiß werden«, meinte sie. »Vielleicht doch besser dort im Schatten?«

»So lange dauert es nicht, dann können wir noch ein Stück weiterspazieren.« Derk ließ sich ebenfalls nieder und malte mit den Fingerspitzen ein paar Kreise in den Sand.

Er wagte immer noch nicht, sein Problem anzusprechen, und war froh, dass Lina das Wort übernahm und von Karls Besuch in der Molkerei berichtete.

Derk seufzte, denn auch diese Neuigkeit verschärfte sein Problem und bestätigte seine schlimmen Befürchtungen. Er gab sich einen Ruck. Es war besser, endlich den Mund aufzumachen, denn er war auch sicher, dass Lina sich nicht mehr lange gedulden würde.

»Ich will es kurz machen. Du weißt ja, dass ich in Dresden einen Sohn habe, der bislang nicht wusste, wer sein richtiger Vater ist.«

Lina nickte. Es war eine unleidliche Geschichte. Derk hatte, weil er mit Talke unglücklich gewesen war und Lina in der Ehe mit Thees steckte, eine Liaison mit Hilda begonnen. Sie war ebenfalls verheiratet, hatte sich aber wohl zu der Zeit, als Derk noch in der Pfunds-Molkerei tätig war, Chancen auf eine Ehe mit ihm ausgerechnet. Weil er zurück in den Norden gegangen war, hatte sie Martin von Webersbach geheiratet. Nur war Derk dann eine Zeit lang zurückgekommen. Unglücklich und hungrig nach Liebe. Das hatte Hilda ausgenutzt.

Seitdem gab es Otto, der fast zur selben Zeit wie Derks Tochter Antke geboren worden und seinem leiblichen Vater wie aus dem Gesicht geschnitten war. Doch Otto dachte, der Rittmeister wäre sein Vater.

Derk musste nichts weiter erklären, Lina wusste sofort, was los war.

»Er weiß es jetzt?«, sagte sie.

Derk nickte. »Nicht nur das.«

»Und?«

»Er ist mit mir aus Oldenburg hergekommen, ist hier

in der Friesischen Wehde und wohnt derzeit in der Posthalterei in Ellenserdammersiel.«

»Puh«, entfuhr es Lina. »Woher hat er sein Wissen? Hilda wird doch nicht geplaudert und sich selbst ins Unglück gestürzt haben?«

Derk schüttelte den Kopf. »Sein Vater ist kürzlich verstorben, und Hilda hat ihm wohl in ihrer Erbitterung und Ohnmacht die ganze Wahrheit an den Kopf geschmissen.«

»Oh«, sagte Lina nur. »Da hatte sie sich im entscheidenden Moment nicht unter Kontrolle. Was muss das für ein Schock für den armen Kerl gewesen sein.«

»Das war es«, bestätigte Derk. »Er hat immer gespürt, dass etwas nicht stimmt, aber seinen Vater sehr gemocht, ja, fast vergöttert. Und dann kommt eine solche Offenbarung.«

Lina presste die Lippen zusammen, und Derk sah, wie sehr sie mit seinem Sohn Mitleid hatte. Das war ein guter Anfang.

»Nun wird er irgendwen hassen«, sagte sie versonnen. »Bestimmt sucht er einen Schuldigen für dieses Dilemma.«

Derk schluckte. Denjenigen hatte Otto schon gefunden, und der war eine Frau und hieß: Lina. Hilda hatte sie wohl in ein ganz schreckliches Licht gesetzt und ihre böse Saat gesät. Aber das wollte er Lina jetzt nicht erzählen, das hatte noch Zeit, und mit etwas Glück würde er das Unheil schmälern, vielleicht sogar ausmerzen können.

»Was macht Otto jetzt?«, fragte sie.

Das war unverfängliches Terrain, und Derks Stimme festigte sich.

»Er hat sich, seit er weiß, dass ich sein Vater bin, in Wilhelmshaven um einen Posten beworben – und er hat ihn bekommen.« Derk brach ab. Es war wohl besser, Lina nicht gleich auf die Nase zu binden, um welche Aufgabe es sich handelte. »Weil er herausgefunden hat, dass ich in Oldenburg zum Kongress gefahren bin, ist er dorthin gekommen und hat mich angesprochen. Bis ich mit dir überein gekommen bin und er eine angemessene Wohnung bekommen hat, wohnt er in der Posthalterei.«

Jetzt war es heraus, und Lina fragte zum Glück nicht, was genau er in Wilhelmshaven tun würde.

»Und Hilda? Was sagt sie dazu?«

Derk zuckte mit den Schultern. »Ich weiß es nicht. Otto muss sehr überstürzt aufgebrochen sein. Er äußert sich dazu nicht.«

»Hauptsache, sie ist nicht mitgekommen«, sagte Lina. Sie kickte eine Muschel über den Sand.

Derk spürte die unterschwellige Eifersucht, die seine Frau umtrieb. Hilda war für sie eine unbekannte Größe, die zwar weit entfernt, aber dennoch real war. Lina fiel es schwer, Hildas Rolle in seinem Leben zu definieren und zu begreifen – vermutlich, weil er selbst ratlos war, wie das alles hatte passieren können.

Er legte sich seine Worte deshalb sorgsam zurecht, ehe er antwortete.

»Auch wenn es so wäre: Hilda ist Geschichte. Ich habe doch dich, Lina. Wärest du schon damals die Meine gewesen, hätte es Hilda überhaupt nicht gegeben. Und Talke auch nicht.«

»Otto will also bleiben?«, fragte Lina.

Sie fuhr sich mit der Zunge über die Lippen. »Sosehr

ich es dir gönne, dass Otto jetzt bei dir sein möchte: Wir können deinen Sohn aber beim besten Willen nicht auf dem Milchhof aufnehmen, Derk. Selbst wir können nur zwei Räume bewohnen, weil es so eng ist. Er muss wirklich so lange in der Posthalterei schlafen, bis er eine Wohnung gefunden hat.«

Derk zuckte mit den Achseln. Otto würde nicht selbst suchen müssen, das übernahm in diesem Fall die Partei. Und wahrscheinlich würde es auch eher eine Villa sein als eine Wohnung. Nur wollte er das wirklich lieber für sich behalten.

»Er wird bestimmt rasch etwas bekommen«, antwortete Derk vage. »Aber was hältst du davon, wenn wir hinter der Apfelwiese ein eigenes Haus bauen, in dem wir beide unseren Lebensabend verbringen können? Wir könnten uns ein eigenes Reich schaffen, und Otto kann oben wohnen, wenn er uns an den Wochenenden besucht. Dann haben Alea und Tammo wieder mehr Platz, was sicher auch für Enna gut ist. Antke genießt es ja auch, dass sie eine eigene Wohnung in Ellenserdammersiel hat.« Derk sah Lina fragend an.

Sie stimmte sofort zu. »Es ist wohl eine sinnvolle Lösung, und wir müssten das auch bezahlen können, weil wir kein Land kaufen müssen.«

Sie schaute aufs Meer.

Derk wusste, dass sie an Wilko und Ludger dachte. Wilko, der noch immer in Amerika weilte und sich nur sehr selten bei seiner Mutter meldete. Und Ludger, der mit seinem kleinen Ruderboot zu weit hinausgefahren war.

Sie waren fort, aber er hatte seinen Sohn und die Tochter wieder. Auch wenn sie es Derk mit Sicherheit gönnte, konnte sie vermutlich nicht verhindern, dass der eigene Schmerz wieder aus ihr hervorbrach.

»Dann wäre das geklärt«, sagte Derk. »Ich gebe unser neues Zuhause morgen in Auftrag.«

Lina stand auf und putzte sich den Sand vom Rock.

»Gut, dann lass uns jetzt zu Addicks fahren und Otto begrüßen. Zuletzt habe ich ihn ja bei unserem gemeinsamen Besuch in Dresden gesehen, da war er noch een lüttje Jung.«

Derk schmunzelte, als er an die Reise nach Dresden dachte. Da waren er und Lina sich zum ersten Mal richtig nahgekommen – aber sie waren auch Hilda und ihrem Mann samt der zwei Kinder über den Weg gelaufen.

»Gut, wenn du ihn kennenlernen willst.« Derk war dennoch zögerlich, denn er hatte Lina ja noch immer nicht alles gesagt.

Er erhob sich ebenfalls und befreite auch sich vom Sand. Dann reichte er Lina die Hand. Sie griff danach und sah ihrem Mann fest in die Augen.

»Du hast mir längst nicht alles erzählt«, sagte sie. »Ich sehe es dir an der Nasenspitze an.«

»Du hast recht.«

Lina legte den Kopf fragend schief. So wie immer, wenn sie wusste, dass er sich mit der Antwort schwertat.

»Otto …« Derk rang nach Worten. »Also, Otto ist ja der Sohn eines Rittmeisters und unter sehr konservativen Bedingungen groß geworden …«

»Er ist Nationalsozialist«, entfuhr es Lina. »Das ist es, was dich so zurückhält, es mir einfach an den Kopf zu werfen.« Nachdem Hitler Anfang des Jahres die Macht an sich gerissen hatte, gab es für die Braunhemden kein Halten mehr. Derk schürzte die Lippen.

»Nicht nur das.« Er wand sich. Aber Lina würde es ohnehin erfahren, denn er glaubte nicht, dass Otto damit hinter dem Berg halten würde.

»Was noch?«

»Er ist Kreisleiter im Gau Weser-Ems.«

Lina erbleichte merklich. »Dann hat er ja nicht mehr viele Machthaber über sich.«

Derk nickte, während seine Frau zu versteinern schien.

»Das ist mein Problem. Weil ich weiß, dass es für dich eines ist«, rang er sich schließlich ab.

»Das könnte stimmen.«

»Er ist mein Sohn …«

Lina fuhr sich mit der Hand durchs Haar, lief zum Spülsaum und blickte eine Weile übers Wasser.

Derk wusste, was er jetzt einforderte. Aber Lina konnte unmöglich von ihm erwarten, dass er sich zwischen ihr und Otto entschied. Das ging einfach nicht.

Langsam näherte er sich ihr, fasste ihre Hand, aber er spürte keinen Druck zurück.

Es war, als hätte Lina eine unsichtbare Mauer gezogen, wodurch er sie nicht erreichen konnte.

»Ich weiß, was ich da von dir verlange«, sagte er.

»Mehr, als du denkst«, sagte Lina. »So viel mehr.«

So standen sie noch eine lange Zeit am Ufer des Jadebusens.

Wenn seine Gedankenschaukel nach vorn schwang, fiel Linas zurück – und umgekehrt. Sie kamen an dieser Stelle einfach nicht zusammen.

Kapitel 15

Juni 1934

Otto von Webersbach hatte das Kontor gerade verlassen, als Talke auf dem Milchhof auftauchte und sie miteinander ins Gespräch kamen. Die beiden verstanden sich ungewöhnlich gut, was auch kein Wunder war, weil sie eine begeisterte NSDAP-Anhängerin war.

Lina ließ sich gerade an ihrem Schreibtisch nieder, als ihr Stiefsohn zurückkam. Er lebte derweil in einer Villa in Wilhelmshaven, ließ es sich aber nicht nehmen, öfter auf dem Milchhof zu übernachten. Schweren Herzens hatte Lina zugestimmt, ihm ein Zimmer in dem neuen Haus zu überlassen.

»Ich habe eben mit Talke gesprochen«, sagte er mit einem süffisanten Unterton. »Sie weiß ja in der Molkerei gut Bescheid, und ich erfahre über sie einige Dinge, die für die Partei wichtig sind.«

»Es kümmert mich herzlich wenig, was Talke so sagt«, gab Lina zurück und beugte sich über die Bücher. »Sie arbeitet nicht hier und hat keinerlei Befugnisse oder internes Wissen. Darf ich jetzt weitermachen? Ihr da oben verlangt schließlich, dass ich euch genauestens Bericht erstatte.«

Linas Herz schlug bis zum Hals, denn ihr war durchaus klar, dass sie aufgrund dieser Provokation mit dem Feuer spielte, denn Otto von Webersbach liebte es, seine Machtposition auszuspielen. Ein Fingerschnippen von ihm würde genügen, um den Milchhof in immense Schwierigkeiten zu bringen.

»Es sollte dich aber durchaus interessieren«, gab er ruhig zurück.

»Was hat sie behauptet?«, fragte Lina unwirsch.

»Dass ihr Juden beschäftigt.«

Lina legte den Stift beiseite und starrte Otto an. Das war es also. Sie hatte schon länger damit gerechnet, dass man deshalb auf sie zukommen würde. Nun hatte Talke gestichelt und ihr Ziel erreicht.

Wenn sie diese Fachkräfte entlassen müsste, wäre das für die Molkerei fatal. Wie dann das Soll aufrechtzuerhalten war, wusste sie nicht.

»Ja, wir haben Mitarbeiter jüdischen Glaubens. Unverzichtbar für den Betrieb«, sagte sie vorsichtig und schaute ihren Stiefsohn mit festem Blick an. Der ließ sich aber kein bisschen davon beeindrucken. Manchmal kam er Lina vor wie eine Maschine, an deren Einstellungen nicht mehr geschraubt werden konnte, weil sie so fest fixiert waren.

»Oberster Befehl«, bellte Otto da auch schon. Dieser Ton war den meisten Braunen zu eigen. »Schmeiß die Goldbach und das andere Judenpack raus.«

»Nein.«

»Das ist keine Bitte!«

Otto näherte sich mit drei exakt gesetzten lauten Schritten. »Du hast mir nicht zugehört, Lina«, sagte er mit einem bedrohlichen Unterton. »Noch einmal, ganz langsam, damit du den Ernst der Lage verstehst. Es ist ein Befehl. Von ganz hoher Stelle. Deine Meinung ist gerade nicht gefragt.«

Lina spürte, wie ihr die Gesichtszüge entglitten, als sie in Ottos versteinerte Miene schaute. Es schmerzte sie, dass Otto genauso aussah wie Derk als junger Mann, sein Charakter aber ein völlig anderer war. Wie konnte er sich bloß den braunen Bluthunden derart mit Haut und Haaren verschreiben und nun auch noch fordern, dass sie ihre Mitarbeiter entließ, weil diese Menschen die Juden nicht zu Mitbürgern anderen Glaubens, sondern kurzerhand zu einer eigenen Rasse deklariert hatten, was in Linas Augen vollkommener Humbug war.

Aber sie wollte auf keinen Fall kampflos aufgeben.

»Wenn ich unsere jüdischen Mitarbeiter aus dem Betrieb werfe, dann kann ich der von euch geforderten Produktion nicht nachkommen«, erklärte Lina mit Nachdruck. »Der Staat erwartet aber von diesem Zwangskartell, dem Reichsnährstand, dass wir ausreichend Butter produzieren. Butter. Butter. Butter. Wie, bitte, soll das gehen? Ohne meine Arbeiter? Die Qualität reicht wegen der geforderten Menge schon längst nicht mehr an das heran, was früher die Produkte vom Milchhof Bleeker ausgezeichnet hat.«

Die Sätze prallten an ihrem Stiefsohn ab wie die Wogen an der Kaimauer.

Otto blieb ganz ruhig, und Lina bereute es wie schon an so manchem Tag, dass sie Derks Sohn auf dem Hof noch immer Unterschlupf gewährten. Er wäre besser bei seiner Mutter geblieben, doch mit ihr hatte er sich wegen der Lebenslüge restlos überworfen.

Weil Otto schwieg und Lina fast mitleidig anschaute, fragte sie. »Welche Lösung kann ich denn von euch erwarten, wenn ihr mir meine besten Kräfte fortnehmt?«

Ihr Swienegel, fügte sie in Gedanken hinzu.

Otto räusperte sich kurz. »Unsere Marktregulierung wird es richten. Du kannst andere, deutsche Arbeiter einstellen, und dann wird alles so laufen, wie es der Führer wünscht.«

Lina kochte innerlich vor Wut, aber sie durfte es to'n Düwel noch mal nicht zeigen. Wer wusste schon, was Otto und seinen Kameraden dann noch einfiel, um sie zu schikanieren. Nein, sie durfte ihm keine Angriffsfläche bieten.

»Eure Bilanzen sind in Ordnung, sorge einfach dafür, dass es so bleibt«, sagte Otto. »Dann habt ihr nichts zu befürchten.«

Lina nickte stumm. Otto hatte zwar grundsätzlich recht, denn inzwischen hatten sie endlich ausgeglichene Abrechnungen auf dem Milchhof, aber das konnte sich rasch ändern.

Der Reichsnährstand hatte dafür gesorgt, dass sie hauptsächlich Butter produzieren mussten. Dadurch hatten sich zwar ihre Warenumsätze erhöht, aber die erzielten Überschüsse sanken, dank der nationalsozialistischen Marktregulierung, extrem.

Es passte alles hinten, vorne und hinten nicht. Lina und Derk vermuteten, dass diese Marktregulierung einzig dem Zweck diente, dass Deutschland auf dem Nahrungsmittelsektor autark blieb – damit Hitler weiter seinen Krieg vorbereiten konnte, denn sein Geschrei war nach Derks Meinung nicht anders zu interpretieren. Im Ersten Weltkrieg hatte es einen Zusammenbruch in der Milchwirtschaft gegeben, das sollte dieses Mal wohl anders sein. Derweil produzierten sie fast fünftausend Pfund Butter pro Tag und versandten sie.

Aber wie sollte das alles gehen, wenn sie ihre wichtigsten Arbeiter verlor, weil sie nach Ansicht der werten Herren der Regierung dem falschen Glauben angehörten?

»Es ist also klar, dass ihr Sarah Goldenstein und die anderen Leute umgehend aus der Produktion entfernt und durch deutsche Arbeitnehmer ersetzt«, versuchte Otto sie festzunageln.

»Ich kann doch keinen unerfahrenen Arbeiter in die Produktion gehen lassen«, empörte sich Lina. »Sie müssen ausgebildet oder wenigstens entsprechend angelernt sein! Wie soll das in dieser Kürze funktionieren?«

»Lass dir was einfallen, Lina. Du bist die Betriebsleiterin. Solltest du es nicht hinbekommen, werden wir dir jemanden vor die Nase setzen, der sein Metier beherrscht. Das ist ganz einfach.«

Lina blieb vor Wut fast die Luft weg, doch es wäre unklug, sich jetzt mit Otto anzulegen. Er saß am längeren Hebel, sie war machtlos. Wenn sie sich nicht fügte ...

Aber sie hatte Sarah doch ein Versprechen gegeben! Die junge Frau war fleißig, hatte sich nie etwas zuschulden kommen lassen, und sie brauchte diese Arbeit, weil ihr Mann das Geschäft hatte schließen müssen. Binnen kürzester Zeit war niemand mehr gekommen, aus Angst, Ärger zu bekommen.

»Und du und Derk, ihr solltet dringend der Partei beitreten. Wir brauchen staatstreue Diener, auf die wir uns voll und ganz verlassen können, damit das Deutsche Reich vorangebracht wird und wieder Ruhm und Ehre erlangt! Fügt ihr euch nicht, wird es die Molkerei Bleeker nicht mehr lange unter eurer Leitung geben.«

»Milchhof Bleeker«, verbesserte Lina ihn, weil es das Einzige war, was sie darauf sagen konnte.

Otto lachte hämisch auf. »Du willst Krawall, oder? Sei froh, dass wir uns nahestehen, sonst müsste ich spätestens jetzt Meldung machen. Pass also gefälligst auf, was du zukünftig tust oder sagst. Immer kann ich euch nicht schützen.«

»Entschuldige mich bitte, aber der Reichsnährstand ruft«, erwiderte Lina. Sie rang mit sich, aber ihr blieb nichts anderes übrig, als zu lügen, wenn sie heil aus der Sache rauskommen würde. Folglich setzte sie ein gewinnendes Lächeln auf und sagte: »Ich habe ja grundsätzlich nichts gegen die Partei und weiß, wie sehr ihr alle den Zusammenhalt dort schätzt, aber bitte verstehe, dass mir einfach die Zeit fehlt, mich dort zu engagieren. Hier ist die Hölle los, und ich muss mich um die Ernährung unseres Volkes kümmern.«

Sprach's und ließ Otto stehen, während sie die Tür vom Kontor mit einem kräftigen Ruck hinter sich schloss.

Lina lehnte sich mit dem Rücken gegen das Blatt und atmete ein paarmal tief durch. Es war alles furchtbar. Alea hatte diese wunderbaren Käsesorten kreiert, und sie durften sie nicht produzieren, weil die Butter Vorrang hatte. Lediglich für die überschüssige Milch fanden sie noch Abnehmer und durften sie auch verkaufen. So war ihr kleiner Laden wenigstens nicht vollkommen sinnlos geworden.

Derk waren inzwischen die Hände gebunden, etwas gegen Otto zu unternehmen. Sie hatten es damals gut gemeint, ihm ein Zuhause zu bieten. Linas Bedenken, weil er den Nationalsozialisten nahestand, hatte Derk nicht ernst genug genommen, denn er wollte seinen

Sohn endlich an der Seite haben, ihn kennenlernen und lieben.

Und nun saß Otto wie eine Zecke in der Molkerei und kontrollierte genau, was Lina und sein Vater taten. Derks Sohn stand in enger Kooperation mit Karl. Es gab kein Entrinnen aus dieser Situation.

Und sie musste Sarah Goldenstein gegenüber ein Versprechen brechen, wenn sie nicht den gesamten Betrieb und auch die eigene Familie gefährden wollte.

Lina hasste sich selbst so sehr dafür, dass sie dermaßen machtlos war und nichts, aber auch wirklich gar nichts, gegen diese Willkür unternehmen konnte.

»Dann spreche ich jetzt mit Sarah«, flüsterte sie, und allein bei der Vorstellung brach Lina das Herz.

*

Karl Doden hatte von Weitem gesehen, wie Otto den Milchhof verließ. Ihm gefiel der junge Mann. Er kannte keine Skrupel, selbst gegen die eigene Familie vorzugehen und würde sicher noch mehr tun, um ihrer neuen Ideologie genügend Nachdruck zu verleihen.

Wer hätte je gedacht, wie sehr ihm das Schicksal in die Hände spielen würde, um seine Rache gegen den Milchhof Bleeker ausgiebig genießen zu dürfen. Jetzt gab es nichts mehr, was ihn aufhalten konnte. Er würde Lina Bleeker vernichten. Mit seinen beiden Partnern Talke und Otto und der neuen politischen Situation war er nahezu unschlagbar geworden.

Gestern hatte er mit anderen Kollegen dafür Sorge getragen, dass die ersten Genossenschaftsmolkereien aufgelöst worden waren. In den Vorständen und Aufsichtsräten saßen nun Parteimitglieder und Sympathisanten der NS-Ideologie. Die Gleichschaltung war wichtig, und es stand für ihn außer Frage, dass auch der Milchhof Bleeker bald im Fahrwasser der NSDAP mitschwimmen würde. Nicht freiwillig, aber Karl kannte doch Lina:

Für die Molkerei würde sie über Leichen gehen und hatte sogar lange auf ihre große Liebe verzichtet. Dass sie Wilhelm de Vries nur wegen der sicheren Finanzen geheiratet hatte, war klar, und auch er hatte das gewusst, die Situation für sich ausgenutzt und Lina dann nichts hinterlassen.

Ein wenig zollte Karl ihr tatsächlich Respekt, denn sie war eine Frau, die immer wieder aufgestanden war und sich nie hatte unterkriegen lassen.

Zu dumm, dass sie sich nicht für ihre herrliche Idee begeistern konnte. Sie wäre ein starker Pfeiler zur Durchsetzung der Ziele.

Aber es gab eine Achillesferse, und das war der Milchhof. Und genau dort hatte Otto nun einen Pfeil hineingeschossen, und diese Wunde würde Lina um jeden Preis schließen. Es gab für sie nichts Wichtigeres. Dennoch musste er Lina Bleeker im Auge behalten, damit sie nicht doch noch querschoss und es sich anders überlegte.

Er hatte mit der Partei in den letzten Wochen etliche neue Wege besprochen. Order gab es von ganz oben, und er war mehr als motiviert, sie auch unten durchzusetzen.

Wenn der Milchhof Bleeker erst judenfrei war, würde Karl den nächsten Schritt gehen. Ach, was freute er sich auf Linas Gesicht, wenn er mit den neuen Verordnungen kam.

*

Alea stand in der Butterfertigung, als ihre Mutter mit ernster Miene auf sie zutrat.

»Was gibt es? Ich habe dich eben mit Otto auf dem Hof gesehen, und das sah nicht nach einer freundlichen Unterhaltung aus.« Alea wies die Arbeiterin noch kurz an und winkte der Mutter, ihr zu folgen. »Lass uns auf den Hof gehen, da ist es ruhiger, und es kann nicht jeder mithören. Schlimm, dass wir darauf jetzt auch noch achten müssen.«

Alea warf einen Blick zu Jaro, der oft mit Karl verkehrte und sicher so manche Dinge ausplauderte. Und von seiner Sorte gab es immer mehr, nur wussten sie nie genau, wer mit der NSDAP auf gleicher Welle schwamm.

Draußen schien die Sonne, aber der Sommer hatte noch keine Überhand, sondern ließ sich immer wieder vom letzten Aufbäumen des Frühlings vertreiben.

»So, nun schieß los! Was wollte Otto?«

»Er hat mir befohlen, alle jüdischen Mitarbeiter, gleichgültig welche Qualifikation sie haben, zu entlassen. Sofort, sonst hätte das Konsequenzen für die Molkerei, vor allem für mich als Betriebsleitung. Widersetze ich mich, werde ich dann wohl von einem seiner parteitreuen Mitglieder ersetzt.«

»Wie bitte?« Aleas Augen weiteten sich vor Schreck. »Wie sollen wir denn mit weniger Leuten die verlangte Produktion aufrechterhalten?«

»Genau diese Frage habe ich auch gestellt.«

»Und?«

Lina seufzte. »›Mit Deutschen‹ war die Antwort.«

»Als ob Sarah und die anderen keine Deutschen sind«, empörte Alea sich. »Arthurs Vater hat sogar das Eiserne Kreuz wegen seiner Verdienste fürs Vaterland.«

»Das zählt alles nicht mehr.« Lina krauste die Stirn. »Es ist wirklich schlimm.«

Alea schabte mit der Schuhspitze über das Hofpflaster. »Und woher sollen wir die angeblich so guten deutschen Fachkräfte so schnell hernehmen? Als ob es hier ausreichend Leute gibt, die unser Personal ersetzen könnten.«

Lina zuckte mit den Achseln. »Viel schlimmer ist für mich, dass ich Sarah das Versprechen gegeben habe, sie wäre hier sicher. Das ist nun nicht mehr der Fall.«

Alea schluckte.

»Wir hätten alle auf dich hören sollen, als du uns schon vor ein paar Jahren vor den Nationalsozialisten gewarnt hast. Wir haben es nicht ernst genug genommen.«

Lina seufzte. »Ich habe durch meine Ehe mit Wilhelm gelernt, das weißt du. Damals hätte ich auch genauer hinsehen müssen und mich keinem rechten Geheimbündler an den Hals werfen dürfen. Aber ich wollte es nicht wahrhaben. So ist es jetzt eben auch gewesen.«

»Nun ist es leider viel zu spät«, resümierte Alea.

»Lamentieren nützt nichts«, gab Lina zurück. »Sosehr es mir widerstrebt: Wir haben keine andere Wahl, als uns zu fügen. Sonst wird es uns an den Kragen gehen, und das trifft so viel mehr Menschen. Trotzdem ist mir schrecklich unwohl dabei, weil wir uns zu Handlangern dieser Schergen machen.«

»Wie gehen wir vor?«, flüsterte Alea. Sie wirkte genauso angeschlagen wie ihre Mutter.

Die reckte jetzt das Kinn.

»Bitte lade sie morgen früh um neun Uhr ins Büro. Bis dahin muss ich mir die passenden Worte überlegt haben.«

*

Derk kam etwas verspätet zum Abendessen, denn der Elektromotor musste gewartet werden. Das hatte mehr Zeit in Anspruch genommen, als er gedacht hatte.

Lina saß schon am Tisch im großen Speisesaal des Gehöftes, wo normalerweise die ganze Familie zu den Mahlzeiten zusammenkam, und stocherte mit dem Messer auf der Scheibe Brot herum. Sie hatte sie noch nicht einmal belegt, und ihre Miene war finster.

Derk hauchte ihr einen Kuss auf die Wange. »Was bedrückt dich, Liebes. Dass Alea und Tammo so beschäftigt sind und kaum noch an den gemeinsamen Mahlzeiten teilnehmen?«

Lina sah ihn mit tränenverschleiertem Blick an.

»Nein, mich bedrückt, dass dein Sohn sich in unsere Angelegenheiten einmischt und das auch noch darf!«

Ihre Stimme war scharf geworden.

Sie klang in der letzten Zeit oft so, weil sie Derk irgendwie nicht verzeihen konnte, dass er Ottos Anwesenheit über das Gelingen der Molkerei stellte und sie nun vor dem Abgrund standen. Ihrer Ansicht nach hätte er das voraussehen müssen.

Lina erzählte kurz, was Otto bei seinem Besuch im Kontor gesagt hatte, und schloss mit dem Satz: »Ich muss seinetwegen jetzt wortbrüchig werden. Die Partei hat uns die Fäden komplett aus der Hand genommen. Mein ganzes Leben lang habe ich für die Molkerei geschuftet – und was bleibt? Die Butterproduktion als Masse für einen Krieg, der sicher kommen wird. Qualität ist unwichtig geworden, wie wir alles herstellen, ebenfalls. Ich kann nicht mehr, Derk! Dieses verdammte Nazipack raubt mir den letzten Nerv!«

»Pst«, mahnte Derk, doch es war zu spät, denn in der

Tür standen Enna und Adelheid, die inzwischen zu einer schönen jungen Frau herangewachsen war, aber immer mit einem verdrossenen Gesichtsausdruck herumlief. So, als suche sie das Glück dieser Welt noch und wusste nicht, wo sie es finden sollte.

»Das darf man nicht sagen«, wurde Lina von ihrer Enkelin gemaßregelt. Sie schaute hoch zu Adelheid, die sie um fast zwei Köpfe überragte, aber schwieg.

»Der Führer ist heilig, und die Nationalsozialisten werden die Welt retten. Vor allem vor denen, die nicht arisch sind. Das sagt Talke, und die weiß so etwas«, fügte Enna altklug hinzu.

Lina war sichtlich kurz davor, aufzuschreien, doch sie riss sich am Riemen und kommentierte das Gesagte nicht.

Ihre Enkelin plapperte weiter: »Man darf das wirklich nicht sagen. Das müssen wir melden. Karl meint, die Partei muss alles wissen.«

»Du musst nicht alles glauben, was Talke und Karl sagen«, entfuhr es Lina dann doch.

»Aber sie sind in der Partei und haben recht«, meinte Enna selbstbewusst.

Derk atmete schwer. Nun galt es zu retten, was zu retten war. Er tat so, als hätte es das Gespräch eben nicht gegeben.

»Mit euch beiden habe ich ja gar nicht gerechnet. Gertje sagte mir vorhin, ihr hättet schon zu Abend gegessen, weil Lina und ich spät dran sind und eure Eltern heute Abend in Wilhelmshaven weilen.«

Nun meldete sich Adelheid zu Wort. Sie mochte es, wenn sie als Familienmitglied gesehen wurde.

»Das stimmt, wir haben schon gespeist«, sagte sie gestelzt. »Aber wenn ihr mögt, setzen wir uns gern zu euch, nicht wahr, Enna?« Sie stieß das Mädchen an. »Und dann reden wir nicht mehr über Politik.«

Adelheid war sichtlich auf Harmonie aus. Ihre Mutter war vor einem Jahr plötzlich verstorben, und es war eigentlich von Beginn an klar gewesen, dass sie bleiben durfte. Dass sie nun beruhigend auf Enna einwirkte, rechnete Derk ihr hoch an.

Über Talkes und Karls Einfluss auf Enna mussten sie mit Alea und Tammo noch ernsthafter sprechen.

Tammo war allerdings so sehr mit seinen Bankgeschäften ausgefüllt, dass das Familienleben komplett an ihm vorbeiging und er offenbar auch kein Interesse daran hatte, die Situation zu verändern. Dass er Alea heute Abend gebeten hatte, ihn in Wilhelmshaven zu einem Empfang zu begleiten, hatte Seltenheitswert. Seit dem Bankencrash, bei dem sie viel Geld verloren hatten und sich nie richtig davon erholen konnten, war er ein gebrochener Mann. Seinen Mut hatte er verloren. Derk vermutete, dass er sich fast, wie viele andere aus der Branche, das Leben genommen hätte.

»Gut«, antwortete Derk, weil ihn alle abwartend anstarrten.

»Dann nehmt doch Platz!«

Enna streckte den Rücken durch und ergänzte: »Es gibt ja noch was!«

Ihre Großeltern schauten sie fragend an.

»Was denn?«

»Ihr müsst noch wissen, dass der Milchwirtschaftsverband …« Sie schaute fragend zu Adelheid, ob sie das schwierige Wort richtig ausgesprochen hatte, »also der Verband euch im Auge hat. In diesen Zeiten muss man mitziehen, hat Talke gesagt.«

»So, hat sie das?«, konterte Lina. »Dann richte ihr mal hübsch aus, dass wir selbst ganz gut wissen, was in einer Molkerei passieren muss, damit sie wirtschaftlich und qualitativ bestehen kann.«

Derk legte seine Hand beruhigend auf Linas Unterarm. »Sie ist noch ein Kind!«, raunte er. »Halte dich bitte zurück!«

Lina presste die Lippen fest zusammen, stand auf und holte zwei Gedecke aus dem Schrank, die sie etwas zu heftig auf den Tisch knallte.

»Denn man tau«, sagte sie und deutete auf die freien Stühle.

»Falls ihr doch noch etwas möchtet.«

Derk spürte ihre Wut, als sie sich setzte, das Messer in die Hand nahm, es heftig in die Butter stieß und das Brot beschmierte. Anschließend warf sie eine Scheibe Käse darauf und hieb ihre Zähne hinein. Dann kaute Lina betont langsam, nahm zwischendurch immer wieder einen Schluck Tee und tat so, als ginge sie das alles nichts mehr an.

Adelheid hatte sich sittsam gesetzt und schenkte sich vom Tee ein. Essen wollte sie nicht.

Enna stand noch immer unschlüssig im Türrahmen, während sie Lina mit kritischem Blick beäugte. Derk befürchtete, die Situation könnte gleich eskalieren, denn die Gesichtsfarbe seiner Frau lief langsam rot an.

Als sie die erste Scheibe Brot gegessen hatte und Enna noch immer lauernd dastand, ohne sich vom Fleck zu rühren, war es mit ihrer Beherrschung vorbei. Sie knallte die Faust so heftig auf den Tisch, dass das Geschirr kurz tanzte und dann mit einem erschrockenen Klirren verstummte.

Enna zuckte ebenfalls zusammen.

Derk schluckte. Er musste verhindern, dass Lina in ihrer Wut und Verzweiflung jetzt die Kontrolle verlor und womöglich Dinge sagte, die alles, wirklich alles in Gefahr brachten, was sie sich in all den Jahren aufgebaut hatte.

Auch ihm schmeckte es nicht, sich den Befehlen Hitlers unterzuordnen, nur blieb ihnen keine Wahl, wenn sie nicht auf ganzer Linie verlieren wollten.

Sein Atem ging stoßweise, als er sich zwischen Lina und Enna stellte, die Talke offenbar als Spionin instrumentalisiert hatte.

Er schaute zu Adelheid, die scheinbar unbeteiligt ihren Tee trank.

»Kommt, ihr beiden, wir gehen mal raus. Ich glaube, es wäre besser, wenn Adelheid dir hilft, dich zur Nacht fertig zu machen.« Er überlegte kurz, was er früher mit Antke angestellt hatte, damit sie tat, was er wollte.

Adelheid erhob sich, wenn auch widerwillig.

»Am besten, Enna versteckt sich jetzt irgendwo, und ich werde sie suchen. Dann wird abgewechselt. Danach wäschst du dich, und ich komme, um mit dir das Nachtgebet zu sprechen«, schlug Derk vor.

»Ich brauche Adelheid nicht, damit sie mir beim Waschen zusieht«, motzte Enna. »Das kann ich schon allein. Und Verstecken spielen ist auch nichts mehr für mich!«

»Gut, wenn du das sagst«, lenkte Derk ein. Wichtig war einzig, dass Enna und Adelheid aus dem Speisezimmer verschwanden, damit Lina sich beruhigen konnte und kein Unglück geschah.

Er wandte sich an Adelheid. »Wenn du möchtest, kannst du dich auf dein Zimmer zurückziehen.«

»Fürs Versteckspielen bin ich auch schon zu alt«, sagte Adelheid lächelnd. Doch der freundliche Ausdruck um die Lippen erreichte ihre Augen nicht.

»Dafür ist man nie zu alt«, entgegnete Derk verschmitzt. »Aber da ich Enna dafür ebenfalls nicht begeistern kann, ist es ohnehin hinfällig.«

Adelheid nickte. »Gut, dann bis morgen.«

Derk brachte Enna dennoch nach oben, und er sah, dass Lina aufatmete.

Enna warf sich nach dem Waschen rücklings aufs Bett.

»Darf ich noch lesen?«

»Natürlich, gern. Wir beten schon mal.«

»Aber nur wenn der Führer mit eingeschlossen wird«, sagte Enna. »Kommt Oma gleich noch?«

»Bestimmt. Sie möchte dir sicher Gute Nacht sagen«, meinte Derk, obwohl es vielleicht besser wäre, sie täte es nicht.

Es tat ihm in der Seele weh, wie sehr Enna unter Talkes Einfluss stand. Lina hatte recht: Sie hätten dem früher Einhalt gebieten müssen. Kinder waren so leicht zu beeinflussen. Alea musste das endlich begreifen.

Auch für Adelheid wäre es gut, eine Lösung zu finden, denn sie erschien ihm zunehmend gelangweilt und unausgefüllt. Sie die paar Stunden im Büro arbeiten zu lassen, war zwar grundsätzlich keine schlechte Idee, aber … Entweder sollte sie eine richtige Ausbildung machen oder heiraten, schoss es ihm durch den Kopf. Am besten, sie findet wirklich einen Mann.

Die Arbeiter im Milchhof schauten ihr oft nach, doch Adelheid schien kein Interesse an ihnen zu haben.

»Es wird sich schon der Richtige finden«, murmelte Derk.

Er ging zurück ins Esszimmer.

Lina hatte aufgegessen und stand am Fenster. Wie versteinert starrte sie in den Obstgarten. Es war noch hell, weil die Sommertage an der Küste nur sehr spät ihr freudiges Licht verloren. Aber trotz der vielen Mücken, die ihren Reigen im Schein der tiefen Sonne tanzten, und des Vogelgesanges, dem die politische Lage und das drohende Unheil, das wie eine düstere Gewitterfront auf das Land zuraste, nichts anhaben konnte, spürte auch Derk die Finsternis, die Lina bedrückte.

Er legte die Arme um seine Frau und hielt ihren Körper fest, der nun zu beben begann.

»Danke«, flüsterte Lina. »Du hast mich eben vor einer schrecklichen Dummheit bewahrt. Was kann das Kind dafür, dass Talke und Karl, aber auch dein Sohn, ihnen diese Flausen in den Kopf setzen. Enna weiß doch gar nicht, was sie da nachplappert.«

»Nein, Enna weiß es nicht. Wir müssen mit Alea reden.«

»Sie ist uns entglitten, Derk. Wie bekommt man diese braune Schmiere aus dem süßen kleinen Kinderkopf wieder hinaus? Wie können wir sie zurückholen, Derk?«

»Gar nicht. Vorerst. Aber du musst vorsichtiger sein, Lina. Wenn Enna das weitergibt … Du redest dich noch um Kopf und Kragen. Und das ist langsam kein dummes Sprichwort mehr. Es wird richtig gefährlich.«

Lina liefen Tränen über die Wangen. »Ich weiß. Wo siehst du Adelheid?«

Derk zuckte die Achseln. »Ich kann es nicht einschätzen. Ich glaube, sie ist ungefährlich, möchte sich aber nicht in die Nesseln setzen.«

Lina senkte den Kopf, und Derk bemerkte, dass

es nicht nur ein paar Tränen waren, die sich den Weg gebahnt hatten, sondern dass sie richtig weinte. Erst war es nur ein Zucken der Schultern, dann aber brach seine Frau in haltloses Schluchzen aus.

»Lina, wir bekommen das hin!«, versuchte er sie zu trösten, merkte aber selbst, wie hilflos er klang.

»Wie denn?«, hauchte sie. »Wie denn?«

Derk schwieg. Es war dumm, sich in haltlose Floskeln zu flüchten. Er wusste es ja selbst nicht.

»Ich muss es morgen unseren Leuten sagen«, quetschte Lina dann hervor. »Ich muss den Menschen, die sich uns gegenüber die ganze Zeit loyal verhalten haben, sagen, dass wir uns dem Regime feige beugen und sie dem Fortbestand der Molkerei opfern werden. Findest du das richtig? Ich könnte kotz…« Lina brach ab und wand sich aus Derks Umarmung.

Sie drehte sich zu ihm um und sah ihrem Mann tief in die Augen. »Das ist ein Punkt, den ich mir nie verzeihen werde. Weil ich Typen wie Talke, Karl und Otto gestatte, mein Leben zu bestimmen. Weil ich zu Kreuze krieche und meine innerste Überzeugung verrate.«

»Ich begleite dich morgen«, versprach Derk, aber Lina winkte müde ab. »Das macht es doch auch nicht besser. Keinen Deut.«

Sie atmete einmal schwer und verließ den Raum.

Derk schaute ihr betreten nach. Lina hatte in allen Punkten recht, nur konnte keiner, wirklich keiner von ihnen auch nur das Geringste daran ändern. Sie saßen in der Falle, und die Tür hinter ihnen war schon lange zugeschnappt.

*

Als Lina am nächsten Morgen ohne Frühstück und nur mit einem Kaffee im Bauch auf das Kontor zutrat, standen Sarah Goldenstein, Arthur Katz und fünf andere jüdische Mitarbeiter schon vor der Tür. Sie hatten ihre Arbeitskluft gar nicht erst angezogen, denn alle ahnten, was Lina ihnen sagen wollte oder musste, nachdem sie die Vorladung erhalten hatten.

»Bitte kommen Sie herein«, sagte sie zur Begrüßung. »Wie sich bestimmt herumgesprochen hat, hatte ich gestern Besuch. Besuch, der besser ferngeblieben wäre«, fügte sie hinzu, auch wenn ihr klar war, dass sie sich in Gefahr brachte, wenn sie jemand verpfiff.

Die Mitarbeiter schauten sie stumm an, nur zwei nickten fast unmerklich.

»Ich habe alles versucht, das können Sie mir glauben. Aber sie lassen mir und meinem Mann keine Wahl. Ich muss Sie deshalb bitten«, Lina holte tief Luft, doch sie konnte nicht verhindern, dass ihre Stimme brach, »ich muss … Sie bitten … Ihre Sachen zu packen. Ich … darf Sie leider … nicht weiterbeschäftigen.« Tränen stiegen ihr in die Augen.

Stille.

Arthur Katz warf Lina einen hasserfüllten Blick zu. »Das nennt sie dann Versprechen«, entfuhr es ihm. Er machte auf dem Absatz kehrt und verließ das Kontor, indem er die Tür hinter sich zuknallte.

Lina konnte es ihm nicht verdenken, denn er war im Recht.

Sie fühlte sich unfassbar schlecht.

»Gut, dann wäre wohl alles gesagt«, meldete sich Sarah Goldenstein schließlich zu Wort.

Sie schaute Lina direkt in die Augen, aber dort war

nichts von der Wut, die ihr eben von Arthur Katz entgegengesprudelt war, zu erkennen.

Es war eher grenzenlose Trauer, die sich in ihrem Blick widerspiegelte.

Die anderen schwiegen nach wie vor und verließen einer nach dem anderen das Kontor. Nur Sarah blieb stehen.

»Ich weiß, dass es nicht Ihre Schuld ist, Frau Voigt«, sagte sie. »Sie haben mit Sicherheit alles versucht.«

»Das habe ich«, bestätigte Lina und konnte nicht anders, als die junge Frau in den Arm zu nehmen.

Als sie Sarah wieder losließ, huschte ein scheues Lächeln über deren Gesicht. »Sie haben ein großes Herz, Frau Voigt. Allein diese Berührung hier könnte Sie ins Gefängnis bringen. Ich danke Ihnen. Für alles.«

Lina kamen schon wieder die Tränen. Sie jagte diese Frau zum Teufel, und sie bedankte sich auch noch? Was für eine verquere Welt!

»Wenn ich noch irgendwas für Sie tun kann ...« Lina wusste selbst nicht, was das sein sollte, aber es tat gut, wenigstens ein solches Angebot zu machen – auch wenn es doch nur eine hohle Phrase war.

Sie atmete tief durch, als die Mitarbeiter gegangen waren. Was sollte jetzt nur werden?

Als die Tür klackte, schrak Lina zusammen. Arthur Katz war zurückgekommen.

»Es tut mir leid«, sagte sie.

Aber Katz wollte kein Mitleid. »Frau Voigt, ich glaube, Sie wissen gar nicht, in welcher Lage wir Juden uns derzeit befinden, oder? Hier in unserem Ellenserdammersieler Wolkenkuckucksheim scheint die Welt noch in Ordnung.«

Lina seufzte, weil Katz recht hatte. Sie duckte sich weg von der Realität, weil sie immer nur das Wohl des Milchhofes im Kopf hatte und froh darüber war, wenn es ohne Schwierigkeiten immer irgendwie weiterging.

»In Berlin dürfen wir Juden nicht einmal mehr im Wannsee baden!«, stieß Katz mit erstickter Stimme hervor. »Im Staatsdienst dürfen wir seit dem letzten Jahr, als Hitler das Gesetz zur Wiederherstellung des Berufsbeamtentums erlassen hat, auch nicht mehr arbeiten.«

»Die Frontkämpfer aus dem Ersten Weltkrieg dürfen noch«, warf Lina ein, aber sie wusste selbst, wie schäbig diese Antwort war.

Katz machte auch gleich eine verächtliche Handbewegung und schnaubte abfällig.

»Sie haben sich ja doch damit beschäftigt«, sagte er.

»War eine dumme Bemerkung«, sagte Lina. »Ich weiß, wie schlimm es ist, und ich habe es verdrängt. Weil ich noch immer gehofft habe, dass diese furchtbaren Sachen bei uns nicht so schlimm umgesetzt werden.«

»Sie sind doch sonst nicht so naiv«, bemerkte Katz.

»Ich kann Ihnen gern noch weitere Dinge erzählen, die uns Juden das Leben schwer machen.«

Lina schluckte heftig, worauf ihr ehemaliger Mitarbeiter unbeirrt fortfuhr. »Als während der Weltwirtschaftskrise so viele arbeitslos wurden, war das sehr schlimm. Aber danach haben die meisten wieder eine Anstellung gefunden, nur die fünfzigtausend Juden nicht.«

»Auf dem Milchhof schon.«

»Jetzt auch nicht mehr, Frau Voigt. Verzeihen Sie mir meine Direktheit, aber nun sind Sie nicht mehr meine Chefin. Sie stecken den Kopf in den Sand. Und das wissen Sie!« Er schluckte. »Ist Ihnen eigentlich klar, dass die Gauleitungen und andere lokale Organe jüdische Geschäftsinhaber zur Aufgabe und zum Verkauf ihrer Geschäfte zwingen?« Katz redete sich richtig in Rage.

»Dann die Ärzte und Rechtsanwälte! Es gibt seit zwei Jahren diesen Arierparagrafen. Diese Menschen – gut ausgebildet und wichtig für die Gesellschaft und das Allgemeinwohl – dürfen nicht mehr arbeiten! Das gilt auch für die sogenannten Vierteljuden! Wachen Sie auf, Frau Voigt! Wachen Sie endlich auf! Es gibt im ganzen Deutschen Reich keinen einzigen Flecken mehr, der nicht von all diesen Anordnungen betroffen ist. Auch Ellenserdammersiel hat schon lange keine weiße Weste mehr. Und mit Ihrem Stiefsohn Otto haben Sie den Schakal sogar oft genug direkt im Haus.«

Arthur Katz lachte bitter auf. Er war noch nicht fertig mit seinen Ausführungen.

»Es wird von Tag zu Tag schlimmer. Vielleicht werden wir in Kürze zu Freiwild? Wenn es schon ohne Folgen bleibt, die Scheiben unserer Geschäfte einzuwerfen oder dort Schilder anzubringen: ›Kauft nicht bei Juden!‹ Viele Bürger haben sich zwar nicht daran gehalten und sind uns treu geblieben, aber dann haben zum Beispiel ein paar der Braunhemden David, Sarahs Mann, aufgelauert. Er hatte danach ein blaues Auge, und die Warnung, dass dies erst der Anfang sei, war eindeutig. Fortan standen sie oft vor den Geschäften und haben die Kunden weggepöbelt. Er hat aufgegeben. Was erwartet uns als Nächstes? Standrechtliches Erschießen? Wir haben Angst, Frau Voigt. Todesangst!«

»Was soll ich tun?«, fragte Lina kleinlaut. »Ich habe Verantwortung für die Molkerei. Für meine Tochter und die Enkel.«

Und eine Heldin bin ich auch nicht, fügte sie in Gedanken hinzu. Ich habe Angst.

»Helfen Sie uns heimlich«, schlug Arthur Katz vor, und sein Tonfall veränderte sich. »Bitte, lassen Sie uns nicht im Stich! Viele von uns werden Hunger leiden. Sie aber haben Milch im Überfluss …«

Lina nickte stumm.

Sie konnte das alles nicht einfach so geschehen lassen. Sie musste was tun.

»Ich denke mir etwas aus«, sagte sie schließlich.

Auch wenn sie absolut nicht wusste, wie ihre Unterstützung aussehen könnte.

*

Die ganze Woche über wurde Lina von ihrem schlechten Gewissen geplagt. Sie konnte kaum noch in den Spiegel schauen, so sehr belastete es sie, dass sie ihre Mitarbeiter einfach so hatte vor die Tür setzen müssen. Und ihr gingen die Worte von Arthur Katz nicht aus dem Sinn.

Es war schlimm, was politisch im Deutschen Reich geschah. Und noch schlimmer war es, dass die Bevölkerung derart unter Druck gesetzt wurde, dass jeglicher Widerstand nicht nur schwierig, sondern zum Teil auch gefährlich geworden war. Und doch rumorte es in Lina, denn sie konnte und wollte sich mit diesen Gegebenheiten nicht einfach abfinden.

»Ich muss etwas tun«, hämmerte es ständig durch ihren Kopf. »Ich muss etwas tun!«

Nur kam Lina auch keine Idee, was das sein sollte.

»Ich sollte mich wieder auf meine Arbeit konzentrieren«, flüsterte sie. »Es ist keinem geholfen, wenn jetzt im

Milchhof auch noch alles drunter und drüber geht. Es ist schwierig genug, die fehlenden Fachkräfte zu ersetzen.«

»Frau Voigt?«

Lina schrak zusammen, als Sarah in der Tür stand. Die junge Frau war blass, ihre Augen zierten dunkle Ringe.

Lina sprang sofort auf und ging auf sie zu.

»Harrijasses nej, Sarah. Sie sehen furchtbar mitgenommen aus.«

»Es ist die Hölle«, bestätigte sie.

»Kann ich irgendetwas für Sie tun?«

Jetzt schluckte Sarah. »Vielleicht können Sie das wirklich.« Sie senkte die Stimme und schaute sich um, ob sie auch tatsächlich allein waren. »Es gehen schlimme Gerüchte herum, was die Zukunft von uns Juden angeht. Die Ausreiseanträge in andere Länder steigen täglich an. Und in den Städten sind auch schon furchtbare Dinge geschehen, wie Sie wissen.«

»Ja, das habe ich gehört.«

Worauf wollte Sarah Goldenstein hinaus?

»Wenn es hart auf hart kommt, werden wir Deutschland verlassen müssen«, fuhr sie mit brüchiger Stimme fort. »Wir brauchen einen Bürgen. Sie haben doch einen Sohn in den Staaten. Könnte er vielleicht …?« Sarah stockte.

Lina schrak zusammen. Dass sie noch nicht selbst auf die Idee gekommen war? Aber ausreisen, fliehen aus dem Reich – das war alles so unbegreifbar. Obwohl sie natürlich inzwischen gehört hatte, dass aus den Städten eine wahre Massenflucht eingesetzt hatte. Nur kamen längst nicht alle aus dem Land.

»Sie hoffen also, dass mein Sohn Verbindungen hat?«, hakte sie nach.

»Ja, ich hoffe, dass er mir und meinem Mann mit Ihrer Fürsprache helfen kann.«

»Ich schäme mich, dass ich bisher zu blauäugig war und weggeschaut habe. Für mich gab es immer nur die Molkerei. Aber Herr Katz hat mir die Augen geöffnet«, antwortete Lina mit fester Stimme.

Sie konnte und wollte von nun an Menschen wie Otto von Webersbach Paroli bieten. Es war ein Fehler, sich allen denkbaren Vorschriften zu beugen, wenn sie sie als menschenunwürdig betrachtete. Das hier war ein Wagnis, aber auch ein Weg.

»Ich nehme Kontakt zu Wilko auf«, versprach Lina. »Das ist eine gute Idee, und vielleicht hat er eine Lösung.«

Sarah nickte dankbar. »Da ist noch etwas.«

Lina schaute sie fragend an.

»Die Bürgschaft ist eine Möglichkeit, an eine Ausreisegenehmigung und ein Visum zu kommen. Dennoch ist das alles sehr kostspielig.«

»Das vermute ich auch«, sagte Lina.

Sarah sprach leise weiter, schaute sich aber ständig um, ob sie auch wirklich nicht belauscht wurden. Lina bemerkte ihre Furcht und prüfte, ob die Tür des Kontors geschlossen war.

»Wir werden uns eine offizielle Überfahrt nach Amerika oder in ein anderes Land vermutlich finanziell nicht leisten können, obwohl wir in weiser Voraussicht ein bisschen beiseitegelegt haben. Nur wissen Sie selbst, dass mein Mann das Geschäft schließen musste, als es nach der Machtergreifung des Führers plötzlich eine Schande war, bei Juden zu kaufen und er so bedroht worden war.«

Lina nickte. Mit ihrer Kündigung stürzte sie die Familie Goldenstein in eine furchtbare Lage und war keinen Deut besser als diese Nazi-Schergen.

»Was brauchen Sie, Frau Goldenstein? Geld?«

Nun füllten sich die Augen der jungen Frau mit Tränen. Als die erste über ihre Wange kullerte, wischte sie diese aber fast wütend fort, als wollte sie die Ohnmacht nicht zulassen.

»Nein, kein Geld. Ich weiß, dass Sie selbst zu kämpfen haben und zusehen müssen, dass der Betrieb weiterläuft und die anderen Arbeitsplätze erhalten bleiben. Ich könnte es auch nie zurückzahlen.«

Lina biss sich auf die Unterlippe. Wie sonst könnte sie Sarah und ihren Mann unterstützen? Sie stand so tief in ihrer Schuld und schämte sich, dass sie sie gehen lassen musste. Deshalb würde sie alles tun, um das Leid auch nur ansatzweise abzumildern. Ein Kontakt zu Wilko war nur ein einziger Schritt.

»Wir möchten die Flucht auf anderem Weg versuchen, denn momentan gibt es keine Ausreisemöglichkeit. Es wäre nur auf illegalem Weg möglich, und da haben wir keine Kontakte. David hat davon gehört, wir haben nur noch keine Lösung.«

»Das ist doch wahnsinnig gefährlich«, schoss es aus Lina heraus.

»Das ist es. Aber wenn wir den Gerüchten Glauben schenken, wartet auf uns hier nur noch der Tod.«

Sarah unterbrach, sie konnte einen Moment lang nicht weitersprechen.

Lina erstarrte, denn Sarahs Worte waren so klar und eindeutig. Es gab nichts daran zu rütteln.

Dennoch: Kündigungen waren das eine, aber würden

die Braunen so weit gehen, Menschen zu töten, weil sie sie als minderwertig sahen?

»Ja.« Da war sie wieder, diese Stimme.

Lina hatte kürzlich mit Derk darüber gesprochen. Die Zeichen standen nicht nur auf Sturm, sondern auf Orkan mit unglaublicher Stärke. Er würde wüten und breite Schneisen der Verwüstung hinterlassen. Alles mitreißen, was sich ihm in den Weg stellte. Auch die Goldensteins, denn sie waren wie die anderen Juden längst entwurzelt worden und eine leichte Beute.

»Ich bin in Umständen«, fuhr Sarah fort. »Sollte es so sein, dass es wirklich lebensgefährlich für uns wird und wir das Land schnell und auf illegalem Weg verlassen müssen …«

Erst jetzt fiel Lina der merklich gerundete Bauch auf. Warum hatte sie das zuvor bloß nicht bemerkt? Lief sie so blind durch den eigenen Betrieb, dass ihr inzwischen wesentliche Dinge verborgen blieben?

»Sie sind schwanger?«, wiederholte Lina, um Zeit zu gewinnen.

Sarah nickte. »Und momentan kommen wir nicht weg, weil die Fluchtmöglichkeiten eben derart eingeschränkt sind. Sollten wir bis zu meiner Entbindung aber keine Lösung gefunden haben, dann stehen wir vor einem neuen Problem.«

Lina legte fragend den Kopf schief.

Sarah atmete tief durch, ehe sie fortfuhr: »Bei einer illegalen Flucht ist es ausgeschlossen, jüngere Kinder mitzunehmen … Es ist zu gefährlich, weil Kinder nicht still sind. Und sie mit Tabletten über eine solch lange Zeit zu betäuben ist riskant. Aber unser Kind soll doch leben!« Sarah kamen die Tränen, und sie war unfähig, weiterzusprechen.

Dann formte sie mit den Lippen ein lautloses: »Bitte!«

Linas Gedanken sprangen hin und her, denn sie verstand sehr wohl, um was Sarah sie gerade bat. Und das jetzt war die Möglichkeit, ihren Gedanken und Vorsätzen Taten folgen zu lassen. Sie durfte sie kein zweites Mal enttäuschen.

Wenn sie das aber zusagte, war es ausgeschlossen, dieses Versprechen nicht einzuhalten, denn das würde dieses Mal nicht den Verlust des Arbeitsplatzes bedeuten, im Vergleich eine Bagatelle, sondern den sicheren Tod der Familie.

»Es wird immer schlimmer, Frau Voigt.«

Lina war es, als umklammerte eine eiskalte Hand ihr Herz. Denn Sarah Goldenstein sprach die Wahrheit. Es wurde immer furchtbarer, und Menschen wie ihr Stiefsohn oder Karl Doden bügelten alles weg, was ihrer Ansicht nach Falten in ihr eigenartiges Gebilde der korrekten Gesellschafts- und Staatsform warf.

Eine Familie Goldenstein gehörte dazu. Sie waren für die Nazis sogar richtige Stolpersteine.

Lina war beklommen zumute. Denn da rollte eine Woge auf sie zu, der sie vielleicht doch nicht gewachsen war, egal, was sie sich geschworen hatte.

Denn wenn Sarah ihr das Kind anvertraute, wäre sie und ihre Familie wirklich in größter Gefahr, und es gab kein Zurück.

Welch Vertrauen musste die junge Frau haben, wenn sie um eine derartige Hilfe bat.

Noch immer ruhte Sarahs Blick auf ihr. Es lag unglaublich viel Hoffnung darin.

Und sie, Lina Voigt, die alle Schäflein im Trockenen hatte, stand vor der verzweifelten Frau und zögerte mit der Antwort, weil sie befürchtete, etwas zu übersehen, ihre eigene Familie mit dieser Zusage in den Abgrund zu stürzen. Die Molkerei …

»Ich würde Sie nicht darum bitten, wenn ich es nicht müsste. Es geht um mein Kind, das ich vermutlich nicht einmal kennenlernen darf, es sei denn, diese schlimme Zeit geht wirklich vorbei.«

»Wann ist die Geburt?«

»Im November. Ich traue keinem mehr über den Weg. Außer Ihnen und Alea.«

Sie weiß nicht, dass Enna alles an Talke und Karl weitergibt, dachte Lina, wollte Sarah aber auch nicht beunruhigen.

Doch Sarah war noch nicht fertig. »Ich befürchte, es gibt noch ein weiteres Problem.«

Lina schaute sie fragend an.

»Die Hebamme … Sie entbindet keine Jüdinnen mehr, hat sie gesagt. Und eine unseres Glaubens gibt es in der Gegend nicht.«

In Lina kochte es hoch. Viele Menschen beteiligten sich glücklicherweise noch nicht an dem Boykott gegen die Juden, obwohl der Arierparagraf erweitert worden war. Aber die, die es taten, waren so schlimm, dass es für den braunen Terror ausreichte. Es war wahnsinnig genug, dass sie unter Ottos und Karls Druck als Molkerei mitmachen mussten. Sie konnte und durfte sich einfach nicht vor der Verantwortung drücken.

»Gut, dann lassen Sie nach mir rufen, wenn die Wehen einsetzen. Ich werde Sie bei der Geburt unterstützen. Und alles tun, was in meiner Macht steht.«

Lina wusste, dass sie ein vollmundiges Versprechen gab, aber sie hatte genügend Schafen, Schweinen und

Kühen auf die Welt geholfen, so ein Unterschied war es hoffentlich nicht. Und sie ging noch weiter, weil sie endlich zu ihrem Wort stehen wollte.

»Wir schauen dann, ob sich die politische Lage entspannt hat. Sonst … bin ich für Ihr Neugeborenes da. Es ist wohl das Einzige, was ich für Sie tun kann.«

»Wir brauchen Papiere für das Kind, wenn wir gehen müssen und es nicht mitnehmen können. Es muss Deutsch sein.« Sarah griff zu ihrem Bauch. »Niemals darf jemand wissen, dass der kleine Wurm jüdisches Blut hat. Er wäre bei Ihnen sicher. Weil Sie arisch sind.«

Lina biss sich auf die Lippen, weil sie sich tatsächlich schämte, eine waschechte Arierin zu sein, und es in dieser Situation als Schimpfwort sah.

Sarahs Blick war plötzlich leer. So leer, als könnte er den Schmerz, sich von dem eigenen Kind zu trennen, nicht ertragen.

Doch die Sachlage war klar.

Wenn es kam, wie es vermutlich kommen würde, wären die Goldensteins in Lebensgefahr und mussten fliehen. Kleine Kinder aber konnten nicht heimlich außer Landes gebracht werden, zu groß war die Gefahr, dass sie weinten und nicht nur die Flüchtlinge, sondern auch die Schleuser in Gefahr brachten. Dann würden alle sterben. Es blieb nur die Wahl zwischen Pest und Cholera.

Alle oder getrennt. Ein gemeinsames Überleben erschien ausgeschlossen.

Was für ein grausames Schicksal.

Lina tat es so weh, dass sie gar nicht bemerkte, wie heftig sich ihr Bauch verkrampfte. In welchen Zeiten lebten sie gerade?

Doch dann wurde sie ruhiger.

Es nützte keinem, jetzt den Kopf zu verlieren. Die Lage war dramatisch, aber sie konnte helfen – und würde Otto, Talke und Karl so richtig Kontra geben. Auch wenn sie deswegen nie Genugtuung erfahren würde. Aber allein das Wissen verschaffte ihr Befriedigung.

Jetzt war es gut, dass ihr Sohn in Amerika weilte und Sarah sie erst auf die Idee gebracht hatte.

Kapitel 16

November 1934

Derk fluchte. Eben hatte Karl Doden das Kontor verlassen und den Milchhof mal wieder vor vollendete Tatsachen gestellt.

Die fünfzehn regionalen Milchwirtschaftsverbände überwachten inzwischen die Betriebsführungen der Molkereien, und sie allein bestimmten, was in den einzelnen Betrieben hergestellt werden durfte. Jegliche Maßnahmen, sei es Umbau oder Veränderung der Produktion, mussten fortan abgestimmt werden. Für den Milchhof Bleeker war Karl Doden zuständig und legte ihnen Steine in den Weg, wo auch immer es ging.

Sogar die Buchführung war durchweg vereinheitlicht worden. Im gesamten Land gab es keine Ecken und Kanten und keine Aufs und Abs mehr, sondern nur noch gleichförmige Strömungen.

Tanzte wer aus der Reihe, wurden die Milchanlieferungen auf linientreue Molkereien verteilt. Die Schlinge hatte sich von Tag zu Tag fester zugezogen, und es gab kein Entrinnen aus dem Geschehen.

Lina und Derk waren der Führung ein Dorn im Auge, denn noch immer hatten sie sich nicht durchringen können, der Partei beizutreten.

Erst gestern hatte Otto seinen Vater beiseitegenommen. »Wenn du dich nicht fügst, dann lauft ihr Gefahr, dass der Milchhof entweder geschlossen oder euch weggenommen wird. Dass ihr das Judenpack bereits entfernt habt, war ein wichtiger Schritt, aber es reicht nicht. Ihr steht im Fokus des Misstrauens, und eigentlich darf ich dir das gar nicht sagen. Aber da wir verwandt sind, will ich Gnade vor Recht ergehen lassen.«

Derk raufte sich das Haar. Wie sollte er es Lina erklären?

Noch waren Schlupflöcher möglich. Noch beteiligten sich nicht alle an dem Hass gegen Juden und andere Menschen, die nicht genau auf der Linie ihre vorsichtigen Schritte wagten.

Doch es war klar, dass es nur eine Frage der Zeit war, bis auch hier der Wind schärfer wurde.

Eben sah er Lina mit einem Kopftuch und dick vermummt über den Hof laufen.

»Wohin will denn sie schon wieder?«, murmelte Derk.

Die letzten Wochen hatte sich Lina sehr geheimnisvoll verhalten, und in ihm waren viele Fragen aufgekommen.

Doch egal, was und wann er nachgefragt hatte: Linas Antworten waren vage gewesen und hatten definitiv nicht der Wahrheit entsprochen.

So fremd waren sie sich noch nie gewesen. Derk war sicher, dass es mit der Entlassung der jüdischen Mitarbeiter zusammenhing. Damit kam seine Frau nicht klar. Immer wieder zermarterte Lina sich den Kopf darüber, ob und wie es zu verhindern gewesen wäre.

»Gar nicht«, sagte Derk. »Dann hätten wir die Molkerei nicht mehr.«

Er senkte den Kopf wieder über die Bücher. Doch

lange konnte er nicht arbeiten, denn es klopfte, und der Telegrammbote stürzte herein.

»Aus Amerika«, sagte er und hielt Derk das Schreiben hin.

Er gab ihm ein kleines Trinkgeld und schaute nach, ob das Telegramm von Wilko oder von Mathilde kam.

Ein bisschen zuckte er zusammen, als er den Absender erkannte.

Wenn Wilko ihnen auf diese Weise schrieb, konnte das nichts Gutes bedeuten. Hoffentlich ging es Linas Sohn gut. Einen weiteren Verlust würde sie in ihrer momentanen Stimmung wohl kaum verkraften.

Derk schluckte, denn natürlich telegrafierte Wilko nicht, um Lina einen schönen Gruß über den Atlantik zu schicken.

Moin Mutter. Stopp. Mathilde ist friedlich eingeschlafen. Stopp. Alles andere wie geplant. Stopp. Wilko

Nun war also Mathilde tot, aber sie hatte ein hohes Alter erreicht, was vielen nicht vergönnt war.

Auch wenn Lina trauern würde, war Derk davon überzeugt, dass sie den Tod der alten Magd verkraften konnte, zumal sie sich so viele Jahre nicht mehr gesehen hatten.

Was Derk viel mehr zusetzte, war der letzte Satz.

Alles andere wie geplant.

Was to'n Düwel planten Lina und ihr Sohn?

*

Sarah hatte bereits heftige Wehen, als Lina in Varel bei ihr eintraf.

Inzwischen waren sie zu guten Freundinnen geworden und hatten jegliche Förmlichkeiten abgelegt.

Der Zug war leicht verspätetet, und sie hatte den Weg zur Wohnung erst nicht gefunden.

Ihr Mann David empfing sie an der Tür. Sein blondes Haar war zerrauft und stand in alle Richtungen ab.

»Ich bin froh, dass du helfen kannst.« Er zog kurz die Brauen hoch. »Sonst sind hier ja nicht viele, auf die wir zählen können.«

»Hast du die Hebamme noch mal gefragt?«

David nickte. »Sie hat mir ein weiteres Mal deutlich gemacht, dass sie einem solchen Bastard keinesfalls auf die Welt helfen möchte, wo Deutschland doch judenfrei sein sollte.«

Lina musste bei dieser Aussage schlucken. Wohin steuerten sie eigentlich? Wo war die Mitmenschlichkeit geblieben? Das Zusammenstehen, das Füreinanderdasein?

Sie legte ihre Hand beruhigend auf Davids Unterarm.

»Wir bekommen das hin, sei unbesorgt!«

Sie schob sich an Sarahs Ehemann vorbei und lächelte ihm aufmunternd zu.

Sarah schaute kurz auf, als Lina das Gebärzimmer betrat.

»Wie geht es dir?«

»Große Schmerzen«, antwortete Sarah und berichtete, in welchen Abständen die Wehen kamen.

»Dann dauert es nicht mehr lange«, sagte Lina, und schon rollte auch schon die nächste Wehe heran. So ging es Schlag auf Schlag. Zum Glück war es eine leichte Entbindung, und Lina gelang es auch ohne die Unterstützung der Hebamme, das kleine Mädchen auf die Welt zu holen.

»Sie ist hübsch«, sagte sie, während sie das Kind in Leinentücher wickelte und dann an Sarah weitergab. Die vergrub ihre Nase tief in das noch feuchte Haar ihrer Tochter.

»Sie soll Amelie heißen«, sagte sie. »Das ist kein jüdischer Name. Und später muss sie ohnehin anders heißen, vielleicht finden wir einen ähnlichen Namen.«

»Gute Wahl«, bestätigte Lina. »Soll ich David holen?«

»Warte bitte noch«, sagte Sarah. »Ich muss mich erst etwas sammeln. Weil das alles hier so anders ist, als es sein sollte. Davids traurigen Blick könnte ich im Augenblick nicht ertragen.«

»Das verstehe ich.« Lina strich Sarah übers Haar, und die sprach weiter, als müsste sie jetzt erklären, was sie umtrieb. Lina ließ die junge Frau gewähren, denn sie musste in Kürze durch die Hölle gehen. Vielleicht half es ihr, zu reden.

»Ich darf mich nicht zu sehr an sie gewöhnen. Dann wird es später unerträglich.« Sarahs Stimme brach, und sie konnte nicht weitersprechen.

»Mit Wilkos Unterstützung konnten wir ja eine Menge erreichen«, erklärte Lina, als die junge Mutter sich etwas beruhigt hatte.

Wie durch ein Wunder war diese Freundschaft noch nicht zu Talke und Karl durchgesickert, denn Lina hatte große Vorsicht walten lassen. Nicht einmal Derk wusste, wie nah sie und Sarah sich standen.

Die nickte und strich mit der Außenkante des Mittelfingers über Amelies Wange. Lina konnte den Schmerz angesichts dieser anrührenden Geste kaum ertragen, und es wurde noch viel schlimmer, als Sarah erzählte, wie weit ihre Fluchtpläne aus Deutschland schon gediehen waren.

»Dank Wilkos Hilfe konnte David Kontakt zu dieser geheimen Fluchtorganisation in Amerika aufnehmen. Inzwischen ist es unerschwinglich und fast unmöglich geworden, das Land auf legalem Weg zu verlassen. Diese Reichsfluchtsteuer können wir niemals aufbringen, und es kommt immer häufiger vor, dass die anderen Länder uns nicht aufnehmen. Es sind zu viele, die Deutschland verlassen müssen.«

Sarah brach erneut in Tränen aus und – drückte ihre Tochter fest an sich. So, als könne sie die Vorstellung nicht ertragen, was sie dem Kind, aber auch sich zumuten musste, damit überhaupt ein Leben möglich war.

Lina ließ Sarah gewähren. Am liebsten hätte sie die junge Mutter in den Arm genommen, ihr aufmunternde Worte gesagt. Aber es gab keinen Trost. Es gab nur dieses Aushalten von Umständen, die so unmenschlich waren, dass man sie kaum aushalten konnte.

Es war schlimm, denn die Presse freute sich in großen Schlagzeilen darüber, dass die Welt die Juden auch nicht haben wollte.

Amelie maunzte und gab leise schmatzende Laute von sich.

»Die Lütte hat Hunger«, sagte Lina. »Komm, wir versuchen, ob du sie stillen kannst.«

Sie half Sarah, Amelie an die Brust zu legen. Die junge Frau war noch sehr unsicher. Schließlich war es ihr erstes Kind.

Kurz darauf aber lag das Neugeborene an der Brust, und es saugte zufrieden.

»Ich hoffe auf der einen Seite, dass unsere Flucht gelingt, denn wir fürchten inzwischen tatsächlich um unser Leben. Es gibt auch andere, die sagen, wir würden übertreiben, aber David und ich sind sicher, dass es im Deutschen Reich für uns zunehmend gefährlich wird.«

Lina seufzte, denn auch sie und Derk waren dieser Ansicht.

Die Repressalien gegen die jüdischen Mitbürger nahmen von Woche zu Woche zu, und kein Ende war abzusehen.

Es war wie eine ausgelaufene Güllegrube, die sich langsam mit ihrer stinkenden Brühe verteilte, ins Grundwasser sickerte und dann alles vergiftete, mit dem der Mist in dieser hohen Konzentration in Berührung kam.

»Was sagst du dazu? Übertreiben wir?« Sarah holte Lina mit dieser Frage in die Wirklichkeit zurück. Sie schüttelte langsam den Kopf.

»Nein, ihr liegt meiner Ansicht nach genau richtig, und deshalb ist es auch gut, dass wir Vorsorgemaßnahmen getroffen haben. Die Fluchtsituation verschärft sich gerade dramatisch. Aber wenn es dich beruhigt: Wilko und seine neue Frau sind vollkommen auf unserer Seite. Ich glaube, es tut ihm gut, dass er Deutschland auf diese Weise eins auswischen kann. Immerhin hat er dem Land sein Bein geopfert, und niemand hat sich je dafür erkenntlich gezeigt. Er war eben plötzlich ein Kriegskrüppel – so wie viele andere auch. Einfach wird es nicht, denn es ist schon ungewöhnlich, dass ein Amerikaner sein Kind ausgerechnet nach Deutschland schickt, eigentlich läuft es ja momentan eher umgekehrt. Aber mit der erfundenen Krankheit der Mutter ist es zu begründen. Wir sind ja Wilkos einzige Familie.«

Die Kleine hatte fertig getrunken, und sie wechselte mit Linas Hilfe die Brust.

»Beim nächsten Mal bekomme ich das allein hin«, sagte sie. »Was sagen deine Tochter und Schwiegertochter zu alldem? Hast du sie eingeweiht?«

Lina schüttelte den Kopf. »Noch wissen sie von nichts, aber sie werden sich ihren Teil denken, wenn es so weit ist.«

»Wilko und ich bereiten es langsam vor, damit niemand Verdacht schöpft. Nächste Woche wird seine Frau dann krank, nachdem sie entbunden hat und mir das offiziell in einem Schreiben mitteilen wird.«

»Du nimmst für mich ganz schön was auf dich.«

»Es ist wenig genug, aber das Mindeste, was ich tun kann. Alea ist ganz sicher ohnehin auf meiner Seite, und Antke hat sich mit Behrend derweil ganz nach Emden zurückgezogen. Sie hat dort einen neuen Mann kennengelernt, ich denke sie werden heiraten.«

Lina sprach nicht weiter, denn ihre Schwiegertochter wäre tatsächlich ein großes Problem gewesen. Dass sie nach Emden gegangen war, konnte sie in dieser prekären Situation als Segen bezeichnen, auch wenn ihr Behrend unglaublich fehlte.

Doch Antke stand noch immer sehr unter dem Einfluss ihrer Mutter, und wenn sie nun von einem vermeintlichen Kind Wilkos erfuhr, wären der Eifersucht Tür und Tor geöffnet.

Gleich würde Lina Wilko das abgesprochene Wort telegrafieren, und schon morgen würde er ganz offiziell schreiben, dass er wieder Vater geworden war. Spät, aber eben doch.

»Gut, dann hole jetzt David. Noch haben wir keinen

Termin für unsere Flucht. Aber wenn, muss es schnell gehen.«

*

Derk sah Lina nach ein paar Stunden mit großen Schritten aufs Haus zueilen. Er ahnte, wo sie gewesen war, denn dass Sarah ein Kind erwartete und die Hebamme keine jüdischen Kinder entband, war Lina dann doch rausgerutscht.

Schon beim Reinkommen hörte er, wie abgehetzt seine Frau war. Sie musste ziemlich schnell gerannt sein.

»Ich war noch in der Posthalterei und habe ein Telegramm für Wilko aufgegeben«, rief sie vom Flur aus.

»Er hat auch telegrafiert«, sagte Derk, als Lina in die Küche trat und sich auf die Bank am Fenster fallen ließ.

In weiser Voraussicht hatte er Tee aufgebrüht, denn den würde seine Frau gleich benötigen.

»Ja, was schreibt er denn?« Lina griff sofort nach der Kanne. »Gibt es was Wichtiges?«

Oje, dachte Derk. Sie ahnt gar nichts.

»Lina, es gibt leider keine gute Neuigkeit aus den Staaten«, begann er vorsichtig.

Nun schien es seiner Frau zu dämmern. »Mathilde«, entfuhr es ihr. »Es ist was mit Mathilde!«

Derk nickte und schob Lina das Telegramm über den Tisch.

Sie warf nur einen kurzen Blick auf die Zeilen und kämpfte dann mit den Tränen.

»Ich werde sie vermissen, auch wenn ich sie wohl nie wiedergesehen hätte. Aber dennoch war sie da. Und das war ein gutes Gefühl.«

Derk setzte sich neben Lina und nahm seine schluchzende Frau in den Arm. »Ich verstehe dich, aber bedenke, wie alt Mathilde werden durfte.«

Lina lachte unter Tränen. »Weil sie sich schon als jüngere Frau so mütterlich um mich gekümmert hat, kam sie mir immer uralt vor. Aber auch zeitlos alt. Sie war eben stets da. So wie das Meer mit seiner Beständigkeit. Es ist unvorstellbar, dass sie nun irgendwo da oben herumschweift und sich die Welt vom Himmel aus betrachtet.«

Sie saßen lange so da und genossen die Nähe des anderen. Es schien ihnen ewig her zu sein, dass sie sich so nah gewesen waren.

»Wo warst du vorhin?«, fragte Derk dann. Die Ungewissheit, die Geheimnisse, machten ihn zunehmend nervöser.

»Ich glaube, wir müssen wirklich miteinander sprechen.« Lina wischte sich das Nass von der Wange. »Ich mag es nicht, dass ich hinter deinem Rücken über Dinge entscheide, die von großer Tragweite sind.«

»Es liegt an Otto, oder?«

»Derk, er entfremdet uns. Weil er anders denkt, anders entscheidet und möchte, dass wir uns unterordnen. Das kann ich aber nicht. Ich bin Lina, und ich werde immer Lina bleiben. Immer meine eigenen Entscheidungen treffen und mir nicht von oben sagen lassen, was ich zu denken und zu fühlen habe!«

Derk schluckte. Auch in ihm wuchsen die Zweifel. So erfreulich er es fand, seinen Sohn endlich in der Nähe zu wissen, so tief waren aber auch die Differenzen zwischen ihnen.

»Otto wird über kurz oder lang kaum noch auf dem Milchhof sein«, sagte er. »Ich spreche nachher mit ihm, ob er sein Zimmer hier aufgeben kann. So können wir beide nicht weiterleben, das wissen wir.«

Lina schaute ihn überrascht an. »Das würdest du für uns tun?«

»Ja«, antwortete er knapp. »Es gibt für mich nichts Wichtigeres als uns.«

Lina rückte dichter an Derk heran, wandte sich ihm zu und küsste ihn. Lange. Innig.

»Da muss erst Mathilde sterben, damit uns deutlich wird, was wir aneinander haben«, sagte sie. »Und ich küsse dich auf meine alten Tage wie eine junge Frau.«

»Besser«, sagte Derk zärtlich. »Du küsst besser als damals. Es ist, als hätte ich eben deine ganze Liebe gespürt.«

Er nahm eine ihrer grauen Strähnen, die sich aus ihrer Frisur gelöst hatten, und hauchte auch dort einen Kuss darauf. »Wir sind nun beide über sechzig Jahre auf dieser Welt und sollten uns den Rest unserer Zeit nicht mit unnötigem Tüdelkram vermiesen lassen. Und schon gar nicht sollten wir beginnen, unehrlich miteinander zu sein.«

»Du hast recht. Derk. Ich war zwar nicht unehrlich, aber ich habe dir auch nicht alles gesagt.«

»Hat das alles mit deinem Telegramm nach Amerika zu tun?« Derk spürte, dass er ins Schwarze getroffen hatte.

Lina nickte, erst zögerlich, dann aber heftiger. »Ja, das hat es«, rang sie sich schließlich ab. »Und es hat mit Sarah und David Goldenstein zu tun.«

In Derk arbeitete es. Er versuchte, seine Gedanken zu sortieren. Sarah war schwanger, und er vermutete, dass Lina gerade bei der Geburt geholfen hatte.

Jetzt sprudelte alles aus Lina heraus. Dass Sarah und David fliehen wollten, es aber ausgeschlossen war, die Kleine mitzunehmen.

»Die Schleuser nehmen so kleine Kinder nicht mit«, sagte sie. »Aber die Goldensteins haben große Angst, dass es ihnen eines Tages nicht mehr gelingen könnte, Deutschland zu verlassen. Sie fürchten um ihr Leben. Da haben wir die Idee geboren, Wilko in Amerika um Hilfe zu bitten.«

»Wie das?«, warf Derk ein.

»Wilko hat heute von mir ein Schlüsselwort bekommen. Er wird uns in den nächsten Tagen ein Telegramm zukommen lassen, dass er mit seiner neuen Frau wieder Vater geworden ist, es der Mutter aber schlecht geht.«

Nun verstand Derk. »Dieses Kind gibt es nicht, aber wenn es sein müsste, dann würde ihr Neugeborenes als dein Enkelkind herkommen?«

Lina nickte. »So ist der Plan. Wir müssen es mit den Papieren noch regeln, aber auch das ist so gut wie gelöst, weil er sich darum kümmert. Wilko hat Kontakte.«

Derk blieb bei diesem waghalsigen Plan fast die Luft weg.

»Lina, das wird schon deshalb scheitern, weil dieses Kind in den Passagierlisten nicht auftauchen wird. Und es niemand gibt, der es überbringt.«

»Auch das haben wir bedacht. Ich sag doch, Wilko hat Kontakte. Eine Freundin wird nach Europa übersetzen, denn sie hat hier zu tun. Was, tut nichts zur Sache. Ich habe versprochen, Schweigen darüber zu bewahren, aber sei dir sicher, sie ist erfahren. Sie tut so, als reise sie mit einem Kind, wird sich auf dem Schiff arg zurückziehen, denn sie hat Geld und kann sich eine Einzelkabine leisten.«

Derk war nach wie vor davon überzeugt, dass dieser Komplott auf keinen Fall gut ausgehen konnte. Nur war es sinnlos, Lina zu widersprechen, denn sie würde diesen Plan zu Ende führen. Ob es ihm gefiel oder nicht.

»Wann?«, fragte er deshalb nur.

»Bald, wenn es die Umstände erlauben. Bis dahin müssen wir Stillschweigen bewahren.«

»Du könntest damit die Molkerei gefährden. Dein ganzes Lebenswerk. Dich. Mich. – Alles.«

Derks Worte hingen wie dicke dunkle Wolken in der Küche.

Lina aber schaute ihn an. »Das weiß ich doch, Derk. Aber ich musste mein Versprechen brechen, das ich Sarah gegeben habe. Ich habe sie hinausgeworfen, weil diese braunen Schergen es von mir verlangt haben. Und nun steht die Familie vor dem Nichts, denn auch David durfte nicht mehr arbeiten, und so fehlen ihnen die Einkünfte. Es ist das Mindeste, was ich für sie tun kann.«

Derk nickte. Genau das hatte er schon vermutet.

Lina wollte im Nachhinein zu ihrem Wort stehen.

Und sie hatte ja recht. Wenn sie schon offiziell bei diesem schrecklichen Ränkespiel mitmachen mussten, sollten sie wenigstens hintenherum tun, was möglich war.

»Dann lass uns beten, dass die Familie am Ende doch bleiben darf. Oder dass es ihnen möglich ist, das Kind, so schnell es geht, zu sich zu holen.«

Kapitel 17

September 1935

Lina hatte ein mulmiges Gefühl, als sie gegen Mittag aus der Molkerei zurückkam. Der Spätsommertag war so schön warm, dass es eine Schande gewesen wäre, sich im Haus aufzuhalten. Blutweiderich und Herbstaster blühten schon und verströmten ihren betörenden Duft. Alle Sommerblumen wie Phlox, Storchschnabel und Montbretie wetteiferten in den schönsten Farben und suggerierten ein buntes und unbeschwertes Bild, das so gar nicht zu Linas und Derks Realität passen wollte.

Vor einer Woche waren die Nürnberger Gesetze erlassen worden, und damit galten jetzt ganz offiziell alle Juden als Menschen zweiter Klasse. So stand es im Reichsbürgergesetz schwarz auf weiß:

Reichsbürger ist nur der Staatsangehörige
deutschen oder artverwandten Blutes,
der durch sein Verhalten beweist,
dass er gewillt und geeignet ist, in Treue dem
deutschen Volk und Reich zu dienen.

Das bedeutete unterm Strich, dass Juden sämtlicher politischen Rechte beraubt wurden. Sie hatten kein Wahlrecht mehr und durften nicht mehr in öffentlichen Ämtern tätig sein.

Es ging sogar viel weiter: Eheschließungen oder Geschlechtsverkehr mit einem Juden galten als Rassenschande und wurden scharf geahndet. Es war für die Goldensteins an der Zeit, ihren Plan umzusetzen, nachdem sie eine Weile sogar davon abgerückt waren, denn gerade Sarah konnte den Gedanken kaum ertragen, sich von Amelie auf unbestimmte Dauer zu trennen. Dennoch war sie vorbereitet und zeigte das Kind kaum draußen. Und wenn, hatte die Lütte eine Mütze auf, tief in die Stirn gezogen, damit sie später nicht durch Zufall erkannt werden konnte.

Lina konnte das so gut verstehen, und sie betete, dass die Trennung nur von kurzer Dauer wäre. Denn sobald sie offiziell als Amelies Großmutter galt, konnte sie dem Mädchen, auch wenn es später die Umstände würde verstehen können, nichts von ihrer wahren Mutter erzählen. Sie war Wilkos und Marys Kind aus Amerika. Und Lina ihre Großmutter. Zum Glück war sie Amelie vertraut, und die Kleine hing an ihr, sodass sie die Trennung hoffentlich einigermaßen verkraften konnte, bis das große Vergessen einsetzte.

Lina hoffte, dass dieser furchtbare Spuk bald ein Ende hätte. Doch sie war sich darüber im Klaren, dass sie sich etwas vormachte. Im Augenblick sah es eher so aus, als würde alles noch viel schlimmer werden.

Derk saß schon am Tisch auf der Terrasse.

»Da bin ich, wir können essen«, sagte Lina. »Guten Appetit.«

Das neue Hausmädchen Ulla, das an die Stelle von Gertje getreten war, hatte ihnen Suppe auftragen lassen, es roch aus der Terrine schon verführerisch nach Kürbis.

Derk schaute sich um, doch sie waren allein. Von der Molkerei her drangen die üblichen Geräusche: Zwei Kater trugen lautstark Revierkämpfe aus, der Hofhund verbellte einen Arbeiter, der ihm zu nah gekommen war.

Alles war wie immer – und doch war es nicht so.

Derk ahnte, dass Lina etwas auf der Seele brannte, denn ihre Nervosität war spürbar.

»Wann geht es los?«, fragte er und hatte damit den Nagel auf den Kopf getroffen.

»Nächste Woche. Ich habe Wilko schon telegrafiert. Amelie wird als Emily in Kürze hier einziehen. Ich werde es jetzt überall erzählen, damit es glaubhaft wirkt.« Lina seufzte. »Zum Glück haben wir einen ähnlichen amerikanischen Namen gefunden. Das wird die Lütte dann nicht ganz so stark irritieren.«

Lina sah ihrem Mann an, dass er das ganze Unternehmen noch immer sehr skeptisch betrachtete, aber sie war ihm dankbar, dass er ihr nicht dreinredete, sondern es einfach akzeptierte.

»Gut, dann sei es so.«

Lina fuhr zusammen, denn sie glaubte, ein Rascheln gehört zu haben. Wie sie das Gefühl hasste, im eigenen Haus bespitzelt zu werden. Doch es war, wie es war. Man konnte keinem, wirklich keinem mehr trauen, und hier hatten die Wände tatsächlich inzwischen Ohren. Und leider gehörten sie allzu oft ihrer Enkelin, die es wohl immer noch als lustiges Spiel empfand, belauschte Gespräche weiterzugeben – auch wenn sie kein Kind mehr war.

Derk hatte bemerkt, dass Lina zusammengezuckt war.

Er legte seine Hand auf ihre. »Bleib ruhig, hier ist niemand. Wir haben doch aufgepasst.«

Aber sie konnte die Furcht und das ungute Gefühl nicht abschütteln. Es war schrecklich, nur traute sie keinem mehr über den Weg.

Es war nicht nur Enna.

Es waren inzwischen viel zu viele.

*

Die ganze Woche waren sie sehr angespannt.

Antke hatte laut aufgelacht, als sie bei ihrem Besuch hörte, dass Lina und Derk Wilkos Kind aufnehmen wollten. »Das passt zu ihm. Kaum wird es schwierig, schickt er das Kind fort, anstatt dass er sich selbst die Hände schmutzig macht.«

Auch wenn Antke sicher wusste, wie ungerecht sie war und wie wenig es stimmte, weil sie Wilkos wahre Beweggründe, nicht nach Europa zurückzukehren, genau kannte, entschlüpften ihr immer wieder solche Bemerkungen. Dass er sie allein hatte fortziehen lassen und ihm seine persönlichen Befindlichkeiten wichtiger als das Familienglück waren, konnte sie ihm nicht verzeihen.

Es war Lina schwergefallen, zu schweigen und ihren Sohn nicht in ein besseres Licht zu rücken, denn er hatte sich sehr für die Goldensteins eingesetzt, und sein Engagement trug nun Früchte.

Doch noch mehr aus der Familie einzuweihen wäre für alle Beteiligten viel zu gefährlich gewesen. Es hatte sie selbst gewundert, wie sehr sich Wilko für die verfolgten Juden in Deutschland starkmachte. Aber es war für ihn wohl ein Weg, sein eigenes Unglück zu schmälern und seinen Hass auf Deutschland auszuleben, indem er anderen half. Er wollte sich ganz sicher auch kein zweites Mal vorwerfen müssen, auf der falschen Seite gestanden zu haben.

Zudem war Lina davon überzeugt, dass seine neue Frau Mary ihm guttat und einen positiven Einfluss auf ihn hatte.

Einmal hatte er geschrieben:

Mutter, ich habe im Krieg mein Bein und damit auch eine lange Zeit meine Seele verloren. Antke war es eine kurze Zeit gelungen, mich ein klein wenig zum Leben zu erwecken, aber damit ich wieder vollkommen hätte ankommen können, hätte sie bleiben müssen. In Deutschland war es mir nicht vergönnt, zu wachsen. Und jetzt, mit Mary an meiner Seite, versuche ich, den Menschen, die auch dabei sind, alles zu verlieren, ein Stück Würde zurückzugeben. Menschen ändern sich. Zum Guten und zum Schlechten. Ich möchte einfach nicht zu den letzten gehören. Grüße mir meinen Behrend – und Antke, beide haben immer einen Platz in meinem Herzen.
Dein Wilko

Lina hatte den Brief in einem Versteck gut aufgehoben. Denn es war besser, wenn ihn keiner fand. Es war ein Restrisiko, aber Lina konnte nicht umhin, alles von ihrem Sohn zu verwahren, war es doch das Einzige, was sie von ihm bekommen konnte.

Ihre Lippen mussten jedoch verschlossen bleiben, denn sie durfte nichts riskieren. Ihre Fallhöhe war unter den Argusaugen von Talke und Karl ohnehin groß genug.

Noch immer versuchten sie, Einfluss auf Enna zu nehmen. Auch wenn Alea ihr eher halbherzig den Kontakt untersagt hatte, schlich sich das Mädchen doch oft dorthin.

Und Talke nutzte ihre Chance. Leider hatten auch Adelheid und Talke Freundschaft geschlossen, was Lina ebenfalls mit Argwohn sah.

Darüber würde sich Lina später Gedanken machen. Nun galt es zunächst, die Goldensteins in Sicherheit zu wissen.

Am nächsten Morgen war es so weit. Sie brachen mit dem neuen Auto, einem Opel, nach Bremerhaven auf.

Nachdem Derk erfahren hatte, was in Kürze auf seine Familie zurollte, war er davon überzeugt gewesen, dass es an der Zeit war, den Führerschein zu machen und sich zu motorisieren.

Lina war ihm sehr dankbar für diese Weitsicht, denn so konnten sie mit Emily – sie versuchte nur noch diesen Namen zu verwenden – wesentlich komfortabler wieder zurückfahren.

Die Goldensteins hatten Ellenserdammersiel mit der Lütten schon vor zwei Tagen verlassen und würden vermutlich in Bremerhaven auf sie warten. Lina und Derk hofften, dass das Schiff pünktlich anlegen und es keine Schwierigkeiten geben würde.

Lina fummelte die ganze Fahrt über nervös an den Griffen der Tasche herum. Derk bemühte sich um einen entspannten Gesichtsausdruck, den Lina ihm aber nicht abnahm.

Als sie den Hafen erreicht hatten, war das Schiff bereits eingelaufen und am Kai eine Menge los. Lina wusste nicht, wie ihre Kontaktperson aussah, nur dass sie einen roten Mantel trug, blonde Haare hatte und mit einer großen Sonnenbrille auftreten wollte. Zum Glück knallte heute die Sonne vom Himmel, sodass sie damit passend gekleidet war.

»Und wann und wo treffen wir die Goldensteins?«, fragte Derk, obwohl sie es schon dreimal besprochen hatten. Allein das machte deutlich, wie nervös ihr Mann war. Sie wiederholte den Plan.

»Gut, dann lass es uns durchziehen«, flüsterte Derk und schaute sich sicherheitshalber ein weiteres Mal um.

Das größte Risiko bestand darin, verfolgt zu werden, denn man wusste nie, wer doch Wind von ihrem Unterfangen bekommen hatte. Würden sie erwischt, wäre ihnen das Zuchthaus sicher, und den Goldensteins drohte samt Emily vermutlich der Tod.

Jeder Schritt war ein Wagnis, aber es gab kein Zurück.

Lina und Derk traten gemeinsam an den Kai und waren von dem Durcheinander beeindruckt. Das besänftigte ihre Angst für einen Moment, denn sie waren abgelenkt und mussten sich konzentrieren. Die Menschen drängelten sich dicht an dicht, überall standen Koffer und Kisten herum. Matrosen schrien mal von rechts, mal von links.

Die Silbermöwen erfreuten sich an einem reichlich gedeckten Tisch, denn irgendwem fiel immer etwas herunter, an dem sie sich gütlich tun konnten.

»Wie sollen wir die Frau in diesem Getümmel bloß finden?«, fragte Derk, nachdem er sich ein paarmal gereckt hatte, damit er die Hafenanlage besser überschauen konnte. Doch es war zwecklos, in diesem Durcheinander jemanden ausfindig zu machen.

Linas Herz schlug nun wieder schneller, denn jede Minute, die es dauerte, wuchs in ihren Augen die Gefahr.

Bleib ganz ruhig, mahnte sie sich innerlich. Es weiß schließlich niemand, warum du da bist. Also kann es auch nicht gefährlicher werden. Sie gab sich einen Ruck. Besser, sie ging alles aktiv an, als dass sie hier ausharrten und die Frau womöglich verpassten oder sie mit dem vermeintlichen Kind unnötig in Gefahr geriet. »Es muss gehen«, sagte sie. »Komm, wir kämpfen uns mal in Richtung Gangway durch. Dort muss sie schließlich herkommen.«

Lina drängelte durch die Menge.

Derk würde ihr schon folgen.

Doch es wurde immer enger, und da Lina nicht die Größte war, konnte sie schließlich nur noch viele Rücken erkennen. Es wurde immer schwieriger, eine Lücke zu erhaschen, durch die sie wieder ein Stück vorankam.

Derk war es gelungen, ihr zu folgen, und da er sie um mehr als einen Kopf überragte, war es ihm möglich, etwas mehr zu erkennen. Er packte Lina am Arm und hielt sie auf diese Weise davon ab, weiterzugehen.

»Warte«, stieß er aus und reckte den Hals. Plötzlich fuhr seine Hand nach vorn, und er zeigte zur Gangway.

»Da kommt eine Frau mit einem roten Mantel, und sie hält ein Bündel im Arm!«

Linas Herz schlug bis zum Hals. Jetzt mussten sie nur noch zu der Amerikanerin gelangen, und dann konnte die Übergabe erfolgen.

Der Plan bestand darin, das falsche Puppenkind abzuholen und später in Geestemünde die echte Emily in Empfang zu nehmen. Die Goldensteins würden von dort zum nahe gelegenen Fischereihafen gebracht werden und dann mit einer kleinen Barkasse bis Rotterdam fahren. Dort auf einen Dampfer steigen, der sie über den Atlantik nach New York brachte.

Das erste Stück auf dem Boot war das gefährlichste, denn ohne Ausreisegenehmigung und die nötige Steuerzahlung durften sie das Land nicht verlassen. Aber eine Barkasse fiel nicht auf und würde kaum kontrolliert werden. – Sofern keiner von ihrem Vorhaben wusste.

In Holland würden die Goldensteins neue Pässe bekommen, mit denen es kein Problem sein sollte, in New York Fuß zu fassen. Alles war sehr kostspielig gewesen, aber dank Wilkos Kontakten war es erschwinglich geblieben, denn er hatte spendable Amerikaner aufgetan, die auch in den Vereinigten Staaten mit der NS-Politik nicht einverstanden waren.

Alles in allem war die illegale Flucht dann immer noch günstiger als eine offizielle Ausreise, die vermutlich auch gar nicht zustande gekommen wäre, weil die Hürden immer höher wurden.

Lina taten all die Juden leid, die keine Verbindungen hatten und der deutschen Willkür hilflos ausgeliefert waren.

»Komm, wir dürfen die Frau nicht verpassen!«

Lina wollte sich eben durch die Menschenmenge drängeln, als Derk sie wieder am Ärmel festhielt.

»Warte bitte!«, raunte er.

Lina blieb stehen, denn sie wusste sofort, was er meinte.

Seitlich von ihnen bewegten sich zwei Männer mit unbeweglichen Gesichtern, die sie aber sehr wohl im Visier hatten.

»Dass wir hier sind, können sie nur von Otto oder Karl wissen«, flüsterte Lina. »Dann hat Enna doch etwas mitbekommen und es weitergetratscht.«

»Vermutlich«, antwortete Derk. »Also bieten wir

denen jetzt eine wunderbare Theaterszene, die sich gewaschen hat und spielen ›Kind abholen‹. Bist du bereit?«

Lina nickte unmerklich. »Auf geht's!«

Sie schoben sich weiter nach vorn Richtung Gangway, wo die Frau schon auf sie wartete und sie fast überschwänglich begrüßte.

»Nice to meet you«, sagte sie, als wäre es das Natürlichste der Welt, hier am Kai eine lebensgroße Puppe zu übergeben und so zu tun, als wäre es ein schlafendes Kind.

»Hier die Papiere«, sagte sie in gebrochenem Deutsch und schob Derk einen Umschlag zu.

»Wir werden beobachtet und sollten uns kurzfassen«, sprach sie weiter. Es hörte sich ein bisschen kehlig an, das R war stark gerollt.

Lina machte einen Schritt auf sie und das Bündel zu.

Die Frau umwob ein angenehmer Veilchenduft, ihre Lippen waren tiefrot geschminkt, und das graue Kostüm, das unter dem roten Mantel hervorlugte, saß wie eine zweite Haut.

Noch immer breit lächelnd hauchte sie: »Eure Freunde erwarten wir dann um einundzwanzig Uhr am Fischereihafen. Keine Minute später. Wir werden und können nicht warten.«

Sie drückte Lina die große Puppe in den Arm. »Gut aufpassen, jetzt beginnt das Show wegen die Männer da«, sagte sie noch, denn die beiden Verfolger von vorhin stürmten plötzlich mit ausgreifenden Schritten auf die drei zu.

»Weg mit euch!«

Lina und Derk suchten ein Schlupfloch in der Menge. Nur am Rande bekamen sie noch mit, dass die Amerikanerin wild zu zetern begann und sich den Männern in den Weg stellte. Sie nahm die Verfolger damit in Beschlag, und Lina und Derk konnten untertauchen.

Kaum hatten sie den Kai verlassen, begannen sie zu rennen. Immer schneller und schneller, bis sie endlich den Opel erreicht hatten und einsteigen konnten.

»Bloß weg hier«, sagte Derk. »Das war eben knapp gewesen. Wenn die Kerle entdeckt hätten, dass wir nur eine Puppe tragen, wäre es uns an den Kragen gegangen. Ich hoffe, diese Krawallheinis wissen nichts von unserer Übergabestelle.«

»Das war ja alles verschlüsselt, ich denke, so gewitzt ist Enna nicht.«

»Wir sollten sie nicht unterschätzen«, erwiderte Derk. »Wer hätte gedacht, dass sie uns so nah auf den Fersen ist.«

Er startete den Motor, was eine Weile dauerte, da er noch keine große Übung hatte. Aber dann endlich konnten sie losrattern.

Sie hatten das Hafengelände inzwischen verlassen und fuhren gen Süden.

»Bitte schau dich immer wieder um, ob uns jemand verfolgt«, bat Derk Lina. »Es ist schlimm genug, dass unser Unterfangen nicht geheim geblieben ist.«

Lina wollte eben bestätigen, dass alles ruhig war, als sie einen Wagen bemerkte, der recht dicht auffuhr.

»Ich glaube, wir werden doch gejagt«, sagte sie aufgeschreckt. »Was tun wir jetzt?«

»Abhauen.« Derk trat aufs Gaspedal.

Das Auto der Verfolger beschleunigte ebenfalls.

Derk bremste ab und bog in eine Nebenstraße. Die war eng und holprig gepflastert, aber es verschaffte ihnen einen kleinen Vorsprung. Die Verfolger hatten das Manöver zu spät erkannt, rasten erst geradeaus weiter und mussten zurücksetzen.

Lina sah im Rückspiegel, dass sie erneut hinter ihnen waren.

»Du musst noch einmal abbiegen«, entschied sie.

An der nächsten Kreuzung fuhr Derk erst links- und dann gleich wieder rechtsherum.

Hier parkten einige Fahrzeuge. Er fand eine Lücke, in die er schwungvoll hineinfuhr.

Keine Sekunde zu früh, denn Lina sah im Rückspiegel, dass die Verfolger an der Abzweigung angekommen waren.

»Hoffentlich bemerken sie nicht, wo wir stehen«, flüsterte sie atemlos.

Lina schloss die Augen und betete. Sie war sonst kein gläubiger Mensch, aber jetzt beschwor sie alle guten Geister und den lieben Gott, sie zu schützen.

»Sind sie weitergefahren?«, fragte sie nach einer Weile, denn sie wagte es nicht, einen Blick auf die Straße zu werfen.

»Ich glaube ja«, antwortete Derk. »Hier sind sie nicht vorbeigekommen.«

Im selben Moment riss er Lina nach unten.

»Liegen bleiben«, zischte er. »Sie kommen von der anderen Seite, und das sehr langsam. Sie mustern wahrscheinlich jedes Fahrzeug. Sehr perfekt ist unsere Tarnung ja nicht.«

Das Herz hämmerte Lina bis zum Hals.

Nach etwa fünf bangen Minuten rührte sie sich. »Ist die Gefahr vorbei?«

»Ich weiß es nicht.« Vorsichtig hob Derk den Kopf,

die Straße lag verwaist vor ihnen. Aus einem Hoftor kamen zwei Kinder mit einem Ball in der Hand.

»Lass uns fahren! Sonst verpassen wir Emily.« Sie warf einen Blick zur Uhr. »Sie müssen ja auch noch zum Hafen zur Barkasse gelangen …«

»Ich weiß«, unterbrach Derk. »Aber ich fürchte, wir sitzen momentan in der Falle.«

»Du meinst, die warten da irgendwo auf uns?«

»Das meine ich. Sie wissen genau, dass wir uns nicht in Luft aufgelöst haben können, und sie wollen uns auf frischer Tat dabei ertappen, wie wir das jüdische Mädchen an uns nehmen und die Goldensteins illegal das Land verlassen. Wir haben Talke und Karl wohl sehr unterschätzt.«

»Oder Otto, deinen Sohn«, erwiderte Lina, wofür sie einen bösen Blick erntete.

»Aber was machen wir jetzt?«, fragte Lina.

»Nun bedarf es einer List.«

Derk deutete zur Rückbank, wo die Puppe in Leinen gewickelt war. »Kannst du dir ein Kopftuch daraus machen und die Straße rauflaufen. Nachschauen, ob sie da irgendwo stehen? Wenn ja, fahren wir in genau die andere Richtung.«

Lina tat, wie ihr geheißen, und schon bald war sie nicht mehr als Lina Voigt zu erkennen. Sie wandte sich nach links, wohin der Wagen gefahren war.

Schon an der nächsten Kreuzung entdeckte sie das Fahrzeug. Die beiden Männer beachteten Lina gar nicht, als sie an ihnen vorbeitippelte und vorgab, ein altes Mütterchen zu sein. Als sie sich jedoch umdrehte, wurde ihr klar, wie gefährlich ihr Unterfangen auch jetzt noch war.

Nur mit Glück hatten die beiden Männer nicht gesehen, dass sie aus Derks Auto gestiegen war.

Wie komme ich nun wieder zurück?, überlegte Lina. Sie spazierte weiter und hoffte, den Block umrunden zu können. Doch es war nicht möglich. Ihr blieb nichts anderes übrig, als den Rückweg anzutreten.

Inzwischen brach die Dunkelheit über Bremerhaven herein. Was wünschte sich Lina jetzt auf ihrem Sofa oder in der Fertigungshalle der Molkerei zu sein. Was wünschte sie sich in die alte Zeit zurück, als das Leben noch nicht von den Nationalsozialisten geprägt war. Wie hatte sie damals von Schwierigkeiten reden können!

Lina hatte nicht geahnt, was noch alles auf sie zukommen würde. Doch sie durfte jetzt nicht aufgeben und musste sich sputen. Sonst wäre alles umsonst gewesen.

Als sie wieder am Wagen der braunen Schergen vorbeilief, hatte einer den Kopf nach hinten gelegt und schien zu dösen, während der andere weiter die Straße beobachtete. Auf den ersten Blick konnte Lina nicht sagen, ob ihr die Männer bekannt waren.

Die Dämmerung wird uns helfen, dachte sie.

Sie lief weiter mit wackelndem Tritt auf Derks Auto zu, verlangsamte dort ihr Tempo und wies auf den Gehweg, der nun wieder menschenleer war.

Derk verstand sofort und startete den Motor, ohne Licht zu machen. Lina schaute die Straße entlang, aber es tat sich nichts.

Derk lenkte den Wagen über den Gehweg bis zur nächsten Biegung, während Lina langsam nebenherlief. Dann bog er rechts ab. Lina riss die Tür auf, warf sich auf den Beifahrersitz, und ihr Mann raste von dannen.

»Geschafft«, sagte er erleichtert, als auch nach zehn Minuten kein Verfolger mehr zu sehen war. »Geschafft.«

Nun mussten sie nur noch rechtzeitig nach Geestemünde kommen, damit die Goldensteins ihre Abfahrt nicht verpassten.

*

Wie abgesprochen hockten Sarah und David mit Emily auf dem Arm neben der Molkerei in einem Schuppen. Sie waren leichenblass und merklich angespannt.

»Es ist alles gut gegangen«, griff Lina zu einer Notlüge, denn wem nützte es, wenn sie den Goldensteins von der Verfolgung erzählten und ihnen noch mehr Angst machten.

»Gut, es ist schon spät, wir müssen uns sputen«, sagte David, nahm seiner Frau Emily vom Arm und übergab das schlafende Mädchen an den Ziehopa, der die Kleine rasch zum Auto brachte, auf die Rückwand bettete und zudeckte.

Sarah sackte in sich zusammen. So lange hatte sie sich auf diesen schrecklichen Augenblick vorbereiten können, aber jetzt, da es so weit war, überstieg es sichtlich das, was sie ertragen konnte.

»Wir müssen schnell machen«, drängte Lina.

Jede Sekunde, die sie zögerten, verlängerte Sarahs Leiden, denn ihr Blick klebte am Opel, weil darin das Liebste verschwunden war, was Sarah und David hatten.

Lina drückte die Hand der jungen Mutter. »Beten wir, dass die Zeit der Trennung bald ein Ende hat oder wir Emily auf anderen Wegen als amerikanische Staatsbürgerin schnell zu euch bringen lassen können. Offiziell ist sie keine Jüdin mehr, sondern Wilkos und Marys Kind, also eine Bleeker. Wir werden sehen, was wir tun können. Und bis dahin geben wir auf eure Tochter acht. Versprochen!«

Sarah nickte mit versteinerter Miene.

Sie konnte nichts sagen, sogar Tränen würden den Schmerz nicht lindern.

Was konnte Lina das nachvollziehen.

Doch jetzt war Eile geboten.

Lina winkte den beiden, huschte schnell zu Derk ins Auto, und dann fuhren sie mit dem fremden Kind, das nun wie ihr eigenes war, davon.

Im Rückspiegel sah Lina, dass ein Stück weiter hinten die Scheinwerfer eines anderen Fahrzeugs aufleuchteten.

Sie hoffte, dass es das Fluchtfahrzeug war und nicht ihre Verfolger, die sie doch wieder aufgespürt hatten.

Kapitel 18

Februar 1938

Der Winter tat dem Milchhof nicht gut. Es war Lina und Alea zwar gelungen, die jüdischen Mitarbeiter so gut es ging durch Aushilfskräfte zu ersetzen, aber sie wurden von Karl derart schikaniert und reglementiert, dass es schwierig war, wirkliche Gewinne einzufahren.

Eben hatte Lina ein Hilfegesuch von Arthur Katz erhalten. Sie hatten nur noch wenig zu essen, und an Butter oder Milch für ihn und seine Kinder war gar nicht zu denken. Er bat Lina, ihm und den ehemaligen Mitarbeitern etwas zu geben. Sein Ton war dabei forsch, so wie es seine Art war.

Dennoch mochte Lina ihn, denn er hatte stets zuverlässig gearbeitet, war immer offen und direkt gewesen. Und schließlich war sie es, die ihn auf die Straße gesetzt hatte, auch wenn ihr keine andere Wahl geblieben war. Das wusste er auch, dennoch schien er der Ansicht zu sein, sie trüge noch immer Verantwortung für ihn und die anderen Mitarbeiter.

Lina steckte den Zettel rasch unter den nächsten Ordner, weil Karl schon wieder aufs Kontor zusteuerte und sie nicht wusste, wohin damit. Karl lief nicht, er marschierte mit großen Schritten, als befände er sich an der

Front. Was hatte der Mann sich verändert und seine Fahne ganz neu beschriftet und gehisst. Zu Kaisers Zeiten war er untergetaucht, damit er nicht dienen musste. Und nun war er den Braunhemden treu ergeben.

Wenn er mit diesem aufgesetzten Grinsen zu Lina kam, führte er wie immer nichts Gutes im Schilde.

Und so war es auch. Karl stieß die Tür zum Kontor mit Schwung auf und brachte die kalte Winterluft wie ein Symbol mit in den Raum.

»Moin und Heil Hitler, Lina.«

Sie nahm die Füße vom Fußwärmer.

»Moin, Karl, was kann ich für dich tun?«

Er nahm sich ohne Einladung den Stuhl, der vor Linas Schreibtisch stand, und setzte sich darauf.

»Es gibt mal wieder Beschwerden über den Milchhof. Dem müssen wir selbstverständlich nachgehen.«

Lina rollte innerlich mit den Augen.

Sie hatte alles getan, damit Karl und seine Mannen zufrieden waren.

»Was willst du noch von uns?«, fragte sie. »Sämtliche Juden sind fort, wir produzieren fast ausschließlich die gewünschte Butter und halten uns an die Einzugs- und Absatzgebiete. Welcher Vorwurf führt dich also her?«

»Nun, ich habe gesicherte Erkenntnisse darüber, dass ihr den geforderten Achtstundentag nicht einhaltet. Deshalb ist es nicht rechtens, dass ihr diesen Posten als Molkereileitung weiter besetzt.«

Karl rekelte sich in fast anstößiger, in jedem Fall aber widerwärtiger Form, auf dem Stuhl. Er sah ohnehin abstoßend aus, seitdem er denselben Bart wie sein Vorbild Hitler trug und sich auch das Haar genauso frisieren ließ. »Ein anständiger deutscher Arbeitgeber sollte bei den eigenen Angestellten keinesfalls ein Leuteschinder sein, nicht wahr?«

Draußen tobte Emily laut kreischend mit Enna über den Hof. Ihre Eltern waren damals gut in Amerika angekommen, aber es hatte bisher keine Möglichkeit gegeben, das Mädchen zu den Goldensteins zu bringen. Wer sollte das tun? Sie und Derk waren die Einzigen, die um diese Lüge wussten, und sie konnten den Betrieb keinen einzigen Tag alleinlassen. Es war inzwischen noch gefährlicher geworden, jemand anders einzuweihen, denn die Repressalien gegen die sogenannten Judenfreunde wurden immer größer. Viele Dinge galten derweil als gesetzwidrig.

Lina riss sich zusammen, sie musste nun genau hinhören, was Karl Doden ihr vorwarf. Jedes Wort war wichtig und musste auf die Goldwaage gelegt werden.

Er fuhr ohnehin weiter fort. »Dass ihr in dieser Molkerei kein großer Freund von deutschen Werten und Ehre seid, ist ja hinlänglich bekannt, wenn ich das mal so sagen darf.«

Lina lag auf der Zunge, dass er Derartiges keineswegs so von sich geben sollte, aber sie schwieg zu diesem Thema.

Sie durfte Emily nicht gefährden, denn wenn sie auch nur ansatzweise auf Karls Anschuldigungen einging, lief sie Gefahr, dass er das Unterste zuoberst kehrte und womöglich doch darauf kam, dass sie nicht Wilkos Tochter war. Oder er würde sie, Lina, einsperren, und dann war sie als Bezugsperson weg. Lina aber hatte Sarah das Versprechen gegeben, für deren Tochter da zu sein.

Wichtiger war es, den anderen Vorwurf zu entkräften oder besser sogar ganz aus der Welt zu räumen.

»Mein lieber Karl«, sagte Lina deshalb mit einem ebenso süffisanten Unterton, wie er ihn selbst an den Tag gelegt hatte. »Wir haben von euch eine Mindestmenge vorbestimmt bekommen, die wir entsprechend bedienen müssen und selbstverständlich auch wollen, um unserer Pflicht gegenüber dem Deutschen Reich und Führer nachzukommen.«

»Was willst du mir mit deinem Geschwafel sagen, Lina?«, fiel Karl ihr ins Wort. »Macht ihr zu viele Überstunden oder nicht?«

»Wir müssen mit den jetzt vorhandenen Arbeitern zurechtkommen, das weißt du. Immerhin war es notwendig, etliche Arbeiter zu entlassen. Dennoch wird verlangt, dass wir zuverlässig liefern.«

»Lauter faule Ausreden, meine Liebe«, gab Karl zurück. Er verschränkte die Hände hinter seinem Kopf. »Sehr faule Ausreden, um die Ungereimtheiten zu erklären.«

Lina spürte, wie sie nun vor lauter Wut dunkelrot anlief. Aber sie durfte nicht laut werden, denn das Schlimmste, was sie tun konnte, war, sich mit Karl Doden anzulegen.

Folglich erwiderte sie nichts, was ihn mächtig ins Schlingern brachte, denn er hatte Widerstand erwartet. Da der nun ausblieb, rang er sichtlich nach weiteren Argumenten.

»Auch wenn wir euch die Juden entzogen haben, sollte das dem Prozess in der Molkerei nichts anhaben können. Schließlich waren es mindere Kräfte, und in einem deutschen Betrieb sollte es irrelevant sein, was diese Untermenschen geleistet haben. Jeder Deutsche«, schnarrte er in ähnlicher Art, wie es sein großes Vorbild

Hitler tat, »jeder Deutsche, ob ohne Ausbildung oder mit, ist ein besserer Arbeiter als ein Jude! Wer etwas anderes behauptet, ist ein Freund derselben und gehört aus einem Führungsamt entfernt!«

»Wer hat das alles behauptet?«, fragte Lina. Auch diese Gegenfrage passte Karl nicht ins Konzept. Er war zwar gut darin, herrisch aufzutreten und einzuschüchtern, aber er war nicht eloquent, tat sich schwer damit, gut zu kontern, wenn die Argumentation entgegen den einstudierten Parolen lief. So waren die meisten, hatte Lina festgestellt.

Nur Otto bildete die rühmliche Ausnahme. Er war zwar nicht wie Karl zusätzlich auf Rache aus, aber er war linientreu und sehr darauf bedacht, dass alles seine Richtigkeit hatte. Karl ließ sich ständig mit Informationen versorgen, die er wahrscheinlich von Talke bekam, die wiederum noch immer Enna für ihre Zwecke nutzte, und er gab alles brav an Otto weiter.

Karl hatte sich seine Worte nunmehr zurechtgelegt.

»Eigentlich darf ich dir ja gar nicht sagen, woher wir unsere Erkenntnisse haben, aber da wir alte Freunde sind ...«

Lina lachte innerlich hämisch auf. Freunde, pah!

»Nun, wer hat sich beschwert, dass wir vollumfänglich liefern?«, fragte sie geschwollen. »Genau das ist doch gewünscht, oder nicht?«

»Das Gewerbeaufsichtsamt hat einen Hinweis bekommen, dem wir selbstverständlich nachgehen wollen. Ihr haltet die Stunden nicht ordnungsgemäß ein und im Reich muss alles seine Ordnung haben. Der zuständige Mitarbeiter müsste gleich da sein.«

»Na, da bin ich ja gespannt«, sagte Lina.

»In der Zwischenzeit können wir uns ja schon mal über die Deern mit dem dunklen Haar unterhalten«, sagte Karl. Nun wurde sein Ton doch etwas aggressiver, und in Lina schrillten sämtliche Alarmglocken. Hier ging es wohl doch um mehr als um ein paar lächerliche Überstunden, die in einer Molkerei üblich waren, vor allem, wenn das Personal knapp war.

»Sie ist eine wunderbare Enkelin. Wir sind sehr glücklich, dass wir unserem Sohn und der neuen Schwiegertochter die Last abnehmen konnten.«

Karl lachte bitter auf. »Mach mir nichts vor, Lina Voigt. Das ist das Kind dieser Jüdin, die du rausgeworfen hast. Ich habe noch keine Idee, wie ihr das so gedeichselt habt, dass diese Menschen das Land verlassen konnten und wie es möglich ist, dass sie als eure Enkelin mit auch noch sauberen Papieren hier aufgetaucht ist. Aber ich weiß, dass da was faul vor sich hin gärt, und ich werde es dir beweisen, da kannst du sicher sein. Dann geht es dir an den Kragen.« Er grinste. »Dann hat meine Talke endlich ihre Genugtuung und ich ebenfalls. Die Bleekers sind am Boden, und Suntjes Tod ist gesühnt«, setzte er hinzu.

»Karl!« Lina verlegte sich nun doch aufs Flehen. »Das, was mit deiner Schwester passiert ist, ist eine Tragödie, und ich weiß, dass mein erster Mann dafür verantwortlich ist. Aber es ist ewig her.«

»So etwas verjährt nicht, meine Gute«, erwiderte Karl, und plötzlich wirkte er verletzlich. Aber er hatte sich erstaunlich schnell wieder im Griff.

»Weil du an die Unschuld deines ersten Mannes glaubst, steht da draußen auf dem Hof ja auch dieser dämliche Gedenkstein, der daran erinnern soll, was für ein wunderbarer Mensch er war«, knurrte Karl. »Wenn du ihn wirklich so verabscheuen würdest, dann wäre das unterblieben. So aber werde ich Tag für Tag mit der Nase darauf gestoßen, dass der Mörder meiner Schwester in dieser Molkerei verehrt wird. Man ihm ein Denkmal baut…«

»Das war doch nur für Alea und die Jungs. Sie wissen nichts von seinen Schandtaten, dammich. Es ist der Vater!«

Karl runzelte die Stirn. »Lina, Lina. Ich hätte dich erstens für mutiger und zweitens für ehrlicher gehalten. Wenn Aleas und Wilkos Vater ein Verbrecher ist, dann wird es nicht besser, indem man es totschweigt und Denkmäler baut!«

Lina nagte an der Unterlippe. In diesem Punkt hatte Karl recht, und es gab keine Ausrede.

Er hatte sie dort, wo er sie haben wollte. In der Defensive.

»Und nun reden wir weiter Tacheles, meine Gute! Wie habt ihr das mit dem Judenmädchen hinbekommen? Meine Leute hätten euch in Bremerhaven fast gehabt. Aber ihr wart doch etwas schlauer.«

»Da Emily meine Enkelin ist, gab es nichts zu deichseln und zu drehen.« Lina schaute aus dem Fenster und sah mit Erleichterung, dass Edzard Münkeboe von der Gewerbeaufsicht auf den Hof gefahren kam und sie das Gespräch jetzt unterbrechen konnten. »Sieh nur, da kommt Edzard auch schon.«

Das passte Karl definitiv nicht in den Kram, aber Lina war dankbar, denn nun hatte sie eine kleine Schonfrist. Mehr als das würde es nicht sein, denn Karl würde niemals aufgeben.

Edzard Münkeboe stürzte ins Kontor und riss sich schon beim Eintreten den Schal vom Hals. »So, da bin ich, Herr Doden. Um was geht es?«

Lina schaute Karl mit zweifelndem Blick an. Ihr lag auf der Zunge, ihn mit dem Vorwurf zu konfrontieren, dass die Beschwerde doch angeblich vom Gewerbeaufsichtsamt ausging und die Behauptung jetzt Lügen gestraft wurde.

Karl aber gab sich unbeeindruckt und leierte seine Bezichtigungen gegen die Molkereileitung wie auswendig gelernt herunter.

Lina kannte Edzard Münkeboe inzwischen eine geraume Weile, wusste aber nicht, in welchem Verhältnis er zur NSDAP stand und wie unterwürfig er sich nun verhalten würde.

Er nickte zwischenzeitlich nur verständig, spitzte dann die Lippen und sagte auf seine ruhige und gewohnt lässige Art.

»Dat ist nunmol so, Herr Doden. In einer Molkerei ist es nicht möglich, nach der Uhr zu arbeiten. Wir reden hier von verderblichen Lebensmitteln, und die Milch muss fix verarbeitet werden. Nützt jo nix. Und es schwankt ja auch zwischen den Jahreszeiten, das gleicht sich dann aus. Im Sommer ist immer bannig viel mehr to don, im Winter een beten weniger. Also dauert de Spaß mal nur acht Stunden und ook mal zehn. Und ik kenn den Laden.«

Karl wollte sich damit keineswegs abspeisen lassen und widersprach aufs Heftigste.

»Dennoch widerspricht es den Gepflogenheiten, mein lieber Herr Münkeboe. Es gibt Regeln, und daran sollte sich auch Frau Voigt halten.«

»Jo, aber wenn dann die Milch verdirbt, ist keinem geholfen. Dann würde der Milchhof das Soll nicht erfüllen«, schloss Edzard mit einem Seitenblick zu Lina. »Von meiner Seite aus ist alles geklärt. Ich empfehle mich.«

»Heil Hitler!«, rief Karl ihm hinterher, aber Edzard Münkeboe winkte nur kurz.

»Du hast noch ein paar Freunde«, raunte Karl mit verächtlichem Blick. »Aber denen wird ihr Hochmut schon noch vergehen. Du wirst schon sehen. Nicht mehr lange, und ihr werdet um meine Gunst bitten und betteln.«

Er wandte sich zackig zur Tür und streckte den rechten Arm in die Höhe. »Heil Hitler, Lina Voigt!«

»Tschüss«, antwortete sie, auch wenn ihr klar war, dass der verweigerte Gruß seine Wut noch mehr anheizen würde.

*

Es war eine dunkle und kalte Nacht, als Lina über den Hof zur Fertigungshalle schlich. Beim Ausatmen zeigten sich kleine, weiße Wölkchen vor ihrem Mund, die sich aber rasch verloren.

Lina zitterte jedes Mal, wenn sie nachts loszog, um denen zu helfen, die es jetzt nötig hatten, weil es nach Ansicht der Regierung für sie keine Daseinsberechtigung mehr gab.

Deshalb war es richtig, Arthur Katz zu unterstützen, aber es war auch ein riesengroßes Wagnis.

Eigentlich betraf die Gefahr derweil sämtliche Lebens- und Arbeitsbereiche. Wer nicht absolut regelkonform war, wurde abgestraft.

Und wenn jemand den Nazis nicht gefiel, dann wurde

eben etwas gesucht, was denjenigen über kurz oder lang zu Fall brachte.

Dass Lina geholfen hatte, die Goldensteins außer Landes zu bringen, und zudem deren Tochter großzog, wog wahrscheinlich so schwer, dass sie eine lange Haftstrafe oder sogar der Tod erwartete, weil es ja auch noch um Dokumentenfälschung ging.

Aber Lina hoffte und betete Tag für Tag, dass ihr Geheimnis unentdeckt blieb.

Die größte Gefahr, dass etwas nach draußen sickerte, war immer noch Enna. Ständig lungerte sie auf dem Milchhof herum, hatte die Ohren überall und marschierte mit ihrem Wissen dann heimlich zu Talke, die sie dann mit Leckereien, Zeit, Gemütlichkeit und vielen Geschichten verwöhnte.

Lina hatte sie schon wiederholt angesprochen, schließlich waren Alea und sie sich einig darüber, dass sich Enna von Talke und Karl fernhalten sollte, aber ihre Worte waren an der Enkelin abgeprallt wie ein Ball an einer Mauer.

Sie hatte zwar genickt, aber schon am nächsten Tag war sie erneut bei Talke gewesen – und in Begleitung von Adelheid zurückgekommen.

Beide mit einem Strahlen im Gesicht, das Lina Angst machte.

Sie und Derk hofften noch immer, dass Adelheid sich endlich für einen Mann erwärmen konnte, aber in dieser Hinsicht passierte nichts. Obwohl Lina so manches Mal den Verdacht hegte, dass sich Otto für die junge Frau interessierte. Er schaute Adelheid stets lange an, lächelte in ihrer Nähe versonnen, und sein Blick bekam eine dunkle Färbung.

Manchmal war Lina wirklich froh, dass zumindest Antke nach Emden gegangen war, denn auch sie war oft bei ihrer Mutter gewesen. Selbst wenn sie nicht wissentlich Dinge verraten hatte, so waren ihr doch immer mal Sachen herausgerutscht, die Karl sofort gegen die Molkerei verwendet hatte.

Nun aber war ein fünfzehnjähriges Mädchen die größte Gefahr.

Lina öffnete die Tür, huschte hinein und machte sie gleich wieder hinter sich zu. Bevor sie in die Lagerhalle ging, schloss sie die Augen und genoss nicht nur die Stille, sondern auch den einzigartigen Duft der Molkerei, den sie liebte wie kaum etwas anderes. Für Lina war dieser Geruch ein Stück Heimat, das ihr Geborgenheit schenkte und die sie nie missen mochte.

Sie könnte nirgendwo anders leben als auf diesem Milchhof. Trotz aller Schwierigkeiten, trotz der vielen Arbeit. Sie liebte es zu sehr.

Lina öffnete die Augen wieder und schlich sich ohne Licht zu machen weiter. Schon am Nachmittag hatte sie einen Rucksack neben dem Lager unter ein paar Kisten deponiert, denn so konnte sie die Butter am besten hinausschmuggeln.

Große Mengen durften es nicht sein, und sie musste auch die Bücher fälschen, damit das Fehlen nicht den Arbeitern angelastet werden würde. Karl kam ständig als Funktionär des Reichsnährstandes vorbei und hatte ein wachsames Auge auf die Bilanzen.

Lina könnte es sich nicht verzeihen, wenn ein Unschuldiger in seine Fänge geriet. Gerüchten zufolge war der Umgang der Partei mit Andersdenkenden brutal und unmenschlich.

Lina wollte lieber nicht darüber nachdenken, was ihr blühen würde, wenn sie jemand bei ihrem momentanen Tun erwischte.

Sie schnitt die Butter in Blöcke und wog die Menge genau ab. Schon beim Schneiden wurde ihr deutlich, wie sehr die Qualität nachgelassen hatte. Sie arbeiteten eben mit zu vielen Hilfskräften, und es wurde auch bei der Produktion ausschließlich auf Masse gesetzt.

»Hoffentlich ändert sich das irgendwann«, murmelte sie. »Ich möchte wieder echte, gute Butter auf den Markt bringen.«

Lina kostete, aber die Butter schmeckte wässrig und hatte keine so cremige Konsistenz, wie sie es früher hatte.

Lina kamen die Tränen, weil sogar die Fertigung unter der neuen Regierung litt.

Wo waren die Zeiten hin, als sie noch auf *Bleekers Kräuterglück* setzen konnten? Als sie den zweiten wunderbaren Käse kreiert hatten, der aber nur kurz auf dem Markt sein durfte, weil sie sich fortan um den Reichsnährstand kümmern mussten.

Lina grinste, denn natürlich versuchte sie auch auf andere Weise, dem strengen Reglement zu entkommen. Sie fing vom Kannenabtropfgestell täglich ungefähr dreißig Liter Milch ab und gab sie an die entlassenen Familien.

Diese Milch ließ sie als Leckmilch durch die Bücher laufen und verrechnete sie nicht. So kamen die ehemaligen jüdischen Mitarbeiter neben der Butter auch noch in den Genuss von frischer Milch.

Lina schleppte die Kanne Abend für Abend hinter die Stallungen, wo Arthur Katz sie beim Einbruch der Dunkelheit abholte und gerecht verteilte.

An warmen Tagen war es manchmal schwierig, weil die Milch nicht gekühlt werden konnte, aber dann wurde eben Sauermilch davon gemacht.

Lina war fertig, und sie konnte die Fertigungsräume verlassen. Jetzt noch rasch ins Kontor und die Menge der Butter aus den Büchern streichen, bevor sie den Rucksack und die Milch am vereinbarten Ort deponierte. Wahrscheinlich wartete Arthur auch schon, denn Lina war spät dran, weil sie die ganze Zeit Geräusche aus Adelheids Zimmer gehört hatte und keinesfalls entdeckt werden wollte.

Bevor Lina jetzt über den Hof lief, taxierte sie zunächst jedes einzelne Fenster, ob sie eine Bewegung wahrnahm. Derk hatte ihr zwar versprochen, sie sofort zu warnen, sollte ihm etwas merkwürdig vorkommen, doch es war besser, ein bisschen zu vorsichtig zu sein als zu wenig.

Der Mond erhellte mit seinem fahlen Licht das Pflaster, es war in der heutigen Nacht schwierig, die Dunkelheit zu nutzen. Lina entschied sich, ganz nah an der Hausmauer entlangzulaufen, dann könnte sie nur von einer Seite gesehen werden.

In gebückter Haltung schoss sie los und kam schnaufend am Kontor an. Die Tür war nicht verschlossen, was Lina kurz stutzig machte. Sie war sicher, am Abend abgesperrt zu haben, aber in letzter Zeit war sie bei manchen Dingen etwas nachlässig geworden. Ob es an dem großen Druck lag, der auf ihnen lastete, wusste sie nicht.

Oder ich werde langsam zu alt für solche Dinge, dachte sie. Aber ich muss eben tun, was zu tun ist.

Lina stellte den Rucksack ab, zündete eine kleine Kerze an, weil sie weniger Helligkeit spendete als das elektrische Licht, und schlug die Bücher auf. Dabei fiel ihr ein, dass sie die Nachricht von Arthur vorhin gar nicht vernichtet hatte, sondern sie noch immer unter dem Ordner versteckt lag.

»Ich muss besser achtgeben, sonst gefährde ich alles«, murmelte sie und erstarrte. Der Zettel war verschwunden.

Lina schaute unter den Schreibtisch, kontrollierte den Mülleimer und durchforstete sämtliche Ordner, ob die Notiz bei der Arbeit zufällig daruntergerutscht war.

Lina wurde fahrig. Hatte sie ihn doch schon vernichtet und konnte sich bei ihrer momentanen Schusseligkeit nur nicht mehr erinnern?

»Es wird mir alles zu viel«, sagte sie leise zu sich und ließ sich auf ihren Stuhl fallen. Die viele Arbeit, die Heimlichtuerei, das Verbotene und die große Verantwortung für Emily.

Lina atmete tief durch, zuckte mit den Schultern und begann damit, die entnommene Butter wegzurechnen und auch die Leckmilch entsprechend auszutragen.

Zufrieden schloss sie die Bücher. Nun musste sie den Rucksack und die Kanne nur noch hinterlegen und konnte zurück zu Derk ins warme Bett huschen.

Lina trat vor die Tür, schloss dieses Mal ordentlich ab und schlich im Schatten der Mauern bis hinter die Stallungen.

Arthur Katz wartete schon auf sie.

»Es ist spät«, raunte er, und seinem Mund entwichen beim Sprechen kleine Wölkchen.

»Tut mir leid, im Haus war es lange unruhig, und ich wollte kein Risiko eingehen. Karl liegt ständig auf der Lauer, um uns etwas anzuhängen.«

»Verstehe. Ihr müsst mit Emily vorsichtig sein.«

»Woher weißt du?«, entfuhr es Lina.

»Ich bin nicht blind. Aber ich habe mit keinem darüber gesprochen. Die Goldensteins haben die Lütte ja nie gezeigt, auch in Varel nicht, damit keine Fragen kommen. Trotzdem bin ich sicher, dass noch mehr von uns wissen, was gespielt wird. Nur kratzen wir uns gegen das Nazipack ja nicht gegenseitig die Augen aus.«

»Danke! Es ist das Einzige, was ich für die Goldensteins tun konnte. Alles andere war ja schon schlimm genug.«

Arthur Katz griff mit seiner schwieligen Hand nach der von Lina. »Sie sind eine mutige Frau, Lina. Das wissen wir alle. Und sind dankbar für das, was Sie wagen. Es ist eine Wohltat in diesen Zeiten, dass nicht alle so denken wie die Braunen.«

Als hätte er schon zu viel gesagt, zog er seine Hand rasch fort.

Lina nickte ihm nur kurz zu.

»Ich geh schnell zurück. Alles Gute!«

Sie stahl sich wieder zum Hof und steuerte auf ihr kleines Haus zu, das sich verschlafen in der Dunkelheit duckte.

Lina schrak zusammen, denn sie hätte schwören können, dass sie am Fenster des Haupthauses eine Gestalt gesehen hatte.

*

»Na, Enna!« Karl beugte sich am nächsten Mittag zu dem fünfzehnjährigen Mädchen, das gemeinsam mit Adelheid zum Tee gekommen war. Es wunderte ihn immer wieder, dass die schmucke Deern mit ihren fast siebenundzwanzig Jahren keinen Mann an ihrer Seite hatte, denn Adelheid war ein ausgesprochen hübsches deutsches Mädel mit blonden Zöpfen, die sie meist zu geflochtenen Schnecken band. Ihre blauen Augen glichen dem eines strahlenden Frühlingshimmels, und dass sie ein paar Sommersprossen auf der Nase hatte, verlieh ihr einen besonderen Charme. Als junger Mann hätte er um sie gefreit, doch Adelheid schien gegen jegliche Annäherungsversuche immun.

Karl wusste aber, dass Otto ein Auge auf die um elf Jahre jüngere Frau geworfen hatte. Sie war aber auch wirklich wunderschön. Mal sehen, ob er das Wissen, dass Otto Gefallen an Adelheid gefunden hatte, eines Tages noch für sich nutzen konnte. Er würde Augen und Ohren offenhalten.

Es war gemütlich warm in der Kate. Draußen pfiff ein kräftiger Ostwind, der sich durch sämtliche Ritzen der Häuser fraß und für eine unangenehme Kälte sorgte.

Auf den Dächern zeigte sich seit Tagen der Reif und ließ das gezuckerte Weiß in der Sonne glitzern. Sogar die Schlote und kleineren Gewässer waren zugefroren, am Nachmittag ertönten die lauten Rufe der Kinder, die sich beim Schöfeln vergnügten. Auch Adelheid und Enna waren eben auf dem Eis zum Schlittschuhfahren gewesen.

Ihre Wangen glühten feuerrot, und die Augen blitzten vor Übermut, als sie sich zu Karl und Talke an den Tisch setzten.

»Na, ihr zwei«, begrüßte Talke sie lächelnd.

Karl schaute seine Frau liebevoll an. Seitdem sie sich doch zu ihm bekannt und eine neue Heimat in der Partei gefunden hatte, war sie merklich aufgeblüht. Es kam ihm vor, als hätte Talke nur ein bisschen Wasser gefehlt, und nun gelang es ihr, das frische Nass bis in das letzte Blütenblatt zu transportieren.

Talke war endlich wer – und mit ihm an ihrer Seite unschlagbar.

»Bekommen wir eine heiße Milch?«, fragte Enna.

Talke nickte. »Aber selbstverständlich.«

Sie stand sofort auf, um die Milch zu erwärmen, denn wenn die beiden zufrieden waren und sich wohlfühlten, würden sie eher erzählen, was zu Hause los war. Und diese Informationen waren wichtig.

Entweder, weil Karl sie für sich nutzen konnte oder er sie an Otto weiterleitete, der sehr dienstbeflissen allem nachging – gleichgültig, ob es seinen Vater betraf oder einen Fremden.

Als die Milch vor ihnen stand und ihren wunderbar süßlichen Duft verbreitete, lehnte Karl sich behaglich zurück und schaute von Adelheid zu Enna. »Was gibt es denn so Neues da drüben?«, fragte er in vollkommen unverfänglichem Ton.

Adelheid wusste genau, warum er fragte, aber es war wichtig, in Enna kein Misstrauen zu wecken. Noch war sie sehr naiv, wirkte längst nicht wie ein Backfisch und schien nicht zu ermessen, wozu ihre Informationen gegen die Großeltern gebraucht wurden.

»Was interessiert dich denn, Onkel Karl?« Enna wischte ihren Milchbart ganz undamenhaft mit dem Handrücken ab.

»Was so in der Molkerei passiert.«

»Das ist doch langweilig, aber du musst das als Aufpasser genau wissen, oder?« Enna schaute ihn mit einem breiten Lächeln an.

»Das ist richtig, min Deern. Und wenn du mir nun zusammen mit Adelheid sagen kannst, was es Neues gibt, muss ich bei der Kälte nicht hinlaufen, sondern kann mit euch in Ruhe warme Mich trinken.«

Adelheid stupste Enna an. »Da gibt es doch dieses Kannenabtropfgestell.«

»Ja.« Enna verdrehte die Augen.

Unverblümt berichtete sie, dass ihre Mutter die Milch aus dem Gestell in Kannen laufen ließ. »Mich wundert immer, wie viel Milch da noch kommt.«

Karls Neugierde war geweckt. »Welche Menge?«

»Ich denke, mindestens zwanzig Liter«, gab Enna weiterhin Auskunft, freute sich, dass Talke ihr noch einmal nachgoss und sogar einen Keks reichte.

»Frisch gebacken«, fügte sie hinzu.

»Wohin gelangt diese Milch?«, fragte Karl und griff ebenfalls nach dem Gebäck. »Mit der guten Butter vom Milchhof Bleeker«, sagte er und zwinkerte Enna zu. Die genoss diesen Flirt sichtlich, schaute aber besorgt zu Talke, die sie aufmunternd anlächelte.

Seine Frau spielte ihre Rolle einfach wunderbar.

Enna knabberte erst eine Ecke, bevor sie weitersprach.

»Ich weiß nur, dass diese Milch nicht in den großen Bottich kommt. Mutter lässt sie immer in der Kanne, und dann ist sie weg. Aber weil ich nicht so oft in der Molkerei bin, weiß ich das allerdings nicht soo genau.«

Karl bemerkte, dass Adelheid nervös das Tischtuch knetete. Sie wusste definitiv mehr, wollte aber in Ennas Beisein nicht darüber reden. Sie durften das Mädchen auf keinen Fall erschrecken oder den Eindruck erwecken, sie arbeite gegen Ennas Mutter und Großeltern.

»Talke, möchtest du Enna mal zeigen, was du gestern

gestickt hast?«, fragte Karl, der wusste, wie sehr Enna die Stickkünste seiner Frau bewunderte.

Talke verstand sofort und erhob sich. »Ja, das ist so wunderschön, Enna. Du wirst begeistert sein.«

Als die beiden im Nebenzimmer verschwunden waren, fingerte Adelheid einen Zettel aus der Rocktasche.

»Sie gibt die Leckmilch und ein Butterkontingent an diese Judenschweine«, flüsterte sie. »Die Übergabe findet hinter den Stallungen statt. Lina Voigt betrügt also den Reichsnährstand.«

»Und die Juden beklauen unser Vaterland«, gab Karl zufrieden zurück. Damit ließ sich doch etwas anfangen.

Er musste es ihr nur noch nachweisen.

Dass sie zudem ein Judenkind als ihre Enkeltochter ausgaben, das würde er Lina und Derk Voigt auch noch beweisen. Und dann waren die beiden Geschichte.

Kapitel 19

März 1938

Lina schrak zusammen, als mitten in der Nacht auf dem Hof ein Fahrzeug polterte und kurz darauf laute Schritte zu vernehmen waren.

Sie stieß Derk an, der langsam die Augen öffnete und nur schwer aus seinen Träumen erwachte.

»Was ist los?«, fragte er mit einem lauten Gähnen, war dann aber plötzlich ebenfalls hellwach, als auch er hörte, was seine Frau so verängstigte.

»Es ist vorbei«, sagte Lina nur, sprang aus dem Bett und zog sich sofort an.

»Nun bleib bitte ganz ruhig, wir wissen doch gar nicht, was los ist.«

Lina gab Derk einen innigen Kuss auf den Mund, der erst aufhörte, als jemand laut gegen die Haustür schlug.

»Aufmachen!«

»Sag ich doch. Du weißt von nichts, Derk. Von gar nichts. Und gib acht auf Emily. Wir haben es den Goldensteins versprochen!«

Derk war plötzlich kreidebleich. »Du musst mit ihr fort. Was ist, wenn sie ihretwegen hier sind. Noch kannst du hintenraus, ich glaube nicht, dass sie das Haus umstellt haben.«

In Lina purzelten sämtliche Gedanken durcheinander. Sie waren zu weit gegangen.

Zeit ihres Lebens hatte es für sie nichts Wichtigeres gegeben als den Milchhof. So viele Jahre ihres Lebens hatte sie sogar auf ihre große Liebe Derk verzichtet, bloß damit der Betrieb nicht zusammenbrach. Alles, wirklich alles, hatte sie kompromisslos der Molkerei untergeordnet.

Doch seitdem sie ihr Versprechen gegenüber Sarah Goldenstein hatte brechen müssen, war in ihr ein Wandel erfolgt, den Lina sich selbst kaum erklären konnte.

Plötzlich war es wichtiger gewesen, zu helfen. Weil es ungerecht war, Menschen so zu erniedrigen, denn sie hatten doch nichts getan. Außer einem Glauben anzugehören, den die Regierung als falsch ansah.

Derk war oft vorsichtiger gewesen, hatte sie ermahnt, Zurückhaltung zu zeigen – und dennoch war er bei jedem Schritt an ihrer Seite gewesen. Nie hatte er ihr Tun infrage gestellt.

Aber jetzt standen sie an einer Schwelle. Sie oder er? Wer sollte die Verantwortung übernehmen? Oder würde man ihnen gar keine Wahl lassen, weil das Urteil längst gefällt war? Und womöglich beide verhaften? Das Risiko war zu groß.

Lina bekam Gänsehaut, als das Klopfen an der Tür in eine Art Trommeln überging.

»Verschwinde, bitte!«, sagte Derk. »Ich nehme alles auf mich. Ich könnte es nicht ertragen, wenn sie dir wehtun.«

Sie hörten, dass die Tür gewaltsam geöffnet wurde.

Lina schüttelte den Kopf. »Meinst du, mir ginge es anders? Du hast immer stillgehalten, meine Ideen unterstützt. Und jetzt willst du den Kopf dafür hinhalten? Mit der Schuld könnte ich nicht leben. Dazu liebe ich dich zu sehr.« Sie gab ihm noch einen Kuss. »Außerdem wissen sie längst, was ich getan habe, sonst wären sie nicht da. Jemand hat mich beobachtet und angeschwärzt. Dass ich die Juden nicht ablehne, ist vielen ein Dorn im Auge.« Sie seufzte. »Hauptsache, es war nicht Enna. Sie wirkt mir manchmal sehr einfältig, als ob sie nicht ermessen kann, was sie anrichtet, wenn sie Talke und Karl vertraut und ihnen ständig Dinge aus der Molkerei erzählt. Oder über uns.«

Derk strich seiner Frau übers Haar. Was sollte er darauf auch erwidern. Es war, wie es war.

»Wenn Enna uns nicht bespitzelt hätte, dann wäre es ein anderer gewesen«, gab Derk zurück. »Man kann keinem mehr trauen. Wir sind ziemlich allein mit unserer Einstellung.«

Lina wusste, dass es stimmte, was Derk sagte.

Er zog Lina wieder an sich und drückte sie an sein Herz.

Angstvoll lauschten sie den polternden Schritten auf der Treppe.

»Ich werde für dich gehen, meine Liebste. Keine Widerworte. Ich lasse dich nicht ins Unglück rennen.«

Kaum hatte er das gesagt, wurde die Tür aufgerissen, und Otto stand mit fünf weiteren Männern, deren finstere Mienen für sich sprachen, in der Tür.

»Lina Voigt. Ich muss Sie mitnehmen wegen Betrugs am Reichsnährstand und wegen Kollaboration mit dem Judentum.«

Lina schaute ihren Stiefsohn hasserfüllt an. Es scherte ihn offenbar keinen Deut, dass sie die Frau seines Vaters war und er gerade die Familie verriet.

Derk stellte sich seinem Sohn in den Weg. Lina sah, wie schwer ihr Mann atmete, wie sehr er um ihrer beider Leben fürchtete.

»Otto, Lina hat nichts getan. Du musst schon mich verhaften, wenn du den Richtigen treffen möchtest.«

Doch Otto schob seinen Vater mit unbewegtem Blick beiseite und sagte: »Ich weiß, dass du diese Frau nur schützen willst, obwohl sie von Beginn an nur Böses im Schilde führte. Ich erinnere mich, als wir mal in einem Restaurant an den Elbterrassen in Dresden waren und wir euch zum ersten Mal begegneten. Danach war zu Hause nichts mehr, wie es war, weil sie Gift gespuckt hat. Und nun hat sie dich und den Betrieb in den Abgrund gerissen. Versuche also gar nicht erst, sie zu verteidigen. Wir wissen Bescheid, die Beweise sind erdrückend und die Juden bereits festgenommen.«

Er nickte seinem Vater nur kurz zu und winkte dann seinen Mannen der Gestapo. »Abführen.«

»Wo bringt ihr sie hin?«, fragte Derk. Seine Stimme zitterte.

Wie gern hätte Lina ihn noch einmal in den Arm genommen. Ihm ihre Liebe versichert. Doch ihr kam kein Wort über die Lippen, weil der Kloß im Hals dicker und dicker wurde und sie daran zu ersticken drohte.

Otto schaute Derk noch einmal mit kühlem Blick an.

»Eigentlich darf ich darüber kein Wort verlieren, aber weil du mein Vater bist. Sie kommt zunächst zur Geheimen Staatspolizei.«

»Wo ist das?«

»Im neu errichten Gebäude der Staatspolizeidienststelle in Wilhelmshaven am Rathausplatz. Das Arbeitsamt nutzt die Räume ja nicht mehr.«

Er nickte den anderen Männern zu, und Lina wurde aus dem Haus geführt.

Sie sagte nichts. Sie schaute nicht zurück. Sie roch nichts und fühlte nichts. Das passiert mir nicht, hämmerte es durch ihren Kopf. Das passiert mir nicht.

*

Derk saß schon seit Stunden auf dem Bett und dachte darüber nach, was er nun tun sollte. Ihm selbst waren die Hände gebunden, und er war zum Abwarten verurteilt.

Doch nach und nach wurden seine Gedanken klarer, und er wusste, dass Lina jetzt nur zwei Menschen helfen konnten. Nämlich die, die sie in diese vermaledeite Lage gebracht hatten.

Seine ehemalige Frau Talke und Karl Doden.

Widerwillig, aber doch mit einem Funken Hoffnung im Herzen, zog Derk sich an und dankte innerlich Linas Weitsicht, dass sie der Gestapo nicht im Nachthemd, sondern angekleidet gegenübergestanden hatte.

Wie erniedrigend wäre es gewesen, in der Gestapozentrale nur mit einem Morgenrock bekleidet, dazu im Winter mit nackten Füßen, zu sitzen.

Wenigstens das blieb ihr erspart.

Aber nun musste er wissen, was nach dem Verhör weiter passierte, und ob es eine Möglichkeit gab, Lina zu sehen.

Derk lief zum Haupthaus und weckte das neue Hausmädchen. Ulla sah ihn mit großen Augen an. »Die Gestapo hat Ihre Frau geholt? Ich habe es gehört. Alle haben es gehört.«

Hinter ihr tauchten auch die anderen Bediensteten auf.

Zum Schluss kam Adelheid. Sie wirkte als Einzige nicht verschlafen, was Derk stutzig machte.

»Ja, meine Frau ist jetzt bei der Staatspolizei. Und mein eigener Sohn war als Kreisleiter dabei, als wollte er sich davon überzeugen, dass sie auch wirklich abgeführt wurde«, fügte er bitter hinzu. Dann holte Derk tief Luft. »Bitte holen Sie Alea und Tammo.« Er wandte sich an die Kleine Magd, die auch noch neu auf dem Milchhof war. »Und Sie, Jantje, bitte ich darum, rüberzugehen und derweil ein Auge auf Emily zu haben.«

Das Mädchen nickte, nahm sich ein Schultertuch und huschte davon.

Kurz darauf kamen Alea und Tammo verschlafen die geschwungene Treppe hinunter. Ihr Zimmer ging nach hintenraus, sie hatten von dem Gestapoeinsatz nichts mitbekommen.

Derk winkte ihnen, und sie verschwanden im Salon, wo Derk nachdrücklich die Tür hinter sich schloss.

Er fasste zusammen, was passiert war, und schloss mit den Worten: »Wir müssen Karl und Talke dazu bringen, dass sie auf Otto irgendeinen positiven Einfluss nehmen. Auf mich wird er nicht hören, auch wenn ich sein Erzeuger bin. Sein Vater war wer anders und hat ihn in eine Richtung geprägt, die er bei mir nie kennengelernt hätte.«

Tammo legte Derk seine Hand beruhigend auf die Schulter, doch diese Geste verfehlte ihre Wirkung.

»Ich fürchte um Linas Leben«, brach es aus Derk heraus.

Alea begann zu weinen. »Wer hat sie denn verraten? Und stimmt das alles überhaupt?«

»Natürlich stimmt das«, murrte Tammo. »Jetzt sag

bloß, du wusstest nichts davon? Nicht, dass sie die Juden mit Milch und Butter versorgt und die Bücher fälscht? Nicht, dass sie Emily aufzieht, obwohl es das Kind der Goldensteins ist? So naiv kannst du doch gar nicht sein.«

Alea biss sich verlegen auf die Lippen. »Ich habe es nie hinterfragt, wollte es eigentlich gar nicht wissen. Es lief, und so sah ich keine Veranlassung, mich einzumischen.«

Tammo drückte ihre Hand.

Derk schaute seinen Schwiegersohn überrascht an. Er war ein so zurückhaltender Mann, den er nie ernst- oder wahrgenommen hatte. Doch er war bestens informiert und hatte geschwiegen. Lina gedeckt und sich loyal verhalten.

Plötzlich zollte er ihm den größten Respekt.

Tammo aber war mit seinen Überlegungen noch nicht fertig.

»Sind Talke und Karl die Verräter, oder gibt es weitere Schwachstellen in diesem Haus? Vielleicht bei den Arbeitern, die etwas beobachtet haben?«

Nun wurde Alea blass. »Mutter hat mich schon vor Jahren darauf hingewiesen, dass Talke unsere Enna aushorcht.«

»Was?« Tammo schnellte entsetzt herum. »Und du hast die Lütte weiter ständig dorthin gehen lassen?«

Alea nickte, und ihr liefen jetzt Tränen über die Wangen.

»Ich dachte, Mutter übertreibt. Talke hat sich der Mädchen gern angenommen, vor allem, als Behrend dann auch noch fort war. Sie hat sich äußerst liebevoll gekümmert, das war mir eine Hilfe, wenn ich im Betrieb eingespannt war. Ich konnte mir einfach nicht vorstellen, was sie dort rumerzählen könnte, denn ich habe nicht geglaubt, dass Mutter verbotene Dinge tut.«

Tammo seufzte.

Nun blitzte in Derk ein ungeheuerlicher Gedanke auf.

Vor seinem inneren Auge tanzte ein anderer Name als der der Enkelin. Was, wenn nicht sie allein die Verräterin war?

Adelheid arbeitete doch auch im Kontor und bekam so viel mehr mit als Enna.

Wie von selbst sprudelten die Worte über seine Lippen.

»Was, wenn das größte Leck nicht eure Tochter ist, sondern Adelheid. Sie hat nicht nur Zugriff auf die Bücher, weil sie im Büro arbeitet, sie könnte die Einträge auch verstehen. Lina hat ihr alles gewissenhaft erklärt. Ich glaube nicht, dass Enna da durchblickt.«

»Ich werfe sie raus«, entfuhr es Alea, aber Tammo schüttelte warnend den Kopf.

»Nichts überstürzen, Alea. Wir brauchen Beweise. Außerdem ist es in der momentanen Situation wohl sehr gefährlich, wenn wir sie entlassen. Ottos Freunde würden uns das nicht so einfach durchgehen lassen. Weder Lina und Derk, noch ich und du sind in der Partei. Es war nur eine Frage der Zeit, ehe sie uns ans Bein pinkeln. Leider hat Lina ihnen eine Steilvorlage geliefert.«

Alea senkte den Kopf. »Aber was ist das mit Emily. Es heißt doch, sie wäre Wilkos Kind?«

»Ist sie nicht«, sagte Derk. »Er hat uns nur geholfen. Mehr musst du nicht wissen.« Er streckte den Rücken durch. »So, ich gehe jetzt doch zu Talke. Sie hatte einst, vor vielen, vielen Jahren ein großes Herz. Vielleicht gelingt es mir, es wieder zum Schlagen zu bringen.«

Alea nickte. »Und sonst lass Antke holen. Wenn jemand neben Karl Doden überhaupt Einfluss auf Talke hat, dann sie.«

*

Karl war auf Derks nächtlichen Besuch vorbereitet. Er saß mit einem Glas Cognac in der Stube und wartete auf ihn. Was freute er sich gleich auf dessen Winseln, dass er doch seine Frau aus der Zelle holen sollte.

Das würde er natürlich nicht tun. Auf Lina Voigt wartete die Hölle, und genau dort gehörte sie hin.

Nach dem Verhör am Rathausplatz würde sie wohl in eine Zelle ins Gerichtsgefängnis an der Peterstraße oder in eine an der Hindenburgstraße gebracht werden.

Mit etwas Glück würde sie hart bestraft. Richtig hart, sodass er ihr nie wieder begegnen musste.

Zu dumm, dass man ihr nie hatte nachweisen können, dass dieses aufgenommene Gör eine Jüdin war.

Eine der festgenommenen Jüdinnen hatte zwar in der Hoffnung auf Freispruch verlauten lassen, dass sie eine bahnbrechende Aussage zum Fall Lina Voigt und der vermeintlichen Enkeltochter machen könnte, doch Otto hatte alles überprüfen lassen. Kein Anhaltspunkt war stichhaltig genug, denn die Papiere waren korrekt.

Aber die illegale Abzweigung der Milch und Butter waren wunderbare Erkenntnisse gewesen, und jetzt war die Falle endgültig zugeschnappt.

Nach einer unendlich lange erscheinenden Zeit hörte Karl Derks Schritte. Er kam ihm entgegen und lotste seinen Besucher sofort in die Stube. Es war dort arg verqualmt, weil Karl bereits eine Zigarre geraucht hatte.

»Denn sett di dol«, forderte er ihn auf.

»Ich möchte nicht sitzen. Ich möchte wissen, was ihr mit Lina vorhabt.«

Karl nahm dennoch auf einem der Sessel, die um einen runden Tisch herumstanden, Platz und lehnte sich genüsslich zurück. So gefiel ihm das. Die arroganten Menschen vom Milchhof mussten nun bei ihm zu Kreuze kriechen, und das mitten in der Nacht. Er verstand überhaupt nicht, warum Talke für diesen Moment nicht eigens aufgestanden war.

Karl angelte nach einer Zigarre und entzündete sie betont langsam, weil es Derk verunsicherte. Dann griff er zu seinem Cognacglas und nippte an dem köstlichen Gesöff.

»Da haben sie heute Nacht wohl endlich der Gerechtigkeit Genüge getan«, eröffnete er das Gespräch.

»Wenn du das so titulierst«, gab Derk zurück. Noch immer war da diese Arroganz zu hören, das gefiel Karl nicht.

»Deine Frau wird jetzt von der Staatspolizei vernommen, die Beweislage ist hieb- und stichfest. Große Hoffnung darfst du dir wohl nicht machen, dass du sie kurzfristig oder überhaupt wiederbekommst.« Karl paffte einen Kringel und schaute ihm hinterher.

»Wann kann ich sie sehen?«

»Gar nicht. Sie ist jetzt in Gewahrsam und wird ihre Strafe absitzen müssen. Wie du sicher verstehen kannst, ist es ausgeschlossen, mit politisch abtrünnigen Betrügern zaghaft umzugehen. Deshalb wird Lina die volle Härte des Gesetzes treffen.« Karl lächelte freundlich, und doch war ihm klar, dass seine Mimik wie ein Zähnefletschen wirken musste.

»Karl, ich weiß, dass wir keine Freunde sind – und wohl auch nie werden. Aber wir sind Ellenserdammersieler, und wir reden von meiner Frau.«

»Die straffällig geworden ist. Eigentlich kannst du froh darüber sein, dass wir dich nicht auch noch festgenommen haben. Wir können wohl davon ausgehen, dass du von alldem wusstest, oder?«

Derk schwieg.

»Ich sehe, so komme ich nicht weiter. Was sagt Talke?«

Karl schmauchte erneut einen Kringel. »Meine Frau ist in der Partei und steht zur Gangart der NSDAP. Mehr muss ich dazu wohl nicht sagen.«

Ach, wie Karl das verzweifelte Gesicht, gepaart mit der Angst, genoss. Es war doch viel schöner, wenn Derk auf freiem Fuß blieb, nicht wusste, was man mit seiner Frau tat, und er dermaßen litt.

Eine einzigartige Revanche dafür, was er seiner Talke mit seinem Betrug angetan hatte. Das Konto der Milchhofleute war übervoll mit Schandtaten. Es war wunderbar, dem ein Ende zu bereiten. Er würde diese Bagage in Grund und Boden stampfen. Jetzt wurde es Zeit für ein kleines, mieses Angebot.

»Nun, wenn du etwas für Lina tun willst, mein Guter, dann biete ich dir einen Tausch an. Damit könnte ich bewirken, dass dein Weib umgehend auf freien Fuß gesetzt wird.«

In Derks Blick glomm Hoffnung auf. Ein wenig nur, aber unübersehbar. Karl war gespannt, wie er auf sein Angebot reagieren würde.

»Was willst du?«, fragte Derk.

»Amelie. Ich möchte Amelie. Nicht Emily. Du hast schon richtig verstanden. Ich weiß, dass sie ein Judenkind ist, ich konnte es euch bloß nie nachweisen. Aber nun kannst du sie mir zusammen mit der Wahrheit übergeben. Lina wird nicht weiter behelligt und kommt umgehend frei. Dass sie das Judenpack mit Butter und Milch aus den Reichsbeständen versorgt hat, könnte ich in diesem Zusammenhang tatsächlich vergessen.«

Derk zuckte merklich zusammen. Er focht einen inneren Kampf mit sich, schüttelte aber am Ende den Kopf.

»Emily ist Linas Enkelin und besagte Amelie wohl mit ihren Eltern aus Deutschland geflohen. Wohin, weiß ich leider nicht. Sonst könntest du dort nachfragen und ein Foto schicken lassen. Ich wüsste nicht, warum ich dir Linas Enkeltochter ausliefern sollte. Dann müsste ich ja lügen.«

Karl sah, wie Derk bei dieser Unwahrheit die Hände knetete. Aber ihm war einfach nicht beizukommen.

Zu Karls Entsetzen wandte er sich zur Tür und schien nicht willens, weiter mit ihm zu reden.

»Ich wünsche dir noch eine angenehme Nachtruhe. Ich hoffe, du kannst gut schlafen«, sagte Derk und verließ die Kate.

»Schade«, murmelte Karl. Er hatte eine Spur mehr Drama erwartet. Ein kleines bisschen mehr. Und nun sah er sich um seinen Spaß gebracht.

KAPITEL 20

April 1938

Der März zog von dannen, Hitler hatte reichsdeutsche Wehrmachtstruppen nach Österreich einmarschieren lassen und damit den Anschluss ans Deutsche Reich möglich gemacht. Der erste Schritt war somit getan. Der britische Premier Neville Chamberlain hatte sich in der vorletzten Woche sehr kritisch gegen die Vereinigung geäußert und sogar das Wort »geschmacklos« verwendet.

Max Schmeling besiegte Steve Dudas in Hamburg, weil der Kampf abgebrochen wurde, und gestern, am Vorabend des Führergeburtstages, hatte Baldur von Schirach als Reichsjugendführer alle Jugendlichen des Jahrgangs 1928 dazu aufgerufen, ins Jungvolk der Hitlerjugend einzutreten.

An Derk ging all das vorbei. Er setzte nach wie vor sämtliche Hebel in Bewegung, um etwas über Linas Verbleib zu erfahren, doch es war zwecklos.

Weder sein Sohn Otto noch die Beamten der Staatspolizei rückten mit einer Information heraus.

Derk wusste nicht einmal, ob seine Frau noch lebte.

Karl war vor ein paar Tagen zum Milchhof gekommen und hatte sein Angebot wiederholt. Doch Emily den Fängen der Nazis zu übergeben kam nicht infrage. Das würde Lina Derk niemals verzeihen.

Er war eigens nach Emden gefahren, um auch mit Antke zu sprechen.

»Bitte rede mit deiner Mutter!«, hatte er sie angefleht, aber er biss auf Granit.

Antke wirkte merkwürdig verängstigt und wollte sich aus allem heraushalten.

»Derk, wir haben Kummer genug, das weißt du. Hinni und ich sind gestern extra der Partei beigetreten, damit wir Ruhe haben, und nun kann und will ich nicht weiter auf mich und meine Familie aufmerksam machen. Ich habe schon genug in meinem Leben verloren, als Wilko Amerika unserer Liebe vorgezogen hat. Behrend liebt meinen neuen Mann, und ich brauche jetzt mein Nest, denn es wird noch einiges auf uns alle zurollen. Glaube mir, Lina ist ein winziger kleiner Tropfen in einem großen Meer, das bald mit einer gewaltigen Sturmflut einherkommt. Bitte lass uns unseren Frieden.«

Sie hatte Derk mit tränenverschleiertem Blick angesehen. »Vater, du weißt so gut wie ich, dass Karl und Mutter auf Rache aus sind. Und du weißt ebenfalls, dass es ihnen um das vermeintliche Kind von Wilko geht. Gib ihnen Emily, tritt endlich in die Partei ein, und Lina wird wieder bei dir sein.«

Derk war mit einem dicken Kloß im Hals zurückgefahren. Was geschah gerade mit ihnen allen?

Seine eigene Tochter fürchtete die Mutter und war, genauso wie alle anderen, nur noch voller Angst.

Und er? Er musste abwarten.

Weil er es an diesem Frühlingsabend im Haus nicht aushielt, wollte Derk noch einen kleinen Spaziergang machen. Er gab der Kleinen Magd Bescheid, die sich um Emily kümmern sollte, dann verließ er den Milchhof.

Es war eine sternenklare Nacht. Der Mond zeigte sich mit einer schmalen Sichel, während die Sterne zu Abermilliarden funkelten. Die Erde gaukelte ihm eine Schönheit und Klarheit, ja, sogar großen Frieden vor, als müsse sie sich final noch einmal schmücken, ehe der große Kollaps kam.

Denn sie standen vor dem Abgrund.

Wie sollte Deutschland vor dem Rest der Welt bestehen, wenn Empathie fehlte und nur noch Angst und Schrecken verbreitet wurde?, fragte sich Derk.

Über seinen Kopf glitt lautlos eine Waldohreule von einem Baum zum anderen, um dort ihr schauriges kurzes »Huh« von sich zu geben.

»Auch du weißt nicht, was auf dich zukommt«, flüsterte Derk. »Die Zeiten werden schlimmer und schlimmer.«

Die Eule rief noch einmal und flog dann davon.

Derk lief weiter. Langsam, Schritt für Schritt. Meter für Meter. Er entfernte sich ein gutes Stück vom Milchhof, der ihm ohne Lina längst nicht mehr wie ein Zuhause erschien, sondern eher wie ein düsteres Gemäuer, das nicht mehr schützte, denn es hatte zugelassen, dass das Böse Einzug halten konnte.

Als er das Molkereigelände samt den Gebäuden nicht mehr sehen konnte, blieb Derk stehen und warf den Blick noch einmal in den Himmel, in der Hoffnung, er möge ihm doch Antworten geben.

»Ach, Lina«, seufzte er und konnte hier draußen in der Weite der Natur seinen Gefühlen endlich freien Lauf lassen.

Er rief Linas Namen, lauter und lauter!

Doch der verpuffte in der Nacht.

Dann schlug er die Hände vors Gesicht und begann zu weinen. Dicke Tränen liefen über sein Gesicht, und der Druck in Hals und Bauch löste sich mit jedem weiteren Schluchzer, um dann einer noch größeren Verzweiflung Platz zu machen.

Auch wenn es guttat, den Schmerz und die grausame Ohnmacht rauszulassen, nützte es nichts, und es löste auch die Probleme nicht.

Seine Lina war in den Fängen der Gestapo, er wusste nicht, wo sie war oder wie es ihr ging.

Nur, dass sie noch lebte, daran klammerte er sich. Sonst wäre sein Dasein zu einem sinnlosen Haufen in sich zusammengeschmolzen.

Derk sackte in sich zusammen und hockte sich an den Rand des Grabens. Eine Ente schnatterte erschrocken und stob mit wenigen Flügelschlägen weiter. Er ignorierte sie und blieb in dieser Haltung, bis er wieder das Gefühl hatte, auf beiden Beinen stehen zu können.

Trotz allem hatte es ihm gutgetan, sich dem Schmerz einmal hinzugeben und nicht immer alles hinunterzuschlucken.

»Ach, Lina«, seufzte Derk und versuchte, sich an ihre glücklichen Stunden zurückzuerinnern.

Damals, als sie sich in der Käserei zuerst begegnet waren. Er schick zurechtgemacht und sie in Arbeitskluft und mit einem weißen Strich vom Käsebruch auf der Stirn.

Wie sich ihre Blicke von der ersten Sekunde an ineinander verfangen hatten und sich nie wieder voneinander lösen konnten.

Die erste gemeinsame Nacht in Dresden.

Dem Leben gestohlen und abgetrotzt, weil es so falsch und gleichzeitig so richtig gewesen war. Seine Seele hatte getanzt danach. Nach mehr gelechzt und doch gewusst, dass sie es kein zweites Mal tun durften, denn eine verbotene Liebe hatte eine zerstörerische Kraft, was sich bis heute auswirkte.

Dennoch hatten sie alle Widrigkeiten überstanden, bis Lina und er endlich »Ja« zueinander sagen konnten.

Jetzt, hatte er auf der Hochzeit gedacht, jetzt hat das Glück Tür und Tor für uns geöffnet.

Doch das war ein Trugschluss gewesen, denn es gab Mächte, die ihnen das nicht gönnten.

Und nun stand er allein in den Wiesen, lauschte dem Grasen der Kühe und ihren sehnsüchtigen Rufen, die wie Nebelhörner in der Nacht klangen und doch so lebendig waren.

Am Horizont zeigte sich bereits ein feiner heller Streifen. Derk war lange unterwegs gewesen, es wurde Zeit, umzukehren.

Er beschloss dennoch, einen kleinen Umweg durch die Wiesen zu machen und von Ellenserdammersiel aus zur Molkerei zu gelangen.

Nun schlug Derk einen forscheren Tritt an, denn er musste zurück sein, bevor die ersten Arbeiter eintrafen und ihn womöglich so aufgelöst sahen.

Als er kurz vor dem Ortseingang an einer alten verfallenen Kate vorbeikam, stutzte Derk und verbarg sich hinter den Weißdornbüschen, die sich am Wegrand befanden, denn er hörte kichernde Frauenstimmen.

Eigentlich war das harmlos, doch in Derk schrillten aus unerfindlichem Grund sämtliche Alarmglocken. Er duckte sich vorsichtshalber.

In diesem Moment öffnete sich die Tür der Kate, und ihm stockte der Atem, als er realisierte, was er dort sah.

Adelheid trat zusammen mit der neuen Großen Magd Marlene, die seit ein paar Wochen bei ihnen in Stellung war, vor die Tür. Ihre Wangen waren gerötet, das Haar zerzaust. Wüsste Derk es nicht besser, hätte er geglaubt, die beiden wären von Liebe und Lust umgeben.

Da riss Adelheid Marlene an sich, und die beiden versanken in einem innigen Kuss. Sie streichelten sich gegenseitig die Brüste und rieben ihre Körper aneinander.

Derk fand es befremdlich, aber nicht abstoßend. Er verharrte hinter dem Busch, bis sich Adelheid aus der Umarmung löste und heiser ausstieß. »Morgen Nacht um dieselbe Zeit. Ich kann es kaum erwarten.«

Dann rannte sie an Derk vorbei, bemerkte ihn aber nicht.

Marlene wählte den Weg über Ellenserdammersiel, so würden sie nicht zusammen gesehen werden.

Derk wartete, bis beide Frauen außer Sicht waren, blickte sich noch einmal um und näherte sich dem verfallenen Gebäude.

Er trat ein. Der Flur war völlig heruntergekommen. Von den ehemals weißen Türen blätterte die Farbe, in den Ecken wiegten sich staubverhangene Spinnweben. Auf dem Boden sammelte sich der Dreck, rechts stapelte sich ein Scherbenhaufen.

Derk stieß die erste Tür auf, dort hatte sich wohl mal die Küche befunden. Der Kaminabzug war noch zu erkennen, ansonsten war der Raum leer.

Er öffnete den nächsten Raum und zuckte zusammen. Alles war aufgeräumt, das Bett in der Ecke mit sauberer Wäsche versehen und frisch gemacht.

Auf dem wackeligen und abgeschabten Tisch stand eine Vase mit Osterglocken, die ihren strengen Geruch verbreiteten und den der Kate übertünchten.

»Es ist ein Liebesnest«, murmelte er. »Die saubere und parteitreue Adelheid liebt Frauen …«

Es dauerte eine Weile, bis Derk realisierte, was das schlussendlich bedeutete.

Adelheid war angreifbar – und er hatte mit diesem Wissen ein Druckmittel, um etwas über Lina herauszufinden. Sie hatte guten Kontakt zu Talke – und vielleicht auch zu Otto, der sich Linas Vermutung nach seit Längerem für die junge Frau interessierte.

*

Adelheid fuhr sich durchs Haar. Sie hatte vergessen abzuschließen, und es war nicht gut, wenn jemand ihr Versteck entdeckte und womöglich Rückschlüsse zog, weil ihnen doch wer gefolgt war oder sie durch Zufall gesehen hatte.

Ihre Zuneigung zu Marlene würde sie ihren Kopf kosten, wenn herauskam, wen sie da liebte. Aber zum ersten Mal in ihrem Leben fühlte sie sich angekommen und – glücklich.

Eigenartig, dass sie sich trotzdem verstecken musste.

Liebe zwischen zwei Frauen war unmöglich und blieb nicht ohne Konsequenzen. Es war besser, noch einmal umzukehren und die Kate zu verriegeln. Sie könnte ja behaupten, dass ihr blümerant gewesen wäre und sie etwas frische Luft brauchte.

Schnell rannte sie zurück. Doch die Tür stand offen.

Mit klopfendem Herzen näherte sie sich – und stieß auf Derk Voigt.

»Moin, Adelheid«, sagte er.

Adelheids Herz überschlug sich, als sie in das selbstgefällige Gesicht schaute. Er weiß Bescheid, schoss es ihr durch den Kopf. Zum Teufel noch mal, er weiß Bescheid! Adelheids Hals wurde trocken, das Schlucken fiel ihr plötzlich schwer.

»Moin, Derk. Was tust du hier?«, krächzte sie.

»Ich habe dich und Marlene gesehen«, sagte er mit ruhiger Stimme. »Unter anderen Umständen wäre es mir egal, was du treibst und mit wem du dich in welcher Form auch immer triffst.«

Adelheid senkte den Blick, und Derk fuhr fort.

»Aber du wirst verstehen, dass ich jetzt nicht wegschauen kann.«

»Dann muss ich in eine Anstalt oder ins Zuchthaus, das weißt du«, gab Adelheid zurück. »Das ist eine Qual, was sie da mit den Frauen machen.«

»Ja, das weiß ich.« Jetzt wirkte Derk etwas unsicher. So, als schoss er blind, weil ihm die Beweise fehlten. »Genau wie du wusstest, dass man Lina quälen wird und sie das vielleicht auch nicht überlebt. Es war dir egal.«

Adelheid musste sich setzen, denn ihr drohten die Beine wegzusacken. Sie war nicht stark genug, sich gegen diese indirekten Anschuldigungen zu wehren, obwohl alles in ihr danach schrie, sie abzustreiten. Niemand, wirklich niemand konnte ihr nachweisen, dass sie es war, die Lina an die Gestapo verraten hatte.

Nur nützte es ihr nichts, denn Derk hatte sie mit seinem Wissen in der Hand, und sie war sicher, dass er in seinem Schmerz um Linas Gefangennahme alles dransetzen würde, sie freizubekommen.

Adelheid saß in der Falle.

»Sie bringen mich fort, wenn das jemand erfährt, weil sie mich als psychopathisch einstufen werden. Selbst wenn dieser unselige Paragraf 175 eigentlich nur für Männer gilt. Sie lassen auch die Liebe zwischen zwei Frauen nicht zu. Zur Not finden sie etwas, womit sie mich verhaften können«, sagte sie stockend.

»Lina haben sie auch abgeführt«, gab Derk ungerührt zurück. »Ich weiß seit vier Wochen nichts über ihren Verbleib. Nichts, Adelheid. Nichts.«

»Bitte verrate mich nicht! Ich treffe Marlene auch nicht mehr. Und du würdest sie da mit reinziehen.«

»Du hast es in der Hand, dass sich die Situation ändert. Für mich und Lina und somit auch für dich, weil du in dem Fall nicht mehr in Gefahr wärst.«

»Du würdest mich also nicht verraten, wenn ich etwas für deine Frau tue?«, fragte Adelheid und ärgerte sich selbst über ihr dünnes Stimmchen, das zeigte, wie ängstlich sie war.

»So sieht das aus!«, sagte Derk. »Lass dir was einfallen, aber schnell. Ich habe keine Geduld mehr.«

Er nickte ihr kurz zu und verließ die Kate.

Adelheid fiel es schwer, sich zu regen.

Otto, schoss es ihr durch den Kopf. Der Einzige, der mir helfen kann, ist Otto. Nur dazu muss ich mich selbst ins Unglück stürzen.

Adelheid sah ihre Liebe in den Morgenhimmel davonfliegen, und sie spürte, wie sich ihr Gesicht nach und nach verhärtete, bis es sich wieder wie eine Maske anfühlte.

Aber ihr blieb keine Wahl.

Viel zu groß war die Angst, was ihr sonst drohte.

*

Lina zählte das Tropfen. Woher es kam, wusste sie nicht. Nur dass es da war und daran erinnerte, wie lebendig sie trotz aller Schläge noch war.

Sie nahm einen Schluck Wasser, weil es guttat, die Lippen zu befeuchten, denn das Halbrund des Stiefelansatzes an ihrer Wange hatte auch die rechte Mundhälfte verletzt, und die Borke schmerzte, wenn Lina das Gesicht bewegte.

Nachts machten sie Lärm, damit keiner der Gefangenen schlafen konnte. Immer wieder rannten sie über die kahlen Gefängnisflure und schlugen mit den Stöcken gegen die Metalltüren. Alle zwei Stunden. Dong. Dong. Dong.

Ein Mordsspaß für die Wärter.

Die Hölle für die Insassen, denen doch nichts weiter geblieben war als ein bisschen Schlaf nach langen strapaziösen und oft schmerzhaften Verhören.

Lina war so müde, aber die Pritsche war nicht nur hart, auch unter der grauen Decke war es kalt. Sie fror nicht nur, weil es erbärmlich und kühl war. Ihre Kälte kam von innen, und das sorgte für ein beständiges Zittern.

Lina wusste nicht, was die Gestapo mit ihr vorhatte.

Sie wusste nicht, ob sie in diesem Gefängnis bleiben würde oder ob eine Verlegung geplant war.

Sie wusste nicht einmal, wo sie war oder welche Tageszeit herrschte, denn ihre Zelle hatte kein Fenster. Sie wusste nur, dass alle zwei Stunden dieser Lärm kam.

Erst von ferne, wie ein Donnergrollen. Ein Unwetter, das noch auf dem Weg war, sich aber bald entladen würde.

Und sie wusste, dass sie Derk vermisste.

Alea und Enna. Emily und den Milchhof.

Was würde sie darum geben, noch einmal den wunderbar süßlichen Duft der Milch schnuppern zu dürfen.

Noch einmal ihre Hände in den Käsebruch zu tauchen, um einen Laib zu pressen. Noch einmal die Buttermaschine anstellen oder das leise Klirren der Milchabfüllanlage zu hören.

Aber hier war nur dieses stetige Tropfen.

Pling. Pling. Pling.

Und später wieder das Dong. Dong. Dong.

Ein ewiger Gleichklang, so, wie die Nazis versuchten, das Land im selben Rhythmus schlagen zu lassen.

Aber lieber so als ein erneutes Verhör. Lieber das aushalten, als in die starren Gesichter ihrer Gegner zu schauen, die immer nur mit vielen Worten das eine sagten und doch nur leere Phrasen droschen, denen sie nichts entgegenzusetzen hatte.

Ihr Mantra hallte durch Linas Kopf. Wieder und wieder.

Sie, Lina Voigt, wäre eine Staatsfeindin, die nichts mehr zu erwarten hätte als den Strick.

*

Derk konnte sich den ganzen Tag nicht auf die Arbeit konzentrieren. Er wusste nicht, ob es ein Fehler gewesen war, Adelheid dermaßen unter Druck zu setzen, nur blieb ihm ja keine andere Wahl.

Sie ging ihm aus dem Weg, wann immer sie es vermochte. Seit ihrem Zusammentreffen war eine Woche vergangen, und er hatte sie noch nicht gefragt, was sie zu tun gedachte.

Aber langsam wurde Derk ungeduldig.

Weiterhin gab es keine Auskunft über Lina. Karl und Talke hatten ihn gestern hinausgeworfen.

»Deine Frau bekommt das, was sie verdient!«

Derk schaute aus dem Fenster und sah, dass Otto mit seinem protzigen Schlitten auf den Hof fuhr.

»Dann rede ich halt mit ihm«, sagte er. »Wenn Adelheid sich nicht rührt! Diese Warterei muss ein Ende haben. Ich halte es nicht mehr aus.«

Derk stürzte aus dem Büro, direkt auf Otto zu.

Der schaute ihn erstaunt an.

»Heil Hitler, Vater. So eilig heute?«

Wie Derk dieses aufgesetzte Getue hasste.

Die ganze Welt drehte doch durch, und die paar Menschen maßten sich an, über das Denken und Fühlen anderer entscheiden zu können. Ja, es ging noch weiter: Sie bestimmten, wer ein lebenswertes Leben hatte und wer nicht.

Einer der führenden Kräfte war auch noch sein Sohn. In diesem Moment bereute er den Augenblick, als er bei Hilda gelegen und diesen Menschen gezeugt hatte.

Und zugleich schämte er sich für diesen Gedanken, weil er sich nicht von dem der Nationalsozialisten unterschied, indem er Unterschiede zwischen Menschen machte.

Was für düstere Seiten lockte diese Gesinnung auch in denen hervor, die doch anders dachten.

»Du möchtest mal wieder wissen, wohin wir deine Frau gebracht haben, nicht wahr?«

»Ist das nicht selbstverständlich?«, fragte Derk. »Also, was kannst du mir sagen.«

»Wie immer nichts, Vater. Dann mache ich mich strafbar, und Lina ist nun mal eine Staatsfeindin.«

Derk sog die Luft scharf ein.

»Du weißt, dass deine Anschuldigungen haltlos sind und ihr nur Druck ausüben wollt.«

Derks Worte klangen hohl, und sie verfehlten ihre Wirkung.

Otto ließ sich kein bisschen davon beeindrucken. Er zeigte nicht einmal eine Regung. »Es wäre für dich gut, wenn du dich von der Vaterlandsverräterin scheiden ließest und zugleich endlich der wahren Partei beitrittst. Ich weiß nämlich nicht, wie lange ich noch etwas für dich tun kann, wenn du beides unterlässt.«

Derk stieß heftig die Luft aus, als er seinen Sohn so reden hörte.

»Ich bleibe an Linas Seite, Otto. Ihr könnt viel verlangen und viel zerstören. Weil ihr die Macht habt. Aber unsere Liebe besiegt ihr nicht. Niemals!«

»Wir werden sehen, Vater. Wir werden sehen. Auch in deinen nordischen Dieskopp, so sagt ihr hier ja wohl zu sturen Menschen, also auch in deinen Dieskopp muss ja mal reingehen, dass sich die Zeiten geändert haben und es ein großer Fehler ist, nicht mitzugehen auf unseren neuen, besseren Wegen.«

Derk schluckte.

Konnte und durfte er Adelheid jetzt wirklich ans Messer liefern und somit die gleichen miesen Methoden anwenden wie die Menschen, die er genau deswegen verachtete? Sein Plan war, Adelheids Glaubwürdigkeit damit infrage zu stellen und auf diese Weise Lina zu befreien. Doch was war, wenn es misslang, Adelheid zwar festgesetzt und ebenfalls eingesperrt wurde, aber Lina dennoch im Haft blieb, weil das eine nichts mit dem anderen zu tun hatte?

Wirkung würde seine Drohung Adelheid gegenüber doch nur zeigen, wenn sie sich selbst vor der Enthüllung fürchtete – und das tat sie offenbar nicht.

Weitere Überlegungen purzelten durch seinen Kopf.

Würde Lina es gutheißen, sollte es ihm damit gelingen, sie freizupressen? Frei nach dem Motto: Auge und Auge, Zahn um Zahn.

Genau deshalb hatte er bislang gezögert, das zu tun. Er wäre damit am Boden und ein ebensolcher Dreckskerl.

»Nun, was denkst du?«, riss ihn Otto aus den Gedanken. »Lenkst du ein?«

Noch bevor Derk darauf antworten konnte, wurde die Tür des Haupthauses aufgerissen, und Adelheid glitt mit geschmeidigen Schritten über den Hof. Sie hielt direkt auf Otto und Derk zu.

»Hübsch schaust du aus«, sagte Otto. Sein Blick streichelte Adelheid regelrecht.

»Danke!«

Ein gekonnter Augenaufschlag von Adelheid zauberte für einen Moment sogar ein bisschen Weichheit in Ottos Gesicht.

Da ist seine Achillesferse, dachte Derk, denn es war eindeutig: Sein Sohn begehrte Adelheid, und er wusste ganz sicher nichts von ihrer Neigung. Lina hatte recht gehabt.

»Moin, Otto«, gurrte Adelheid, und er wurde tatsächlich rot, räusperte sich dann aber und nahm wieder Haltung an.

»Schön, dass du mal wieder auf dem Milchhof bist. Ich habe dich ja länger nicht gesehen.«

Adelheid warf Derk einen flehenden Blick zu, und er

verstand sofort. Sie würde ihren Charme spielen lassen. Für Lina. Und zu ihrer eigenen Rettung.

Was war Derk froh, dass sie ihm damit diese furchtbare Entscheidung abnahm, sie doch anschwärzen zu müssen. Dass sie nun ein bisschen lieb Kind mit Otto machen musste, empfand Derk nur als gerecht. Nach dem, was sie wohl Lina angetan hatte. Denn es gab gar keine andere Erklärung als diese. Es war vermutlich nicht nur Enna gewesen, die Informationen weitergegeben hatte.

»Gut, dann gehe ich mal wieder an die Arbeit, damit das Soll für den Reichsnährstand erfüllt werden kann«, sagte Derk. Den Hitlergruß machte er aber nicht. Das wäre zu viel des Guten gewesen.

Derk schlurfte zurück ins Kontor und beobachtete, dass Adelheid sich bei Otto einhakte und sie gemeinsam in Richtung Tor spazierten.

Nun galt es, zu hoffen und zu beten, dass die Zuneigung seines Sohnes zu Adelheid groß genug war, dass sie Einfluss nehmen konnte.

Wie weit sie dafür gehen musste, war ihm herzlich gleichgültig. Das war eben ihr Preis für den furchtbaren Verrat.

Kapitel 21

Mai 1938

»Aufmachen!«

Lina schrak zusammen und zitterte vor Angst. Eine Woche lang hatte sie nun Ruhe gehabt und konnte ihre schmerzenden Glieder pflegen. Die Krusten im Gesicht waren bereits abgeheilt, ob sie Narben hinterlassen hatten, wusste Lina nicht. Es gab in ihrer kargen Zelle nur einen Abort und die Pritsche. Ein Spiegel wäre wohl zu viel Luxus gewesen, und wofür hätte sie ihn auch gebraucht? Um zu sehen, wie sehr sie weiter abgebaut hatte?

Wahrscheinlich hatten Derk und Alea sie schon lange aufgegeben, denn Lina war sicher, dass sie nicht wussten, in welches Gefängnis man sie gesteckt hatte.

Sie setzte sich auf die Bettkante und wartete mit geschlossenen Augen auf das Öffnen der Tür, das immer gleich vor sich ging. Schlüsselrasseln, Scheppern der Riegel und dann lautes Poltern der Eisentür.

Lina dachte an die blühenden Wiesen rund um die Molkerei. An das Singen und Zwitschern der Vögel im Frühling, an den süßen Duft der Blumen. Nur so konnte sie ertragen, was sie gleich erwartete. Schmerzen, Schmerzen, Schmerzen.

»Voigt, aufstehen!«, hörte sie.

Langsam erhob Lina sich und folgte der Wärterin, die immer von einem Hauch Minze umgeben war. Diese Frische passte nicht zu der düsteren Umgebung, die nach Schweiß und Urin, gepaart mit Blut, roch.

Wider Erwarten ging es aber nicht zu den Verhörräumen, sondern in genau die andere Richtung.

Lina musste sich auf einen Stuhl setzen und bekam einen Packen übel riechender Kleider gereicht. Es waren die, in denen sie verhaftet worden war und die sie offensichtlich irgendwo im Dreck gelagert hatten.

Der Geruch von Mäuseurin zog sich in Linas Nase, darunter mischte sich der von Kot.

Alles Schikane, dachte sie. Böse Schikane. Und du musst mitspielen, weil sie immer, wirklich immer das Ass im Ärmel haben.

Fragend blickte sie auf und kam aus ihrer Traumwelt zurück.

»Zieh das an, und dann kannst du gehen. Befehl von oberster Stelle.«

»Warum?«, hauchte sie.

Die Wärterin zuckte mit den Achseln. »Woher shall ik dat weten?«

Lina zog die stinkende Kleidung an. Weil sie selbst wahrscheinlich einen üblen Geruch an sich hatte, machte die abscheuliche Kleidung nun auch nichts mehr.

In diesem Gefängnis hatte man ihr alles genommen. Den Mut. Die Kraft. Ihre Seele und Würde. Ob sie das alles je zurückerlangen würde, wusste Lina nicht.

»Und nun raus mit dir!«

Sie spürte einen Stoß in den Rücken und stolperte der Wärterin voraus durch einen weiteren dunklen Gang.

»Linksrum!«

Lina stand vor einem Büro, in dem es vertraut nach Akten und Papier roch. So wie sie es vom Kontor her kannte.

Sie wurde erneut geschubst und fiel Otto fast vor die Füße.

Der musterte sie mit sichtlichem Ekel und hielt sich sofort ein Taschentuch vor die Nase.

In Lina regte sich plötzlich doch der alte Stolz. Wenn sie ihr saubere Wäsche gegeben hätten und die Möglichkeit, sich vernünftig zu waschen, würde sie nun nicht wie eine Bettlerin vor ihrem Stiefsohn stehen.

»Lina Voigt, so tief bist du also gesunken«, hob Otto an. »Von der stolzen Besitzerin und Leiterin der Molkerei Bleeker …«

»Milchhof Bleeker«, verbesserte Lina ihn und erkannte sofort, dass dies ein Fehler gewesen war, denn seine Brauen zogen sich unwirsch zusammen.

»Von der Leiterin der Molkerei Bleeker«, wiederholte Otto seine letzten Worte, »zur – Kanalratte.«

Jetzt war es an Lina zu schlucken. Als Kanalratte wurde wohl keiner gern bezeichnet.

»Warum bin ich hier?«, fragte sie.

»Weil ich ein guter Mensch bin«, sagte Otto selbstgefällig.

»Was bedeutet das?«

Ihrem Stiefsohn gefiel es sichtlich, dass sie ihm jegliche Information aus der Nase ziehen musste.

»Das bedeutet, dass ich dich gehen lasse.«

Lina glaubte, nicht richtig zu hören. Was, wenn dies eine Falle war?

Otto begann, mit großen Schritten im Zimmer auf und

ab zu laufen. Dabei hielt er wie ein Regent die Hände hinter dem Rücken verschränkt.

»Es gibt natürlich Auflagen«, sagte er, wendete und kam wieder an Lina vorbei. Die wagte jetzt kaum, ihm in die Augen zu sehen.

Es war klar, dass diese Freiheit an Bedingungen geknüpft war. Otto tat nichts aus freien Stücken. Er ließ sich für alles bezahlen. Fragte sich nur, was der Preis war.

»Dein Mann hat zugegeben, dass Emily nicht deine Enkelin ist, und wir hätten dieses Judenwesen gern zur freien Verfügung.«

Lina erstarrte bei diesen Worten.

Wie redete Otto denn von einem Kind?

Wieder stolzierte er an Lina vorbei. Doch sie erhaschte einen Blick auf seine Hände, die nunmehr sehr verkrampft waren.

Er lügt, schoss es durch ihren Kopf. Derk hätte Emily um nichts in der Welt verraten, und nun versucht mich mein eigener Schwiegersohn in eine Falle zu locken, damit ich in meiner Angst und Verzweiflung einknicke.

Lina wusste, dass sie in dieser verfahrenen Situation nur mit Fingerspitzengefühl weiterkam. Doch es fiel ihr unglaublich schwer. Sie war nicht mehr die Alte, die sich zu wehren wusste. Die stets Oberwasser und die richtigen Worte parat hatte.

Aber es muss gehen, machte sie sich selbst Mut. Ich muss es schaffen, diese Situation zu meistern!

Wäre sie nur nicht so schrecklich verzagt.

Lina kniff die Augen fest zusammen und versuchte sich zu konzentrieren, obwohl ihr die Gedanken wie glitschige Aale zu entgleiten drohten.

»Reiß dich zusammen!«, fauchte eine innere Stimme.

»Für Derk. Für Emily. Für Alea und Wilko. Für den Milchhof!«

Otto war stehen geblieben. Sie spürte seinen abwartenden Blick auf ihrem gesenkten Haupt. Es musste auf ihn wirken, als warte sie nur auf den Gang zum Schafott, um dort gleich den Kopf abgeschlagen zu bekommen.

Plötzlich gelang es Lina, sich zu sammeln. Langsam nur, aber dann setzten sich die Sätze Wort für Wort in ihrem wirren Hirn zusammen.

»Ich denke, da hast du eine falsche Information bekommen«, begann sie langsam. Sie fuhr sich mit der Zunge über die spröden Lippen, um sie zu befeuchten. »Oder Derk hat sich ein wenig umständlich ausgedrückt. Emily ist meine Enkelin. Das habt ihr doch mehrfach anhand der Papiere überprüft. Deshalb kann mein Mann gar nichts anderes gesagt haben.«

Otto fasste Lina am Kinn und zwang sie, ihm in die Augen zu sehen. Er überragte sie um fast zwei Köpfe und schaute auf sie herab.

Er glich Derk sehr, aber das Wichtigste unterschied Vater und Sohn: die Augen. So wunderschön sie auch waren, so eiskalt blickten Ottos in die Welt. Für einen Moment glaubte Lina, Hilda schaute sie an. So wie damals, als sie sich in diesem Restaurant zum ersten und einzigen Mal begegnet waren und gleich gewusst hatten, dass sie einander nicht leiden konnten. Sie, die einfache Lina vom Land gegen die schöne Dame aus Dresden in dem feinen Kleid.

»Du behauptest also, ich lüge?«, fragte Otto mit scharfer Stimme.

Lina hielt dem eisigen Blick stand. Woher sie nach den Wochen der Demütigung und der vielen Verhöre, in denen sie geschlagen worden und zu einem Nichts verkommen war, diese Kraft nahm, wusste sie nicht.

Sie wusste nur, dass sie jetzt stark sein musste, sonst würde sie in dieses elendige Loch zurückkriechen müssen und dort wahrscheinlich wirklich so verrecken wie die besagte Kanalratte.

»Nein, Otto, ich habe nicht gesagt, dass du lügst, sondern lediglich zu bedenken gegeben, dass *mein Mann* sich unglücklich ausgedrückt hat.«

Ottos Kiefer mahlte, dann schluckte er. »Wie dem auch sei. Wenn ihr da ein krummes Ding gedreht habt, dann finde ich es raus. Und dann Gnade euch Gott!«

Er atmete tief durch. »Gut, du kannst jetzt zurück in die Molkerei gehen. Aber bevor du das tust, benötige ich noch Unterschriften von dir.«

»Wofür?«

»Einmal, dass du dich zukünftig ganz an die Vorgaben des Reichsnährstandes hältst. Keine Leckmilch mehr unterschlägst oder gar das Judenpack damit versorgst. Für diese Leute haben wir Lösungen gefunden.«

Lina wurde übel, als ihr durch den Kopf ging, was das bedeutete.

Aber sie musste sich fügen. Zunächst jedenfalls. Damit es sich Otto nicht noch anders überlegte.

»Was noch?«

»Du wirst der Partei beitreten, und natürlich wird Enna umgehend dem Bund Deutscher Mädel angehören. Es handelt sich um eine Pflichtmitgliedschaft, die Alea bislang immer umgangen hat, weil angeblich die Wege zu weit wären.«

»Nein«, schrie es in Lina. Dann wird Ennas Kopf noch stärker mit dem braunen Gedankengut gemästet, und sie würden den Einfluss auf die Deern vollkommen verlieren.

Doch Otto war noch nicht fertig.

»Und deine Enkelin Emily«, er sagte das mit einem merkwürdigen Unterton, »wird zur Kükengruppe gehen. Etwas früher als normalerweise, das habe ich schon geklärt, weil bei euch auf dem Hof großer Nachholbedarf besteht, was die Erziehung angeht.«

Das war furchtbar schlimm.

Kükengruppe wurde der Jungmädelbund genannt. Es war die Gruppe für zehn- bis vierzehnjährige Mädchen. Auch dort wurden sie zu treuen Nationalsozialisten erzogen. Lina und Derk würden kaum noch Einfluss auf die beiden Mädchen haben können.

Wie sollten sie das später den Goldensteins erklären? Wenn sie ihre Tochter zurückbekamen und der Feindin für Leib und Leben gegenüberstanden?

Otto ging zum Schreibtisch und ließ sich auf dem Stuhl mit der geschwungenen Lehne nieder. »Du hast keine Wahl, Lina. Solltest du dich schon wieder nicht fügen, dann weißt du, was dir blüht. Nur weil ich bislang meine Hand über dich gehalten habe, bist du noch nicht im Konzentrationslager Sachsenhausen gelandet. Alles, weil ich dir viel Gnade erwiesen habe.«

Weil du noch immer gehofft hast, mir wegen Emily endgültig das Genick brechen zu können, dachte Lina.

Sie näherte sich mit stockendem Schritt dem Schreibtisch, auf dem Otto die Schriftstücke sorgfältig in einer korrekten Linie zurechtgelegt hatte.

Die deutsche Gründlichkeit, dachte Lina – und unterschrieb. Zugleich drängte sich saurer Mageninhalt durch die Speiseröhre nach oben.

Sie war zwar nun keine Gefangene mehr, aber dennoch hatte sie sich Fesseln angelegt, die sie am liebsten wieder abstreifen würde.

»Nun verschwinde!«, forderte Otto sie auf.

»Weiß jemand, dass ich entlassen bin?«

Seine hochgezogenen Brauen sagten alles.

Lina würde zusehen müssen, wie sie nach Ellenserdammersiel kam. Ohne Geld und mit leerem Magen, denn nun musste sie sich wirklich übergeben und schaffte es gerade noch, den Mülleimer zu erreichen.

*

Otto setzte sich angewidert in seinen Wagen. Wie konnte sein Vater diese Frau bloß lieben? Warum hatte er nicht einst seine wunderschöne Mutter gewählt. Sie hatte ihm mal erzählt, wie sehr sie auf ein Zeichen von ihm gehofft hatte, er aber immer nur dieser Bäuerin zugetan war.

Und nun erbrach sie sich in seinem Büro in den Mülleimer.

Ekelhaft!

Und wie sie gestunken hatte. Schlimmer als ein Stück Vieh.

Daran konnte man doch sehr deutlich erkennen, dass Lina Voigt ein Untermensch war und eigentlich kein Recht auf Leben hatte. Genau wie die Juden, Lesben und Homosexuellen mit ihren abartigen Trieben.

Aber er hatte es Adelheid einfach nicht abschlagen können, die Frau freizulassen, denn er befürchtete, dass sie ihm dann doch nicht mehr so zugetan war, wie er es sich wünschte.

So lange hatte er um sie geworben und sie ihn nie

erhört. Und jetzt plötzlich war sie wie ein anschmiegsames Kätzchen, das wild schnurrte, wenn er sie berührte. Nein, das wollte er keinesfalls mehr aufgeben.

Zum wiederholten Mal ging er die erste gemeinsame Nacht durch, in der er sich noch sicherer geworden war, mit Adelheid die richtige Ehefrau gefunden zu haben. Gleichgültig, dass sie einen Altersunterschied hatten, der eher ungewöhnlich war. Noch aber konnte Adelheid einen guten deutschen Sohn gebären.

»Sieh doch, Otto«, hatte Adelheid ihn umgarnt. »Lina hat mich aufgenommen wie ihr eigenes Kind. Ja, sie hat mit dieser Milchunterschlagung einen großen Fehler gemacht. Aber ich stehe in ihrer Schuld, und sie hat ja nun schon eine Weile im Gefängnis gesessen. Meinst du nicht, dass du da was machen kannst? Sie war immer gut zu mir, und Derk auch. Ich kann das gar nicht mit ansehen.«

Sie hatte ihn geküsst, dass ihm fast die Sinne schwanden. Und dann folgte noch so viel mehr.

Er war erstaunt gewesen, dass er für Adelheid der erste Mann gewesen war, und er fühlte sich geehrt, als sie ihm anvertraute, dass sie sich immer für den Richtigen hatte aufsparen wollen. Also war er wohl derjenige.

Und so war ihm keine Wahl geblieben, als Lina Voigt auf freien Fuß zu setzen. Natürlich nicht, ohne noch etwas Druck auszuüben.

Otto war noch ganz beseelt davon gewesen, dass er der erste Mann für sie war. Adelheid war ein keusches Mädchen, so, wie er es sich für eine anständige deutsche Ehefrau wünschte. Selbstverständlich würde er sie heiraten, und sie hatte auch schon eingewilligt.

Schon im nächsten Monat wäre sie seine Frau. Nächste

Woche wollten sie das Aufgebot bestellen und dann planen, wie sie feiern wollten. Adelheid zog ein kleines, beschauliches Fest vor, aber sein Wunsch bestand darin, wenigstens den Gauleiter und andere Prominenz an seiner Seite zu wissen, wenn er in den Stand der Ehe trat.

Was hatte er für ein Glück.

Da konnte man schon mal ein Opfer bringen und Lina laufen lassen. Es gab genug anderes zu tun, und jetzt erwartete ihn zu Hause wenigstens eine anschmiegsame Frau, die er auf keinen Fall vergrellen wollte.

Otto gab Gas und beeilte sich. Er wollte Adelheid heute nach Jever ausführen. Dort gab es ein feines Restaurant, in dem viele der höheren Parteigenossen anzutreffen waren, und er wollte ihnen seine Zukünftige gern vorstellen.

Schnell hatte er den Milchhof erreicht. Derk kam eben aus der Butterfertigung und grüßte nur kurz.

Natürlich würde er ihm nicht sagen, dass Lina schon frei war. Wer wusste schon, wie lange sie brauchen würde, um nach Ellenserdammersiel zu laufen. Diese Tortur wollte Otto ihr noch gönnen. Lina war geschwächt, mal sehen, ob sich das Problem nicht doch von allein löste. Es war schließlich auch genug Gesindel unterwegs.

Oder seine jungen Burschen, die für Recht und Ordnung sorgten, weil sie sich manchmal nahmen, von dem sie glaubten, dass es ihnen zustünde. Wie eine reine arische und gute deutsche Frau wirkte Lina ja nun nicht mehr.

Otto hatte nur Karl angerufen und ihm mitgeteilt, dass er Derk dazu nötigen sollte, in die Partei einzutreten. Das schien Karls Reaktion nach von Erfolg gekrönt gewesen zu sein.

Adelheid kam schon aus dem Haus gestürmt. Sie trug ein fesches Kleid, das ihre grazile Figur betonte. Ihr Haar war aufgesteckt, so mochte Otto es.

»Dann lass uns mal losziehen«, sagte sie, fast ein wenig übermütig. Sie schaute kurz zurück zur Haustür.

Dort stand die Große Magd Marlene, und hätte Otto es nicht besser gewusst, wäre er sicher gewesen, dass sie ihnen bitterböse Blicke zuwarf.

*

Es dämmerte bereits, obwohl die Tage schon recht lang waren. Derk stand auf dem Deich und schaute über den Jadebusen. Hier fand er ein wenig Ruhe vor seinem Schmerz, wenngleich er das Gefühl hatte, inzwischen fast davon aufgefressen zu werden.

Es gibt mich gar nicht mehr, dachte er. Weil meine zweite Hälfte an einem Ort ist, wo ich sie nicht finden kann und mir keiner Zutritt gewährt.

Ob Adelheid etwas erreicht hatte und wie weit sie gegangen war, wusste er nicht.

Aber er brachte es auch nicht übers Herz, sie den Bestien auszuliefern. Es wäre für Adelheid genauso schrecklich wie für Lina, und war nicht auch sie nur ein Opfer sämtlicher Irrungen und Wirrungen?

»Sie hat deine Frau verraten«, flüsterte eine Stimme. »Und sie ist kein kleines Mädchen mehr, sondern weiß sehr wohl, was sie tut.«

»Ich werde nicht zum Verräter«, bekräftigte sich Derk selbst einmal wieder. »Ich begebe mich nicht auf ihr Niveau. Dann haben wir uns alle ganz verloren.«

Es war schlimm genug, dass er am Abend den Beitritt in die Partei hatte unterschreiben müssen. Karl war bei ihm gewesen und hatte erklärt, dass nur unter diesen Umständen überhaupt eine Möglichkeit bestand, etwas für Lina zu tun.

Ob es eine weitere Lüge auf dem Berg der Unwahrheiten war oder ob es stimmte, würde Derk erst später erfahren.

Mit dieser Unterschrift verriet er sich nur selbst, aber er brachte keinen um.

Es war still hier am Meer. Kein Lüftchen wehte, und so konnte er ganz in Ruhe den Kaninchen in den Salzwiesen zusehen. Ein Fasan stieß seinen schrillen Ruf aus, was ihn so verschreckt hatte, konnte Derk nicht erkennen.

Eine Sumpfohreule zog ihre lautlose Bahn über die Salzwiese hinweg und stieß dann plötzlich hinab.

Was wäre es schön, Lina endlich wieder bei sich zu haben.

Als er den Blick Richtung Wilhelmshaven wandte, sah er eine alte Frau mit einem schleppenden Gang auf sich zusteuern. Sie lief gebückt, als trüge sie die Last der ganzen Welt auf ihren Schultern.

So werden zukünftig sehr viele Menschen unterwegs sein, dachte Derk.

Es wurde Zeit, nach Hause zu gehen. Morgen galt es, früh aufzustehen, denn die Butter musste produziert und die Milch abgefüllt werden. Gleichgültig, wie schlecht es ihnen auch ging: Der Milchhof musste laufen. Immer.

Doch er wollte noch abwarten, bis die Frau ihn erreichte. Vielleicht brauchte sie Hilfe, denn bis zu den nächsten Häusern war es ziemlich weit.

Sie war nun etwa zwanzig Meter von ihm entfernt und

hatte den Kopf noch kein einziges Mal gehoben. Es war, als müsste sie sich auf jeden ihrer Schritte konzentrieren, um den Weg zu Ende gehen zu können.

Kurz bevor sie Derk erreichte, blickte sie auf, aber ohne ihn wirklich anzusehen.

Eine Welle von schrecklichem Gestank schlug ihm entgegen. Was war diese Frau verdreckt und verwahrlost!

»Entschuldigung, darf ich vorbei?«

Die Stimme klang matt und leise, doch sie löste in Derk sofort einen inneren Schrei aus.

Konnte das sein? War diese alte, verhärmte Frau mit dem Kopftuch Lina? Aber wie kam sie hierher? Zu Fuß am Deich?

Sie haben sie entlassen und allein losgeschickt, dämmerte es ihm. Sie hatte den kürzesten Weg von Wilhelmshaven gewählt.

»Lina!«, entfuhr es ihm. »Lina, bist du es?«

Erst jetzt nahm sie wahr, wer da vor ihr stand. Ihre Blicke trafen sich.

»Derk?«

»Lina! Du bist es!«

»Nicht mehr ganz, aber ein bisschen«, flüsterte sie. »Ein kleines bisschen.«

Derk warf einen Blick zum Himmel und schickte ein kurzes Dankgebet dorthin.

Er hatte Lina wieder. Sie war frei!

Und dann sanken sie in die Arme des anderen. Derk war es egal, wie sehr Lina stank. Wie furchtbar sie aussah.

Sie war wieder da! Sie lebte. Ja, sie war wieder da.

KAPITEL 22

September 1939

Talke saß Karl gegenüber, doch sie schwiegen sich an. Der vorangegangene Streit hatte sie doch einiges an Kraft gekostet, denn Karls Unmut darüber, dass Lina wieder auf freien Fuß kommen sollte, hatte ihn nicht nur mit Otto aneinandergeraten lassen, sondern auch mit seiner Frau.

Dennoch wollte Karl es nicht auf sich beruhen lassen und alles bis zum Schluss klären.

»Dein Standpunkt ist gefährlich. Ich kann das nicht gutheißen«, schimpfte Karl.

»Nun beruhige dich doch, Karl. Es ist richtig, dass Lina nun nicht mehr in Haft sein muss. Sie hat ihre Strafe lange genug abgesessen. Diese Ansicht teile ich mit Adelheid.«

Karl knallte die Tasse derart heftig auf den Unterteller, dass sie in der Mitte zerbarst und die Teespritzer unschöne braune Flecken hinterließen.

»Wieso hast du deine Meinung geändert?«, hakte er nach, während Talke aufsprang und einen Lappen holte, um aufzuwischen.

»Lange Gespräche mit Adelheid. Na ja, und dann war Antke noch da«, gab sie zurück.

»Deine Tochter sollte bloß achtgeben und lieber auf Linie bleiben. Soweit ich weiß, hat sie kommunistische Freunde.«

»So ein Blödsinn«, gab Talke zurück. »Ihre Freunde waren in der Gewerkschaft und haben für die Arbeiter gekämpft. Genau wie wir.«

Karl schnaubte.

»Was hat dir Antke denn eingetrichtert?«

»Sie sagte, wir sollten uns doch darauf besinnen, dass wir im Dorf zusammenhalten, und ein bisschen sind wir ja auch miteinander verwandt. Immerhin ist Behrend unser gemeinsamer Enkelsohn.«

»Was man von dem Balg Emily oder wie ich vermute Amelie ja nicht sagen kann.« Karl half Talke, die Scherben zusammenzuklauben.

»Ich verstehe dich nicht, Talke«, sagte er, als sie wieder saßen. »Du hast doch dafür gesorgt, dass wir von Adelheid und Enna die Informationen bekommen haben, die wir brauchten, um Lina ins Gefängnis zu kriegen, und jetzt bist du plötzlich der Ansicht, es wäre nicht rechtens?«

Talke wurde blass.

»Ich konnte das alles mit einem Mal nicht mehr, Karl. Es fühlte sich falsch an. Ich mag Lina nicht, weil sie so viel zerstört hat. Aber ich bin doch keine … Mörderin.«

Karl sprang auf und kochte vor Wut. Seine Faust fuhr mit Wucht auf den Tisch.

»Auf einmal? Und du bezeichnest uns als Mörder?«

Talke geriet ins Schwimmen. »Nein, das will ich gar nicht sagen …«

»Hast du aber!«, giftete er zurück. »Hast du aber!«

»Ich stehe ja mit dir hinter dem Führer, aber es ist

doch etwas anderes, jemanden zum Tode zu verurteilen, wenn man eine persönliche Beziehung hat. Das war mir zu viel.« Talke schien zufrieden mit ihrer Antwort, aber Karl war es nicht.

»Seitdem ich dich kenne, hängst du deine Fahne ständig um. Mann, Talke, steh doch mal für das ein, was du beschließt.«

Nun begann seine Frau haltlos zu schluchzen. »Ich … ich dachte ja zuerst, es wäre richtig, sie ans Messer zu liefern. Weil sie mir den Mann ausgespannt hat. Weil sie immer das bekommt, was sie will. Aber Antke hat mir deutlich gemacht, dass Lina wahrscheinlich im Gefängnis oder gar im Konzentrationslager gestorben wäre.«

»Das war ja auch das Ziel«, brummte Karl. »Dann wärst du sie endgültig los. Das wolltest du doch immer.«

»Dachte ich«, antwortete Talke tonlos. »Dachte ich.«

Karl leckte seine Lippen, denn der Hals war während seines Wutanfalles trocken geworden. Er hatte das Gefühl, aus dem Mund zu riechen und so nicht sprechen zu können. Weil die Befeuchtung nichts nützte, stand Karl auf, schenkte sich ein Glas Wasser ein und trank es in einem Zug aus.

»So, das dachtest du also. Gut, dann hast du dich jetzt umentschieden, warum auch immer du so weich geworden bist.«

»Sie ist ein Mensch, Karl. Und wir verlieren gerade etwas, was unwiederbringlich verloren geht, wenn wir das vergessen.«

»Ich kenne dich gar nicht wieder. Ich glaube, ich muss mit Antke mal ein ernstes Wort reden.«

»Untersteh dich«, fuhr Talke ihn an. »Lass mein Kind in Ruhe. Ihr habt sie schon genug unter Druck gesetzt!«

»Wir?« Karl lachte bitter auf. »*Du* gehörst doch dazu! *Du* bist ein Teil des großen Ganzen. Wir sind das neue Deutschland, das eine Vormachtstellung in der Welt haben und alle besiegen wird!«

»Karl! Ich habe Angst«, gab Talke schließlich zu. »Vor alldem habe ich Angst. Weil dafür Menschen wie meine Tochter bedroht werden. Bloß weil sie angeblich falsche Freunde hat. Dass Lina verhaftet wird, weil sie jemandem Milch und Butter gegeben hat, der beides nötig brauchte.«

»Eine deutsche Frau fürchtet sich nicht«, beschied Karl.

»Sie tut es aber. Und wenn du nicht verstehst, dass ich mich um meine Tochter sorge, dann … dann …«

»Was dann?« Karls Stimme schraubte sich merklich hoch.

»Ich werde immer zu Antke halten, und sie hat mir die Augen geöffnet. Nun lass Lina in Ruhe. Am besten, wir gehen ihr fortan aus dem Weg. Damit ist alles geklärt.«

Karl aber schüttelte den Kopf.

»Ich dachte, ich hätte eine treue Frau an meiner Seite, muss aber nun einsehen, dass sie mit dem Feind paktiert.«

»Ich paktiere doch nicht!« Nun wurde auch Talke lauter. »Ich wäge lediglich ab, was gut ist und was nicht.«

»In dem Fall werde ich gehen, Talke. Auf unser Land kommen schwere, aber zugleich glorreiche Zeiten zu, und ich plane meinen Anteil daran zu haben. Da kann ich mir keine Schwachstelle leisten. Gar keine. Auch nicht bei meiner Frau.«

Talke schluckte, aber es war ersichtlich, dass sie mit so etwas gerechnet hatte, denn überrascht wirkte sie nicht.

»Dann ist es so.«

Karl nahm ihre Hand. »Ich werde dir nichts antun, Talke, weil ich dich liebe. Aber sei vorsichtig mit deinen Äußerungen. Und Antke sollte es auch sein. Sie steht ja schon im Visier.«

»Wohin gehst du?«, fragte Antke.

»Erst mal zu einem Freund nach Jever. Meine Sachen lasse ich holen. Leb wohl!«

Er hauchte ihr einen Kuss auf den Scheitel. »Ich vermute noch immer, dass das alles etwas mit der Liaison von Otto und Adelheid zu tun hat. Merkwürdig, dass er so einknickt. Aber sei gewiss, so etwas passiert nicht mehr oft.«

*

Alles roch nach Krieg. Die Zeitungen, der Rundfunk, die Menschen, die Häuser, an denen sie ihre Hakenkreuzflaggen gehisst hatten.

Selbst jetzt, am frühen Morgen, wo die Friesische Wehde noch im Dämmerschlaf lag, war die bedrückende Lage deutlich.

Derk war sicher, dass es nicht mehr lange dauern würde, ehe man die endgültige Schreckensnachricht über die Presse und den Äther verbreiten würde.

Er war froh, dass Lina sich dafür gerade nicht interessierte. Sie gab sich damit zufrieden, im Kontor die Abrechnungen zu machen, mit Emily Brettspiele zu spielen und das eine oder andere Buch zu lesen, wobei die Auswahl eingeschränkt war, denn es war sehr vieles verboten worden.

Seine Frau war seit ihrer Haft nicht mehr dieselbe.

Nicht nur, dass sie um Jahre gealtert war, auch ihr Blick hatte an Strahlkraft verloren, ihr Lächeln erreichte die Augen schon lange nicht mehr.

Manchmal schaute sie versonnen aus dem Fenster. Wenn sie sich dann unbeobachtet glaubte, wechselte ihr Mienenspiel. Mal war sie einen Augenblick lang die alte Lina, dann aber wieder schien es, als würde sie sich auflösen und gar nichts mehr von ihr übrig bleiben.

Derk seufzte. Leicht war es nicht, denn seine Frau ließ niemanden mehr wirklich an sich herankommen.

Wenn sie ihn in seltenen Momenten mal ansah, war es fast wie ein Fest, denn meist schien ihr Blick ins Leere zu starren.

»Hauptsache, der Milchhof läuft«, wiederholte Lina ein ums andere Mal.

Also würde Derk den Betrieb eben so lange allein aufrechterhalten, bis sie sich wieder gefunden hatte. Es musste gehen. Irgendwie.

Adelheid hatte tatsächlich Otto geheiratet und sich so auf die sichere Seite begeben. Ob sie mit der Situation zurechtkam, wusste Derk nicht. Aber ihr war klar, was ihm bekannt war, und sie würde den Teufel tun, ihn noch einmal zu hintergehen.

Die ersten Mitarbeiter kamen gerade zur Arbeit, und so lief alles in seinem gewohnten Rhythmus. Zwischendurch ging Derk ein paarmal ins Haus und schaute nach Lina. Sie freute sich immer, wenn er kam.

Als Derk im Kontor das Radio einschaltete, wurde dort gerade die Rede des Führers vor dem Reichstag übertragen. Hitler wurde mit frenetischem Applaus begrüßt. Und dann fiel jener unheilvolle Satz, auf den Derk eigentlich schon seit Wochen wartete.

»Seit 5:45 wird jetzt zurückgeschossen.«

Derk schaltete das Radio aus und legte den Kopf in den Nacken.

Er glaubte für einen Augenblick, dass nun auch die Geräusche in der Molkerei verstummt waren, doch bei den Arbeitern schien die Nachricht noch nicht angekommen zu sein.

Derk ließ das Gesagte sacken, und er brauchte lange, um aus der Starre zu erwachen.

Das geschah erst, als der Telegrammbote ins Kontor stürzte.

»Es gibt Krieg«, sagte er, und seine Augen blitzten vor Freude.

Derk nickte nur und nahm das Schreiben entgegen.

Es war von Wilko. Kurz überflog Derk die Zeilen, ließ das Papier sinken und las es erneut.

Das tat er bestimmt zehn Mal, drehte und wendete das Papier. Wilkos Warnung kam zu spät.

Sie saßen hier fest.

Kriegsausbruch!

Nur gut, dass Emily keinen Schmerz darüber empfinden konnte, dass das Wiedersehen mit ihren Eltern nun in noch weitere Ferne gerückt war. Denn sie hatte keine Erinnerung mehr an sie. Eines Tages, wenn diese Schreckensherrschaft hoffentlich vorbei war und sie das alles überlebten, mussten sie ihr die Wahrheit sagen. Jetzt war es viel zu gefährlich.

Derk las das Telegramm noch einmal. Als ob sich der Inhalt auch nur im Geringsten ändern würde!

Es wird Krieg geben. Stopp. Kommt ihr noch weg. Stopp.
Gruß Wilko.

Derk senkte das Telegramm.

Sie wären ohnehin nicht fortgegangen.

Er und Lina gehörten in die Molkerei, daran führte kein Weg vorbei. Egal, was kam, sie würden auch das meistern. Wieder aufstehen und weitermachen. So wie immer.

Jetzt musste er aber erst zu Lina und ihr die schlimme Nachricht überbringen. Und dann würden sie weitersehen.

Zum Roman

Ich danke allen meinen Leserinnen und Lesern dafür, dass sie Linas und Derks Geschichte auch im zweiten Band gefolgt sind.

Die Weimarer Republik war eine sehr interessante Epoche, und es war sehr spannend für mich, diese Zeit in den Kontext mit der Molkereigeschichte zu bringen.

Hier lagen mir wunderbare Dokumente und Zeitzeugenberichte vor, die deutlich gemacht haben, unter welchem Druck diese Betriebe erst in den Nachkriegsjahren, dann später mit der unfassbaren Inflation und schließlich unter dem Naziregime arbeiten mussten.

Dasselbe galt auch für Privatpersonen, deren Freiheit immer mehr eingeschränkt wurde und die sich im Radius der Partei zu drehen hatten. Schon sehr früh wurden in der Weimarer Republik rechte Geheimbünde gegründet, die unter anderem zum fortschreitenden Antisemitismus beigetragen haben. Die Nationalen Stürmer an sich habe ich aber erfunden.

Später hatte die NSDAP dann ein leichtes Spiel.

Viele Tatsachen habe ich den unten genannten Schriften entnommen und auf die Molkerei etwas verfremdet übertragen.

Und es war interessant, sich auch mit der Emigration nach Amerika zu beschäftigen. Es gibt dazu nicht nur interessante Bücher, auch ein Besuch im Auswandererhaus in Bremerhaven ist empfehlenswert.

Als sehr schockierend habe ich es empfunden, wie schwierig die Emigration der jüdischen Mitbürger in alle Länder war. Nicht nur Deutschland hat es ihnen schwer gemacht.

Für diesen Roman habe ich wieder viel Unterstützung bekommen, zusätzlich habe ich mich durch einen riesigen Berg an Büchern und Internetseiten gearbeitet, um der komplexen Thematik gerecht zu werden.

Ein besonderes Dankeschön gilt:

Der Molkerei Ammerland eG, die mich mit Material versorgt hat. Wer Wert auf gute Weidemilchprodukte legt, hat hier eine wunderbare Adresse (www.molkerei-ammerland.com/de).

Dem Käsehof Rozenburg in Pilsum (www.kaesehof laden.de). Dort wurde ich von Frau Berkhout in die Prozesse der Käseherstellung eingeweiht, durfte mir alles ansehen und habe mich natürlich mit deren einzigartigen Käsesorten eingedeckt.

Dem Schlossmuseum in Jever, speziell Dr. Maren Siems, die mir Einblick in die Exponate aus Ellenserdammersiel aus der Zeit gewährt hat. (www.schlossmu seum.de)

Meiner lieben und langjährigen Agentin Anna Mechler, die immer ein offenes Ohr für mich hat und mich seit Jahren wunderbar vertritt.

Meiner engagierten Lektorin Julia Stolz und dem gesamten Team von Piper.

Meiner Redakteurin Christine Neumann für den Feinschliff und das feinfühlige Lektorat des Textes.

Und last, but not least: Danke an meine wunderbare Familie für die Unterstützung in allen Lebens- und Schreiblagen.

Literaturnachweise

Ache Ingeborg, geb. Peters, Hrsg: *Frische Milch aus Geestemünde. Die alte Molkerei in Geestemünde. Bericht des ehemaligen Molkereileiters Gerret Peters 1900–1936.* Wirtschaftsverlag NW, 2001.

Blaschka-Eick Simone: *In die neue Welt! Deutsche Auswanderer in drei Jahrhunderten.* Rowohlt, 2016.

Bundeszentrale für politische Bildung/bpb, Hrsg: *Weimarer Republik, Nr. 346.* Druckhaus Ernst Kaufmann, April 2021.

Fischer Alb: *Die Molkerei Dampfmaschine und ihr Betrieb.* Verlag der Molkerei-Zeitung, 1925.

Großmann Julia: *Branchenporträt der Milchwirtschaft in Deutschland. Studienarbeit.* GRIN Verlag GmbH, 2008.

Kaack Ulf/Kliem Eberhard: *Wilhelmshaven Gestern und Heute.* Sutton Verlag Zeitsprünge, 2015.

Klußmann Uwe/Mohr Joachim: *Die Weimarer Republik – Deutschlands erste Demokratie.* Deutsche Verlagsanstalt München, 2018.

Kronabel Dieter: *Die Haselünner Molkerei 1890–1989.* Machandel Verlag, 2019.

Kruipn G.W, Lukjanow N.J., Tarassow F.M., Bouschew T.A., Schuwalow W.N., Wassiljew P.W. – Durchsicht und Überarbeitung der deutschen Ausgabe. Dipl. Ing. H. Wolter: *Maschinen und Apparate der Molkerei und Milchindustrie.* VEB Verlag Technik Berlin, 1959.

Müller-Kaspar Ulrike: *Das 20. Jahrhundert. 1000 Jahre Europäische Geschichte.* Tosa Verlag, 2001.

Niemüller Hellmuth: *Handbuch für Molkerei-Fachleute.* Milchwirtschaftlicher Verlag Th. Mann KG, Hildesheim, 1955.

Paetrow Stephan, Sander Tim: *Unwiderstehlich. Seit 1885. Die Geschichte der Molkerei Ammerland.* Aprinta Druck GmbH & Co. KG, 2010.

Schulz M.E. Prof. Dr. Ing.: *Molkerei-Lexikon Milchwirtschaft von A–Z. Verlag* Deutsche Molkerei-Zeitung, Kempten, 1952.

Stutz Reno: *Milch. Molkereien in Mecklenburg und Vorpommern zwischen gestern und heute.* Hinstorff Verlag, 2011.

Thal Gustav Alexander: *Der »rollernde Fotograf«. Fotos aus Oldenburg 1920–1935.* Isensee Verlag, 2002.

Internetseiten

Emma: Übers Leben gestolpert. In: Emma, 1. Mai 2008. Abgerufen am 23.5.2023.

Herzig, Prof. em. Dr. Arno: 1933–145 Verdrängung und Vernichtung. In: Bundeszentrale für politische Bildung, 2010. URL:https://www.bpb.de/shop/zeitschriften/izpb/juedisches-leben-in-deutschland-304/7687/1933-1945-verdraengung-und-vernichtung/ Abgerufen am 3.4.2023.

Louis Chantal: Lesben unterm Hakenkreuz. In Emma, 1. Januar 2007. Abgerufen am 23.5.2023.
Puschner Uwe: Die völkische Bewegung. In: Bundeszentrale für politische Bildung. URL:https://www.bpb.de/themen/rechtsextremismus/dossier-rechtsextremismus/230022/die-voelkische-bewegung/Logemann Frank: Kaiserliche Marine in Wilhelmshaven. Seemannshaus. URL: https://www.kaiserlichemarine-Wilhelmshaven.de/garnisonbauten/seemannshaus/ Abgerufen am 26.2.2023.
Räcker-Wellnitz, Ulrich: Geheime Staatspolizei in Wilhelmshaven – Schaltzentrale des Terrors. In: Gröschler-Haus. Zentrum für jüdische Geschichte und Zeitgeschichte der Region Friesland/Wilhelmshaven. URL: https://www.groeschlerhaus.eu/die-geheime-staatspolizei-in-wilhelmshaven-schaltzentrale-des-terrors/ Abgerufen am 4.4.2023.
Sturm, Reinhard: Kampf um die Republik 1919–1923, Bundeszentrale für politische Bildung. In: Bundeszentrale für politische Bildung. URL: https://www.bpb.de/themen/erster-weltkrieg-weimar/weimarer-republik/275837/kampf-um-die-republik-1919-1923/ Abgerufen am 3.4.2023.
Spiegel Geschichte: In: Wie die Zeit vergeht mit Hochzeitskleidern. Url:https://www.spiegel.de/fotostrecke/mode-zeitreise-mit-brautkleidern-historische-hochzeitsmode-fotostrecke-114489.html Abgerufen am 24.2.2023.
Vintageburschc: In: Die Herrenmode der 20er-Jahre. URL: https://vintageburschc.de/die-herrenmode-der-20er-jahre/ Abgerufen am 24.2.2023.

Zeitklicks: In: Was trägt der Herr von Welt. URL: https://www.zeitklicks.de/weimarer-republik/alltag/kleidung-und-mode/was-traegt-der-herr-von-welt/ Abgerufen am 24.2.2023.

Von Regine Kölpin liegen im Piper Verlag vor:
Der Nordseehof:
Band 1: Der Nordseehof – Als wir träumen durften
Band 2: Der Nordseehof – Als wir der Freiheit nahe waren
Band 3: Der Nordseehof – Als wir den Himmel erobern konnten

Das Haus am Deich:
Band 1: Das Haus am Deich – Fremde Ufer
Band 2: Das Haus am Deich – Unruhige Wasser
Band 3: Das Haus am Deich – Sicherer Hafen

Die Töchter der Kornmühle

Der Milchhof:
Band 1: Der Milchhof – Das Rauschen der Brandung
Band 2: Der Milchhof – Das Flüstern der Gezeiten
Band 3: Der Milchhof – Das Leuchten des Meeres